Alessandro Baricco

CITY

Roman

Aus dem Italienischen
von Anja Nattefort

Carl Hanser Verlag

Die Originalausgabe erschien erstmals 1999
unter dem Titel City bei
RCS Libri in Mailand.

ISBN 3-446-19904-7

www.abcity.it

Satz: Satz für Satz. Barbara Reischmann, Leutkirch
Druck und Bindung:
Franz Spiegel Buch GmbH, Ulm
Printed in Germany
www.hanser.de

1 2 3 4 5 04 03 02 01 00

PROLOG

»Was ist nun, Herr Klauser, soll Mami Jane sterben?«

»Von mir aus können alle zum Teufel gehen.«

»Heißt das ja oder nein?«

»Was glauben Sie?«

Im Oktober des Jahres 1987 beschloß das Verlagshaus CRB, das seit zweiundzwanzig Jahren die Abenteuer des legendären Ballon Mac veröffentlichte, seine Leser in einer Meinungsumfrage darüber entscheiden zu lassen, ob Mami Jane sterben solle. Ballon Mac war ein blinder Superheld, der tagsüber als Zahnarzt arbeitete und nachts das Böse mit den sehr speziellen Kräften seines Speichels bekämpfte. Mami Jane war seine Mutter. Bei den meisten Lesern war sie sehr beliebt: Sie sammelte alte Indianerskalpe und trat abends als Bassistin in einer Bluesband auf, die ausschließlich aus Schwarzen bestand. Sie selbst war weiß. Die Idee, sie abkratzen zu lassen, kam vom kaufmännischen Leiter der CRB – einem sehr ruhigen Herrn, der nur eine einzige Leidenschaft hatte: Modelleisenbahnen. Er war der Ansicht, daß Ballon Mac auf einem toten Gleis gelandet sei und neuen Antrieb brauche. Der Tod der Mutter – die auf der Flucht vor einem paranoiden Weichensteller von einem Zug überrollt werden sollte – würde ihn in eine explosive Mischung aus Wut und Traurigkeit verwandeln, also in das genaue Abbild seines Durchschnittslesers. Die Idee war bescheuert. Aber der Durchschnittsleser von Ballon Mac war ebenfalls bescheuert.

Und so wurde im Oktober des Jahres 1987 im zweiten Stock der CRB ein Büro freigeräumt und mit acht jungen Damen besetzt, deren Aufgabe darin bestand, Anrufe entgegenzunehmen und die Meinung der Leser einzuholen. Die Frage lautete: Soll Mami Jane sterben?

Von den acht jungen Damen waren vier Angestellte der CRB, zwei hatte das Arbeitsamt geschickt, eine war die Nichte des Verlagsleiters. Die achte, eine junge Frau um die Dreißig aus Pomona, absolvierte hier ein Praktikum, das sie für die richtige Antwort bei einem Radioquiz gewonnen hatte (»Was haßt Ballon Mac am meisten auf der Welt?« »Zahnsteinentfernen.«). Sie lief immer mit einem kleinen Kassettenrecorder herum. Ab und zu schaltete sie ihn an und sprach etwas hinein.

Sie hieß Shatzy Shell.

Um 10 Uhr 45 des zwölften Tages der Umfrage – der Tod von Mami Jane war mit 64 zu 30 Prozent fast beschlossene Sache (die restlichen sechs Prozent waren der Meinung, daß die ganze Mannschaft zum Teufel gehen solle, und hatten lediglich angerufen, um das mal loszuwerden) – klingelte bei Shatzy Shell zum einundzwanzigstenmal das Telefon; sie notierte die Zahl 21 auf den vor ihr liegenden Fragebogen und nahm den Hörer ab. Dann entspann sich folgende Unterhaltung.

»CRB, guten Tag.«

»Guten Tag, ist Diesel schon da?«

»Wer?«

»Okay, dann ist er noch nicht da ...«

»Sie sprechen mit dem Verlagshaus CRB.«

»Ja, weiß ich.«

»Sie müssen sich verwählt haben.«

»Nein, nein, ist schon richtig, hören Sie ...«

»Entschuldigung ...«

»Ja?«

»Hier ist CRB, wir machen eine Umfrage zum Thema ›Soll Mami Jane sterben?‹.«

»Danke, weiß ich.«

»Wären Sie so freundlich, mir Ihren Namen zu sagen?«

»Mein Name tut nichts zur Sache ...«

»Den müßten Sie mir aber schon nennen.«

»Okay, okay ... Gould ... Mein Name ist Gould.«

»Herr Gould.«

»Ja, Herr Gould. Dürfte ich jetzt vielleicht –«

»Soll Mami Jane sterben?«

»Wie bitte?«

»Ich hätte gern Ihre Meinung ... ob Mami Jane sterben soll oder nicht.«

»Aber ich –«

»Sie wissen doch, wer Mami Jane ist?«

»Ja, natürlich, aber ...«

»Schauen Sie, ich möchte von Ihnen nur wissen, ob –«

»Würden Sie mir bitte einen Moment zuhören?«

»Selbstverständlich.«

»Gut. Tun Sie mir einen Gefallen und schauen Sie sich kurz um.«

»Ich?«

»Ja.«

»Hier?«

»Ja, im Zimmer, seien Sie doch bitte so nett.«

»Okay, ich schaue mich um.«

»Gut. Sehen Sie zufällig einen kahlrasierten jungen Mann mit einem sehr großen Kerl an der Hand, einem wirklich großen Kerl, einer Art Riese, mit unglaublich großen Schuhen und einer grünen Jacke?«

»Nein, ich glaube nicht.«

»Sind Sie sicher?«

»Ja, ich bin sicher.«

»Gut. Dann sind sie noch nicht da.«

»Nein.«

»Okay, aber eins müssen Sie wissen.«

»Ja?«

»Die beiden sind nicht böse.«

»Nein?«

»Nein. Wenn sie da sind, werden sie erst mal alles kurz und klein schlagen, und mit größter Wahrscheinlichkeit werden sie sich Ihr Telefon schnappen und Ihnen die Schnur um den Hals wickeln oder irgendwas in der Art, aber sie sind nicht böse, wirklich nicht, bloß –«

»Herr Gould ...«

»Ja?«

»Darf ich fragen, wie alt Sie sind?«

»Dreizehn.«

»Dreizehn?«

»Zwölf ... Um genau zu sein, zwölf.«

»Hör mal, Gould, ist deine Mama vielleicht irgendwo in der Nähe?«

»Meine Mama ist vor vier Jahren abgehauen, jetzt lebt sie mit einem Professor zusammen, der Fische studiert, die Lebensgewohnheiten der Fische, ein *Ethologe*, um genau zu sein.«

»Tut mir leid.«

»Das muß Ihnen nicht leid tun. So ist das Leben, da kann man nichts machen.«

»Wirklich?«

»Wirklich. Meinen Sie nicht?«

»Doch ... wahrscheinlich ... Sicher bin ich nicht, aber ich denke schon.«

»Es ist traurig, aber so ist es.«

»Du bist zwölf Jahre alt, sagst du?«

»Morgen werde ich dreizehn.«

»Phantastisch.«

»Phantastisch.«

»Herzlichen Glückwunsch, Gould.«

»Danke.«

»Du wirst sehen, es ist phantastisch, dreizehn zu sein.«

»Hoffentlich.«

»Ich wünsche dir wirklich alles Gute.«

»Danke.«

»Dein Vater ist nicht zufällig in der Nähe?«

»Nein. Der ist arbeiten.«

»Verstehe.«

»Mein Vater arbeitet beim Militär.«

»Phantastisch.«

»Finden Sie immer alles so phantastisch?«

»Wie?«

»Finden Sie immer alles so phantastisch?«

»Ja … ich glaube schon.«
»Phantastisch.«
»Das heißt … meistens.«
»Was für ein Glück.«
»Selbst die merkwürdigsten Situationen.«
»Ich glaube, dann haben Sie wirklich Glück.«

»Einmal war ich in einer Imbißstube an der Autobahn, gleich vor der Stadt, ich hielt an der Imbißstube, ging hinein und stellte mich an; an der Kasse war ein Vietnamese, der praktisch nichts verstand, deshalb ging es nicht weiter; die Leute sagten ›Einen Hamburger‹, und er fragte ›Was?‹, vielleicht war es ja sein erster Arbeitstag, keine Ahnung; ich hab mich ein bißchen in der Imbißstube umgeschaut, da standen fünf oder sechs Tische, und überall saßen Leute und aßen, so viele verschiedene Gesichter, und jeder hatte etwas anderes vor sich stehen, ein Kotelett, ein belegtes Brötchen, Chili con carne, alle aßen, und jeder war so gekleidet, wie es ihm gefiel, jeder war am Morgen aufgestanden und hatte sich etwas ausgesucht, die rote Bluse, das enganliegende Kleid, was ihm eben gefiel; jetzt waren sie hier, und jeder hatte ein Leben hinter sich und eins vor sich, sie waren alle nur *vorübergehend* hier, am nächsten Tag würde das Ganze wieder von vorn beginnen, die blaue Bluse, das lange Kleid; bestimmt lag die Mutter der sommersprossigen Blondine mit völlig verrückt spielenden Blutwerten in irgendeinem Krankenhaus, aber die Blondine war hier, schob die etwas angebrannten Pommes frites an den Tellerrand und las in einer Zeitung, die an einem Salzstreuer in Form einer Zapfsäule lehnte; einer war wie ein Baseballspieler gekleidet, obwohl er bestimmt seit Jahren kein Baseballfeld mehr betreten hatte, er war mit seinem Sohn da, einem kleinen Jungen, den er andauernd mit leichten Schlägen an den Kopf und gegen den Hinterkopf traktierte, jedesmal schob sich der Junge seine Mütze wieder zurecht, eine Baseballmütze, und zack!, gab ihm der Vater noch eine Kopfnuß, und das beim Essen, unter einem an der Wand hängenden Fernseher, der nicht lief, dazu der Lärm, der in Schüben von der Straße hereindrang, und in der

Ecke saßen zwei sehr elegante Männer in Grau, man konnte sehen, daß einer von ihnen weinte, es war verrückt, aber er weinte, vor einem Steak mit Kartoffeln weinte er lautlos vor sich hin, und der andere, der ebenfalls ein Steak vor sich stehen hatte, zuckte mit keiner Wimper, aß ganz normal weiter, aber irgendwann stand er auf, ging zum Nebentisch, nahm die Ketchupflasche, ging an seinen Platz zurück und goß, darauf bedacht, seinen grauen Anzug nicht zu bekleckern, dem anderen, der weinte, Ketchup auf den Teller und flüsterte ihm etwas zu, ich weiß nicht, was, dann schraubte er die Flasche zu und aß weiter; die beiden da in der Ecke und das ganze Drumherum, auf dem Boden klebte ein Amarenaeis, und an der Toilettentür hing ein Schild mit der Aufschrift *Außer Betrieb*, ich sah das alles, und natürlich konnte man dazu nur sagen: *Zum Kotzen, Kinder*, zum Kotzen traurig das Ganze, aber als ich da in der Schlange stand und der Vietnamese immer noch nichts kapierte, dachte ich: *Gott, ist das schön*, und ich mußte sogar fast lachen, mein Gott, ist das alles schön, alles, wie es da ist, selbst der kleinste plattgetretene Krümel auf der Erde und die dreckigste Serviette, ohne zu wissen, warum, wußte ich, daß all das verdammt schön war. Verrückt, was?«

»Komisch.«

»Ist ein bißchen peinlich, das zu erzählen.«

»Wieso?«

»Ich weiß auch nicht ... Normalerweise erzählen die Leute so was nicht ...«

»Mir hat's gefallen.«

»Aber nein ...«

»Doch, wirklich, vor allem das mit dem Ketchup ...«

»Er hat die Flasche genommen und dem anderen ein bißchen drübergegossen ...«

»Genau.«

»Ganz in Grau.«

»Seltsam.«

»Einfach so.«

»Einfach so.«

»Gould?«

»Ja?«

»Schön, daß du angerufen hast.«

»He, nein, warte ...«

»Ich bin noch dran.«

»Wie heißt du?«

»Shatzy.«

»Shatzy.«

»Ich heiße Shatzy Shell.«

»Shatzy Shell.«

»Ja.«

»Und da ist wirklich niemand, der dir jetzt eben die Telefonschnur um den Hals wickelt?«

»Nein.«

»Aber wenn sie kommen, denkst du dran, daß sie nicht böse sind, ja?«

»Sie werden nicht kommen, du wirst schon sehen.«

»Darauf würde ich mich nicht verlassen, die kommen ...«

»Warum sollten sie, Gould?«

»Diesel *vergöttert* Mami Jane. Und er ist zwei Meter siebenundvierzig groß.«

»Phantastisch.«

»Kommt drauf an. Wenn er *sehr* wütend ist, ist es überhaupt nicht phantastisch.«

»Und ist er gerade *sehr* wütend?«

»Das wärst du auch, wenn jemand mittels einer Meinungsumfrage Mami Jane umbringen will und Mami Jane für dich das Ideal einer Mutter ist.«

»Es ist nur eine Meinungsumfrage, Gould.«

»Diesel hält das für einen Mordsschwindel. Die haben schon vor Monaten beschlossen, sie umzubringen, und wollen so nur ihr Gesicht wahren.«

»Vielleicht irrt er sich ja.«

»Diesel irrt sich nie. Er ist ein Riese.«

»Wie riesig ist der Riese denn?«

»Sehr riesig.«

»Ich war mal mit einem zusammen, der konnte einen Ball in den Korb legen, ohne sich auf die Zehenspitzen zu stellen.«

»Wirklich?«

»Aber er arbeitete als Kartenabreißer im Kino.«

»Und hast du ihn geliebt?«

»Was ist das denn für eine Frage, Gould?«

»Du hast gesagt, daß du mit ihm *zusammen* warst.«

»Ja, wir waren zusammen. Zweiundzwanzig Tage.«

»Und dann?«

»Ach, ich weiß auch nicht ... Es war alles ganz schön *kompliziert*, verstehst du?«

»Ja ... Für Diesel ist auch alles ganz schön kompliziert.«

»So ist das eben.«

»Sein Vater mußte ein Klo nach seinen Maßen für ihn anfertigen lassen, das hat ein Vermögen gekostet.«

»Ich sag ja: Es ist alles ganz schön kompliziert.«

»Stimmt. Als Diesel versuchte, zur Schule zu gehen, unten in die Taton-Schule, kam er morgens –«

»Gould?«

»Ja.«

»Ich muß kurz unterbrechen, Gould.«

»Okay.«

»Bleib dran, ja?«

»Okay.«

Shatzy Shell legte das Gespräch in die Warteschleife. Dann wandte sie sich dem Mann zu, der vor ihrem Tisch stand und sie beobachtete. Es war der Chef der Abteilung Vertrieb und Marketing. Er hieß Bellerbaumer. Er war einer von denen, die am Brillengestell knabbern.

»Herr Bellerbaumer?«

Herr Bellerbaumer räusperte sich.

»Junge Frau, Sie reden über Riesen.«

»Stimmt.«

»Sie telefonieren seit zwölf Minuten und reden über Riesen.«

»Zwölf Minuten?«

»Gestern haben Sie sich siebenundzwanzig Minuten lang

fröhlich mit einem Börsenmakler unterhalten, und am Ende wollte er Sie heiraten.«

»Er wußte nicht, wer Mami Jane ist, ich mußte ihm –«

»Und am Tag zuvor haben Sie die Leitung für eine Stunde und elf Minuten blockiert, um irgendeinem verdammten Bengel die Hausaufgaben zu korrigieren, und dann hat der Ihnen zur Antwort gegeben: Warum laßt ihr nicht Ballon Mac krepieren?«

»Vielleicht gar keine schlechte Idee, denken Sie mal drüber nach.«

»Junge Frau, dieses Telefon ist Eigentum der CRB, und Sie werden ausschließlich dafür bezahlt, einen einzigen lächerlichen Satz zu sagen: Soll Mami Jane sterben?«

»Ich tue mein Bestes.«

»Ich auch. Und deshalb entlasse ich Sie, junge Frau.«

»Bitte?«

»Ich sehe mich gezwungen, Sie zu entlassen, junge Frau.«

»Ist das Ihr Ernst?«

»Bedaure.«

». . .«

». . .«

». . .«

». . .«

»Herr Bellerbaumer?«

»Bitte?«

»Macht es Ihnen etwas aus, wenn ich das Gespräch noch beende?«

»Welches Gespräch?«

»Das Gespräch. Da wartet noch ein Junge in der Leitung.«

». . .«

». . .«

»Beenden Sie das Gespräch.«

»Danke.«

»Bitte.«

»Gould?«

»Ja?«

»Ich glaube, ich muß Schluß machen, Gould.«
»Okay.«
»Ich bin soeben entlassen worden.«
»Phantastisch.«
»Da bin ich nicht so sicher.«
»Wenigstens drücken sie dann nicht dir die Luft ab.«
»Wer?«
»Diesel und Poomerang.«
»Der Riese?«
»Der Riese ist Diesel. Poomerang ist der andere, der mit der Glatze. Er ist stumm.«
»Poomerang.«
»Ja. Er ist stumm. Er spricht nicht. Er hört uns, aber er spricht nicht.«
»Man wird die beiden am Eingang aufhalten.«
»Normalerweise lassen sich die beiden nicht aufhalten.«
»Gould?«
»Ja.«
»Soll Mami Jane sterben?«
»Von mir aus können alle zum Teufel gehen.«
»Okay: ›Ich weiß nicht.‹«
»Verrätst du mir was, Shatzy?«
»Ich muß jetzt Schluß machen.«
»Nur eine Sache.«
»Was denn?«
»Diese Imbißstube ...«
»Ja ...«
»Ich dachte nur gerade ... Die scheint gar nicht so übel zu sein ...«
»Geht so ...«
»Ich dachte nur, daß ich da gern meinen Geburtstag feiern würde.«
»Wie meinst du das?«
»Mein Geburtstag ... der ist morgen ... Wir könnten alle zusammen dort essen, vielleicht sind die beiden in Grau ja immer noch da, die mit dem Ketchup.«

»Eine komische Idee, Gould.«

»Du, ich, Diesel und Poomerang. Ich zahle.«

»Ich weiß nicht.«

»Das ist eine gute Idee, ganz sicher.«

»Vielleicht.«

»85 56 74 18.«

»Was ist das?«

»Meine Nummer, wenn du Lust hast, rufst du mich an, okay?«

»Du wirkst nicht wie dreizehn.«

»Genaugenommen werde ich erst morgen dreizehn.«

»Stimmt ja.«

»Also abgemacht.«

»Ja.«

»Abgemacht.«

»Gould?«

»Ja?«

»Tschüs.«

»Tschüs, Shatzy.«

»Tschüs.«

Shatzy Shell drückte auf die blaue Taste und trennte die Verbindung. Sie brauchte eine Weile, um ihre Sachen in die Tasche zu packen, eine gelbe Tasche mit der Aufschrift *Rettet den Planeten vor lackierten Fußnägeln*. Sie nahm auch die Bilderrahmen mit den Fotos von Walt Disney und Eva Braun mit. Und den kleinen Kassettenrecorder, den sie immer bei sich hatte. Ab und zu schaltete sie ihn an und sprach etwas hinein. Die sieben anderen jungen Frauen schauten ihr schweigend zu, während die Telefone ins Leere klingelten und wertvolle Ratschläge zu Mami Janes Zukunft ungehört blieben. Was Shatzy Shell zu sagen hatte, sagte sie, während sie die Turnschuhe aus- und die Stöckelschuhe anzog.

»Nur damit ihr's wißt: Gleich kommen ein Riese und ein Stummer mit Glatze durch die Tür, sie werden alles kurz und klein schlagen und euch die Telefonschnüre um den Hals wickeln. Der Riese heißt Diesel, der Stumme Poomerang. Oder umgekehrt, ich weiß nicht mehr genau. Auf jeden Fall sind sie nicht böse.«

Das Foto von Eva Braun steckte in einem rosa Plastikrahmen, der auf der Rückseite einen kleinen, mit Stoff bespannten Klappständer hatte: damit man ihn aufstellen konnte, wenn man wollte. Eva Braun sah wirklich aus wie Eva Braun.

»Verstehst du?«

»Mehr oder weniger.«

»Er spielte in einer riesigen Einkaufspassage Klavier, unter der Rolltreppe, die nach oben führte, sie hatten ein Stück roten Teppichboden hingelegt und ein weißes Klavier draufgestellt, und er saß im Frack da und spielte jeden Tag sechs Stunden lang Chopin, Cole Porter und so, alles auswendig. Man hatte ihn mit einem eleganten Schild ausgestattet, auf dem stand: *Unser Pianist kommt gleich wieder*. Wenn er aufs Klo mußte, holte er es hervor und stellte es auf das Klavier. Danach kam er zurück und spielte weiter. Er war nicht böse wie andere Väter, ich meine, nicht auf dieselbe Art böse ... Er schlug nicht, er trank nicht, er schlief nicht mit der Sekretärin, so was gar nicht ... Er hat sich nicht mal ein Auto gekauft, weil ... Er wollte kein Auto haben, das zu ... zu neu oder schön war, er hätte es machen können, aber er wollte nicht, für ihn war das ganz normal, es war, glaube ich, keine konkrete Absicht, er tat es einfach nicht, das war alles, nichts weiter, und gerade das war das Problem, verstehst du ... daß er diese Dinge und tausend andere nicht tat, er arbeitete und sonst nichts, das war alles, *als hätte das Leben ihn betrogen* und er sich deshalb in diesen Beruf zurückgezogen, der eine einzige Niederlage bedeutete, ohne die geringste Lust, da wieder rauszukommen, er war wie ein schwarzes Loch, ein Abgrund von Traurigkeit, und die Tragödie, die echte Tragödie, der Kern der ganzen Tragödie war, daß er uns, meine Mutter und mich, mit in dieses Loch hineinzog, das war das einzige, was er machte, mit erstaunlicher Beharrlichkeit bewies er uns wie ein Besessener in jeder Sekunde, in jedem Moment seines Lebens und durch alles, was er tat, eine grausame These, die besagte, daß er nur für uns, für mich und meine Mutter, so war, wie er war, das war die These, für uns beide, weil es uns beide gab, unseretwegen, es war unsere Schuld, für uns opferte er sich auf, für für für, ständig erinnerte er uns an diese idiotische These, sein ganzes Leben mit uns bestand aus dieser ewigen, unaufhörlichen Haltung, die er bewußt an den Tag legte, und zwar auf eine ganz grausame und hinterlistige Art, nämlich ohne ein Wort zu verlieren, ohne je darüber zu sprechen, er hat nie darüber gesprochen, er hätte es uns ja deutlich sagen können, aber er tat es nicht, kein Wort, und das war schlimm, das grausamste war, daß er nie etwas sagte und es uns doch die ganze Zeit sagte, durch die Art und Weise, wie er am Tisch saß, was er sich im Fernsehen anschaute und sogar, wie er die Haare trug, und all die verdammten Dinge, die er nicht tat, und das Gesicht, mit dem er uns ansah ... Es war grausam, so was kann einen verrückt machen, und ich war kurz davor, verrückt zu werden, ich war ja noch klein, und wenn man klein ist, kann man sich nicht wehren, Kinder haben es manchmal faustdick hinter den Ohren, aber gegen bestimmte Dinge können sie sich nicht wehren, das ist so, als würde man sie schlagen, was kann ein Kind da schon machen, gar nichts, und mir ging es genauso, es machte mich einfach nur verrückt, deshalb nahm mich meine Mutter eines Tages beiseite und erzählte mir von Eva Braun. Das war ein gutes Vorbild. Die Tochter von Hitler. Sie sagte, ich solle an Eva Braun denken. Sie hat es geschafft, also kannst du es auch schaffen, sagte sie. Eine merkwürdige Idee, aber es funktionierte. Als Hitler sich am Schluß mit einer Zyanidkapsel umbrachte, so erzählte sie, da hat sich Eva Braun mit ihm zusammen umgebracht, sie war mit ihm im Bunker und hat sich auch umgebracht. Denn selbst im schlimmsten Vater ist irgend etwas Gutes, sagte meine Mutter. Und dieses Etwas muß man lieben lernen. Ich dachte nach. Ich versuchte mir vorzustellen, was an Hitler gut sein könnte, und dachte mir ganze Geschichten dazu aus, zum Beispiel wie er abends müde nach Hause kommt und leise spricht und sich vor den Kamin setzt, ins Feuer starrt, todmüde, und ich, ich war ja dann Eva Braun, ein Mädchen mit blonden Zöpfen und ganz weißen Beinen unter dem Rock, ich betrachtete ihn aus dem Nebenzimmer, ohne mich ihm zu nähern, und er war so wunderbar müde, überall floß Blut an ihm herunter, er war wunderschön in seiner Uniform, man mußte ihn nur ansehen, dann verschwand das Blut und man sah nur noch die Müdigkeit, eine wunderbare Müdigkeit, die ich bewunderte, bis er sich irgendwann zu mir umdrehte und mich sah, mir zulächelte und aufstand, trotz seiner herrlichen Müdigkeit, und dann kam er zu mir rüber und hockte sich neben mich: Hitler. Unfaßbar. Er sagte ganz leise etwas auf deutsch, und dann strich er mir mit der rechten Hand ganz langsam über die Haare, und obwohl das jetzt vielleicht ziemlich grausam klingt, war seine Hand weich und warm und sanft, sie war irgendwie weise, eine beschützende Hand, und, das mag sich jetzt abstoßend anhören, eine Hand, die man lieben konnte, am Ende war es eine schöne Vorstellung, daß es die rechte Hand meines Vaters war, die da sanft auf mir ruhte. Solche Sachen reimte ich mir im Kopf zurecht. Als Training, verstehst du? Eva Braun war mein Fitneßstudio. Mit der Zeit wurde ich richtig gut. Wenn mein Vater abends im Schlafanzug vor dem Fernseher saß, starrte ich ihn an, bis ich Hitler im Schlafanzug vor dem Fernseher sah. Dieses Bild hielt ich eine Weile fest, saugte es regelrecht in mich auf, dann ließ ich es unscharf werden und wechselte zurück zu meinem Vater, zu seinem wahren Gesicht: O Gott, es war so sanft, diese Müdigkeit und diese Traurigkeit. Dann wechselte ich wieder zurück zu Hitler und wieder zu meinem Vater, in der Phantasie sprang ich hin und her, das war meine Art, der Qual zu entkommen, dem Schweigen und diesem ganzen Mist. Es funktionierte. Bis auf wenige Male funktionierte es. Na ja. Viele Jahre später las ich in einer Zeitschrift, daß Eva Braun gar nicht Hitlers Tochter war, sondern seine Geliebte. Oder seine Frau, was weiß ich. Auf jeden Fall ging er mit ihr ins Bett. Das war ein Schock. Das hat mich ganz schön umgehauen. Ich versuchte, das alles irgendwie zu ordnen, aber es war nichts zu machen. Ich bekam einfach nicht das Bild aus dem Kopf, wie Hitler sich diesem Mädchen nähert und anfängt, es zu küssen und so, ekelhaft, und das Mädchen war ja ich, Eva Braun, und er war mein Vater, ein Riesendurcheinander, furchtbar. Das Spiel war zerstört, unmöglich, es wiederherzustellen, es hatte funktioniert, aber nun funktionierte es nicht mehr. Aus und vorbei. Ich mochte meinen Vater nicht mehr, bis er irgendwann umstieg, wie er es nannte. Eine komische Geschichte. Er stieg an einem ganz normalen Sonntag um. Er spielte wieder unter der Rolltreppe Klavier, und irgendwann kam eine Dame vorbei, die ganz viel Schmuck trug und auch ein bißchen beschwipst war. Er spielte gerade *When we were alive*, und sie begann zu tanzen, vor allen Leuten, mit den Einkaufstaschen in der Hand und einem seligen Lächeln im Gesicht. So ging das eine halbe Stunde. Und dann nahm sie ihn mit, sie nahm ihn für immer mit. Das einzige, was er zu Hause sagte, war: Ich bin umgestiegen. Wenn ich ehrlich bin, begann ich ihn da wieder ein bißchen zu mögen, es war wie eine Erlösung, ich weiß auch nicht, er hatte sich sogar wie ein Latin Lover zurechtgemacht, mit einem schnurgeraden Scheitel im grauen Haar und einem neuen Hemd, in dem Moment mochte ich ihn plötzlich, wenn auch nur für einen Augenblick, es war wie eine Erlösung. Ich bin umgestiegen. Jahrelange Familientragödie ausradiert von einem nichtssagenden Satz. Absurd. Aber so ist es oft, es ist fast immer so: Am Ende wird einem klar, daß all der Schmerz sinnlos war, daß es sinnlos war, wie ein Tier zu leiden, es war nicht richtig oder falsch, nicht schön oder häßlich, sondern einfach *sinnlos*, am Ende kann man nur sagen: Der Schmerz war sinnlos. Zum Verrücktwerden, am besten denkt man gar nicht drüber nach, das ist das einzige, was man tun kann, nicht mehr dran denken, nie mehr, verstehst du?«

»Mehr oder weniger.«

»Schmeckt der Hamburger?«

»Ja.«

Diesel und Poomerang kamen übrigens nie bei der CRB an, denn an der Kreuzung Siebte Straße und Bourdon Boulevard sahen sie auf einmal mitten auf dem Bürgersteig den Pfennigabsatz eines schwarzen Stöckelschuhs vor sich, der von irgendwoher dorthin gerollt war, aber nun reglos wie ein winziger Felsen in der Brandung dalag, umspült von Menschen, die zur Mittagspause strömten.

»O Mann«, sagte Diesel.

»Was ist das denn?« nichtsagte Poomerang.

»Guck mal«, sagte Diesel.

»O Mann!« nichtsagte Poomerang.

Sie starrten auf den schwarzen Pfennigabsatz, und es gehörte – einen Moment nach dem unvermeidlichen Aufblitzen einer Fessel in schwarzem Nylon – nicht viel dazu, darin den Schritt zu sehen, der ihn verloren hatte, genauer gesagt den Schritt, verstanden als Rhythmus und Tanz, weiblicher Zirkel in dunklem Nylon. Sie sahen ihn erst im tanzenden Pendel von zwei schlanken Beinen, dann im sanften Wippen, das der Busen unter der Bluse weitergab an das – kurze schwarze, dachte Diesel – kurze blonde, dachte Poomerang – feine glatte Haar, das zu diesem Rhythmus tanzte, der in ihren Augen inzwischen weiblicher Körper, Menschheit und Geschichte geworden war, als er sich bei einem Schritt plötzlich in dem winzigen Kontrapunkt eines Absatzes verdrehte und sich beim nächsten Schritt krümmte und von dem Schuh und dem Rhythmus als solchem, von Frau, Menschheit und Geschichte, löste und ihn, wenn nicht zu einem Sturz, so doch zu einer stolprigen Kadenz zwang, in der man eine bewegungslose Balance ausmachen konnte – die Stille.

Um die beiden herum herrschte reges Treiben, aber anscheinend konnte sie nichts von dort loseisen, Diesel stand noch gekrümmter da als sonst und starrte auf den Boden, Poomerang strich sich mit der linken Hand von hinten nach vorn über den kahlen Schädel: Seine rechte hing wie immer an Diesels Hosentasche. Sie betrachteten einen schwarzen Pfennigabsatz, doch in Wirklichkeit sahen sie diese Frau, die aus dem Takt kommt, langsamer wird, sich kurz umdreht und

»Scheiße!«

sagt und keinen Moment daran denkt, stehenzubleiben, wie es jede andere Frau getan hätte – stehenbleiben, zurückgehen, den Absatz aufheben, sich mit einer Hand an einem Verkehrsschild, Einfahrt verboten, festhalten und den Absatz wieder zu befestigen versuchen –, sie denkt überhaupt nicht daran, etwas derart Vernünftiges zu tun, sondern geht einfach weiter, sagt nur instinktiv

»Scheiße!«,

als sie sich den lädierten Schuh auszieht, um ihre Schönheit nicht durch den Kontrapunkt eines aufgezwungenen Hinkens zu verderben, mit einer raschen Handbewegung, ohne den Gang zu unterbrechen, und sie wird endgültig eine Legende für die beiden, als sie sich auch den anderen Schuh auszieht – ein mit dunklem Nylon verchromter barfüßiger Zirkel –, beide Schuhe in einen blauen Müllcontainer wirft und dabei schon nach etwas Ausschau hält, was sie auch gleich findet, einen gelben Wagen, der langsam die Allee heraufkommt: Sie streckt einen Arm hoch, etwas Goldenes rutscht ihr Handgelenk hinab, der gelbe Wagen setzt den Blinker, hält an, sie steigt ein, gibt eine Adresse an, während sie das schlanke Bein – ohne Schuh am Fuß – auf den Sitz zieht, wobei sich der Rock hochschiebt und einen Moment den wohligen Blick auf den Spitzenrand eines halterlosen Strumpfes aufblitzen läßt, der ein paar Zentimeter weißem Oberschenkel weicht, um schließlich an der Kante eines Slips aufzutauchen, kaum länger als ein Blitz, aber lange genug, um in den Blick eines Herrn in dunklem Anzug einzuschlagen, der nicht stehenbleibt, aber den warmen Blitz mit sich nimmt, in die Netzhaut gebrannt, den Blick, der seine Sinne entflammt und über die Mauer seines gelangweilten Ehemanndaseins hereinbricht, unter lautem Krachen und Klagen.

In Wirklichkeit waren Diesel und Poomerang von diesem dunkelgekleideten Mann geradezu gefesselt, völlig abgetaucht in den gesitteten Sog seiner Erregung, der sie gewissermaßen rührte und weit weg entführte, bis sie die braune Farbe seines Bademantels sehen und den Geruch in seiner Küche wahrnehmen konnten. Sie setzten sich sogar zu ihm an den Tisch und stellten fest, daß seine Frau übertrieben über die Witze lachte, die aus dem laufenden Fernseher tröpfelten, während der Herr im dunklen Anzug ihr Bier ins Glas goß und sich selbst mit einer Flasche Mineralwasser begnügte, lauwarm und ohne Kohlensäure, wozu ihn die Erinnerung an vier weit zurückliegende Nierenkoliken zwang. In der zweiten Schublade seines Schreibtischs fanden sie 72 Seiten eines unvollendeten Romans mit dem Titel *Die letzte Wette* und eine Visitenkarte – Dr. Mortensen – mit einem veilchenfarbenen Lippenstiftabdruck auf der Rückseite. Der Radiowecker war auf 102,4 eingestellt, »Radio Nostalgie«, und um das Licht zu dämpfen, lag auf dem Schirm der Nachttischlampe ein Heft der »Kinder Gottes« über die Immoralität der Jagd und des Angelns. Der Titel, schon etwas angesengt von der Glühbirne, lautete: *Ich will euch zu Menschenfischern machen.*

Sie wühlten in der Unterwäsche von Frau Mortensen, da packte sie, durch eine ganz banale und gewöhnliche Assoziation, die Erinnerung an den weiblichen, mit dunklem Nylon lackierten Zirkel – ein heftiger Schock, der sie schnell zurück zu dem gelben Taxi eilen und dort an der Bürgersteigkante stehen ließ, ein bißchen benommen von der entsetzlichen Entdeckung – dem entsetzlichen Entschwinden des gelben Taxis in den Adern der Stadt, die ganze Allee voller Autos, aber kein gelbes Taxi und keine Legende auf der Rückbank.

»O Gott«, sagte Diesel.

»Weg«, nichtsagte Poomerang.

Auf der gekrümmten Oberfläche des schwarzen Pfennigabsatzes erblickten sie eine ganze Stadt, Tausende von Straßen, Hunderte von gelben Autos, aber leer.

»Entwischt ...« sagte Diesel.

»Vielleicht ...« nichtsagte Poomerang.

»Da kann man ja gleich eine Nadel im Heuhaufen suchen.«

»Suchen ja, aber nicht das Auto.«

»Davon gibt's Tausende.«

»Nicht das gelbe Auto.«

»Zu viele Autos.«

»Nicht das Auto, die Schuhe.«

»Wohin könnte denn ein gelbes Auto fahren?«

»Schuhe. Ein Schuhgeschäft.«

»Was sagte sie, wohin sie will?«

»Ein Schuhgeschäft. Das nächste Schuhgeschäft.«

»Sie sah den Taxifahrer an und sagte –«

»Das nächste Schuhgeschäft. Schwarze Schuhe mit Pfennigabsatz.«

»... das beste Schuhgeschäft hier in der Nähe.«

»Toxon's, Vierte Straße, zweite Etage, Damenschuhe.«

»Toxon's, natürlich.«

Sie fanden sie wieder vor einem Spiegel, schwarze Schuhe an den Füßen, mit Pfennigabsätzen, und einem Verkäufer, der sagte

»Perfekt«.

Von nun an entwischte sie ihnen nicht mehr. Eine unbestimmte Anzahl von Stunden studierten sie ihre Gesten und die Gegenstände um sie herum, als würden sie Parfüms testen. Sie hatten schon einiges in sich aufgesogen, als sie ihr nach einem endlosen Abendessen ins Bett eines Mannes folgten, der nach Eau de Cologne roch und mit der Fernbedienung ständig Ravels *Bolero* von Anfang an laufen ließ. Vor dem Bett stand ein Aquarium mit einem lilafarbenen Fisch und vielen dämlichen Luftbläschen darin. Er liebte sie mit religiöser Andacht: Seinen goldenen Ehering hatte er auf den Nachttisch gelegt, neben eine Fünferpackung Markenkondome. Sie preßte ihm die Fingernägel in den Rücken, fest genug, daß er sie spürte, nicht so fest, daß sie Kratzer hinterließen. Beim siebten *Bolero* sagte sie

»Tut mir leid«

und stieg aus dem Bett, zog sich wieder an, schlüpfte in die schwarzen Schuhe mit Pfennigabsatz und ging ohne ein Wort. Das letzte, was sie von ihr sahen, war eine vorsichtig zugezogene Tür.

Regen. Spiegelblanker Asphalt rings um den schwarzen Pfennigabsatz, ein glänzendes Auge, das ihnen entgegenblickte.

»Regen ...« sagte Diesel.

Sie schauten auf, das Licht war anders, grau, wenige Menschen, quietschende Reifen und Pfützen. Durchnäßte Schuhe, Wasser im Kragen. Auf den Uhren eine unbrauchbare Zeit.

»Gehen wir ...« sagte Diesel.

»Gehen wir ...« nichtsagte Poomerang.

Diesel kam schlecht voran, er ging langsam und zog den linken Fuß nach, ein lächerlicher, riesiger Schuh, der an einem Bein hing, das es sich unterhalb des Knies anders überlegt hatte, er schraubte sich ungelenk vorwärts, verdrehte jeden Schritt zu einem kubistischen Tanz. Und er bekam schlecht Luft, wie ein Radfahrer an einer Steigung, sein Keuchen klang nach Rhythmus, Dreck und Anstrengung. Poomerang kannte diesen Gang und dieses Keuchen auswendig. Er paßte sich ihnen an und tänzelte elegant nebenher, mit der zur Schau gestellten Erschöpfung eines Marathontangotänzers.

Diese beiden und dazu durchnäßte Stücke der Stadt auf der Straße vor dem Haus, flüssige Ampellichter, Autos, die im dritten Gang das Geräusch einer Wasserspülung nachahmten, ein Absatz auf der Erde, immer weiter entfernt, ein feuchtes Auge, ohne Lid, ohne Wimpern, ein gebrochenes Auge.

Das Foto von Walt Disney war ein bißchen größer als das von Eva Braun. Es steckte in einem hellen Holzrahmen, der hinten einen kleinen Klappständer hatte: damit man ihn aufstellen konnte, wenn man wollte. Walt Disney hatte graues Haar und saß rittlings auf einer elektrischen Eisenbahn und lächelte. Es war eine Eisenbahn für Kinder, mit einer Lokomotive und ganz vielen Waggons. Statt Schienen hatte sie Gummireifen, und sie stand in Disneyland, Anaheim, Kalifornien.

»Verstehst du?«

»Mehr oder weniger.«

»Auf jeden Fall war er der Größte, er ist immer der Größte gewesen. Mag sein, daß er ein furchtbar reaktionärer Kerl war, aber mit dem Glück kannte er sich aus, das war seine große Stärke, er hatte einen direkten Draht zum Glück, ohne große Umwege, und er hat alle mitgerissen, wirklich alle, der größte Glücksproduzent, den es je gab, seine Geschichten über Gänse und Zwerge und Bambi waren was für jeden Geldbeutel, für jeden Geschmack, wie er das bloß geschafft hat, er hat sich einfach hingestellt und aus diesem Riesenchaos etwas destilliert, mag sein, daß es dich eigentlich ein bißchen anekelt, aber wenn dich nachher jemand fragt, was Glück ist, weißt du zwar vielleicht nicht, was es ist, aber wie es schmeckt, ich meine, wie bei Erdbeeren oder Himbeeren kann man doch sagen: so schmeckt Glück, klar, vielleicht ist das alles nur eine Fälschung und kein richtiges Glück, nicht das Original, wenn du so willst, aber diese Filme waren wunderbare Kopien, besser als das Original, das man sowieso nie –«

»Fertig.«

»Fertig?«

»Ja.«

»Wie hat's geschmeckt?«

»Ganz gut.«

»Gehen wir?«

»Gehen wir.«

Gehen wir? Gehen wir.

1

»Dieses Haus ist abscheulich«, sagte Shatzy.

»Ja«, sagte Gould.

»Ein abscheuliches Haus, glaub mir.«

Technisch gesehen war Gould ein Genie. Das stellte eine Kommission aus fünf Professoren fest, die ihn im Alter von sechs Jahren einem dreitägigen Test unterzogen hatten. Gemäß den Parametern von Stocken war er der Delta-Gruppe zuzuordnen: Auf diesem Niveau ist die Intelligenz eine überentwickelte Maschine mit kaum abschätzbaren Grenzen. Sie bescheinigten ihm einstweilig einen IQ von 108, eine ziemlich monströse Zahl für ein Kind. Sie nahmen ihn von der Grundschule, wo er sechs Tage lang versucht hatte, normal zu wirken, und vertrauten ihn einem Team von Wissenschaftlern der Universität an. Mit elf Jahren hatte er seinen Abschluß in theoretischer Physik gemacht, und zwar mit einer Arbeit über die Auflösung des Hubbardmodells in zwei Dimensionen.

»Was machen denn die Schuhe im Kühlschrank?«

»Bakterien.«

»Und wozu?«

»Eine Bakterienuntersuchung. In den Schuhen liegen Objektgläser. Grampositive Bakterien.«

»Hat das verschimmelte Hühnchen auch was mit Bakterien zu tun?«

»Hühnchen?«

Goulds Haus ging über zwei Etagen. Es hatte acht Zimmer und noch anderes Zeugs wie eine Garage und einen Keller. Im Wohnzimmer lag ein Teppichboden, der toskanische Terrakottafliesen nachahmte; da er jedoch vier Zentimeter dick war, wollte ihm das nicht so recht gelingen. Im Eckzimmer im ersten Stock stand ein Tischfußballspiel. Das Badezimmer war ganz in Rot gehalten, einschließlich der sanitären Anlagen. Der Gesamteindruck war der eines vornehmen Hauses, dem das FBI auf der Suche nach einem Mikrofilm mit Bettgeschichten des Präsidenten in einem Bordell von Nevada einen Besuch abgestattet hatte.

»Wie kannst du bloß hier leben?«

»Eigentlich lebe ich gar nicht hier.«

»Das ist doch dein Haus, oder?«

»Mehr oder weniger. Ich habe zwei Zimmer im Wohnheim der Universität. Da gibt's auch eine Mensa.«

»Ein Kind sollte nicht in einem Wohnheim der Uni *leben*. Ein Kind sollte da nicht mal studieren.«

»Was sollte ein Kind denn tun?«

»Was weiß ich, mit seinem Hund spielen, die Unterschrift der Eltern fälschen, ständig Nasenbluten haben, so was eben. Auf jeden Fall nicht in einem Wohnheim leben.«

»*Was* fälschen?«

»Vergiß es.«

»Was?«

»Wenigstens ein Kindermädchen, sie hätten dir wenigstens ein Kindermädchen besorgen können, hat dein Vater nie daran gedacht?«

»Ich *habe* ein Kindermädchen.«

»Wirklich?«

»In einem gewissen Sinne.«

»In welchem Sinne, Gould?«

Goulds Vater war der Überzeugung, daß Gould ein Kindermädchen hätte und daß es Lucy hieße. Jeden Freitag um Viertel vor sieben rief er sie an, um sich zu erkundigen, ob alles in Ordnung sei. Gould schickte dann immer Poomerang ans Telefon. Poomerang konnte Lucys Stimme vorzüglich nachmachen.

»Ist Poomerang nicht stumm?«

»Genau. Lucy ist auch stumm.«

»Du hast ein stummes Kindermädchen?«

»Nicht ganz. Mein Vater glaubt, ich hätte ein stummes Kindermädchen, er bezahlt sie jeden Monat per Überweisung, und ich hab ihm gesagt, daß sie ihre Sache gut mache, aber stumm ist.«

»Und um zu hören, wie die Dinge laufen, *telefoniert* er mit ihr?«

»Ja.«

»Genial.«

»Es funktioniert. Poomerang ist super. Weißt du, es ist nicht dasselbe, jemanden nichts sagen zu hören oder einen Stummen schweigen zu hören. Es ist eine andere Stille. Darauf würde mein Vater nicht reinfallen.«

»Dein Vater muß ein intelligenter Mann sein.«

»Er arbeitet beim Militär.«

»Ich weiß.«

Am Tag, an dem Gould seinen Studienabschluß machte, war sein Vater vom Militärstützpunkt in Arpaka hergeflogen und mit einem Hubschrauber auf der Wiese vor der Universität gelandet. Da waren jede Menge Leute. Der Rektor hielt eine sehr schöne Rede. Eine der bedeutungsvollsten Passagen war die über Billard. »Lieber Gould, wir verfolgen das Abenteuer deines Lebens als Mensch und Wissenschaftler wie den weisen Lauf der Kugel, die deine Intelligenz ist, angestoßen von einem weisen, göttlichen Arm, der sich über den grünen Billardtisch unseres Daseins beugt. Du bist eine Kugel, Gould, und zwischen den Banden des Wissens findest du den unfehlbaren Weg, der dich, zu unser aller Freude und Trost, sanft in das Loch des Ruhms und des Erfolgs tragen wird. Leise, aber voller Stolz sage ich dir, mein Sohn: Dieses Loch hat einen Namen, dieses Loch heißt Nobelpreis.« Von der ganzen Rede war Gould vor allem ein Satz im Gedächtnis geblieben: Du bist eine Kugel, Gould. Da er verständlicherweise dazu neigte, seinen Professoren zu glauben, richtete er sich mit der Vorstellung ein, daß sein Leben mit vorherbestimmter Exaktheit verlaufen würde, und noch Jahre später bemühte er sich, unter der Oberfläche seines Lebens die zärtliche Weichheit von grünem Tuch zu spüren und in der Überrumpelung durch unvorhersehbare Sorgen die geometrisch exakte Erschütterung wissenschaftlich unfehlbarer Billardbanden zu erkennen. Der unglückliche Umstand, daß Minderjährigen der Zutritt zu Billardclubs untersagt ist, hinderte ihn lange Zeit daran, sich davon zu überzeugen, wie der erhabene Vergleich mit dem Billardspiel durch die Realität zur treffenden Metapher des Fehlers mutieren kann, zum Topos des menschlichen Unvermögens schlechthin, exakt zu sein. Ein einziger Abend im Merry's hätte ihm nützliche Hinweise darüber liefern können, welch unwiderruflichen Einfluß der Zufall auf jede beliebige geometrische Figur hat. Im verqualmten Lichtkegel über fleckigem grünem Tuch hätte er Gesichter gesehen, in denen, wie in Hieroglyphen, der Untergang einer Illusion geschrieben stand, der Illusion einer harmonischen Verknüpfung von Absicht und Wirklichkeit, Vorstellung und Realität. Es wäre ihm ein leichtes gewesen, eine unvollkommene Welt zu entdecken, in der es höchst unwahrscheinlich war, zwischen den Spielern auf die feierliche und beruhigende Gestalt Gottes zu stoßen. Aber, wie gesagt, ins Merry's kam nur, wer seinen Führerschein vorzeigte, und das erlaubte der schönen Metapher des Rektors absurderweise, jahrelang unversehrt in Goulds Vorstellung erhalten zu bleiben, wie eine heilige Ikone, die einen Bombenangriff übersteht. Und so fand er sie noch Jahre später wohlbehalten in sich wieder, an dem Tag, als er plötzlich beschloß, sein Leben zu zerstören. Er fand in diesem Moment sogar die Zeit, sie noch einmal mit liebevoller und verzweifelter Sorgfalt zu betrachten, bevor er ihr den grausamsten Abschied bescherte, den er sich vorstellen konnte.

»Hast du eine Arbeit, Shatzy?«

»Nein, Gould.«

»Willst du mein Kindermädchen sein?«

»Ja.«

2

Hinter Goulds Haus lag ein Fußballplatz. Dort spielten nur Kinder; die Erwachsenen saßen auf den Bänken und brüllten oder auf der kleinen Holztribüne und aßen und brüllten. Überall Rasen, auch vor den Toren und im Mittelfeld. Es war ein schöner Fußballplatz. Gould, Diesel und Poomerang schauten stundenlang zu, vom Schlafzimmerfenster aus. Sie schauten sich die Spiele an, das Training, alles, was es anzuschauen gab. Gould machte sich Notizen. Er hatte eine Theorie. Er war der Überzeugung, daß jeder Spielerposition ein präzises anatomisches und psychologisches Profil entspräche. Er konnte den Mittelstürmer bestimmen, noch bevor der sich umzog und das Trikot mit der Neun übergestreift hatte. Seine Spezialität war das Aufschlüsseln von Mannschaftsfotos: Er studierte sie kurz und sagte dann genau, welche Position der mit dem Schnäuzer bekleidete und wer Rechtsaußen spielte. Seine Fehlerquote lag bei 28 Prozent. Er arbeitete daran, unter zehn zu kommen, und übte sich so oft wie möglich an den Jungs auf dem Fußballplatz hinterm Haus. Die Verteidiger bereiteten ihm noch einige Probleme, denn es war zwar recht einfach, sie herauszufinden, aber dann auch noch zu bestimmen, welcher von den beiden rechts und welcher links spielte, stellte ihn vor einige Schwierigkeiten. Gewöhnlich war der rechte Verteidiger physisch kompakter und psychologisch primitiver. Er besaß einen rationalen Zugang zu den Dingen und ging nach streng logischen Prinzipien vor, meist ohne einfallsreiche Varianten. Er zog sich die Strümpfe hoch, wenn sie runterrutschten, und hin und wieder spuckte er auf die Erde. Der linke Verteidiger hingegen neigte dazu, mit der Zeit Züge seines direkten Antagonisten, des Rechtsaußen, zu übernehmen, ein Element von unberechenbarem Charakter, das bekanntlich von starken anarchistischen Tendenzen und gravierender Willensschwäche zeugt. Der Rechtsaußen verwandelt seinen Spielfeldbereich in eine regelfreie Zone, deren einziger stabiler Bezugspunkt die Seitenlinie ist, eine weiße Kreidemarkierung, die er mit besessener Verzweiflung sucht. Der linke Verteidiger, dessen psychische Grundeinstellung, bedingt durch seine Eigenschaft als Verteidiger, eher zu Ordnung und Geometrie neigt, muß sich gezwungenermaßen einem für ihn unbehaglichen Ökosystem anpassen und ist daher schon im Ansatz unterlegen. Die Notwendigkeit, seine Reaktionen dauernd völlig unberechenbaren Mustern anzupassen, setzt ihn einer anhaltenden seelischen und manchmal auch körperlichen Unsicherheit aus. Das mag seinen – statistisch leicht nachweisbaren – Hang erklären, seine Haare lang zu tragen, sich wegen Protestierens vom Platz verweisen zu lassen und sich beim Anpfiff zu bekreuzigen. Daher ist es fast unmöglich, ihn auf einem Foto von einem rechten Verteidiger zu unterscheiden. Gould gelang es zuweilen.

Diesel schaute zu, weil ihm die Kopfbälle gefielen. Es verschaffte ihm ein ganz besonderes Vergnügen, den Aufprall des Balls auf dem Schädel zu hören, und jedesmal, wenn es soweit war, sagte er »Wahnsinn«, jedes verdammte Mal, mit einem breiten Grinsen im Gesicht. Wahnsinn. Einmal köpfte einer der Jungen da unten einen Ball, und der Ball landete an der Torlatte, prallte zurück, der Junge köpfte ihn noch einmal, traf den Pfosten, warf sich nach vorne, erwischte ihn gerade noch mit dem Kopf, bevor er den Boden berührte, und setzte ihn ins Tor. Da sagte Diesel »Echt Wahnsinn«. Aber sonst sagte er nur »Wahnsinn«.

Poomerang schaute zu, weil er auf eine Aktion hoffte, wie er sie Jahre zuvor mal im Fernsehen gesehen hatte. Die war seines Erachtens so schön, daß sie unmöglich für immer verschwunden sein konnte, sicher zog sie in der ganzen Welt von einem Fußballfeld zum nächsten, und er wartete hier auf dem Fußballplatz der kleinen Jungs darauf. Er hatte Nachforschungen angestellt, wie viele Fußballplätze es auf der Welt gab – eine Million achthundertvier –, und ihm war sehr wohl bewußt, daß die Wahrscheinlichkeit, die Aktion gerade an dieser Stelle vorüberziehen zu sehen, minimal war. Aber gemäß einer Rechnung, die Gould angestellt hatte, war sie nicht viel geringer als die Wahrscheinlichkeit, stumm auf die Welt zu kommen. Also wartete Poomerang darauf. Im einzelnen sah die Aktion wie folgt aus: langer Abstoß durch den Torwart, der Mittelstürmer läuft Richtung Strafraum und verlängert mit dem Kopf, der gegnerische Torwart kommt aus dem Tor, nimmt den Ball aus der Luft und schießt ihn, über alle Spieler hinweg, zurück hinter die Mittellinie, er prallt an der Torraumlinie auf und springt über den verblüfften Torwart haarscharf am Pfosten vorbei ins Tor. Vom rein fußballerischen Standpunkt aus betrachtet ein skurriles Armutszeugnis. Aber Poomerang versicherte, daß er unter rein ästhetischen Gesichtspunkten selten etwas Harmonischeres und Eleganteres gesehen habe. »Es war, als geschähe alles in einem Aquarium«, nichtsagte er bei dem Versuch, es zu erklären. »Als würden alle unter Wasser agieren, ohne eckige Bewegungen und ganz langsam, der Ball schwamm durch die Luft, ganz gemächlich, und die in Fische verwandelten Spieler starrten ihm mit offenen Mündern hinterher, drehten alle gleichzeitig den Kopf nach rechts und nach links, untätig in der Gegend verteilt, der Torwart stellt die Kiemen auf, als der Ball über ihn hinwegspringt, und schließlich fängt das Netz eines raffinierten Fischers den Ballfisch ein und mit ihm alle Blicke, ein wunderbarer Fang in der abgrundtiefen Meeresstille dieses grünen Algenteppichs, den ein tauchender Zeichner mit weißen Linien überzogen hat.« Das passierte in der sechzehnten Minute der zweiten Halbzeit. Das Spiel endete zwei zu null.

Ab und zu ging Gould hinunter und stellte sich an den Spielfeldrand, hinter das rechte Tor, neben Professor Taltomar. Sie standen eine Zeitlang nebeneinander, ohne zu reden. Den Blick immer starr auf das Spielfeld gerichtet. Professor Taltomar hatte schon ein gewisses Alter und etliche Stunden Fußballgucken auf dem Buckel. Das Spiel interessierte ihn nicht übermäßig. Er beobachtete die Schiedsrichter. Studierte sie. Er hatte stets eine filterlose, nicht angezündete Zigarette zwischen den Lippen und nuschelte in regelmäßigen Abständen Kommentare wie »Zu weit weg vom Geschehen« oder »Vorteil, du Hornochse«. Er schüttelte oft den Kopf. Er war der einzige, der bei einem Platzverweis oder bei der Wiederholung eines Elfmeters applaudierte. Er vertrat einige zweifelhafte Ansichten, mit denen er – zur Maxime verkürzt – seit Jahren jede Unterhaltung flankierte: »Handspiel im Strafraum ist immer vorsätzlich, Abseits ist nie strittig, Frauen sind alle Flittchen.« Seiner Ansicht nach war das Universum ein »Spiel ohne Schiedsrichter«, aber auf seine Art glaubte er an Gott: »Er macht den Linienrichter und sieht jedes Abseits.« Als er einmal angetrunken war, gab er öffentlich zu, als junger Mann selbst Schiedsrichter gewesen zu sein. Danach hüllte er sich in geheimnisvolles Schweigen.

Gould schrieb ihm, nicht zu Unrecht, eine außerordentlich gute Kenntnis der Regeln zu und suchte bei ihm, was er bei den berühmten Akademikern, die ihn tagtäglich auf den Nobelpreis trainierten, nicht finden konnte: die Gewißheit, daß Ordnung eine Eigenschaft der Unendlichkeit ist. Und so ergab sich zwischen ihnen folgendes:

1. Gould kam an, stellte sich, ohne zu grüßen, neben den Professor und starrte auf das Feld.

2. Eine Zeitlang wechselten sie weder ein Wort noch einen Blick miteinander.

3. Irgendwann sagte Gould, immer noch auf das Spielfeld starrend, so etwas wie: »Flanke von rechts, der Mittelstürmer nimmt den Ball mit der rechten Innenkante in der Luft, trifft genau die Querlatte, die sich spaltet, der Ball prallt gegen den Schiedsrichter, landet vor den Füßen des Rechtsaußen, der ihn flach bis knapp vor den Pfosten schießt, wo ihn ein Verteidiger kurz mit der Hand abstoppt, um das Leder dann wieder rollen zu lassen.«

4. Professor Taltomar gewann etwas Zeit, indem er die Zigarette aus dem Mund nahm und imaginäre Asche abschnippte. Dann spuckte er ein paar Tabakkrümel auf den Boden und murmelte leise: »Spielunterbrechung, bis die Querlatte wieder hergerichtet ist, anschließend Entschädigung des Gastgebervereins wegen nachlässiger Behandlung des Fußballfelds durch die Gäste. Fortsetzung des Spiels mit Elfmeter für die Gastgeber und roter Karte für den Verteidiger. Einen Tag Sperre, wenn er noch keine Verwarnung hat.«

5. Sie starrten noch eine Weile kommentarlos auf das Spielfeld.

6. Irgendwann verabschiedete sich Gould mit den Worten »Danke, Herr Professor«.

7. Professor Taltomar murmelte, ohne sich umzuwenden »Mach's gut, mein Junge«.

Das ergab sich ungefähr einmal in der Woche.

Gould mochte es sehr.

Kinder brauchen Gewißheiten.

Noch eine andere wichtige Sache geschah auf diesem Fußballplatz. Wenn Gould dort mit dem Professor stand, kam es gelegentlich vor, daß ein Ball über die Grundlinie und direkt auf sie zu rollte. Manchmal kam er ganz nah an ihnen vorbei und blieb ein paar Meter entfernt liegen. Der Torwart machte dann ein paar Schritte auf sie zu und rief: »Der Ball!« Professor Taltomar rührte keinen Finger. Gould sah zum Ball, sah zum Torwart und blieb tatenlos stehen.

»Den Ball, bitte!«

Er stand wie benommen da, starrte vor sich ins Leere und tat nichts.

3

Am Freitag um Viertel nach sieben rief Goulds Vater an, um sich bei Lucy zu vergewissern, daß alles in Ordnung war. Gould sagte, daß Lucy mit einem Vertreter für Uhren abgehauen sei, den sie am Sonntag zuvor bei der Messe kennengelernt habe.

»Für Uhren?«

»Auch andere Sachen, zum Beispiel Kettchen, Kreuze und so.«

»O Gott, Gould. Wir müssen eine Annonce in die Zeitung setzten. Wie letztes Mal.«

»Ja.«

»Setz sofort wieder die Annonce in die Zeitung, und dann läßt du sie den Fragebogen ausfüllen, okay?«

»Ja.«
»War die nicht sogar stumm?«
»Ja.«
»Habt ihr das dem Uhrenvertreter gesagt?«
»Sie hat es ihm selbst gesagt.«
»Sie?«
»Ja, am Telefon.«
»Das ist doch nicht zu glauben, Leute.«
»Tja.«
»Hast du noch Kopien von dem Fragebogen?«
»Ja.«
»Sonst mach einfach noch welche, ja?«
»Hallo?«
»Gould?«
»Hallo!«
»Hörst du mich, Gould?«
»Jetzt hör ich dich wieder.«
»Wenn du keine Fragebögen mehr hast, mach neue Kopien.«
»Hallo?«
»Hörst du mich, Gould?«
». . .«
»Gould!«
»Ich bin noch dran.«
»Hast du mich verstanden?«
»Hallo?«
»Da ist eine Störung in der Leitung.«
»Jetzt hör ich dich wieder.«
»Bist du noch dran?«
»Ich bin dran . . .«
»Was ist das denn für ein Mist hier . . .?«
»Tschüs, Papa.«
»Das ist eine Scheiße mit dem Telefon!«
»Tschüs.«
»So ein Scheißtelef –«
Klick.

Da er nicht kommen konnte, um die Auswahlgespräche persönlich zu führen, ließ Goulds Vater die Bewerberinnen einen eigens von ihm formulierten Fragebogen ausfüllen; den ließ er sich per Post zuschicken und wählte Goulds neues Kindermädchen aufgrund der erhaltenen Antworten aus. Es waren 37 Fragen, aber die Bewerberinnen kamen nur selten bis zum Ende. Normalerweise hörten sie ungefähr bei Nummer 15 auf (15. Ketchup oder Mayonnaise?). Häufig standen sie schon auf und gingen, wenn sie die erste Frage gelesen hatten (1. Ist die Bewerberin in der Lage, die Serie von Mißerfolgen aufzuzählen, die sie heute, als Arbeitslose in ihrem Alter, dazu gebracht haben, sich um eine schlechtbezahlte Stelle zu bewerben, die nicht ohne unbekannte Größen ist?). Shatzy Shell stellte die Fotos von Eva Braun und Walt Disney auf den Tisch, spannte ein Blatt Papier in die Schreibmaschine und tippte die Zahl 22.

»Lies mir mal die 22 vor, Gould.«

»Du solltest vielleicht besser mit der ersten anfangen.«

»Wer sagt das?«

»Sie hat die Nummer 1, man fängt immer bei der 1 an.«

»Gould?«

»Ja.«

»Sieh mich an.«

»Ja.«

»Glaubst du allen Ernstes, daß, wenn etwas eine Nummer hat, und insbesondere die Nummer 1, daß wir dann, du, ich und alle anderen, tatsächlich damit anfangen müssen, nur weil es die Nummer 1 ist?«

»Nein.«

»Phantastisch.«

»Welche wolltest du?«

»Die Nummer 22.«

»22. Kann sich die Bewerberin noch daran erinnern, was das schönste war, was ihr als Kind widerfahren ist?«

Shatzy schüttelte einen Moment ungläubig den Kopf und murmelte »was ihr als Kind widerfahren ist«. Dann begann sie zu schreiben.

Als ich klein war, war es für mich das schönste, die Ausstellung »Das perfekte Haus« zu besuchen. Sie fand in der Olympia Hall statt, in einer riesigen Halle, die wie ein Bahnhof aussah, mit einem Kuppeldach, riesig. Nur gab es dort statt Bahnsteigen und Zügen die Ausstellung »Das perfekte Haus«. Ich weiß nicht, ob Ihnen das was sagt, Herr Oberst. Sie fand einmal im Jahr statt. Das Unglaubliche daran war, daß dafür echte Häuser gebaut wurden und daß man durch ein bizarres Dorf ging, mit engen Gassen und Laternen an jeder Ecke, jedes Haus sah anders aus, und alle waren nagelneu und sauber. Alles war so adrett, die Gardinen, die Wege, es gab sogar Gärten, eine richtige Traumwelt. Man hätte denken können, es sei alles nur aus Pappe, aber es war alles aus echten Steinen gebaut, sogar die Pflanzen waren echt, alles echt, man hätte darin wohnen können, man konnte die Treppe hinaufgehen, die Türen öffnen, es waren richtige Häuser. Schwer zu beschreiben, aber man spazierte da mit einem ganz komischen Gefühl entlang, mit einer Art schmerzhaftem Staunen. Ich will damit sagen, daß die Häuser echt waren und alles, aber in Wirklichkeit sahen echte Häuser anders aus. Unser Haus hatte sechs Stockwerke, überall die gleichen Fenster und eine Marmortreppe mit einem kleinen Absatz auf jeder Etage, und es roch überall nach Desinfektionsmitteln. Es war ein schönes Haus. Aber diese hier waren anders. Sie hatten merkwürdige Dächer und elegante Linien, Erkerfenster und eine Veranda, oder eine Treppe, die sich nach oben drehte, und kleine Terrassen und Balkone, solche Sachen. Und eine kleine Laterne über der Tür. Oder eine Garage mit buntem Tor. Es waren echte Häuser, aber irgendwie waren sie doch nicht echt: Das war der Schwindel. Wenn ich jetzt darüber nachdenke, sagte das schon der Name »Das perfekte Haus«, aber was wußte ich damals schon davon, was perfekt ist und was nicht. Da hatte ich noch keine Vorstellung von *perfekt*. Deshalb erwischte es mich völlig unvorbereitet, sozusagen aus dem Hinterhalt. Und es war ein komisches Gefühl. Vielleicht wird das deutlicher, wenn ich Ihnen erkläre, warum ich bei meinem ersten Besuch dort in Tränen ausbrach. Wirklich wahr. In Tränen. Ich war hingegangen, weil meine Tante dort arbeitete und umsonst Eintrittskarten bekam. Sie war sehr schön, eine hochgewachsene Frau mit langem schwarzem Haar. Man hatte sie dort als Mutter engagiert, die in der Küche arbeitet. Zwischendurch wurden die Häuser nämlich belebt, das heißt, man postierte darin Leute, die so taten, als wohnten sie in dem Haus, was weiß ich, ins Wohnzimmer kam zum Beispiel ein Mann, der Zeitung las und Pfeife rauchte, auch Kinder, mit Schlafanzug in einem Etagenbett, phantastisch, wir hatten noch nie ein Etagenbett gesehen. Alles nur, damit es *perfekt* aussah, verstehen Sie? Diese Menschen waren auch *perfekt*. Meine Tante war *perfekt* in der Küche, so schön und elegant, mit einer schicken Schürze: Sie räumte auf und öffnete die Schränke einer Einbauküche, sie klappte sie ununterbrochen auf und zu, aber vorsichtig, und holte Teller und Tassen oder sonstwas heraus, die ganze Zeit. Und lächelte. Manchmal kamen auch Kinostars oder berühmte Sänger und taten das gleiche, die Fotografen fotografierten sie, und das Foto war am nächsten Tag in der Zeitung. Ich erinnere mich noch an eine Frau in einem dicken Pelz, eine Sängerin, glaube ich, mit Brillantringen an den Fingern, die in die Kamera schaute und dabei mit einem Staubsauger von Hoover hantierte. Wir wußten nicht mal, was ein Staubsauger ist. Das war noch so eine schöne Sache an dieser Ausstellung: Wenn man da rauskam, hatte man den Kopf voller Dinge, die man vorher noch nie gesehen hatte und auch nie wieder sehen würde. So war das. Das erste Mal ging ich jedenfalls mit meiner Mutter hin, und gleich am Eingang stand die Rekonstruktion eines kleinen Bergdorfes, bis ins Detail identisch, mit Wiesen und Wegen, wunderschön. Dahinter hatte man eine riesige Landschaft aufgemalt, mit Berggipfeln und blauem Himmel. Mir gingen ganz komische Dinge durch den Kopf. Ich hätte mir das ein Leben lang anschauen können. Meine Mutter zog mich weiter, und wir kamen in einen Bereich, in dem es nur Badezimmer gab, eins neben dem anderen, ganz unglaubliche Badezimmer, das letzte hieß »Damals und heute«, da standen eine Menge neugierige Leute vor einer Art Bühne, rechts sah man ein Badezimmer, das aussah wie vor hundert Jahren, und links daneben dasselbe Badezimmer noch mal, nur ganz modern ausgestattet, so wie heute. Das Unglaubliche war, daß in den Badewannen zwei Modelle saßen, Wasser war keins drin, aber zwei junge Frauen, und das Geniale war: Es waren Zwillinge, verstehen Sie?, zwei Zwillinge in ein und derselben Pose, die eine in einer Kupferwanne, die andere in einer weißen Emailwanne, und was noch verrückt war: Sie waren *nackt*, wirklich wahr, vollkommen nackt, sie lächelten das Publikum an und hielten die Arme in einer einstudierten Pose, so daß man ihre Brüste nur ein bißchen, aber nicht ganz sehen konnte, so ein Mittelding, und alle Besucher kommentierten mit ernster Miene die Badezimmereinrichtung, aber in Wirklichkeit lauerten sie mit einem Auge immer nur darauf, daß sich die Arme vielleicht ein bißchen bewegten, nur das bißchen, das nötig war, damit man die Brüste der Zwillinge sehen konnte, die übrigens – sagenhaft, an was man sich alles erinnert – die Dolphin-Zwillinge hießen, obwohl das, wenn ich jetzt darüber nachdenke, bestimmt ihr Künstlername war. Ich erzähle Ihnen diese Badezimmergeschichte, weil die auch etwas damit zu tun hat, daß ich später in Tränen ausbrach. Da waren so viele verwirrende Dinge auf einmal, schon von Anfang an, eine Maschinerie, die einen gefangennahm und gewissermaßen auf etwas ganz Besonderes vorbereitete. Dann verließen wir die nackten Zwillinge und betraten den Mittelgang. Dort standen all die »perfekten Häuser«, eins neben dem anderen, jedes mit einem eigenen Garten, manche sahen altertümlich aus, oder alt, und andere moderner, mit einem Spider vor der Haustür. Wunderbar. Wir schlenderten an ihnen vorbei, und irgendwann blieb meine Mutter stehen und sagte: »Das hier ist aber schön!«, es war ein zweistöckiges Haus mit einer Veranda, Giebeldach und hohen Schornsteinen aus Backstein. Es hatte überhaupt nichts Außergewöhnliches, es war auf sehr normale Art *perfekt*, und vielleicht war gerade das das Besondere. Wir blieben stehen und betrachteten es schweigend. Ringsum gingen die Leute plaudernd an uns vorbei, dazu der übliche »Das perfekte Haus«-Trubel, aber ich bekam gar nichts mehr davon mit, all das verstummte nach und nach in meinem Kopf. Und auf einmal sah ich in einem Küchenfenster, einem großen Fenster im Erdgeschoß mit aufgezogenen Vorhängen, dort drinnen sah ich das Licht angehen und eine Frau mit Blumen in der Hand lächelnd ins Zimmer kommen. Sie trat an den Tisch, legte die Blumen ab, holte eine Vase und ging zur Spüle, um Wasser einzufüllen. Sie tat das, als würde ihr niemand zusehen, als befände sie sich an einem völlig entlegenen Platz der Welt, wo es nur sie gab und diese Küche. Sie nahm die Blumen, steckte sie in die Vase, stellte die Vase mitten auf den Tisch, schob hier und da eine Rose zurecht, die an einer Seite heraushing. Die Frau war blond und trug einen Haarreif. Sie drehte sich um, ging zum Kühlschrank, öffnete ihn, nahm eine Milchflasche und noch etwas anderes heraus. Sie schubste den Kühlschrank sanft mit dem Ellbogen zu, weil sie beide Hände voll hatte. Und obwohl ich es gar nicht hören konnte, hörte ich deutlich das Klacken, als die Tür zuging, ein präziser, metallischer und fast herzlicher Ton. Ich habe nie wieder ein Geräusch gehört, das so genau und endgültig und so sehr nach Sicherheit klang. Ich betrachtete einen Moment das Haus, das ganze Haus, den Garten, die Schornsteine, den Stuhl auf der Veranda, alles. Und dann brach ich in Tränen aus. Meine Mutter bekam einen Schreck, sie dachte, mir sei etwas passiert, mir war ja auch wirklich was passiert, aber sie dachte, ich hätte in die Hose gemacht, früher, als ich klein war, kam das öfter mal vor, ich machte in die Hose und fing an zu heulen, deshalb dachte sie, daß es nun wieder passiert sei, und wollte mich schon zur Toilette schleifen. Als sie sah, daß bei mir unten rum alles trocken war, wollte sie wissen, was los sei, sie hörte gar nicht mehr auf, mich zu löchern, die reinste Qual, denn ich wußte natürlich nicht, was ich antworten sollte, ich konnte nur immer wieder sagen, daß alles in Ordnung sei und daß es mir gutging, Und warum heulst du dann?

»Ich heule nicht.«

»Und ob du heulst.«

»Gar nicht.«

Es war eine Art *stechendes, schmerzhaftes Staunen*. Ich weiß nicht, ob Sie das kennen, Herr Oberst. Wenn man sich eine Modelleisenbahn anschaut, ist es ähnlich, besonders wenn sie eine Landschaft ringsum hat, mit Bahnhof und Tunnels, Kühen auf den Wiesen und Leuchtsignalen an den Bahnübergängen. Da passiert das auch. Oder wenn man in einem Trickfilm ein Mäusehaus sieht, mit einer Streichholzschachtel als Bett und einem Bild vom Mäusegroßvater an der Wand, einem Bücherregal und einem Löffel als Schaukelstuhl. Dann empfindet man innerlich ein Gefühl des Trostes, fast eine *Erscheinung*, die einem regelrecht die Seele öffnet, aber gleichzeitig spürt man eine Art stechenden Schmerz, wie bei einem unwiderruflichen und endgültigen Verlust. Eine süße Katastrophe. Ich glaube, es hat etwas damit zu tun, daß man in diesen Situationen immer *außerhalb* ist, man betrachtet sie immer *von außen*. Man kann nicht in die Eisenbahn einsteigen, das ist es, und das Mäusehaus wird immer dort im Fernsehen bleiben, und man selbst befindet sich unweigerlich *davor* und betrachtet es, eine andere Möglichkeit gibt es auch gar nicht. Genauso konnte man zwar damals in dieses »perfekte Haus« hineingehen, wenn man wollte, man stellte sich kurz in die Schlange und konnte sich die Einrichtung von innen ansehen. Aber es war dann nicht mehr dasselbe. Da stand eine Menge interessanter Krimskrams herum, es war komisch, man konnte die Sachen auch anfassen, aber dieses Staunen, das man beim Betrachten von außen hatte, dieses Gefühl war dann weg. Es ist merkwürdig. Wenn man den Ort sieht, an dem man *sicher* wäre, betrachtet man ihn immer *von außen*. Es ist *dein* Ort, aber du bist nie dort. Meine Mutter löcherte mich weiter, warum ich so traurig sei, und ich hätte ihr am liebsten gesagt, daß ich gar nicht traurig war, im Gegenteil, ich hätte ihr erklären sollen, daß es sogar etwas mit Glück zu tun hatte, die erschütternde Erfahrung, plötzlich das Glück gesehen zu haben, und zwar in diesem blöden Haus. Aber wie? Das könnte ich nicht mal heute. Es ist ja auch ein bißchen peinlich. Dieses bescheuerte »perfekte Haus« war ja nur dafür gemacht, einen zum Narren zu halten, alles war nur eine miese Tour von technischen Zeichnern und Maurern, ein Riesenbetrug eben. Kann gut sein, daß der Architekt, der es entworfen hatte, ein absoluter Blödmann war, einer, der in der Mittagspause vor dem Schultor um die Mädels herumstreicht und ihnen »Blas mir einen« oder Ähnliches zuflüstert. Keine Ahnung. Außerdem, ich weiß nicht, ob Ihnen das auch aufgefallen ist, meistens, wenn einem so etwas wie eine *Erscheinung* widerfährt, kann man jede Wette eingehen, daß an der Sache etwas faul ist, ich meine, daß sie nicht *echt* ist. Nehmen Sie zum Beispiel die Modelleisenbahn. Sie können sich stundenlang einen *echten* Bahnhof ansehen, und nichts passiert, und dann reicht ein kurzer Blick auf eine Modelleisenbahn, und zack! geht der ganze Zauber los. Es macht zwar keinen Sinn, aber leider ist es so, und manchmal fesselt eine Sache dich und dein Staunen um so mehr, je blöder sie ist, als wäre eine bestimmte Dosis Mogelei, vorsätzlicher Mogelei, nötig, um das zu erreichen, als müßte alles, wenigstens eine Zeitlang, falsch sein, um danach so etwas wie eine *Erscheinung* werden zu können. Bei Büchern oder Filmen ist es auch so. Falscher geht es gar nicht, und wenn Sie sich anschauen, wer dahintersteckt, begegnen Sie mit Sicherheit nur ausgemachten Arschlöchern, aber vorher sieht man darin Dinge, von denen man sonst Tag für Tag träumt und die man im wahren Leben nie finden wird. Das wahre Leben *spricht* niemals. Es ist nichts als ein Geschicklichkeitsspiel, entweder man gewinnt oder man verliert, es lenkt einen ab, damit man nicht soviel nachdenkt. Diesen Trick wandte auch meine Mutter damals an. Da ich nicht aufhörte zu schluchzen, zog sie mich weiter, vor einen Automaten mit ganz vielen Lämpchen und Schriftzügen, ein schöner Automat, er sah aus wie eine *slot machine* oder so. Eine Margarinefirma hatte ihn aufgestellt. Er war gut gemacht, das muß man schon sagen. Das Spiel funktionierte so, daß auf einem Teller sechs Plätzchen lagen, einige waren mit Butter und andere mit der Margarine zubereitet. Man mußte sie nacheinander probieren und jedesmal bestimmen, ob sie mit Margarine oder Butter zubereitet waren. Damals war Margarine noch ein bißchen exotisch, man wußte noch nicht viel darüber, hatte nur die Vorstellung, daß sie gesünder wäre als Butter, vor allem aber ziemlich ekelhaft. Das war das Problem. Also erfanden sie diesen Automaten mit dem Spiel, bei dem man auf den roten Knopf drücken mußte, wenn man glaubte, daß das Plätzchen mit Butter zubereitet war, und auf den blauen, wenn es nach Margarine schmeckte. Es war lustig. Und ich hörte auf zu weinen. Das steht fest. Ich weinte nicht mehr. Nicht daß sich in meinem Kopf irgendwas geändert hätte, ich verspürte immer noch dieses stechende, schmerzhafte Staunen, das mich im übrigen nie mehr verlassen sollte, denn wenn ein Kind entdeckt, daß es einen Ort gibt, der sein Ort ist, wenn man ihm für einen Augenblick *sein* Haus und die *Bedeutung* eines Hauses aufblitzen läßt, und vor allem die Idee, daß so ein Haus *existiert*, dann ist es ein für allemal angeschmiert, von da gibt's kein Zurück, dieses Kind wird immer jemand sein, der zufällig vorbeikommt, mit diesem stechenden, schmerzhaften Staunen auf dem Buckel, und deshalb immer fröhlicher und trauriger als die anderen, bei allem, was es auf seinem Weg zu lachen und zu weinen gibt. In diesem konkreten Fall hörte ich jedenfalls auf zu weinen. Es funktionierte. Ich aß Plätzchen, drückte Knöpfe, die Lämpchen leuchteten auf, und ich weinte nicht mehr. Meine Mutter war zufrieden, sie dachte, es wäre vorbei, sie konnte es ja nicht verstehen, aber ich schon, ich verstand es ganz genau, ich wußte, daß überhaupt nichts vorbei war, daß es nie vorbei sein würde, aber ich weinte nicht mehr und spielte mit dem Automaten. Wenn Sie wüßten, wie oft ich dieses Gefühl noch verspürt habe … Es kommt mir so vor, als hätte ich seit damals nichts anderes getan. Mit dem Kopf ganz woanders, bei blauen oder roten Knöpfen, bei dem Versuch, richtig zu raten. Ein Geschicklichkeitsspiel. Als Ablenkung. Und warum auch nicht, schließlich funktioniert es ja. Als die Ausstellung des »perfekten Hauses« in jenem Jahr vorbei war, teilte die Margarinefirma übrigens mit, daß hundertdreißigtausend das Spiel mitgemacht und nur acht Prozent der Teilnehmer alle sechs Plätzchen richtig zugeordnet hätten. Sie verkündeten das mit einem gewissen Stolz. Ich glaube, meine Erfolgsquote war ähnlich hoch. Ich will damit sagen, wenn ich mir überlege, wie oft ich die blauen und roten Knöpfe dieses Lebens gedrückt habe, in der Hoffnung, richtig zu raten, muß meine Trefferquote wohl so um die acht Prozent gelegen haben, diese Zahl scheint mir ganz realistisch. Das sage ich ohne Stolz. Aber so in etwa muß es gewesen sein. Wenigstens sehe ich es so.

Shatzy drehte sich zu Gould um, der sich keine Zeile entgehen ließ.

»Wie ist das?«

»Mein Vater ist kein Oberst.«

»Nein?«

»General.«

»Dann eben General. Und sonst?«

»Wenn du in diesem Tempo weitermachst, bist du fertig, wenn ich kein Kindermädchen mehr brauche.«

»Stimmt. Laß mich mal sehen ...«

Gould reichte ihr die Liste mit den Fragen. Shatzy warf einen Blick darauf und hielt bei einer Frage auf dem zweiten Blatt inne.

»Die hier geht schnell. Lies mal vor ...«

»31. Kann die Bewerberin in groben Zügen den Traum ihres Lebens darstellen?«

»Kann ich.«

Mein Traum ist es, einen Western zu machen. Ich habe damit begonnen, als ich sechs war, und ich werde nicht abtreten, bevor er fertig ist.

»Voilà.«

Seit sie sechs Jahre alt war, arbeitete Shatzy Shell an einem Western. Das war das einzige, was ihr im Leben wirklich am Herzen lag. Sie dachte ständig daran. Wenn sie eine gute Idee hatte, schaltete sie ihren kleinen Kassettenrecorder an und sprach hinein. Sie hatte schon Hunderte Kassetten bespielt. Sie sagte, es sei ein wunderschöner Western.

4

In der Januarausgabe wurde Mami Jane um die Ecke gebracht, in einer Episode mit dem Titel *Mörderische Gleise*. Das ist der Lauf der Dinge.

5

Die Sache mit dem Western stimmte übrigens. Shatzy arbeitete schon seit Jahren daran. Zuerst sammelte sie Ideen, dann fing sie an, Hefte mit Notizen vollzuschreiben. Nun benutzte sie den Kassettenrecorder. Hin und wieder schaltete sie ihn an und sprach etwas hinein. Sie hatte zwar keine bestimmte Methode, kam aber immer weiter voran. Und der Western entwickelte sich. Er begann mit einer Sandwolke und Sonnenuntergang.

Die übliche Sandwolke und Sonnenuntergang, die der Wind, wie jeden Abend, auf die Erde und in den Himmel pustet, während Melissa Dolphin mitten in dem Luftwirbel die Straße vor dem Haus kehrt, mit übertriebener und sinnloser Sorgfalt. Aber ihr Alter, dreiundsechzig, trägt sie gelassen und voller Dankbarkeit. Sie ist die Zwillingsschwester von Julie Dolphin, die schaukelnd auf der Veranda sitzt und ihr zuschaut, vor dem heftigen Wind geschützt: durch den Staub hindurch schaut sie ihr zu, und nur sie versteht sie.

Rechts, an der Hauptstraße, liegt das Dorf. Links das Nichts. Außer ihrem Bretterzaun ist da keine Grenze, nur für unnütz befundenes und aus den Gedanken gestrichenes Land. Steine und sonst nichts. Wenn dort jemand stirbt, heißt es: Die Dolphin-Schwestern haben ihn vorbeigehen sehen. Ein letzteres Haus als das ihre gibt es nicht. Auch nicht woanders, heißt es.

Dementsprechend verblüfft und erstaunt ist Melissa Dolphin, als sie den Blick auf dieses Nichts richtet und in der Sandwolke und Sonnenuntergang langsam die verschwommene Gestalt eines Mannes näher kommen sieht. Sie hat zwar hin und wieder etwas in dieser Richtung verschwinden sehen – Brombeerbüsche, Tiere, einen Alten, überflüssige Blicke –, aber noch nie war dort etwas *erschienen*. Oder jemand.

»Julie ...« sagt sie leise und dreht sich zu ihrer Schwester um.

Julie Dolphin steht auf der Veranda und umklammert mit der rechten Hand eine Winchester, Modell 1873, mit achteckigem Lauf, Kaliber 44-40. Sie beobachtet den Mann – er geht langsam, mit tief in die Stirn gezogenem Hut und bis zu den Füßen reichendem Staubmantel, er zieht etwas hinter sich her, ein Pferd, irgendwas, ein Pferd und irgendwas, ein Halstuch schützt sein Gesicht vor dem Staub. Julie Dolphin hebt das Gewehr, drückt den Holzschaft gegen ihre rechte Schulter, neigt den Kopf, um Auge, Korn und Mann auf eine Linie zu bringen.

»Ja, Melissa«, sagt sie leise.

Zielt mitten auf die Brust und drückt ab.

Der Mann bleibt stehen.

Schaut auf.

Nimmt das Halstuch ab, das sein Gesicht verdeckte.

Julie Dolphin schaut ihn an. Lädt das Gewehr. Neigt den Kopf, um Auge, Korn und Mann auf eine Linie zu bringen.

Zielt auf das Gesicht und drückt ab.

Der Staub verschluckt das Echo des Schusses. Julie Dolphin läßt die Patrone aus dem Gewehr springen: eine rote Morgan, Kaliber 44-40. Sie steht da und guckt.

Der Mann braucht einen Moment, bis er bei Melissa ist, die regungslos mitten auf der Straße steht. Er nimmt den Hut ab.

»Ist das hier Closingtown?«

»Kommt drauf an«, antwortet Melissa Dolphin.

Ganz genau so begann der Western von Shatzy Shell.

6

»Ich begleite dich.«

»Warum?«

»Ich will mir diese tolle Schule mal ansehen«, sagte Shatzy.

Also gingen sie los, alle beide, man konnte den Bus nehmen oder zu Fuß gehen. Gehen wir erst mal ein Stück zu Fuß, wir können ja dann immer noch den Bus nehmen. Okay, aber zieh dir was über.

»Was hast du gesagt?«

»Keine Ahnung, was hab ich denn gesagt, Gould?«

»Zieh dir was über.«

»Ach was!«

»Ich schwör's!«

»Das hast du geträumt.«

»Du hast gesagt: ›Zieh dir was über‹, als wärst du meine Mutter.«

»Komm, gehen wir.«

»Hast du gesagt.«

»Hör jetzt auf.«

»Ich schwöre.«

»Und zieh dir was über.«

Die Straße war ein bißchen abschüssig, und auf der Erde lagen überall Blätter, die von den Bäumen gefallen waren, deshalb schleifte Gould die Füße über den Boden, als hätte er statt der Schuhe zwei Maulwürfe an den Beinen, Maulwürfe, die Tunnel ins Laub gruben, und das machte ein Geräusch, als würde man eine Zigarre anzünden, nur tausendmal lauter. Ein gelbes Geräusch, und rot.

»Mein Vater raucht Zigarre.«

»Wirklich?«

»Du würdest ihm gefallen.«

»Ich *gefalle ihm*.«

»Woher willst du das wissen?«

»Das hört man an der Stimme.«

»Echt?«

»An der Stimme kann man viel hören.«

»Zum Beispiel?«

»Zum Beispiel, wenn du jemanden mit einer schönen, mit einer richtig schönen Stimme hörst, einer schönen Männerstimme.«

»Was dann?«

»Dann kannst du sicher sein, daß er häßlich ist.«

»Häßlich?«

»Schlimmer als häßlich, potthäßlich, richtig schmierig, was weiß ich, dick und mit fetten, schwitzigen Händen, die immer ein bißchen feucht sind, weißt du, was ich meine?«

»Nö.«

»Wie ›nö‹?«

»Ich weiß nicht, Händeschütteln mag ich nicht, ich kenne mich mit Händen nicht so gut aus.«

»Händeschütteln magst du nicht?«

»Nein. Finde ich bescheuert.«

»Ach ja?«

»Die Hände von Erwachsenen sind immer zu groß, es macht keinen Sinn, daß sie sie gerade mit *mir* schütteln, schon die Idee ist doch bescheuert, daraus kann ja nichts werden.«

»Ich hab im Fernsehen mal die Verleihung der Nobelpreise gesehen. Da ging einer auf die Bühne, ganz elegant gekleidet, und machte da nichts anderes als Händeschütteln, vom Anfang bis zum Ende.«

»Das ist wieder eine andere Geschichte.«

»Das ist eine Geschichte, die mich interessiert. Erzähl sie mir, Gould.«

»Was jetzt?«

»Die Sache mit dem Nobelpreis.«

»Ja, und?«

»Warum haben sie beschlossen, daß du ihn bekommen sollst?«

»*Beschlossen* nicht.«

»Du hast ihn einfach bekommen?«

»Der Nobelpreis wird nicht an Kinder verliehen.«

»Sie können ja mal eine Ausnahme machen.«

»Hör auf.«

»Okay.«

»...«

»...«

»...«

»Und wie war das nun, Gould?«

»Ach, ich glaube, das ist nur eine Redensart oder so.«

»Komische Redensart.«

»Es gefällt dir nicht, was?«

»Das wollte ich nicht sagen . . .«

»Es gefällt dir nicht.«

»Ich finde es ein bißchen merkwürdig, das ist alles. Wie kann man einem Kind sagen, daß es mal den Nobelpreis bekommen wird, mag ja sein, daß es intelligent ist, aber so was kann doch niemand wissen, vielleicht ist es ja doch nicht *so* intelligent, vielleicht *will* es den Nobelpreis auch gar nicht bekommen, und selbst wenn, warum es ihm sagen?, es ist doch viel besser, man läßt es in Ruhe machen, was es will, und eines Morgens, wenn es aufwacht, sagt man ihm: ›Hast du schon die Neuigkeit gehört, du bekommst den Nobelpreis‹, und Ende.«

»Aber mir hat doch niemand gesagt, daß –«

»Das ist ja, als würde man jemandem sagen, wann er stirbt.«

». . .«

». . .«

». . .«

»Das war nur ein Beispiel, Gould.«

». . .«

»He, Gould, das war nur so ein Beispiel . . . Gould, sieh mich an.«

»Was ist?«

»Das war nur ein Beispiel.«

»Ist gut.«

Gould blieb stehen und drehte sich um. Da waren die beiden Streifen, die seine Füße in das Laub gegraben hatten, sie waren schön lang, bis in die Ferne. Man konnte sich vorstellen, daß irgendwer, vielleicht Stunden später, langsam die beiden Spuren entlangging und versuchte, mit seinen Füßen immer in den Spuren zu bleiben. Gould machte einen Sprung zur Seite und ging vorsichtig weiter, ohne Spuren zu hinterlassen. Er betrachtete die beiden Spuren hinter sich, die plötzlich endeten. *Die Abenteuer des unsichtbaren Mannes*, dachte er.

»Gould, der Bus. Sollen wir einsteigen?«

»Ja.«

Er fuhr die ganze Allee hinunter und bog dann in die Straße ein, die wieder hinaufführte, am Park entlang und an der Tierklinik vorbei. Es war ein roter Bus. Irgendwann kam er bei der Schule an.

»He, die ist aber schön«, sagte Shatzy.

»Ja.«

»Die ist wirklich schön, hätte ich nicht gedacht.«

»Von hier aus kann man das nicht sehen, aber dahinter geht's noch weiter, da sind die ganzen Sportplätze, und dahinter kommt auch noch was.«

»Schön.«

Sie standen nebeneinander und schauten. Kinder gingen rein und raus, und vor der Eingangstreppe war eine große Wiese mit kleinen Wegen und ein paar riesigen, etwas krummen Bäumen.

»Kennst du den Fußballplatz hinterm Haus?« fragte Gould.

»Ja.«

»Manchmal spielen da Kinder Fußball.«

»Ja.«

»Das Komische ist, daß sie auch spielen, wenn sie überhaupt keinen Ball haben. Manchmal schießen sie in die Luft oder tun so, als würden sie sich den Ball gegenseitig zukicken. Sie machen sogar Kopfbälle, obwohl da weit und breit kein Ball ist, sie laufen einfach nur so herum, während sie auf den Trainer warten oder darauf, daß das Spiel beginnt. Manchmal sind sie nicht mal in Trainingssachen und haben noch die Tasche in der Hand und den Mantel an, und trotzdem spielen sie einen Paß zum Außenstürmer und üben Dribbeln oder so.«

». . .«

». . .«

». . .«

»Bei mir ist es genauso.«

». . .«

»Ich meine die Schule, das ist für mich genau dasselbe.«

». . .«

»Auch wenn da weit und breit kein aufgeschlagenes Buch,

kein Lehrer oder keine Schule ist ... Es ist genau dasselbe ... Ich hör nie damit auf ... nie. Verstehst du?«

»Vielleicht.«

»Es macht mir einfach Spaß. Ich muß immer daran denken.«

»Seltsam.«

»Verstehst du?«

»Ja.«

»Das hat nichts mit dem Nobelpreis zu tun, verstehst du?«

Das Schöne war, daß sie sich nicht mal anschauten, sie standen immer noch da und ließen den Blick schweifen, über die Schule, die Wiese, die Bäume, all das.

»Das war nicht ernst gemeint, Gould.«

»Wirklich nicht?«

»Aber nein, ich hab das einfach so dahingesagt. Wenn es um Schule geht, darfst du nicht auf mich hören, da bin ich die letzte, auf die du hören darfst. Glaub mir.«

»Na gut.«

»Das Thema Schule ist eben nicht so meine Stärke, das ist alles.«

»...«

»Tut mir leid, Gould.«

»Schon gut.«

»Okay.«

»Schön, daß sie dir gefällt.«

»Was?«

»Die Schule.«

»Ja.«

»Es ist schön hier.«

»Ja. Aber anschließend kommst du wieder nach Hause, ja?«

»Klar komm ich wieder nach Hause.«

»Mach's einfach so: Komm wieder nach Hause.«

»Ja.«

»Okay.«

Da erst schauten sie sich an. Vorher nicht. Sie schauten sich einen Moment an. Gould hatte eine Wollmütze auf, ein bißchen schief, das eine Ohr unter der Mütze, das andere nicht.

Wenn man ihn so betrachtete, brauchte man wirklich den Blick eines Sehers, um zu kapieren, daß er ein Genie war. Shatzy zog ihm die Mütze über das unbedeckte Ohr. Tschüs, sagte sie. Gould ging durch das Tor und überquerte auf dem Mittelweg die Wiese, ohne sich einmal umzudrehen. Er sah sehr klein aus vor dieser großen Schule, und Shatzy dachte, daß sie noch nie in ihrem Leben etwas Kleineres gesehen hatte als diesen kleinen Jungen und seine Schultasche, die den Weg hinaufgingen und mit jedem Schritt kleiner wurden. Sie dachte, daß es ein Skandal war, zuzulassen, daß ein Kind so einsam ist, und daß es ja wohl das mindeste wäre, ihm eine Truppe Husaren oder so zu schicken, die ihn diesen Weg hinauf- und in die Klassenräume begleiteten, zwei Dutzend Husaren, vielleicht auch ein paar mehr. Aber so, das war ja furchtbar.

»Das ist ja furchtbar«, sagte sie zu zwei Jungs, die gerade herauskamen, mit Büchern unterm Arm und Schuhen, die aussahen wie Schuhe von Comicfiguren.

»Irgendwas nicht in Ordnung?«

»Gar nichts ist in Ordnung.«

»Ach ja?«

Die Jungs grinsten.

»Kennt ihr einen Gould?«

»Gould?«

»Ja, Gould.«

»Den Kleinen?«

Sie grinsten.

»Ja, den Kleinen.«

»Klar kennen wir den.«

»Was gibt's denn da zu grinsen?«

»He, locker bleiben, Schwester.«

»Was ist jetzt, kennt ihr ihn oder nicht?«

»Ja, sicher.«

»Seid ihr mit ihm befreundet?«

»Wer, wir?«

»Ja, ihr.«

Sie grinsten.

»Der ist mit niemandem befreundet.«

»Was soll das denn heißen?«

»Das heißt, daß er mit niemandem befreundet ist.«

»Geht er nicht mit euch zur Schule?«

»Der wohnt doch in der Schule.«

»Und weiter?«

»Nichts weiter.«

»Er geht in den Unterricht wie alle anderen auch, oder?«

»Was geht dich das denn an, wer bist du eigentlich, eine Journalistin oder so?«

»Ich bin keine Journalistin.«

»Wohl seine Mami.«

Sie grinsten.

»Ich bin nicht seine Mami. Eine Mama hat er schon.«

»Und wer soll das sein, Marie Curie?«

»Wichser.«

»He, Schwester, immer locker bleiben.«

»Bleib du lieber locker.«

»Du bist wohl nicht ganz dicht.«

»Wichser.«

»He ...«

»Laß sie, die spinnt doch.«

»Die tickt wohl –«

»Jetzt komm, vergiß es –«

»Die spinnt ja.«

»Komm, wir gehen.«

Sie grinsten nicht mehr.

»WENN DIE HUSAREN KOMMEN, HABT IHR NICHT MEHR SO EINE GROSSE KLAPPE!« rief Shatzy ihnen hinterher.

»Hör dir die an!«

»Ach, scheiß drauf.«

»SOLCHE WIE EUCH HÄNGEN DIE AN DEN EIERN AUF UND ÜBEN SCHEIBENSCHIESSEN DAMIT.«

»Sie spinnt.«

»Unglaublich.«

Shatzy wandte sich wieder der Schule zu. »Sie hängen euch

an den Eiern auf«, murmelte sie vor sich hin. Dann zog sie die Nase noch. Es war ganz schön kalt. Sie betrachtete die große Wiese und die etwas krummen Bäume. Solche Bäume hatte sie schon mal gesehen, sie wußte nur nicht mehr, wo. Vielleicht vor einem Museum. Es war ganz schön kalt. Sie packte ihre Handschuhe aus und zog sie an. Scheißwelt, dachte sie. Sie schaute auf die Uhr. Kinder gingen raus und rein. Die Schule war weiß. Die Wiese gelblich. Scheißwelt, dachte sie.

Dann rannte sie los.

Sie bog in den Weg ein und rannte bis zur Eingangstreppe hoch, nahm zwei Stufen auf einmal und betrat die Schule. Sie lief durch einen langen Flur, in den zweiten Stock, gelangte in eine Art Mensa, verließ sie am anderen Ende, ging wieder einen Stock tiefer, öffnete alle Türen, die sie entdecken konnte, fand sich wieder im Freien, überquerte einen Sportplatz und einen Garten, betrat ein gelbes Gebäude mit drei Stockwerken, lief die Treppe hoch, warf einen Blick in die Bibliothek und in die Toiletten, ging in die Büros, nahm den Aufzug, folgte einem Pfeil mit der Aufschrift STIFTUNG GRABENHAUER, machte kehrt, bog in einen grüngestrichenen Flur, öffnete die erste Tür, schaute in den Klassenraum, sah einen Herrn vor der Tafel und niemanden auf den Bänken, bloß einen kleinen Jungen, der mit einer Coladose in der Hand in der dritten Reihe saß.

»Shatzy.«

»Hallo, Gould.«

»Was machst du denn hier?«

»Nichts, ich wollte nur nachsehen, ob alles in Ordnung ist.«

»Alles in Ordnung, Shatzy.«

»Alles klar?«

»Ja.«

»Gut. Wie kommt man hier denn wieder raus?«

»Die Treppe runter und dann immer den Pfeilen nach.«

»Den Pfeilen nach.«

»Ja.«

»Okay.«

»Bis später.«

»Bis später.«

Gould und der Professor blieben im Klassenraum zurück.

»Das ist mein neues Kindermädchen«, sagte Gould. »Sie heißt Shatzy Shell.«

»Hübsch«, bemerkte der Professor, der – um bei der Sache zu bleiben – Martens hieß. Dann fuhr er mit dem Unterricht und mit seiner Vorlesung fort, die – um bei der Sache zu bleiben – die Vorlesung Nr. 14 war:

Und in der Tat scheint dies der Kern einer so einmaligen Erfahrung zu sein, mag er auch nur partiell überprüfbar und geheimnisvoll bleiben, sagte Professor Martens in der Vorlesung Nr. 14. Nehmen Sie zum Beispiel einen Fußgänger, der sein Vorhaben ordentlich mit einem Plan abstimmt, den er am Morgen ausgearbeitet hat, und der nun mit einem konkreten Ziel die klar begrenzte und nicht zu verwechselnde Fahrspur einer Straße entlanggeht. Stellen Sie sich vor, ihm begegnet auf dem Pflaster zufällig die belanglose Präsenz eines schwarzen Pfennigabsatzes, nicht vorhergesehen und, andererseits, auch nicht vorhersehbar.

Und er ist davon wie verzaubert.

Wohlgemerkt nur er, nicht die anderen tausend Menschen mit ähnlicher Gemütsverfassung und ähnlichen Verhaltensmustern, die den schwarzen Pfennigabsatz zwar auch gesehen, aber mit einem gezielten Automatismus in die nützliche Unterkategorie kurioser Gegenstände verbannt haben, die ihrem Wesen nach nicht geeignet sind, in die Reichweite unserer Aufmerksamkeit zu gelangen, da diese eben pragmatisch veranlagt ist. Unser Mann hingegen, plötzlich dieser wundervollen Vision ausgesetzt, unterbricht seinen – auch geistigen – Weg, unweigerlich von sich selbst erlöst durch ein Bild, das erklingt wie ein Ruf, den man unmöglich enttäuschen kann, ein Gesang, der allem Anschein nach bis in die Unendlichkeit strahlt.

Das ist merkwürdig, sagte Professor Martens in der Vorlesung Nr. 14.

Wenn aus der Masse Material, die die Wahrnehmung zwischen einer Erfahrung und uns durchqueren muß, eine Einzelheit, und nur diese, aus dem allgemeinen Magma hervortritt und es schafft, völlig unbemerkt die Hülle unserer automatischen Unaufmerksamkeit zu *verletzen*. Normalerweise gibt es keinen Grund dafür, daß sich Vorfälle wie dieser ereignen, und doch ereignen sie sich und entfachen in uns ein jähes, ungewohntes Gefühl. Sie sind wie ein Versprechen. Wie das Aufblitzen eines Versprechens.

Sie versprechen Welten.

Man könnte fast sagen – sagte Professor Martens in der Vorlesung Nr. 14 –, daß solche Visionen von Gegenständen, die ihrer Bedeutungslosigkeit in der Realität entkommen, winzige Einschnitte sind, die es uns ermöglichen, die Fülle von Welten zu erahnen – und vielleicht zu berühren. Von Welten. In der Nichtigkeit eines auf der Straße liegenden Pfennigabsatzes leuchtet eine Frau auf, das Licht einer Frau, einer Welt – erklärte Professor Martens in der Vorlesung Nr. 14 –, so daß man sich letztlich fragen muß, ob / möglicherweise ist dies das einzige Tor zur Authentizität der Welten

keine Frau ist so sehr Frau wie ein auf der Straße liegender Pfennigabsatz / darin ist etwas zum Greifen nah, das fast / etwas, was den innersten Kern der riesigen kollektiven Erfahrung und Geschichte des Begriffs Frau ausmacht / nennen wir es seine schillernde Wahrheit / genauer gesagt, was in der Realität in unserem Wahrnehmungshorizont an Gefühlen und Empfindungen ausgelöst wird, die auf den sprachlichen Ausdruck »Frau« zurückzuführen sind

keine Frau ist so sehr Frau wie ein auf der Straße liegender Pfennigabsatz: Und wenn dem so ist, ist Authentizität eine unterirdische Metropole, wahrnehmbar durch das Aufblitzen winziger Einschnitte, die sie ankündigen, in die gepanzerte Hülle der Realität geritzte Lichtobjekte, Flammen, Wegweiser und Weg zugleich, Zeichen und Tor, Engel – erklärte Professor Martens in seiner Vorlesung Nr. 14. Und er fügte hinzu: Und jetzt kommen Sie mir nicht mit Prousts *Madeleine*. Man hat es sich in diesem obszön biederen bürgerlich-häuslichen Bild *bequem gemacht*, man hat darin den brennenden Schmerz der echten Einschnitte gestillt, sie herabgesetzt zu unbedeutenden Phänomenen des unfreiwilligen und damit, warum auch immer, aufschlußreichen Erinnerns / ausgestreckt auf der Arztliege haben wir die aufblitzenden Visionen aus unserem Untergeschoß verscheucht wie traurige Aufwallungen eines persönlichen und individuellen Unterbewußtseins / wir haben es einer milderen Behandlung unterzogen, wie Nierensteine, die man entwässert und mit dem Harnlassen der Erinnerung ausscheidet, die Erinnerung / das Gedächtnis / Ausscheidungen der Seele / eine unverzeihliche Feigheit / als wäre – erklärte Professor Martens in seiner Vorlesung Nr. 14, während er vom Pult trat und sich Gould näherte –

als wäre der Mann, der sich von dem schwarzen Pfennigabsatz verzaubern läßt, in diesem Moment noch er selbst: als hätte er eine *eigene* Biographie, ein eigenes *Gedächtnis*. Das ist die Lüge. Augen, die das Aufblitzen sehen, sind unwiederholbare Endstationen von Welt. Kombinationen von Ereignissen, objektive Konstellationen von Möglichkeiten, die in einem bestimmten Augenblick an demselben Ort zusammentrafen. Daran ist nichts Subjektives. Jedes Aufblitzen ist ein Akt der Objektivität. Das Authentische versetzt der Realität einen Schmiß

man stelle sich bloß mal Augen vor, die nur die Realität wahrnehmen können, Augen ohne Geschichte

später, erst später wird es Geschichte

hörst du, später, erst später wird es Geschichte

bei dem Versuch, das Aufblitzen zu verewigen, verwandelt man es in Geschichte, sofern das möglich ist

man stelle sich nur den Geist vor, der das kann

wieviel Leichtigkeit und Kraft sind nötig, das Aufblitzen so lange in der Schwebe zu halten, bis es sich in Geschichte auflöst das hieße ja, Geschichten zu schaffen, *das* müßte man können, solange wie nötig lauschen, der Lichtung hinter dem aufblitzenden Schein auflauern, ihren Schritt und Rhythmus annehmen, den Atem, den Gang, auf ihren Wegen gehen, ihren Rhythmus atmen, bis der Augenblick, ausgedehnt zu einem Ort, sich in Hand und Stimme überträgt, *besänftigt* in der gebogenen Linie einer Geschichte, in der geraden Linie einer Geschichte *geschärft*

kann man sich eine schönere Tätigkeit vorstellen? fragte Professor Martens in der Vorlesung Nr. 14.

Professor Martens war Goulds Dozent für Quantenmechanik. Er war ganz verrückt nach Fahrrädern, von denen er allerdings aufgrund einer schlecht verheilten Innenohrentzündung häufig herunterfiel. Einer seiner Vorfahren hatte in der Schlacht von Charlottenburg gekämpft, und dafür hatte er Beweise. Sagte er.

7

Eine andere schöne Szene war die mit dem Menü. Im Saloon. Nicht das Menü. Die Szene. Die war im Saloon.

Wo die Hölle los war vor lauter Dingen, Stimmen, Geräuschen, Farben und nicht zu vergessen – sagte Shatzy – Gestank. Der ist wichtig. Den Gestank mußt du dir richtig plastisch vorstellen. Schweiß, Alkohol, Pferd, verfaulte Zähne, Pisse und Rasierwasser. Riechst du ihn? Sie erzählte nicht weiter, bevor man ihn nicht roch.

Am Anfang war das so eine Sache mit Carver, dem Typen aus dem Saloon, und dem Fremden, dem von den Dolphin-Schwestern. Carver trocknete immer Gläser ab, wenn er sich mit jemandem unterhielt. Niemand hat ihn je ein Glas spülen sehen.

»Bist du der Fremde?«

»Was soll das sein, eine neue Whiskeymarke?«

»Das ist eine Frage.«

»Hab schon originellere gehört.«

»Die guten verwahren wir für die Gäste mit Geld.«

Der Fremde legt eine Goldmünze auf die Theke und sagt:

»Dann laß mal hören.«

»Whiskey, *señor?*«

»Einen doppelten.«

Shatzy sagte, sie müsse noch eine Kleinigkeit ergänzen, aber im Grunde sei er so eigentlich perfekt. Sie meinte den Dialog.

»Begrüßt ihr jeden, der in die Stadt kommt, mit Kugelhagel?«

»Die Dolphin-Schwestern, was?«

»Zwei Damen. Zwillinge.«

»Das sind sie.«

»Ein schönes Pärchen.«

»Ich kenne keinen, der so mit dem Gewehr umgehen kann wie sie«, sagt Carver und trocknet das nächste Glas ab.

»Was meinst du damit?«

»Hast du noch nicht die Geschichte mit dem Herzbuben gehört?«

»Nein.«

»Die hat sie berühmt gemacht. Das geht so: Sie stellen sich vierzig Schritte von dir entfernt auf, du wirfst ein Kartenspiel in die Luft, sie schießen, du sammelst die Karten wieder vom Boden auf, und am Schluß hast du einundfünfzig normale Karten in der Hand und eine mit einem Loch mittendrin.«

»Der Herzbube.«

»Genau.«

»Jedesmal der Herzbube?«

»Die Karte gefällt ihnen wohl besonders. Muß irgendwas dahinterstecken.«

»Und wann kann man die Nummer mal sehen?«

»Gar nicht. Das letzte Mal war vor zwei Jahren, und da kam ein Toter bei raus. Ende der Vorstellung.«

»Haben die beiden ihn weggepustet?«

»Das war so ein Trottel aus einer anderen Stadt. Er hatte von der Geschichte mit dem Herzbuben gehört und wollte sie nicht glauben, er sagte, diese beiden alten Jungfern würden nicht mal dann eine Karte treffen, wenn man sie ihnen zusammengerollt in den Gewehrlauf schiebt. Das erzählte er tagelang überall herum und lachte sich krank über das Zusammenrollen und so. Irgendwann hatten es die Dolphin-Schwestern leid. Nicht die Kartenspielsache, sondern das mit den Jungfern machte sie so wütend, bei uns hier wissen alle, daß man das Thema alte Jungfern besser vermeidet, aber der Idiot hörte gar nicht mehr damit auf. Sie tobten vor Wut. Noch einen Whiskey?«

»Erst die Geschichte.«

»Schließlich wettete er tausend Dollar, daß die beiden Jungfern es niemals schaffen würden. Er schien sich seiner Sache sicher. Sie kamen mit ihren Gewehren. Die ganze Stadt war da, um zuzuschauen. Der Trottel grinste unbesorgt vor sich hin, zählte die vierzig Schritte ab, nahm das Kartenspiel und warf es in die Luft. Er lag schon flach auf dem Boden, als die Karten noch wie welke Blätter durch die Luft purzelten: zwei Schüsse mitten ins Herz. Mausetot. Die Dolphin-Schwestern drehten sich um und gingen ohne ein Wort nach Hause.«

»Bingo.«

»Wir standen alle wie versteinert da und wußten nicht, wo wir hinsehen sollten. Eine unglaubliche Stille. Nur der Sheriff rührte sich: Er ging zu der Leiche, drehte sie auf den Rücken und betrachtete sie eine Weile, es war, als suchte er etwas. Dann wandte er sich zu uns um, schüttelte den Kopf und lächelte.«

Carver hörte auf, das Glas abzutrocknen. Auch er lächelte.

»Der Trottel wollte besonders schlau sein. Er hatte den Herzbuben aus dem Spiel genommen und versteckt. Rate mal, wo.«

»In der Westentasche.«

»Genau über dem Herzen. Ich sehe die Karte noch vor mir. Voller Blut. Und in der Mitte: zwei solche Löcher, sah aus wie eine Unterschrift.«

»Whiskey, Carver.«

»*Sí, señor.*«

»Beim Prozeß – erzählte Shatzy – suchte der Richter in seinen Büchern nach irgend etwas, was es erlaubt hätte, einen unbewaffneten Betrüger niederzuschießen, ohne dafür am Galgen zu enden. Er fand nichts. Also sagte er ›was soll's, Freispruch‹. Er nahm den Sheriff beiseite und sagte etwas zu ihm. Dann ging er, um sich sinnlos zu besaufen.«

»Carver?«

»*Sí, señor.*«

»Warum lebe ich noch?«

»Das hier ist ein Saloon, die Kirche ist weiter unten, auf der anderen Straßenseite.«

»Warum sitze ich jetzt hier und trinke Whiskey, obwohl die Dolphin-Schwestern auf mich geschossen haben?«

»Platzpatronen. Die Schwestern wissen es nicht, Truman fertigt sie ihnen an, rote Morgan Kaliber 44-40, gute Arbeit, sehen aus wie die echten. Sind aber nur Platzpatronen. Anordnung vom Sheriff.«

»Und sie haben keine Ahnung davon?«

Carver zuckt mit den Schultern. Der Fremde leert sein Glas. Es riecht nach Schweiß, Alkohol, Pferd, verfaulten Zähnen, Pisse und Aftershave. Wenn man Shatzy fragte, was um Himmels willen das mit einem Menü zu tun habe, sagte sie: eine ganze Menge. Abwarten, das ist erst der Anfang.

8

Da das Badezimmer am oberen Ende der Treppe lag, kam Shatzy, wenn sie schlafen ging, am Badezimmer vorbei. Drinnen war Gould. Und es war seine Stimme, die man von draußen hörte. Seine Stimme, die Stimmen nachmachte.

»Wir sind hier nicht in deinem beschissenen College, Larry, ist das klar …? Guck mich an und atme … los, atme … UND DU PASS MIT DEM ZEUG AUF, VERDAMMT!«

»Seine Augenbraue hat's schlimm erwischt, Meister.«

»Du sollst trotzdem aufpassen, zum Teufel noch mal … Hör zu, Larry, hörst du mich?«

»Ja.«

»Wenn du nicht aufhörst, den feinen Schnösel zu spielen, schickt der dich mit einem neuen Gesicht wieder nach Hause.«

»Ja.«

»Willst du ein neues Gesicht?«

»Nein.«

»Atme ... ja, so, du verdammter Schnösel ...«

»Ich bin kein –«

»UND OB DU DAS BIST, DU BESCHISSENER SCHNÖSEL, atme ... Gib ihm Wasser ... WASSER ... Hör zu, hörst du zu? Bei dem kommst du mit Abwarten nicht weit, kapiert?«

»...«

»Geh näher ran, Larry, du mußt in ihn reingehen und an seiner Faust kleben, du mußt ihr entgegengehen, verstehst du, hör auf, davor wegzurennen, du bist nicht hier, um auf den Fotos gut rauszukommen, geh seinen Fäusten entgegen, HAU AB MIT DEM WASSER, wenn du seine Fäuste riechen kannst, hast du die richtige Distanz, da mußt du agieren, linker Leberhaken und Aufwärtshaken, durch seine Deckung kannst du 'n Kühlschrank schieben, LARRY!«

»Ja.«

»In den Mann reingehen und zuschlagen. Wiederhol das!«

»Meine Hand ... Meine Hand tut weh.«

»WIEDERHOL DAS, VERDAMMT NOCH MAL!«

»In den Mann reingehen ...«

»In den Mann reingehen, Larry.«

DONG!

»Leck mich, Larry.«

»Du mich auch.«

Dritte Runde hier im Ring des Toyota Master Building, Larry Gorman und León Sobilo über acht Runden, Gorman steigt mit gezeichnetem Gesicht in den Ring, Sobilo wieder in der Ringmitte ... in seiner üblichen Haltung, nicht gerade elegant, aber effektiv ... eine große Kämpfernatur, Sie werden sich noch an seinen Kampf gegen Harder erinnern ... zwölf harte Runden ... Linker Jab von Sobilo, noch ein Jab ... Gorman taumelt zurück, Gorman in den Seilen, taucht aber elegant zur Seite weg ...

WAS SOLLTE DAS DENN, LARRY? DU BIST NICHT ZUM TANGOTANZEN HIER, VERDAMMT!

Sobilo läßt nicht locker, noch ein Jab, und gleich der nächste … Rechter Haken, UND ER SETZT MIT DER LINKEN NACH, GORMAN SCHWANKT … GORMAN IN DER ECKE, DAS PUBLIKUM STEHT AUF … Sobilo macht Druck, drängt Gorman weiter in die Ecke …

JETZT, LARRY!

AUFWÄRTSHAKEN VON GORMAN, RECHTER HAKEN, LINKE ZUM KÖRPER, SOBILO HAT ES OFFENBAR BÖSE ERWISCHT, ER GEHT RÜCKWÄRTS ZUR RINGMITTE

MANN, LARRY, MACH ZU … JA … JETZT … SCHEISSE …

Gorman setzt ihm zu … er läßt die Arme am Körper runterhängen, ein wirklich seltsamer Anblick, liebe Zuhörer … Sobilo bleibt stehen … Gorman pendelt mit dem Oberkörper hin und her, hat immer noch die Fäuste unten … Jab von Sobilo, Gorman weicht aus UND GEHT IN DIE DECKUNG VON SOBILO

RECHTE

RECHTE GERADE …

LINKE

LINKER HAKEN …

UND RECHTE

RECHTER HAKEN, SOBILO AM BODEN, AM BODEN, SOBILO AM BODEN, EINE TEUFLISCHE KOMBINATION, SOBILO AM BODEN, ER HAT OFFENBAR NICHT DIE KRAFT, WIEDER AUFZUSTEHEN … RECHTS-LINKS-RECHTS IN EINEM SCHWINDELERREGENDEN TEMPO … SOBILO VERSUCHT AUFZUSTEHEN … ER STEHT AUF, SOBILO WIEDER AUF DEN BEINEN, DER RINGRICHTER HÖRT AUF ZU ZÄHLEN, SOBILO IST WIEDER AUF DEN BEINEN, ABER ES IST AUS, ES IST AUS, DER RINGRICHTER BRICHT DIE BEGEGNUNG AB, ES IST AUS, SIEG DURCH TECHNISCHEN K. O. NACH EINER MINUTE UND SECHZEHN SEKUNDEN IN DER DRITTEN RUNDE, LIEBE ZUHÖRER, LARRY GORMAN GENÜGTE EIN GENIALER MOMENT, UM SICH HIER, IM TOYOTA MASTER BUILDING, DEN SIEG ZU HOLEN …

»Wo zum Teufel hast du diesen Tangoschritt gelernt?«

»Im College, Meister.«

»Red keinen Blödsinn!«
»Wenn Sie wollen, bring ich's Ihnen bei.«
»Los, zieh das über.«
»Wie sieht mein Gesicht aus?«
»Wie immer.«
»Okay.«
Das Geräusch der Klospülung. Dann fließendes Wasser und die Zahnbürste. Dann nichts mehr. Die Tür öffnete sich, und Gould stand im Schlafanzug da. Shatzy sah ihn reglos an.
»Was sollte das denn sein?«
»Was ›das‹?«
»Das Fernsehen.«
»Das war Radio.«
»Aha.«
»Ein zäher Bursche, dieser Sobilo.«
»Italiener?«
»Argentinier. Eine Kämpfernatur. Häßlich, aber zäh. War vorher noch nie am Boden.«
»Gould?«
»Ja.«
»Warum holst du dir im Badezimmer nicht einfach einen runter wie alle Jungs?«
»Das mache ich im Bett, ist bequemer.«
»Stimmt.«
»Nacht.«
»Nacht.«

9

Am Samstag lud Shatzy alle zum Abendessen ein, also verbrachten sie den Nachmittag beim Friseur Wizwondk, um sich die Haare schneiden zu lassen. Der Laden war voll mit Kunden, und draußen vor der Tür wartete eine Schlange. Am Samstag ließen sich alle die Haare schneiden.
»Bei uns zu Hause baden am Samstag alle«, sagte Diesel.
Der Typ, der bis in die Nasenlöcher eingeseift auf dem Stuhl

ausgestreckt war, räusperte sich unentwegt, da er aber in dieser Position schlecht ausspucken konnte, behielt er es bei sich. Man durfte gar nicht daran denken, was der alles ausgespuckt hätte, wenn es ihm möglich gewesen wäre. Unter der Decke drehten sich die Blätter eines Ventilators und wirbelten Bartstoppeln, Haare und alte Werbeplakate für Brillantine und Eau de Cologne auf. Gelbe Wände, und auf den Spiegeln war Brigitte Bardot, im Herzen Wizwondks jung wie eh und je. Man erzählt sich, daß er früher in seinem Dorf Priester war und irgendwas mit kleinen Mädchen hatte, oder so ähnlich. Wizwondk, der Friseur: Donnerstags schnitt er die Haare umsonst: »Ich habe meine Gründe, aber von mir erfahrt ihr nichts.« Poomerang ließ sich den Kopf kahl rasieren, Gould »bitte sowenig wie möglich«. Diesel paßte in keinen der Stühle, deshalb lehnte er sich an das Waschbecken, und Wizwondk stieg auf einen Hocker, er kletterte beim Schneiden rauf und runter, kurzer Fassonschnitt mit Mittelscheitel. Vorläufig aber standen sie noch alle in der Hitze draußen in der Schlange und warteten.

»Technischer K. o. in der dritten Runde«, sagte Gould.

»Scheiße«, sagte Diesel, zog einen schmutzigen Geldschein aus der Tasche und reichte ihn Poomerang. »Kannst du mir mal erklären, wie er es geschafft hat, so lange auf den Beinen zu bleiben?«

»Ich hab's doch gesagt: ein zäher Kerl.«

»Künstler darf man nicht hetzen, und Gorman ist ein Künstler«, nichtsagte Poomerang und steckte das Geld ein.

»Und was sagt Mondini dazu?« fragte Diesel.

»Mondini hat blöd geguckt und keinen Ton rausgekriegt. Er hält Larry für einen raffinierten Kerl, der in den Ring steigt und Tango tanzt.«

»Baila baila.«

»Der nächste bitte«, sagte Wizwondk.

Mondini war Larrys Trainer. Genannt »Meister«. Er hat ihn entdeckt. Die Locken auf seinem Kopf waren so struppig, daß man sie statt Stahlwolle zum Tellerwaschen benutzen konnte. Er hatte eine ganz besondere Geschichte.

POOMERANG: Mondini war Klempner, obwohl er nicht viel davon verstand. Er reparierte die Toiletten in einer Trainingshalle und verliebte sich in den Boxsport. Bei seinem ersten Kampf mußte er sechsmal zu Boden. Er ging zurück in die Kabine, zog sich an, verließ die Halle und wartete draußen auf den, der ihn plattgemacht hatte. Er hatte einen russischen Namen, Kozalkev. Mondini war von den vielen Schlägen, die er eingesteckt hatte, ziemlich wackelig auf den Beinen, aber er folgte ihm unbemerkt, bis Kozalkev eine Bar betrat. Mondini ging ebenfalls hinein. Er bestellte ein Bier und setzte sich neben den Russen. Er wartete einen Augenblick, dann sagte er: Bring es mir bei. Kozalkev hatte dreiundfünfzig Begegnungen hinter sich, er verkaufte seine Kämpfe, und hin und wieder besorgte er sich einen Amateur, um seinen Rekord ein wenig aufzupolieren. Verpiß dich, sagte er. Mondini goß ihm in aller Seelenruhe sein Bier über die Hose. Dann folgte eine wilde Schlägerei mit Tritten und fliegenden Gläsern, bis sie unten auf der Polizeiwache gewaltsam in eine Zelle gesteckt wurden. Eine Stunde lang saßen sie dort allein im Dunkeln und schwiegen. Dann sagte der Russe: Erstens. Mit Hunger boxt man am besten. Egal, was für ein Hunger. Am nächsten Morgen waren sie bei den Tricks angelangt, wie man den Gegner in die Nieren trifft, ohne sich vom Ringrichter erwischen zu lassen, und dann laut protestiert, weil der Gegner sich abwendet. Ein Schlag in die Nieren tut dir bis in die Augen weh, das nur so nebenbei.

DIESEL: Mondini sagte, man brauche nur eine Nacht, um boxen zu lernen. Aber ein ganzes Leben, um kämpfen zu lernen. Er hörte mit vierunddreißig Jahren auf. Eine Karriere wie viele andere, nur ein Kampf war bemerkenswert. Eine Zwölferrunde gegen Barry »King« Moose, in Atlantic City. Beide gingen viermal zu Boden. Es sah aus, als würden sie sich gegenseitig zu Tode prügeln. In der letzten Runde lehnten sie nur noch völlig entkräftet aneinander, Kopf an Kopf, die Fäuste baumelten wie Glockenschwengel herab. Diese letzten drei Minuten verbrachten sie damit, sich wild zu beschimpfen. Am Ende wurde der Sieg Moose zugesprochen, er hatte gewisse Beziehungen. Mondini versuchte zu vergessen. Aber als sie mal alle zusammen vor dem Fernseher saßen und den Bericht über einen Mord in Atlantic City sahen, murmelte er: Schöne Stadt, da hab ich mal einen Sonntagabend verbracht, der so lange dauerte wie eine Woche.

»Wollen wir die vielen grauen Haare vielleicht ein wenig kaschieren?« fragte Wizwondk. Montags, wenn sein Laden geschlossen blieb, besuchte er Friedhöfe, er hatte anscheinend überall Verwandte liegen. Und am Abend spielte er zu Hause Gitarre. Die Nachbarn öffneten ihre Fenster und hörten zu.

POOMERANG: Mondini hörte mit vierunddreißig Jahren auf. Seinen letzten Kampf bestritt er gegen einen Schwarzen aus Philadelphia, der sich auch am Ende seiner Karriere befand. Als er ihn in den Ring steigen sah, rief Mondini seine Frau, die immer in der ersten Reihe saß, zu sich und fragte sie:

»Hast du das Geld dabei?«

»Ja.«

»Gut. Alles auf mich, nach Punkten.«

»Aber ...«

»Keine Diskussion. Auf mich, nach Punkten. Ich hoffe nur, daß er bis zum Schluß durchhält.«

Mondini ging in der zweiten Runde zu Boden und dann noch einmal in der siebten. Er boxte nicht schlecht, aber er sah diesen verdammten linken Haken nicht kommen. Den zauberte der Schwarze so schnell hervor, daß man ihn nicht kommen sah. Er verpaßte ihm in der zehnten Runde einen, der ihn heftig auf den Boden schleuderte. Für einen Moment sah Mondini alles verschwommen. Dann sah er seine Frau, die sich über seine Pritsche in der Kabine beugte und ihn betrachtete. Da wagte er ein Lächeln.

»Mach dir keine Sorgen. Wir fangen noch mal von vorne an.«

»Schon geschehen«, antwortete seine Frau. »Ich hab alles auf den anderen gesetzt.«

Mit diesem Geld machte er seinen Boxclub auf. Und wurde Mondini, der echte Mondini. Der Meister. So einen muß man erst mal finden.

Ein Junge, der genau unter dem Werbekalender von Berbaluz (Haartönungen und Shampoo) saß, begann wie ein zum Tode Verurteilter zu zittern. Er zitterte am ganzen Körper, und wie. Er rutschte vom Stuhl und landete der Länge nach auf dem Boden. Schleimiger Schaum trat vor seinen Mund, und seine Zähne knirschten. Bei jedem Atemzug ertönte ein beängstigendes Zischen. Wizwondk stand mit der Schere und dem Kamm in der Hand da. Alle schauten hin, aber niemand rührte sich. Der Dicke auf dem Stuhl nebenan fragte:

»Was ist denn mit dem?«

Keine Antwort. Dem Jungen ging es wirklich schlecht, er schlug mit Armen und Beinen um sich, sein Kopf machte, was er wollte, er schielte, und immer noch lief ihm dieser Schleim über das Gesicht.

»Bah, wie ekelhaft!«

Der Dicke war aufgestanden, betrachtete den vor ihm liegenden Jungen und strich mit den Händen über seine Jacke, als wolle er sie abwischen. Er war ganz blaß, und der Schweiß lief ihm über die Stirn.

»Unternehmen Sie doch was, damit er aufhört! Das ist ja widerlich!«

Wizwondk konnte sich nicht rühren. Jemand anders stand auf, aber keiner hatte den Mut, näher ranzukommen. Ein alter Mann, der sitzen geblieben war, murmelte so etwas wie:

»Er muß atmen . . .«

Wizwondk sagte:

»Das Telefon . . .«

Der Junge hämmerte mit dem Kopf auf den Boden, er stöhnte nicht, gar nichts, nur dieses üble Zischen . . .

DIESEL: Ein schöner Boxclub. Boxclub Mondini. Damit keine Mißverständnisse aufkamen, hing genau über der Tür ein Schild mit der roten Aufschrift: MIT HUNGER BOXT MAN AM BESTEN. Und ein Foto von Mondini als junger Mann, mit erhobenen Fäusten, und eins von Rocky Marciano, signiert. Der Ring war blau und ein bißchen kleiner als vorgeschrieben. Und überall standen Geräte. Mondini machte um drei Uhr nachmittags auf. Als erstes hängte er die Uhr auf, mit der die Runden gezählt wurden. Sie hatte nur einen Sekundenzeiger, und alle drei Umdrehungen klingelte sie und blieb eine Minute lang stehen. Mondini hatte eine Art Reflex. Jedesmal wenn die Uhr klingelte, spuckte er auf den Boden und grinste, als habe er etwas heil überstanden. Er lebte mit seiner eigenen Zeitrechnung, die in dreiminütige Runden und einminütige Pausen aufgeteilt war. Wenn er den Club spätabends zumachte, hängte er als letztes im Dunkeln die Uhr wieder ab. Dann ging er nach Hause, wie ein Schiff mit gestrichenen Segeln.

POOMERANG: Er brachte ein paar Amateure bis zum nationalen Titel, die Leute hatten kein großes Talent, aber er machte was aus ihnen. Er drillte sie mit einem harten Training, und wenn sie völlig am Ende waren, setzte er sich vor sie hin und begann zu reden. Über alles mögliche. Auch übers Boxen. Nach einer halben Stunde standen seine Schützlinge wieder auf und hätten nichts von allem wiederholen können. Aber wenn sie in den blauen Ring stiegen, um zu boxen, fiel ihnen alles wieder ein, wie man die Deckung hochzieht, einen Haken vortäuscht und sich um Linkshänder bewegt. Mondini lehnte an den Seilen und schaute schweigend zu, ohne sich auch nur die kleinste Bewegung entgehen zu lassen. Dann schickte er sie kommentarlos nach Hause. Am nächsten Tag ging es wieder von vorn los. Die Schüler vertrauten ihm. Er schaffte es, aus jedem das Beste herauszuholen. Wenn ihr Bestes darin bestand, jedesmal, wenn sie in den Ring stiegen, eine gehörige Abreibung zu kassieren, nahm Mondini sie eines Abends beiseite und sagte: Ich bring dich noch nach Hause, okay? Er lud sie in seine zwanzig Jahre alte Limousine und unterhielt sich während der Fahrt mit ihnen über irgend etwas anderes. Wenn sie aus dem Auto stiegen, verließen sie auch den Ring. Das wußten sie. Mal sagte einer: Tut mir leid, Meister. Mondini zuckte nur mit den Schultern. Das war's. Sechzehn Jahre machte er das so. Dann kam Larry Gorman.

Der Junge begann, sich vollzupinkeln. Erst wurde seine Hose durchnäßt, und dann floß es über die Bodenfliesen. Der Dicke hüpfte aufgebracht um ihn herum:

»Widerliche Sau, das ist ja ekelhaft ... Hör auf, du Schwein, du sollst aufhören!«

Niemand kam mehr auf den Gedanken, sich dem Jungen zu nähern, der sich immer noch auf dem Boden wand, und der Dicke war so wütend, daß man es mit der Angst bekam. Er schrie wie wild.

»Du sollst aufhören, du Schwein, hast du verstanden? Schluß jetzt, Scheiße, diese kleine Sau hat sich vollgepinkelt wie ein Tier, so ein Dreckschwein ...«

Er stand vor ihm und versetzte ihm plötzlich einen Tritt in die Seite, dann betrachtete er seinen Schuh, einen schwarzen Mokassin, um nachzusehen, ob er schmutzig geworden war, und das brachte ihn erst recht auf die Palme.

»Widerliche Sau, guck dir das an, das gibt's doch gar nicht, ekelhaft, aufhören!«

Er begann, ihn am ganzen Körper zu treten. Da bewegte sich Wizwondk zwei Schritte vor. Er hatte die Schere in der Hand. Er hielt sie wie einen Dolch.

»Das reicht jetzt, Herr Abner«, sagte er.

Der Dicke hörte ihn nicht mal. Er trat wie ein Wahnsinniger auf den Jungen ein. Er schrie und trat, der Junge zuckte immer noch, sein ganzes Gesicht war voller Schaum, und hin und wieder hörte man dieses Zischen, aber jetzt schwächer, wie aus der Ferne. Die Leute standen versteinert da. Wizwondk trat noch zwei Schritte vor.

DIESEL: Larry Gorman war damals sechzehn Jahre alt. Er war gut gebaut, ein Supermittelgewicht, hatte ein hübsches Gesicht, nicht wie ein Boxer, und eine angesehene Familie, aus einem vornehmen Viertel. Er kam eines Abends in den Club, als es schon spät war. Und fragte nach Mondini. Der Meister lehnte an den Seilen und schaute zwei Boxern zu. Der Blonde ließ seine rechte Seite dauernd ungedeckt. Und der andere hatte keinen Mumm. Der Meister unterdrückte seine Wut. Larry ging zu ihm und sagte: Hallo, ich bin Larry, und ich will boxen. Mondini drehte sich um, betrachtete ihn ausgiebig, zeigte auf den roten Schriftzug über der Tür und wandte sich wieder den beiden zu, die sich verprügelten. Larry drehte sich nicht mal um. Die Aufschrift hatte er schon gelesen. MIT HUNGER BOXT MAN AM BESTEN. Ich habe heute abend noch nichts gegessen, sagte er. Die Uhr klingelte, die beiden hörten auf, sich zu verprügeln, Mondini spuckte auf den Boden und sagte: Sehr witzig. Zieh Leine. Jeder andere hätte Leine gezogen. Aber Larry war anders, der zog nie Leine. Er setzte sich auf eine Bank in der Ecke und rührte sich nicht vom Fleck. Mondini machte noch zwei Stunden weiter, dann leerte sich die Halle allmählich, alle nahmen ihre Sachen und gingen. Zum Schluß waren nur noch sie beide da. Mondini warf seinen Mantel über den Trainingsanzug, machte das Licht aus, ging zur Uhr und sagte: Wenn jemand kommt, bellst du. Dann hängte er die Uhr ab und ging. Am nächsten Tag kam er um drei Uhr nachmittags wieder in den Club, und Larry war noch dort. Auf der Bank. Sag mir einen guten Grund, warum ich dich trainieren sollte, sagte Mondini. Um herauszufinden, wie es ist, den nächsten Weltmeister zu trainieren, antwortete Larry.

POOMERANG: Auf eine Art haßte Mondini Larry. Und doch nahm er sich ein Jahr Zeit, seinen Körper mit knochenharten Übungen aufzubauen. Er trainierte ihm das Geld wieder ab, wie er es nannte. Larry quälte sich, ohne zu jammern, und nebenbei schaute er den anderen zu und lernte von ihnen. Ein Traumschüler, hätte er nur nicht den Tick gehabt, immer quatschen zu müssen. Er redete pausenlos. Gab überall seinen Senf dazu. Kaum stieg einer in den Ring, ging es los. Egal, ob er gerade mit Seilhüpfen beschäftigt war oder auf dem Boden lag und das achtzigste Klappmesser machte. Beim ersten Schlag begann er mit seinen Kommentaren. Sagte seine Meinung. Korrigierte, gab Ratschläge, regte sich auf. Normalerweise machte er das nur leise, aber es war trotzdem nervend. Ungefähr ein Jahr nachdem er mit dem Training im Club begonnen hatte, standen eines Abends zwei Boxer im Ring, und er konnte es wieder mal nicht lassen. Er war der Ansicht, daß der kleinere von den beiden seine Absichten nicht anständig tarnte. Außerdem war er viel zu langsam mit der Beinarbeit. Was ist los, hat er sich in die Schuhe geschissen? fragte er. Mondini unterbrach die beiden. Er ließ den kleineren aus dem Ring steigen, drehte sich zu Larry um und sagte: Rein mit dir. Er stattete ihn mit Boxhandschuhen, einem Kopfschutz und einem Mundschutz aus. Larry war noch nie in den Ring gestiegen und hatte noch nie im Leben jemanden geschlagen. Der andere war ein Halbschwergewichtler und hatte schon sechs Kämpfe hinter sich, alle gewonnen. Ein vielversprechendes Talent. Er sah Mondini an, weil er nicht recht wußte, was er tun sollte. Mondini nickte ihm aufmunternd zu, was soviel heißen sollte wie: Gib's ihm, ich sag dir, wenn's reicht. Larry ging in Deckung. Als er den Blick seines Gegners auffing, grinste er und nuschelte durch den wackelnden Mundschutz: Angst?

Wizwondk stand jetzt direkt vor dem Dicken. Aber der schien ihn überhaupt nicht zu bemerken. Er traktierte den Jungen immer noch mit Tritten und schrie herum, er war richtig durchgedreht.

»Du Arschloch, mach deine Schweinereien doch zu Hause, du Mistkerl, da kannst du meinetwegen krepieren, aber laß mich in Ruhe damit, verstanden? Das ist ein anständiger Ort, sagen Sie ihm, daß das ein anständiger Ort ist und er sich nicht die Frechheit erlauben kann, hier ...«

Er schaute um sich, der Dicke. Er suchte jemanden, der ihm beipflichtete, aber alle standen nur wie versteinert da, keiner schaffte es, den Blick abzuwenden, alle regungslos. Nur Wizwondk schien noch lebendig zu sein, mit seiner Schere in der Hand.

»Gehen Sie weg hier, Herr Abner«, sagte er laut.

Da setzte Herr Abner, immer noch schreiend, einen Fuß auf das Gesicht des Jungen, mitten in den Schleim hinein, und begann den Fuß zu drehen, als wollte er eine Zigarette austreten, dabei zog er das eine Hosenbein hoch, damit es nicht schmutzig wurde. Wizwondk trat einen Schritt vor und stieß ihm die Schere in die Seite. Einmal, und dann noch einmal, ohne ein Wort. Der Dicke drehte sich um, er sah verblüfft aus, und um sich auf den Beinen zu halten, mußte er den Fuß vom Gesicht des Jungen nehmen. Er taumelte und schrie nicht mehr, näherte sich aber Wizwondk, packte ihn am Hals und drückte mit beiden Händen zu, während ihm das Blut aus der Jacke und über die Hose lief. Wizwondk holte noch einmal mit der Schere aus und stach sie ihm in den Hals und dann, als der Dicke wankte, in die Brust. Die Schere zerbrach. Ein Blutstrahl schoß rhythmisch aus der Halsschlagader des Dicken und spritzte in den Raum. Er stürzte zu Boden und warf das Tischchen mit den Zeitschriften um. Der Junge war immer noch da, man hörte seinen Kopf auf den Boden schlagen, es ging einfach nicht vorbei, wie eine durchgedrehte Uhr, nichts an seinem Körper stand still. Nur sein Atem schien stillzustehen. Wizwondk ließ das abgebrochene Stück der Schere, das er noch in der Hand hielt, auf den Boden fallen. Das andere Ende guckte aus der Brust von Herrn Abner, und es blutete.

DIESEL: Nach drei Minuten klingelte die Uhr. Mondini sagte: Das reicht. Er nahm Larry den Kopfschutz ab und begann, ihm die Handschuhe aufzuschnüren. Larry rang nach Luft. Mondini sagte: Ich bringe dich noch nach Hause, okay? Mit der zwanzig Jahre alten Limousine brauchten sie eine Weile, bis sie das vornehme Viertel erreicht hatten. Vor einer Villa mit vielen Fenstern und Laternen hielten sie an. Mondini machte den Motor aus und drehte sich zu Larry um.

»In den drei Minuten hast du ihm keinen einzigen Schlag versetzt.«

»In den drei Minuten hab ich auch keinen einzigen Schlag eingesteckt«, entgegnete Larry.

Mondini heftete seinen Blick auf das Lenkrad. Das stimmte. Larry hatte sich in den drei Minuten mit beeindruckender Leichtigkeit bewegt, er war durch die Gegend getanzt, als hätte er Rollen unter den Füßen. Der andere hatte ihm alle Schlagvariationen entgegengeschleudert, die er zu bieten hatte, ohne ihn nur ein einziges Mal zu treffen. Als er aus dem Ring stieg, raste er vor Wut.

»Das ist kein Boxen, Larry.«

»Ich wollte ihm nicht weh tun.«

»Red keinen Blödsinn.«

»Wirklich, ich wollte ihm nicht –«

»Du sollst nicht so einen Blödsinn reden.«

Mondini warf einen Blick auf die kleine Villa. Sie sah aus wie ein Werbeplakat für das Glück.

»Warum zum Teufel willst du boxen?«

»Ich weiß nicht.«

»Zum Teufel, was ist das für eine Antwort?«

»Das sagt mein Vater auch immer. Zum Teufel, was ist das für eine Antwort? Er ist Rechtsanwalt.«

»Das sieht man.«

»Schönes Haus, was?«

»An deiner Visage sieht man das.«

Sie saßen eine Weile schweigend da, inmitten der vornehmen Stille. Larry spielte am Aschenbecher herum. Er machte ihn auf und zu. Mondini spielte mit gar nichts herum, weil er noch einmal darüber nachdachte, was er da im Ring gesehen hatte: Larry, das größte Talent, das ihm je untergekommen war. Er war reich, der Sohn eines Rechtsanwalts, und er hatte nicht den geringsten Grund dafür, boxen zu wollen.

»Bis morgen«, sagte Larry und öffnete die Tür.

Mondini zuckte mit den Achseln.

»Leck mich, Larry.«

»Du mich auch«, antwortete Larry gutgelaunt und machte sich auf den Weg zum Haus.

Das sollte immer ihre Grußformel bleiben. Auch wenn bei den Kämpfen in der Ecke der Gong ertönte, stand Larry auf, Mondini räumte den Hocker beiseite, und sie verabschiedeten sich auf diese Weise.

»Leck mich, Larry.«

»Du mich auch.«

Dann ging Larry los und siegte. Zwölf Siege in Folge. Mit Sobilo dreizehn.

Wizwondk fiel auf die Knie. Der Junge wand sich immer noch auf dem Boden. Im Umkreis von einem Meter verspritzte der Dicke überall sein Blut, er hatte die Augen aufgerissen und fuchtelte hin und wieder wild mit den Händen in der Luft. Die Leute ringsum erwachten allmählich aus ihrem Zauberschlaf. Einige rannten weg. Zwei von ihnen beugten sich über Wizwondk, redeten ihm gut zu und halfen ihm auf die Beine. Irgendeiner ging zum Telefon und rief die Polizei. Gould wurde nach vorn geschubst, in die Nähe der beiden Körper, die wie Fische im Eimer eines Anglers herumzappelten. Er wollte wieder zurück, schaffte es aber nicht. Auf einmal breitete sich ein übler Gestank aus. Gould drehte sich um und sah an einem Spiegel das Schwarzweißfoto einer posierenden Fußballmannschaft, alle ganz verschwitzt und lächelnd, und vor ihnen auf dem Boden stand ein großer Pokal. Er drängelte sich an den anderen Leuten vorbei und lehnte sich an das Waschbecken vor dem Foto. Er versuchte, alles um sich her zu vergessen, und begann mit dem Rechtsaußen: Er war in Hemd und Unterhose, trug aber runtergerutschte Kniestrümpfe, hatte einen blöden Schnäuzer und lächelte verdammt melancholisch. Der Libero war der einzige, der nicht verschwitzt war, und der größte: leicht. Den Mittelfeldspieler erkannte er in einem verstört dreinschauenden untersetzten Typen am Bildrand und den Innenstürmer in einem Typen mit Schauspielergesicht, der einen Henkel des Pokals umklammert hielt und geradeaus in die Kamera blickte. Die Suche nach den Verteidigern erwies sich schon als schwieriger. Sie sahen alle aus wie Verteidiger. Er schaute sich die Beine genauer an, sofern sie sichtbar waren. Aber um ihn herum herrschte ein ziemlich großes Durcheinander, die Leute schubsten, und irgend jemand schrie, er konnte sich nicht richtig konzentrieren. Kurz bevor ihm klar wurde, daß der verschwitzte Typ im Trainingsanzug der linke Verteidiger sein mußte, der natürlich vom Platz verwiesen worden war, gab er schließlich auf. Er schloß die Augen. Und mußte sich übergeben.

Wizwondk saß ein paar Jahre im Gefängnis. Als sie einsahen, daß er harmlos war, erlaubten sie ihm, sich seine Gitarre schicken zu lassen. Er spielte jeden Abend, fröhliche Sachen. Die anderen saßen in ihren Zellen und hörten zu.

10

Am Spielfeldrand hinter dem rechten Tor. Da standen sie und schauten zu. Professor Taltomar mit seiner nicht angezündeten Zigarette zwischen den Lippen. Gould mit einer Wollmütze auf dem Kopf, die Hände in den Taschen.

Minutenlang.

Dann sagte Gould, immer noch dem Spiel zuschauend: »Ein wahnsinniges Gewitter über dem Fußballplatz. Zwanzigste Minute der zweiten Halbzeit. Flanke von links, der Stürmer der Gastgeber, offensichtlich im Abseits, stoppt den Ball mit der Brust ab, der Schiedsrichter pfeift, aber die Pfeife ist voller Wasser und funktioniert nicht, der Stürmer schießt mit dem Spann, der Schiedsrichter pfeift noch einmal, aber die Pfeife tut es wieder nicht, der Ball rollt über die Torlinie, der Schiedsrichter versucht, mit den Fingern zu pfeifen, sabbert sich aber nur die Hand voll, mehr nicht, der Mittelstürmer rennt wie ein Besessener zur Eckfahne, zieht sich das Trikot aus, hält sich an der Fahne fest, deutet ein paar Schritte irgendeines blöden brasilianischen Tanzes an und wird dann von einem Blitz, der die besagte Fahne voll erwischt, in ein Häufchen Asche verwandelt.«

Professor Taltomar nahm gemächlich die Zigarette aus dem Mund und schnippte etwas imaginäre Asche ab.

Das war eindeutig ein komplizierter Fall.

Schließlich spuckte er ein paar Tabakkrümel auf den Boden und murmelte:

»Ungültiges Tor wegen regelwidriger Position. Verwarnung des Mittelstürmers wegen unerlaubten Ausziehens des Trikots. Seine Asche wird vom Platz getragen, der Ersatzspieler kommt von der Bank. Zuvor Auswechseln der Schiedsrichterpfeife und Errichten einer neuen Eckfahne, Fortsetzung des Spiels mit einem Freistoß genau von der Stelle, wo das Abseits erfolgte. Keine Strafe für die Gastgeber. Wäre ja noch schöner, wenn man sie dafür verantwortlich machen wollte, daß der gegnerische Mittelstürmer saumäßiges Pech hat.«

Schweigen. Dann sagte Gould

»Danke, Herr Professor«

und ging fort.

»Alles Gute, Kleiner«, murmelte Professor Taltomar, ohne sich umzudrehen.

Die Partie blieb bei null zu null hängen.

Der Schiedsrichter lief nicht viel, machte seine Sache aber gut.

Es war arschkalt.

Kinder brauchen Gewißheiten.

11

»Gib mir mal Fräulein Shell.«

»Ja.«

Gould reichte Shatzy den Hörer. Am anderen Ende der Leitung war sein Vater.

»Hallo?«

»Fräulein Shell?«

»Ich bin dran.«

»Mit dem Benzinmenschen verwandt?«

»Nein.«

»Schade.«

»Finde ich auch.«

»Auf Frage Nummer 31 haben Sie geantwortet, daß Sie einen Western machen.«

»Genau.«

»Daß es der Traum Ihres Lebens ist, einen Western zu machen.«

»Ja.«

»Finden Sie die Antwort gut?«

»Ich hatte keine andere.«

». . .«

». . .«

»Was ist es denn, ein Film?«

»Bitte?«

»Der Western ... was ist es, ein Film, ein Buch, ein Comic, was zum Teufel ist es?«

»Wie meinen Sie das?«

»Können Sie mich hören?«

»Ja.«

»Was ist es? Ein Film?«

»Was ist was?«

»DER WESTERN, was ist es?«

»Ein Western.«

»...«

»...«

»Ein Western?«

»Ein Western.«

»...«

»...«

»Fräulein Shell?«

»Ich bin hier.«

»Alles in Ordnung bei Ihnen?«

»Bestens.«

»Gould ist ein besonderer Junge, ist Ihnen das aufgefallen?«

»Ich glaube, ja.«

»Ich will nicht, daß er irgendwas um die Ohren hat, drücke ich mich verständlich aus?«

»Mehr oder weniger.«

»Er muß lernen, der Rest kommt von ganz allein.«

»Ja, Herr General.«

»Er ist ein starker Junge, er wird es schaffen.«

»Wahrscheinlich.«

»Kennen Sie die Geschichte über die Hand von Joaquín Murieta?«

»Wie?«

»Joaquín Murieta. Ein Bandit.«

»Phantastisch.«

»Der Schrecken von Texas, jahrelang verbreitete er in Texas Schrecken, ein gemeiner Bandit, und ausgekocht, er erledigte elf Sheriffs in drei Jahren, auf seinen Kopf war eine Prämie ausgesetzt, die wie eine Sammlung von Nullen aussah.«

»Wirklich?«

»Um ihn zu kriegen, mußten sie das Militär mobilisieren. Es dauerte eine Weile, aber sie kriegten ihn. Und wissen Sie, was sie dann gemacht haben?«

»Nein.«

»Sie haben ihm eine Hand abgehackt, die linke Hand, die, mit der er schoß. Sie steckten sie in einen Sack und schickten sie quer durch Texas. Sie kam in jeder Stadt vorbei. Der Sheriff erhielt das Paket, zeigte die Hand im Saloon herum, dann steckte er sie wieder in den Sack und schickte sie in die nächste Stadt. Das war so eine Art Warnung, verstehen Sie?«

»Ja.«

»Damit die Leute sich merkten, wer der Stärkere war.«

»Verstehe.«

»Wissen Sie, was das Komische an der Sache ist?«

»Nein.«

»In Wirklichkeit schickten sie vier Hände von Joaquín Murieta durch die Gegend, um die Sache zu beschleunigen, die richtige und drei, die sie irgendwelchen mexikanischen Pechvögeln abgehackt hatten, und eines Tages kamen sie durcheinander und in einer Stadt namens Martintown kamen zwei gleichzeitig an, zwei Hände von Joaquín Murieta, beides linke.«

»Phantastisch.«

»Wissen Sie, was die Leute sagten?«

»Nein.«

»Ich auch nicht.«

»Wie?«

»Ich auch nicht.«

»Ach so.«

»Eine schöne Geschichte, was?«

»Ja, eine schöne Geschichte.«

»Ich dachte, Sie könnten sie vielleicht für Ihren Western verwenden.«

»Ich werde mal drüber nachdenken.«

»Als ich das letzte Mal zu Hause war, lagen ein gelbes Plastikflugzeug und das Telefonbuch im Kühlschrank.«

»Jetzt ist alles in Ordnung.«

»Ich verlasse mich ganz auf Sie.«

»Selbstverständlich.«

»Der Junge muß Milch trinken, kaufen Sie ihm die mit den Vitaminen.«

»Ja.«

»Und Kalzium, er braucht Kalzium, er hat schon immer unter Kalziummangel gelitten.«

»Ja.«

»Eines Tages werde ich es Ihnen erklären.«

»Was?«

»Warum ich hier bin und Gould dort. Ich könnte mir vorstellen, daß Sie das nicht für eine gute Idee halten.«

»Ich weiß nicht.«

»Ich bin sicher, daß Sie das nicht für eine gute Idee halten.«

»Ich weiß nicht.«

»Ich werde es Ihnen erklären. Sie werden schon sehen.«

»Einverstanden.«

»Früher, mit dem stummen Mädchen, war es etwas schwierig. Sie war ein anständiges Mädchen, aber es war etwas kompliziert, sich mit ihr zu verständigen.«

»Das kann ich mir vorstellen.«

»Bei Ihnen habe ich ein besseres Gefühl, Fräulein Shell.«

»Gut.«

»Sie können sprechen.«

»Stimmt.«

»Das ist ausgesprochen praktisch.«

»Ganz Ihrer Meinung.«

»Gut.«

»Gut.«

»Geben Sie mir noch mal Gould?«

»Ja.«

Goulds Vater rief jeden Freitag an, abends um Viertel nach sieben.

12

Schön, so schön ist die Hure von Closingtown. Schwarz, so schwarz ist das Haar der Hure von Closingtown. Dutzende Bücher in ihrem Zimmer, im ersten Stock des Saloons, sie liest darin, wenn sie wartet, Geschichten mit einem Anfang und einem Ende, wenn du sie darum bittest, erzählt sie sie dir. Jung, so jung ist die Hure von Closingtown. Wenn sie dich zwischen ihren Beinen hält, flüstert sie: *Liebling*.

Shatzy sagte, sie würde genausoviel kosten wie vier Gläser Bier.

Der Durst nach ihr war groß, in den Hosen der Stadt.

Eigentlich war sie hergekommen, um als Lehrerin zu arbeiten. Nachdem Fräulein McGuy fortgegangen war, hatten sie das Schulgebäude in ein Lager umfunktioniert. Deshalb kam irgendwann sie. Sie brachte alles in Ordnung, und die kleineren Kinder kauften sich Hefte, Stifte und so. Shatzys Ansicht nach war sie gut. Sie lehrte einfache Dinge, und sie benutzte Bücher, die man verstehen konnte. Nach einiger Zeit fanden auch die Größeren Gefallen daran und kamen, sooft sie konnten, denn die Lehrerin war schön, und irgendwann konnte man sogar das Geschriebene unter den Gesichtern der Banditen lesen, die im Büro des Sheriffs an der Wand hingen. Diese Jungen waren schon richtige Männer. Sie beging den Fehler, eines Abends mit einem von ihnen allein in der leeren Schule zu bleiben. Sie zerrte ihn an sich und liebte ihn mit ganzer Leidenschaft. Als die Angelegenheit später herauskam, waren die Männer durchaus bereit, ein Auge zuzudrücken, aber die Fragen sagten, sie sei eine Hure, keine Lehrerin.

Stimmt, sagte sie.

Sie machte die Schule dicht und arbeitete auf der anderen Seite der Straße weiter, in einem Zimmer im ersten Stock des Saloons. Schmal, so schmal waren die Hände der Hure von Closingtown. Sie hieß Fanny.

Alle liebten sie, aber nur einer liebte sie wirklich, und das war Pat Cobhan. Er blieb unten sitzen, trank Bier und wartete. Wenn alles vorbei war, kam sie herunter.

Hallo, Fanny.

Hallo.

Sie spazierten auf und ab, von einem Ende der Stadt zum anderen, eng umschlungen, in der Dunkelheit, und sprachen über den Wind, der sich nie legte.

Gute Nacht, Fanny.

Gute Nacht.

Pat Cobhan war siebzehn Jahre alt. Grün, so grün waren die Augen der Hure von Closingtown.

Wenn du ihre Liebe verstehen willst – sagte Shatzy –, mußt du wissen, wie viele Kugeln damals in einem Revolver steckten.

Sechs.

Sie sagte, das sei eine perfekte Zahl. Denk mal drüber nach. Und hör dir den Rhythmus an. Sechs Schüsse, eins zwei drei vier fünf sechs. Perfekt. Hörst du die Stille danach? Was für eine Stille. Eins zwei drei vier. Fünf sechs. Stille. Wie ein Atemzug. Alle sechs Schüsse ein Atemzug. Man kann schnell oder langsam atmen, aber jeder Atemzug ist perfekt. Eins zwei drei vier fünf. Sechs. Jetzt atme die Stille.

Wie viele Kugeln waren in einem Revolver?

Sechs.

Dann erzählte sie einem die Geschichte.

Pat Cobhan ist unten und lacht, mit Bierschaum im Bart und Pferdegeruch an den Händen. Ein Geiger macht Musik, und er hat einen dressierten Hund. Die Leute werfen ihm eine Münze zu, und der Hund sammelt sie ein, geht damit zu seinem Herrchen, auf den Hinterläufen, und wirft die Münze in seine Tasche. Der Geiger ist blind. Pat Cobhan lacht.

Fanny ist oben und arbeitet, mit dem Sohn des Pastors zwischen den Beinen. *Liebling*. Der Sohn des Pastors heißt Young. Er hat noch sein Hemd an, und sein schwarzes Haar ist naßgeschwitzt. So was wie Panik in seinem Blick. Fanny sagt: Mach's mir, Young, aber er verkrampft sich und läßt von den gespreizten Schenkeln ab – weiße Spitzenstrümpfe bis über das Knie, und dann nichts mehr. Er weiß nicht, wohin er blicken soll.

Nimmt eine ihrer Hände und preßt sie gegen sein Glied. Ja, Young, sagt sie. Sie streichelt ihn: Du bist schön, Young, sagt sie. Sie leckt über ihre Handfläche und schaut ihm in die Augen, dann streichelt sie ihn weiter, kaum merklich. Weiter, sagt Young. Weiter. Sie massiert sein Glied mit der Hand. Er schließt die Augen und denkt: Nicht denken. An gar nichts. Sie betrachtet ihre Hand, dann den Schweiß auf Youngs Gesicht, auf seiner Brust, und wieder ihre Hand, dann legt sie sie auf sein Glied. Dein Schwanz gefällt mir, Young, ich will deinen Schwanz. Young liegt auf der Seite, auf einen Arm gestützt. Der Arm zittert. Komm, Young, sagt sie. Er schließt die Augen. Komm. Er rollt sich auf sie und dringt zwischen den gespreizten Schenkeln ein. Ja, so, Young, sagt sie. Er öffnet die Augen. So was wie Panik in seinem Blick. Er verzieht das Gesicht und rutscht von ihr ab. Warte, Young, sagt sie, nimmt seinen Kopf in beide Hände und küßt ihn. Warte, sagt er.

Pat Cobhan ist unten und lacht und wirft einen Blick auf die Pendeluhr hinter dem Tresen. Er bestellt noch ein Bier und spielt mit einer Silbermünze, versucht, sie auf dem Rand des leeren Glases auszubalancieren.

Willst du mich heiraten, Fanny?

Red keinen Blödsinn, Pat.

Ich meine es ernst.

Hör auf.

Gefalle ich dir, Fanny?

Ja.

Du gefällst mir auch, Fanny.

Die Münze fällt ins Glas, Pat Cobhan dreht das Glas um, die Münze fällt raus, auf den Holztresen, und ein Rest Bier tropft auch raus, Flüssigkeit und Schaum. Er nimmt die Münze und reibt sie an seiner Hose trocken. Er betrachtet sie. Er würde gern daran riechen. Er legt sie wieder auf den Glasrand. Wirft einen Blick auf die Pendeluhr. Denkt: Young, du Bastard, bist du bald fertig? Süß, so süß ist der Duft der Hure von Closingtown.

Fanny fährt mit dem Mund über Youngs Glied, er schaut ihr zu, und das gefällt ihm. Er vergräbt seine Hand in ihrem Haar und drückt sie an sich. Sie packt seine Hand und schiebt sie weg, küßt ihn weiter. Er schaut ihr zu. Vergräbt wieder seine Hand in ihrem Haar, sie hält inne, schaut zu ihm hoch und sagt: Sei lieb, Young. Sei still, sagt er und preßt ihren Kopf mit der Hand gegen sein Glied. Sie nimmt es in den Mund und schließt die Augen. Sie bewegt sich immer schneller, vor und zurück. Ja, so, du Hure, sagt er. So. Sie öffnet die Augen und sieht die vor Schweiß glänzende Haut von Youngs Bauch. Sie sieht die Muskeln, die sich stoßweise zusammenziehen, wie in einem Todeskampf. Weiter, sagt er. Nicht aufhören. Eine Art Todeskampf. Er schaut ihr zu. Das gefällt ihm. Schaut ihr zu. Dann packt er sie an den Schultern, umklammert sie fest und stößt sie plötzlich nach hinten, legt sich auf sie. Langsam, Young, sagt sie. Er schließt die Augen und reibt sich an ihr. Langsam, Young. Sie tastet mit einer Hand nach seinem Glied, er schiebt sie weg. Preßt sich zwischen ihre Schenkel. Scheiße, sagt er. Scheiße. Seine Haare kleben an der Stirn, naßgeschwitzt. Scheiße. Er gleitet plötzlich wieder von ihr runter. Sie dreht den Kopf weg, hebt den Blick einen Moment gen Himmel und seufzt. Und er sieht es. Er sieht es.

Pat Cobhan blickt auf und starrt auf die Pendeluhr hinter dem Tresen. Dann sieht er zur Treppe, die in den ersten Stock führt. Dann sieht er zu dem vollen Bierglas, das vor ihm steht.

He, Carver.

Pat?

Paß auf mein Bier auf.

Gehst du?

Ich komme wieder.

Alles in Ordnung, Pat?

Alles okay, ja, alles okay.

Gut.

Paß auf mein Bier auf.

Er bleibt an den Tresen gelehnt stehen. Dreht sich um und wirft einen Blick auf die Eingangstür des Saloons. Er spuckt auf den Boden, dann zertritt er den Speichel unter seinem Stiefel und betrachtet den feuchten Staub auf dem Boden. Er hebt wieder den Kopf.

Paß auf, daß mir da keiner reinpinkelt, klar? und lächelt.

Warum gehst du nicht nach Hause, Pat?

Geh doch selbst nach Hause, Carver.

Du solltest wirklich nach Hause gehen.

Sag mir nicht, was ich tun soll.

Carver schüttelt den Kopf. Pat Cobhan grinst. Er hebt das Bierglas und trinkt einen Schluck. Stellt das Glas wieder ab, dreht sich um, sieht zur Treppe, die in den ersten Stock führt, sieht zu den schwarzen Zeigern auf dem vergilbten weißen Zifferblatt, Bastard, sagt er leise.

Young hat sich umgedreht, einen Arm zu dem Gurt auf dem Stuhl ausgestreckt, den Revolver aus der Revolvertasche gezogen, und nun hält er ihn fest in der Hand. Er läßt den Lauf über Fannys Haut wandern. Weiß, so weiß ist die Haut der Hure von Closingtown. Sie will aufstehen. Hiergeblieben, sagt er. Er drückt ihr den Lauf des Revolvers unter das Kinn. Keine Bewegung. Keinen Mucks. Was zum Teufel soll das, fragt sie. Schnauze. Er läßt den Lauf des Revolvers über ihre Haut wandern, immer weiter abwärts. Er drückt ihre Beine auseinander. Hält den Revolver zwischen ihre Beine. Bitte nicht, Young, sagt sie. Er schiebt den Revolver langsam hinein. Dann zieht er ihn wieder heraus und steckt ihn langsam wieder hinein. Gefällt dir das? sagt er. Sie beginnt zu zittern. Wolltest du das nicht? sagt er. Er schiebt den Revolver ganz hinein. Sie biegt den Oberkörper nach hinten, legt ihre Hand sanft an Youngs Wange. Bitte nicht, Young, sagt sie. Bitte nicht. Sie schaut ihn an. Er hört auf. Ganz ruhig, sagt sie. Du bist doch ein guter Junge, Young, oder nicht? Du bist ein guter Junge. Tränen laufen aus ihren Augen, laufen ihr über das ganze Gesicht. Laß dich küssen, ich mag es, dich zu küssen, komm her, Young, küß mich. Sie spricht leise, ohne den Blick von ihm abzuwenden. Bleib bei mir, wir machen es miteinander, ja? Ja, sagt er. Und beginnt wieder, den Revolver zu bewegen, vor und zurück. Wir machen es miteinander, sagt er. Sie schließt die Augen. Ihr Gesicht ist schmerzverzerrt. Ich flehe dich an, Young. Er schaut zu, wie sich der Revolver in das Fleisch hinein- und wieder herausbewegt. Er sieht, daß er blutverschmiert ist. Mit dem Daumen entsichert er den Revolver. Ich mache es gern mit dir, sagt er.

Scheiße, sagt Pat Cobhan. Er stemmt sich vom Tresen ab und dreht sich um. Ich komme gleich wieder, sagt er. Er geht dicht am Tisch der Castorpbrüder vorbei, grüßt sie, indem er mit zwei Fingern an die Hutkrempe tippt. Ein schwarzer Hut.

Alles klar, Pat?

Ein Scheißwind heute.

Allerdings.

Der hört wohl nie auf.

Mein Vater sagt, irgendwann kann er nicht mehr.

Dein Vater.

Er sagt, daß kein Pferd ewig galoppiert.

Der Wind ist kein Pferd.

Mein Vater sagt, ja.

Sagt er?

Allerdings.

Sag ihm, daß er sich mal wieder blicken lassen soll.

Mach ich.

Sag es ihm.

Mach ich.

Gut.

Pat Cobhan grüßt sie und geht zur Treppe. Er schaut nach oben und sieht nichts. Er nimmt ein paar Stufen. Denkt, daß er jetzt gern einen Revolver hätte. Sein Vater will nicht, daß er mit einem Revolver herumläuft. Dann bekommst du auch keinen Ärger. Niemand schießt auf einen unbewaffneten Jungen. Er bleibt stehen. Wirft einen Blick auf die Pendeluhr unten, hinter dem Tresen. Er kann sich nicht genau erinnern, wieviel Zeit vergangen ist. Er versucht sich zu erinnern, aber es gelingt ihm nicht. Er betrachtet den Saloon von dort oben und fühlt sich wie ein Vogel, der auf einem Ast sitzt. Es wäre schön, jetzt die Flügel auszubreiten, dicht über all den Köpfen herzufliegen und sich auf den Hut des blinden Geigers zu setzen. Mit glänzendschwarzen Federn, denkt er und tastet mit der rechten Hand nach dem Messer in seiner Hosentasche. Ein kleines Messer, die Klinge in den Holzgriff geklappt. Er schaut vor sich und sieht nichts. Eine verschlossene Tür, kein Geräusch, nichts. Ich bin ein Trottel, denkt er. Er verharrt reglos, senkt den Blick, sieht seinen Stiefel auf der Treppenstufe. Dicker Staub auf dem abgewetzten Leder. Er stampft zweimal mit dem Absatz auf das Holz. Dann bückt er sich und poliert die Stiefelspitze mit dem Finger. Im selben Augenblick ertönt von oben plötzlich das trockene Geräusch eines Schusses, dann ein kurzer Aufschrei. Und er versteht, daß alles vorbei ist. Dann hört er einen zweiten Schuß und, einen nach dem anderen, den dritten, vierten und fünften. Er bleibt reglos stehen. Wartet. Er hat ein seltsames Dröhnen im Kopf, und alles scheint so weit weg. Er merkt, daß ihn jemand schubst, daß Menschen schreiend die Treppe hinauflaufen. Er betrachtet seine glänzende Stiefelspitze. Er wartet. Aber er hört nichts. Dann steht er auf, dreht sich um und geht langsam die Treppe hinunter. Er durchquert den Saloon, geht hinaus, steigt auf sein Pferd. Er reitet die ganze Nacht hindurch, und im Morgengrauen erreicht er Abilene. Am nächsten Tag bricht er wieder auf, Richtung Norden, er kommt durch Bartleboro und Connox, er reitet bis Contertown am Fluß entlang, tagelang auf die Berge zu. Berbery, Tucson City, Pollak, bis nach Full Creek, wo die Eisenbahn vorbeifährt. Er folgt den Schienen Meile um Meile. Quarzsite, Coltown, Oldbridge und dann Rider, Rio Solo, Sullivan und Preston. Nach zweiundzwanzig Tagen erreicht er einen Ort namens Stonewall. Er betrachtet die Baumkronen und die fliegenden Vögel. Er steigt von seinem Pferd, greift nach einer Handvoll Staub und läßt ihn langsam durch die Finger rieseln. Hier ist kein Wind, denkt er. Er verkauft sein Pferd, kauft sich einen Revolver. Gurt, Revolvertasche und Revolver. Am Abend geht er in den Saloon. Er spricht mit niemandem, er sitzt die ganze Zeit nur da und trinkt und schaut. Er mustert die anderen, einen nach dem anderen. Dann sucht er sich einen Mann aus, der spielt, mit weißen Händen ohne Schwielen und blitzblanken Sporen. Der Bart fein gestutzt, sorgfältig und geduldig.

Der Mann hier spielt falsch, sagt er.

Stimmt irgendwas nicht, Kleiner?

Ich kann Mistkerle nicht ausstehen, das ist alles.

Trag deine blöde Fresse nach draußen, und zwar schnell.

Ich kann Feiglinge nicht ausstehen, das ist alles.

Junge.

Konnte ich noch nie.

Weißt du, was wir machen?

Ich bin gespannt.

Ich hab nichts gehört, du stehst auf, verschwindest und dankst dem Himmel in Zukunft dafür, wie es ausgegangen ist.

Ich hab eine bessere Idee. Du legst die Karten hin, haust ab, gehst woanders falschspielen.

Der Mann stößt seinen Stuhl zurück, steht langsam auf, dreht sich um und stellt sich mit baumelnden Armen vor ihm auf, die Hände dicht an den Revolvern. Er schaut den Jungen an.

Pat Cobhan spuckt auf den Boden. Steht auf. Sieht auf seine Stiefelspitzen, als würde er etwas suchen. Dann blickt er zu dem Mann auf.

Idiot, sagt der Mann.

Pat Cobhan greift plötzlich nach dem Revolver. Aber er zieht ihn nicht. Und dann hört er den sechsten Schuß. Danach nichts mehr, nie mehr.

Stille.

Was für eine Stille.

Shatzy hat ein Gedicht von Robert Curts an die Kühlschranktür geheftet. Sie hat es abgeschrieben, weil es ihr gefiel. Nicht alles, aber gegen Ende gefiel es ihr, wo es hieß: Sie sterben im selben Atemzug, die Liebenden. Es hatte auch einen schönen Schluß, aber diese Zeile war am besten. Sie sterben im selben Atemzug, die Liebenden.

Und noch etwas. Shatzy trällerte immer ein ziemlich blödes Lied vor sich hin, das sie mal als Kind gelernt hatte. Es hatte eine Menge Strophen. Der Refrain begann so: Rot, so rot sind die Wiesen in unserem Paradies. Es war nicht gerade ein tolles Lied. Es war so lang, daß man darüber krepieren konnte, wenn man es in voller Länge sang. Wirklich.

Young starb in seiner Zelle, am Tag vor der Gerichtsverhandlung. Sein Vater kam ihn besuchen und schoß ihm ins Gesicht, aus nächster Nähe.

13

Gould hatte siebenundzwanzig Professoren. Am besten gefiel ihm Mondrian Kilroy. Das war ein Mann um die Fünfzig, mit dem drolligen Gesicht eines Iren (er war kein Ire). An den Füßen trug er stets graue Samtpantoffeln, deshalb glaubten alle, daß er dort in der Universität wohnte, manche glaubten sogar, er sei dort geboren. Er lehrte Statistik.

Als Gould einmal in den Hörsaal 6 kam, saß Professor Mondrian Kilroy dort an irgendeiner Bank. Merkwürdig war, daß er weinte. Gould setzte sich ein paar Bänke weiter und schlug seine Bücher auf. Er lernte gern in leeren Hörsälen. Normalerweise begegnete er dort keinen weinenden Professoren. Mondrian Kilroy sagte leise etwas, und Gould wartete einen Moment schweigend, bevor er antwortete, daß er ihn nicht verstanden habe. Da drehte sich Mondrian Kilroy zu ihm um und sagte, daß er gerade weine. Gould sah, daß er kein Taschentuch oder so was in der Hand hatte und daß seine Handrücken ganz naß waren und die Tränen sogar bis in den Kragen seines blauen Hemdes hineinrollten. Wollen Sie ein Taschentuch? fragte er. Nein danke. Soll ich Ihnen etwas zu trinken holen? Lieber nicht, danke. Er weinte weiter, daran bestand gar kein Zweifel.

So ungewöhnlich die Angelegenheit auch war, konnte man sie doch nicht als unlogisch bezeichnen, zog man in Betracht, in welche Richtung Professor Mondrian Kilroys Studien seit einigen Jahren gingen, genauer gesagt: das Thema seiner Untersuchungen, die sich, seit einigen Jahren, auf ein ziemlich einzigartiges Forschungsgebiet konzentrierten, genauer gesagt:

Er untersuchte gekrümmte Dinge. Man macht sich gar keine Vorstellung davon, wie viele gekrümmte Dinge es gibt, und nur Professor Mondrian Kilroy hatte eine Ahnung davon, wenn auch nur eine annähernde, welchen Einfluß sie auf die Wahrnehmung des Menschen und letztlich auch auf seine seelisch-moralische Verfassung hatten. Gewöhnlich fiel es ihm schwer, diese Frage im Beisein von Kollegen zu erläutern, die derartige Forschungen gern als »übertrieben nebensächlich« bewerteten (was auch immer eine derartige Formulierung heißen mag). Doch er war der Überzeugung, daß das Vorhandensein gekrümmter Oberflächen im Katalog des Bestehenden keineswegs Zufall sei, sondern eine Art Fluchtweg darstelle, über den die Realität seinem Schicksal als starrer Struktur entkomme, die rechtwinklig organisiert und zwangsläufig festgefahren sei. In der Regel war es das, was »die Welt wieder in Gang brachte«, um die genaue Formulierung von Professor Mondrian Kilroy zu gebrauchen.

Die Bedeutung von alledem trat in seinen Vorlesungen – wenn auch zweifellos in merkwürdiger Form – recht deutlich zum Vorschein, in einigen ganz besonders, und mit ungewöhnlicher Klarheit in einer, die als Vorlesung Nr. 11 bekannt war und die sich, genauer gesagt, Claude Monets *Nymphéas* widmete. Wie allseits bekannt, sind die *Nymphéas* kein Gemälde im eigentlichen Sinne, sondern ein Ensemble von acht großen Wanddekorationen, die aneinandergereiht eine beeindruckende Komposition von neunzig Meter Länge und zwei Meter Höhe ergeben. Monet arbeitete eine unbekannte Anzahl von Jahren daran und beschloß im Jahre 1918, sie seinem Land Frankreich zu schenken, als Huldigung für den Sieg im Ersten Weltkrieg. Er arbeitete bis zu seinem Lebensende daran, und als er am 6. Dezember 1926 starb, hatte er sie noch nicht in der Öffentlichkeit ausstellen können. Ein eigenartiger *tour de force*, der von der Kritik sehr unterschiedlich bewertet wurde, sei es als prophetisches Meisterwerk oder höchstens dazu geeignet, die Wände einer Brasserie zu schmücken. Noch heute lösen die *Nymphéas* beim Betrachter bedingungslose, leidenschaftliche Bewunderung aus.

Wie Professor Mondrian Kilroy gern betonte, tragen die *Nymphéas* einen auffallend paradoxen – er sagte mit Vorliebe »verwirrenden« – Zug in sich, und zwar in der drittklassigen Wahl des Motivs: Auf neunzig Meter Länge und zwei Meter Höhe begnügte sich der Künstler damit, einen Seerosenteich zu verewigen. Vielleicht noch ein paar flüchtige Bäume und etwas Himmel, aber hauptsächlich: Wasser und Seerosen. Ein banaleres und kitschigeres Motiv ist schwerlich zu finden, auch ist kaum nachvollziehbar, wie ein Genie derartigem Unsinn jahrelange Arbeit und Dutzende Quadratmeter Farbe opfern kann. Ein Nachmittag und die Außenseite einer Teekanne hätten es doch auch getan. Und dennoch *beginnt* die Genialität der *Nymphéas* gerade mit diesem absurden ersten Schritt. Was Monet wollte – sagte Professor Mondrian Kilroy –, das ist ganz offensichtlich: Er wollte das Nichts malen.

Das Nichts zu malen muß für ihn eine derartige Obsession gewesen sein, daß die letzten dreißig Jahre seines Lebens, wenn man sie zurückverfolgt, davon bestimmt waren – völlig davon aufgezehrt. Und zwar seit er im November 1893 ein weitläufiges Nachbargrundstück seines Besitzes in Giverny erworben hatte und auf die Idee gekommen war, dort ein großes Becken für Wasserpflanzen zu errichten – mit anderen Worten: einen Teich voller Seerosen. Ein Vorhaben, das man leichtfertig als das senile Ergebnis eines ausgefallenen Hobbys abtun könnte, das Professor Mondrian Kilroy jedoch als den wohlüberlegten, strategischen ersten Schritt eines Mannes betrachtete, der sehr gut wußte, worauf er hinauswollte. Wenn er das Nichts malen wollte, mußte er es zunächst einmal finden. Monet tat noch mehr: Er stellte es her. Es konnte ihm nicht entgehen, daß die Lösung des Problems nicht darin bestand, das Nichts durch Vermeidung von Realität zu erreichen (das kann jedes abstrakte Gemälde), sondern vielmehr durch den progressiven Verfall und durch Zersplitterung der Realität. Er verstand, daß das Nichts, das er suchte, das Ganze war, überrascht in einem Moment vorübergehender Abwesenheit. Er stellte es sich als eine Übergangszone vor zwischen dem, was war, und dem, was nicht mehr war. Ihm war klar, daß das eine ziemlich langwierige Angelegenheit sein würde.

Verzeihung, die Prostata ruft, pflegte Professor Mondrian Kilroy gewöhnlich zu sagen, wenn er an dieser Stelle seiner Vorlesung Nr. 11 angelangt war. Er begab sich auf die Toilette und kehrte einige Minuten später sichtlich erleichtert zurück.

Die Geschichtsschreiber berichten, daß Monet während dieser dreißig Jahre sehr viel mehr Zeit damit verbrachte, in seinem Park zu arbeiten, als zu malen: Sie spalteten damit eine einzige Tätigkeit naiverweise in zwei auf, eine Tätigkeit, die er mit obsessiver Entschlossenheit in jedem Augenblick seiner letzten dreißig Lebensjahre verfolgte: die *Nymphéas machen*. Sie zu züchten und zu malen waren nur unterschiedliche Bezeichnungen ein und desselben Abenteuers. Wir können uns denken, was er im Sinn hatte: warten. Er war raffiniert genug, als Ausgangspunkt einen Zipfel der Welt zu wählen, in dem sich das Reale mit einem hohen Maß an Verschwommenheit und Monotonie darbot, nah an nichtssagender Bedeutungslosigkeit. Ein Seerosenteich. Nun stellte sich das Problem, dieses Stück Welt dazu zu bringen, jede Spur eines Überbleibsels von Bedeutung abzuschütteln, es auszusaugen und zu entleeren und zu zerstreuen, bis es dem völligen Verschwinden nahekam. Sein erbärmliches *Dasein* wäre dann nicht viel mehr als die gleichzeitige Anwesenheit verschiedener verflogener Abwesenheiten. Um dieses ehrgeizige Ziel zu erreichen, bediente sich Monet eines ziemlich banalen, aber bewährten Tricks – eines Kunstgriffs, dessen überzeugende Wirksamkeit jede Ehe bestätigt. Nichts kann so bedeutungslos werden wie ein Ding, neben dem man jeden Morgen seines Lebens aufwacht. Und so holte sich Monet das Stück Welt ins Haus, aus dem er ein Nichts machen wollte. Er legte den Seerosenteich genau an der Stelle an, wo er ihn unmöglich übersehen konnte. Nur ein Dummkopf – argumentierte Professor Mondrian Kilroy in seiner Vorlesung Nr. 11 – kann glauben, daß die selbstauferlegte tägliche Nähe zu diesem Teich eine Methode sei, ihn kennenzulernen, zu verstehen, ihm sein Geheimnis zu rauben. Es war eine Methode, ihn zu zerstören. Man kann sagen, daß sich Monet mit jedem Blick, den er auf diesem Teich ruhen ließ, wieder einen Schritt der völligen Gleichgültigkeit näherte, mit jedem Mal Spuren von Erstaunen und Überbleibsel von Verwunderung ausbrannte. Man darf sogar annehmen, daß seine unermüdliche Arbeit im Park, die ihn – das bestätigen die Geschichtsbücher – ständig hier und dort etwas ausbessern, Pflanzen hinzufügen und herausnehmen, Ränder und Linien entwerfen und wieder verwerfen ließ, nur der präzise chirurgische Eingriff in all das war, was der Zermürbung durch die Gewohnheit widerstand und hartnäckig die Oberfläche der Aufmerksamkeit kräuselte – und somit dem Gemälde absoluter Bedeutungslosigkeit, das vor den Augen des Malers entstand, einen Riß zufügte. Monet suchte das runde Nichts, und wo die Gewohnheit sich als machtlos erwies, zögerte er nicht, mit dem Schaufelbagger einzugreifen.

Rums, bemerkte Professor Mondrian Kilroy mit lautmalerischem Effekt und begleitete den Ausdruck mit einer unmißverständlichen Geste.

Rums.

Eines Tages wachte er auf, stieg aus dem Bett, ging in den Park hinunter, erreichte den Teichrand und sah: nichts. Jeder andere wäre zufrieden gewesen. Aber ein Genie zeichnet sich durch grenzenlose Zähigkeit aus und verfolgt seine Ziele mit übertriebenem Perfektionismus. Monet begann zu malen, aber in sein Atelier gesperrt. Er dachte nicht einen Moment daran, seine Staffelei am Rande des Teiches aufzustellen, gegenüber von den Seerosen. Ihm war sofort klar, daß er die Seerosen, nachdem er die Mühe von Jahren darauf verwandt hatte, sie herzustellen, in der Abgeschiedenheit seines Ateliers malen würde, verbannt an einen Ort, von dem aus er, um bei der Wahrheit zu bleiben, diese Seerosen nicht sehen konnte. Um bei der Wahrheit zu bleiben: dort konnte er sich an sie *erinnern*. Und die Entscheidung für das Erinnern – und nicht für den direkten Zugriff des Sehens – war eine geniale letzte Ausrichtung des Nichts, denn die Erinnerung – und eben nicht das Sehen –

ermöglichte eine winzige Gegenbewegung in der Wahrnehmung, die die Seerosen davor bewahrte, einen Schritt zu weit in die Bedeutungslosigkeit zu stürzen, und durch den Zauber der Erinnerung gerade so weit auffing, daß sie einen Moment vor dem Abgrund der Inexistenz verharrten. Sie waren ein Nichts, aber sie *waren*.

Endlich konnte er sie malen.

Hier machte Professor Mondrian Kilroy gewöhnlich eine ziemlich theatralische Pause, nahm wieder auf dem Stuhl hinter seinem Pult Platz und gewährte seinen Zuhörern einige Momente der Stille, die diese auf unterschiedliche Weise, aber meist mit einem gewissen Anstand nutzten. Normalerweise war dies der Augenblick, in dem seine Kollegen den Hörsaal verließen, ein wahres Geflecht feinster Gesichtsausdrücke zeigend, die lebhafte Zustimmung und aufrichtiges Bedauern für die Fülle von Verpflichtungen bekunden sollten, die sie, das mußte man verstehen, daran hinderten, länger zu bleiben. Professor Mondrian Kilroy ließ sich nie etwas anmerken.

Nicht daß es Monet wirklich darum gegangen wäre, das Nichts zu malen. Es war weder die Laune eines müden Künstlers noch das hohle Streben eines virtuosen *tour de force*. Er hatte etwas Subtileres im Sinn. Professor Mondrian Kilroy hielt an dieser Stelle einen Moment inne, schaute ins Auditorium und sagte mit gesenkter Stimme, als verriete er ein Geheimnis: Monet brauchte das Nichts, damit seine Malerei, durch das Fehlen eines Motivs, frei war, sich selbst abzubilden. Ganz im Gegensatz zu dem, was eine naive Betrachtungsweise nahelegen könnte, zeigen die *Nymphéas* keine Seerosen, sondern den Blick, der sie betrachtet. Sie sind der Abdruck einer bestimmten Wahrnehmungsweise. Genauer gesagt: einer schwindelerregend anormalen Wahrnehmungsweise. Weitaus angesehenere Kollegen als ich – bemerkte Professor Mondrian Kilroy mit ekelhafter falscher Bescheidenheit – haben bereits darauf hingewiesen, daß die *Nymphéas* keine Koordinaten besitzen, sondern in einem Raum ohne Hierarchien zu baumeln scheinen, in dem es keine Nähe und Entfernung, kein Oben und Unten, kein Vorher und Nachher gibt. Technisch betrachtet sind sie der Blick eines unmöglichen Auges. Der Standpunkt des Betrachters ist nicht am Rande des Teiches, nicht in der Luft, nicht direkt über dem Wasser, nicht in der Ferne, nicht mittendrin. Er ist überall. Ein astigmatischer Gott könnte vielleicht so schauen – bemerkte Professor Mondrian Kilroy gern ironisch. Er sagte: Die *Nymphéas* sind das Nichts, betrachtet mit den Augen eines Niemand.

Die *Nymphéas* zu betrachten heißt also, einen Blick zu betrachten – sagte er –, und zwar einen Blick, der nicht auf irgendeine unserer Erfahrungen zurückgeführt werden kann, sondern ein einzigartiger und nicht wiederholbarer Blick, ein Blick, der niemals unserer sein könnte. Mit anderen Worten: Die *Nymphéas* zu betrachten ist eine Grenzerfahrung, eine fast unmögliche Aufgabe. Das konnte Monet nicht entgehen, der sich lange Zeit mit an Wahnsinn grenzender Verbissenheit darum bemühte und sorgte, eine besondere Anordnung der *Nymphéas* zu finden, die ihre Nichtsichtbarkeit soweit wie möglich reduzierte. Er fand ein einfaches, an sich naives Hilfsmittel, das noch heute eine gewisse Wirkung erzielt und den kleinen Nebeneffekt hatte, daß die Seerosen in das Forschungsgebiet von Professor Mondrian Kilroy gerieten. Monet wollte, daß die *Nymphéas* – in einer bestimmten Reihenfolge – an acht gekrümmten Wänden aufgehängt wurden.

Gekrümmte Wände, meine Damen und Herren ... betonte Professor Mondrian Kilroy mit sichtlicher Zufriedenheit.

Für einen Wissenschaftler, der sich in ausführlichen Abhandlungen mit dem Regenbogen, hartgekochten Eiern, Gebäuden von Gaudì, Kanonenkugeln, Autobahnausfahrten und Flußbiegungen befaßt hatte – für einen Wissenschaftler, der gekrümmten Oberflächen jahrelang Studien und Analysen gewidmet hatte –, für Professor Mondrian Kilroy also mußte es eine ergreifende Erleuchtung gewesen sein zu entdecken, wie sich dieser alte Maler an den wackeligen Rand des Unmöglichen vorwagte und sich dabei, um sich zu retten, begleiten ließ vom gekrümmten Verlauf gütiger Wände, die dem Fluch der Ecke entkommen waren. So fühlte sich Professor Mondrian Kilroy an dieser Stelle voll freudiger Erwartung befugt, Dia Nr. 421 zu zeigen, das den Grundriß der beiden Säle der Orangerie in Paris zeigte, wo Monets *Nymphéas* im Januar 1927 installiert wurden und wo sie das Publikum noch heute sehen könnte, wäre nicht *sehen* ein völlig unpassender Ausdruck für das – unmögliche – Betrachten derselben.

(Dia Nr. 421)

Die *Nymphéas* weisen nicht einen Zentimeter Fläche auf, der nicht gekrümmt wäre, meine Damen und Herren. Und damit kam Professor Mondrian Kilroy zum eigentlichen Kern seiner Vorlesung Nr. 11, die von allen die klarste und verständlichste war. Er näherte sich dem Auditorium und spulte von hier an bis zum Ende alles mit überschäumender – und systematischer – Leidenschaft ab.

Ich habe die Leute da drinnen gesehen, mit den *Nymphéas* ringsum. Sie kommen durch die Tür und fühlen sich sogleich verloren, ABGEPRALLT von ihrer gewohnten Sehweise, HERAUSGESCHLEUDERT aus der Kabine eines präzisen Standpunktes und überwÄÄÄÄltigt von einem Raum, dessen Beginn sie vergeblich suchen. Einen Beginn. Ohne sich zu bewegen, umkreisen die *Nymphéas* den Besucher auf eine gewisse Art, in Gang gebracht durch die Krümmung, die sich wie eine Schale um die beiden leeren Säle legt und unseligerweise an ein Panoramabild erinnert, dem sich die Leute, um die eigene Achse und mit den Augen um 360 Grad kreisend, mit kindlichem Staunen hingeben. Nicht selten mit einem Lächeln im Gesicht. Vielleicht geben sie sich einen Augenblick lang der Illusion hin, gesehen zu haben, bequem zurückgesunken in einer Wahrnehmung, die der im Kino verwandt ist. Doch dann folgt die Desillusionierung, die sie unwillkürlich die richtige Entfernung und die geeignete Reihenfolge suchen läßt, also genau die beiden Dinge, die ihnen gerade das Kino aberzogen hat, das jeden Moment Entfernung und Reihenfolge vorschreibt und ihnen den selbstgewählten Blick abgewöhnt, denn das Kino ist ein ständig aufgezwungener Blick, sozusagen ein stellvertretender, despotischer, tyrannischer Blick. Während diese Seerosen eher den Taumel der freien Wahrnehmung nahelegen – eine bekanntlich unerreichbare Vorgabe. Das wirkt auf die Leute sehr verwirrend. Dann nehmen sie sich Zeit. Sie streifen umher, drehen sich noch mal um, spazieren umher, bleiben stehen, schlendern weiter, machen ein paar Schritte zurück, manchmal setzen sie sich – auf den Boden oder auf die eigens dazu bestimmte klägliche Bank –, wissend, daß ihnen das, was sie sehen, gefällt, aber keineswegs sicher, ob sie es sehen, wirklich sehen. Viele stellen sich Fragen über das Wie. Wie lange hat er dafür gebraucht, wie hoch sind sie, wie viele Kilo Farbe mag er verbraucht haben, wie lang sind sie, wie. Sie drücken sich, das steht fest, sie wollen glauben, daß es, wenn sie erst mal wissen, was sie vor sich haben, schließlich auch möglich wäre, es wirklich *vor* sich zu haben, nicht über, unter, auf und neben sich, da nämlich, wo die *Nymphéas*, sich jeder Quantifizierung entziehend, sind – einfach überall. Früher oder später trauen sie sich und gehen näher ran. Sie gehen gucken. Von ganz nah. Wenn sie dürften, würden sie sie anfassen – da es den Fingern aber nicht gestattet ist, legen sie den Blick darauf. Und sie hören endgültig auf zu sehen, weil sie nichts mehr nachvollziehen können, sondern nur noch satte und anarchische Pinselstriche erblicken, wie schmutzige Teller, Senf, Remoulade, blaue Mayonnaise, oder das bunte Gekritzel an der Wand einer impressionistischen Toilette. Sie lachen. Und gehen gleich wieder zurück an den Punkt, an dem das, was sie *nicht* gesehen haben, wenigstens deutlich war: Seerosen. Unterwegs versäumen sie es nicht, sich zu fragen, wie dieser Mann aus der Ferne sehen und aus der Nähe malen konnte, ein kleiner Trick, der sie verzaubert und am Ende ihrer kleinen Reise zurück in die Mitte des Saals genauso ratlos sein läßt wie zuvor, aber nun auch noch verhext: Das ist genau der Moment, an dem das Bewußtsein über das Nicht-sehen-Können einen schmerzhaften Zug bekommt, sich paart mit der heimlichen Gewißheit, daß das, was sich ihrem Blick entzieht, purer Genuß gewesen wäre, eine unvergeßliche Erinnerung an die Schönheit. Dann geben sie auf. Und greifen zum Ersatz der Erfahrung schlechthin, zum Spiegel jedes mißglückten Blicks. Aus der Wärme grauer Plüschetuis holen sie das Zeichen ihres Scheiterns: den Fotoapparat.

Sie fotografieren die *Nymphéas*.

Rührend. Wie sie Krücken gegen die Kanonen des Feindes schleudern. 50-mm-Objektive wie kleine Fangnetze von Kamikazefliegern im Sturzflug auf flüchtende Seerosenflotten. Die erbarmungslosen Vorschriften gestatten nicht einmal den Gebrauch des Blitzes: Die Besucher belichten ganze Filme auf der Suche nach – unmöglichen – menschlichen Bildausschnitten, eines Besseren belehrt von beschämenden Kniefällen, Körperverdrehungen und das Gleichgewicht bedrohendem Schwanken. Sie erbetteln sich irgendeinen Blick, vielleicht vertrauen sie auf die wundersame chemische Hilfe der Dunkelkammer. Die rührendsten – die rührendsten von allen – schreien ihre Niederlage hinaus, indem sie die peinliche Gestalt eines Verwandten zwischen Objektiv und Seerosen stellen, in der Regel mit dem Rücken zu den Seerosen, wie eine symbolische Geste der eigenen Kapitulation. Dieser Verwandte wird danach noch jahrelang Gäste und Freunde von einer Kommode herab begrüßen mit dem matten Lächeln eines Cousins, der Jahre zuvor Schiffbruch erlitten hat – in einem Teich voller *Nymphéas, hélas, hélas*. So rafft er sie hinweg, der alte Schurke von Maler, läßt sie in der unmöglichen Aufgabe untergehen, einen nichtexistierenden Blick zu sehen, erobert und besiegt, geplündert von seiner List, einfache Menschen, von ihm, seinen Seerosen, Farben, verdammten Pinseln, dem Blick, den er sah, der nie wieder gesehen wurde, Wasser, Seeeeeeerosen. Ich könnte ihn heute noch dafür hassen. Dem Propheten unverständlicher Prophezeiungen verzeiht man nicht, und lange Zeit dachte ich, auch er gehöre zu dem schlimmsten Gesindel von allen, dem der schlechten Lehrer, war ich doch überzeugt, daß der Blick, den er sich vorgestellt hatte, alles in allem ein unnützer Blick blieb, anderen unzugänglich und nur ihm vorbehalten, ihm, der es nicht geschafft hatte, ihn sichtbar zu machen. Dafür mußte man ihn verachten, denn abgesehen von dem perzeptorischen Kunststück – dieses verrückte Überschreiten jedes Standpunktes auf der Suche nach irgend etwas Unendlichem –, abgesehen von dem bahnbrechenden sentimentalen Abenteuer war es nur ein Meer verschwommener Seerosen, eine auf die Spitze getriebene impressionistische Studie, diese üble Technik der Anbiederung, in der die durchschnittliche bürgerliche Intelligenz soooooo gern den Beginn der Moderne sah, berauscht von der Vorstellung, daß dies eine Revolution war, und fast gerührt von der Vorstellung, daran Gefallen zu finden, obwohl es eine Revolution war, schließlich hat sie im Grunde ja niemandem geschadet – *new for you*, endlich eine Revolution, die eigens für junge Damen aus gutem Hause kreiert wurde, und gratis dazu in jeder Packung das Gefühl von Modernität – pfui. Man mußte ihn einfach hassen für das, was er getan hatte, und ich haßte ihn jedesmal, wenn ich die beiden Säle der Orangerie in Paris betrat und erschlagen wieder herauskam, zwanzig Jahre lang. Und ich würde diesen nichtsnutzigen Entehrer gekrümmter Oberflächen noch heute hassen, hätte ich nicht am Nachmittag des 14. Juni 1983 zufällig beobachtet, wie jemand – es war eine Frau – in den Saal 2, den größeren Ausstellungssaal, ging und vor meinen Augen die *Nymphéas* betrachtete – die *Nymphéas* sah – und mir damit zeigte, daß dies möglich war, vielleicht nicht unbedingt mir, aber immerhin irgend jemandem auf der Welt: Es gab diesen Blick, und sein Beginn, sein Verlauf und sein Ende hatten einen Ort. Jahrelang hatte ich in diesen Räumen Frauen nachspioniert, weil ich instinktiv ahnte, daß, wenn es eine Lösung gab, eine Frau sie entdecken würde, und sei es nur durch die abstrakte Komplizenschaft zwischen Rätseln. Natürlich beobachtete ich schöne Frauen, vor allem schöne Frauen. Die Frau löste sich aus ihrer Gruppe, eine Orientalin mit einem großen Hut, der ihr Gesicht verbarg, und merkwürdigen Schuhen, sie löste sich aus ihrer Gruppe und ging auf eine Wand des Saales zu – vorher hatte sie mit ihrer Gruppe orientalischer Touristen, alles Frauen, in der

Mitte gestanden, dann löste sie sich von ihnen, als hätte sie den Haltepunkt verloren, der sie mit ihrer Gruppe verband, und würde nun durch eine seltsame Schwerkraft von den Seerosen an der Ostseite des Raumes angezogen, wo die Krümmung am stärksten war – als sie auf die Seerosen zutrieb, bewegte sie sich plötzlich wie ein herbstliches Blatt, sie schaukelte wie ein Pendel, in konträren und harmonisch verdrehten, ich möchte fast sagen gekrümmten Bewegungen voran – unter den Achseln zwei Holzkrücken, die Füße kraftlos und im Innern entzwei, zwei schwarze Glockenschwengel, die ein Geräusch verkrüppelter Schritte hervorbrachten, eine Stola über den Schultern, die kurzen Arme kläglich an den Körper geklemmt – sie sah aus wie ein schöner erschöpfter Nachtfalter, als hätte sie eine weite Reise hinter sich, erschöpft und schön, und ich betrachtete sie. Sie kämpfte sich Zentimeter für Zentimeter mit unendlicher Mühe vorwärts, die Möglichkeit stehenzubleiben schien ihr gar nicht in den Sinn zu kommen. Bei jedem Schritt schraubte sie sich um die Achse ihrer Mißbildung, und doch kam sie voran, sie erging sich in Zuckungen, die an Schritte erinnerten, und so kroch sie voran, eine geduldige Schnecke, untrennbar von ihrem Leiden, ihrem Haus, hinter ihr eine Spur Schleim, die den Verlauf des grotesken Weges aufzeichnete, die Hemmungen der anderen, ihr mit dem Blick zu folgen, eine Mischung aus Scham und Unmut, nach Fluchtpunkten suchend, aber es war nicht leicht, den Blick von ihr abzuwenden, es war einfach unmöglich, woandershin zu schauen, eine Menge Leute waren da, ich war da, und irgendwann gab es nur noch sie. Sie ging fast bis auf Tuchfühlung an die Seerosen heran und begann, dicht neben ihnen herzustreifen, indem sie die Biegung der Wand wiederholte, nur angereichert mit kinetischen Koloraturen, die gebogene Linie zu einem krüppeligen Gekrakel verkürzt, das mit jedem Ruck etwas krummer wurde; und obwohl sie den Abstand zu den Seerosen immer wieder überprüfte, blieb er stets gleichermaßen unbestimmbar, aufgelöst in dieser Bewegung, die sich in tausend Richtungen ausbreitete, zersprengt in diesem Körper ohne Mitte. So torkelte sie durch den ganzen Saal, näherte sich der Wand und entfernte sich wieder, hin und her geworfen vom Rhythmus der trunkenen Pendelbewegung, zu der sie die Mißbildung zwang, während die Leute beiseite traten, um auch die unerwartetsten Ausformungen ihres Fortschreitens nicht zu stören. Und ich, der ich jahrelang versucht hatte, diese Seerosen anzuschauen, aber immer nur einfache Seerosen gesehen hatte, ziemlich kitschig und außerdem recht kümmerlich, ich ließ die Frau an mir vorbeigehen, und ohne ihren Blick gesehen zu haben, wurde mir auf einmal in absoluter Deutlichkeit klar, daß sie sah – sie war der Blick, von dem die Seerosen erzählten, der Blick, der sie schon immer gesehen hatte, sie war die richtige Perspektive, der korrekte Standpunkt, das unmögliche Auge – ihre klobigen schwarzen Schuhe waren es, ihr Gebrechen, ihre Geduld, ihre grausigen Gebärden, die Holzkrücken, die Stola, das Geräusch ihrer Arme und Beine, das Leid, die Anstrengung und diese unwiederholbare Schleimspur durch den Raum, die für immer verloren war, als die Frau schließlich an ihr Ziel kam, stehenblieb und lächelte.

Seit diesem 14. Juni 1983 hatte Professor Mondrian Kilroy einen gewissen Hang zur Melancholie, es entsprach seiner theoretischen Überzeugung, die seit der Untersuchung von Monets *Nymphéas* den Schmerz als absolute *conditio sine qua non* jeder höheren Wahrnehmung von Welt voraussetzte. Er war zu der Überzeugung gelangt, daß Leiden der einzige Weg sei, der über die Oberfläche der Realität hinausführte. Das Leiden war die gekrümmte Linie, die der rechtwinkligen Struktur des Nichtauthentischen entkam. Allerdings führte Professor Mondrian Kilroy ein glückliches Leben ohne größeren Kummer, zufällig verschont von den Launen des Unglücks. Aufgrund seiner theoretischen Prämissen machte es die Sache für ihn problematisch und gab ihm so auf unerbittliche Weise das Gefühl der Unzulänglichkeit, was schließlich sein einziger Leidensgrund wurde: der Schmerz um das Nichtvorhandensein von Schmerz. Opfer dieses banalen theoretisch-seelischen Kurzschlusses, schlitterte Professor Mondrian Kilroy nach und nach in eine wahrhaftige nervöse Depression, die gelegentlichen Gedächtnisverlust, Schwindelgefühle und nicht nachvollziehbare Gemütsschwankungen hervorrief. Es kam vor, daß er plötzlich weinen mußte, ohne ersichtlichen Grund oder Vorwand. In gewisser Hinsicht freute er sich sogar über diese Zusammenbrüche, war aber noch nicht so sehr Sklave seiner eigenen Theorien, daß er sich nicht jedesmal ein bißchen geschämt hätte. Eines Tages, als er – völlig grundlos – im Hörsaal 6 versteckt weinte, sah er die Tür aufgehen und einen Jungen hereinkommen. Es war einer seiner Schüler, er hieß Gould. Er war im College berühmt, weil er mit elf Jahren seinen Abschluß gemacht hatte. Ein Wunderkind. Er hatte sogar eine Zeitlang im College gewohnt, nach dieser furchtbaren Geschichte mit seiner Mutter. Die Mutter war eine schöne blonde Frau, sympathisch. Aber es ging ihr nicht gut. Eines Tages brachte ihr Mann sie in eine Klinik, eine psychiatrische Klinik. Er sagte, man könne nichts anderes tun. Das war die Zeit, als Gould ins College kam. Man wußte nie so recht, was er von der ganzen Angelegenheit verstanden hatte. Niemand wagte je, ihn danach zu fragen. Er war so ein lieber Junge, man wollte ihn nicht erschrecken. Manchmal sah Professor Mondrian Kilroy ihn an und dachte, daß er gern etwas für ihn tun würde. Aber er wußte nicht, was.

Der Junge fragte ihn, ob er ein Taschentuch oder etwas zu trinken brauche. Professor Mondrian Kilroy sagte nein, alles sei in Ordnung. Sie verweilten eine Weile dort. Der Junge lernte. Durch die Fenster fiel ein schönes Licht. Professor Mondrian Kilroy stand auf, nahm seine Jacke und ging zur Tür. Als er an dem Jungen vorbeikam, strich er ihm leicht mit der Hand über den Kopf und murmelte etwas wie: Du bist ein lieber Junge, Gould.

Der Junge sagte nichts.

14

»Hallo.«

»Hallo«, sagte Shatzy.

»Was bekommt ihr?«

»Zwei Cheeseburger und zweimal Orangensaft.«

»Pommes frites?«

»Nein danke.«

»Wenn ihr auch Pommes frites nehmt, kostet es dasselbe.«

»Macht nichts, danke.«

»Cheeseburger, Getränk und Pommes frites, das ist Kombination Nr. 3«, sagte er und zeigte auf ein Foto hinter sich.

»Ein schönes Foto, aber wir mögen keine Pommes frites.«

»Ihr könnt auch einen doppelten Cheeseburger nehmen, Kombination Nr. 5, das ist ohne Pommes frites, und es kostet genausoviel.«

»Genausoviel wie was?«

»Wie ein Cheeseburger mit Orangensaft.«

»Ein doppelter Cheeseburger kostet genausoviel wie ein einfacher Cheeseburger?«

»Ja, wenn ihr die Kombination Nr. 5 nehmt.«

»Unglaublich.«

»Kombination Nr. 5?«

»Nein. Wir wollen nur einen Cheeseburger. Einen für jeden. Keine doppelten Cheeseburger.«

»Wie ihr wollt. Aber das ist rausgeschmissenes Geld.«

»Macht nichts, danke.«

»Also zwei Cheeseburger und zwei Orangensaft.«

»Genau.«

»Einen Nachtisch?«

»Willst du Kuchen, Gould?«

»Ja.«

»Dann kommt noch einmal Kuchen dazu, danke.«

»Diese Woche gibt es für jenen Nachtisch einen gratis dazu.«

»Phantastisch.«

»Welchen nimmst du?«

»Keinen, danke.«

»Du *mußt* aber einen nehmen, der ist gratis.«
»Ich mag nichts Süßes, ich will keinen.«
»Ich *muß* dir aber einen geben.«
»Wie meinst du das?«
»Das ist das Angebot der Woche.«
»Das hab ich verstanden.«
»Also *muß* ich dir einen geben.«
»Was soll das heißen, du *mußt* mir einen geben, ich will keinen, ich mag keinen, ich will nicht so fett werden wie Tina Turner, ich will keine Unterhosen in XXL anziehen, was soll ich machen, muß ich bis nächste Woche warten, wenn ich nur einen Cheeseburger ohne alles essen will?«
»Du kannst es ja stehenlassen. Den Gratisnachtisch nehmen und stehenlassen.«
»Wozu soll ich ihn dann nehmen?«
»Du kannst ihn doch wegwerfen.«
»WEGWERFEN? Ich werfe gar nichts weg, wirf ihn doch selber weg, so, ganz einfach, du nimmst ihn und wirfst ihn weg, okay?«
»Kann ich nicht, dann schmeißen sie mich raus.«
»O Gott . . .«
»Die sind streng hier.«
»Na gut, okay, lassen wir das, gib mir den Kuchen.«
»Mit Sirup?«
»Ohne Sirup.«
»Der ist umsonst.«
»ICH WEISS, DASS ER UMSONST IST, ABER ICH WILL KEINEN, OKAY?«
»Wie du willst.«
»Ohne Sirup.«
»Sahne?«
»Sahne?«
»Wir haben Sahne, wenn du möchtest.«
»Ich will ja nicht mal den *Kuchen*, wie kommst du auf die Idee, daß ich SAHNE will?«
»Ich weiß nicht.«

»Ich aber: keine Sahne.«

»Auch nicht für den Kleinen?«

»Auch nicht für den Kleinen.«

»Gut. Zwei Cheeseburger, zwei Orangensaft, ein Kuchen ohne alles. Das ist für euch«, fügte er hinzu und streckte Shatzy zwei in Folie gewickelte Päckchen entgegen.

»Was ist das denn?«

»Kaugummi, ein Gratisgeschenk, darin ist eine Zuckerkugel, und wenn die rot ist, gewinnt man noch zehn Kaugummis, wenn sie aber blau ist, gewinnt man einmal die Kombination Nr. 6, gratis. Ist die Kugel weiß, ißt man sie einfach nur auf. Die Regeln stehen auf jeden Fall auf der Verpackung.«

»Entschuldigung, einen Moment.«

»Ja?«

»Entschuldigung, aber ...«

»Ja?«

»Nehmen wir einmal an, ich nehme diesen bescheuerten Kaugummi, ja?«

»Ja.«

»Und nehmen wir weiter an, daß ich eine Viertelstunde lang drauf rumkaue und dann eine blaue Kugel darin finde.«

»Ja.«

»Dann müßte ich sie dir, vollgesabbert, wie sie ist, zurückbringen und hierhinlegen, und du würdest mir dafür eine fettige, fritierte und heiße Kombination Nr. 6 geben?«

»Gratis.«

»Und wann bitte soll ich die essen?«

»Ich denke, sofort.«

»Ich will einen Cheeseburger und einen Orangensaft, kapierst du das? Ich weiß nicht, was ich mit drei fritierten Hühnerkeulen plus einer mittleren Portion Pommes frites plus einem Maiskolben mit Butter plus einer mittleren Cola anstellen soll. WAS ZUM TEUFEL SOLL ICH DAMIT ANFANGEN?«

»Normalerweise essen sie sie.«

»Wer? Wer ist *sie*? Marlon Brando, Elvis Presley, King Kong?«

»Die Leute.«

»*Die Leute?*«

»Ja, die Leute.«

»Tust du mir einen Gefallen?«

»Klar.«

»Behalt die Kaugummis.«

»Geht nicht.«

»Verwahr sie einfach auf für den nächsten Fettsack, der vorbeikommt.«

»Das geht wirklich nicht.«

»Gott . . .«

»Tut mir leid.«

»Es tut dir leid?«

»Wirklich.«

»Gib mir die Kaugummis.«

»Die schmecken nicht schlecht, nach Papaya.«

»*Papaya?*«

»Exotische Frucht.«

»Papaya.«

»Ist dieses Jahr in Mode.«

»Okay, okay.«

»Das ist alles?«

»Ja, Schätzchen, das ist alles.«

Sie bezahlten und gingen zum Tisch. Unter der Decke hing ein Fernseher, auf dem *FoodTV* lief. Da wurden Fragen gestellt. Wußte man die richtige Antwort, mußte man sie auf die vorgesehene Stelle der Papierdecke schreiben und das Ding an der Kasse abgeben. Als Gewinn gab es die Kombination Nr. 2. Im Moment lautete die Frage: Wer erzielte im Finale der Weltmeisterschaft 1966 das erste Tor?

1. Jeffrey Hurst
2. Bobby Charlton
3. Helmut Haller

»Drei«, murmelte Gould.

»Versuch es nur nicht«, zischte ihm Shatzy zu und öffnete ihre Cheeseburgerschachtel. Im Innern des Deckels erblickte sie ein knallrotes Etikett. Darauf stand: GLÜCKWUNSCH!!! DU

HAST EINEN HAMBURGER GEWONNEN! Und etwas kleiner: Geh schnell mit diesem Kupon zur Kasse, und du bekommst einen Hamburger gratis und ein Getränk für den halben Preis! Da stand noch etwas anderes quer obendrüber, aber das las Shatzy Shell nicht mehr. Sie klappte die Plastikschachtel ganz langsam wieder zu, ohne den Cheeseburger herauszunehmen.

»Gehen wir«, sagte sie.

»Ich hab ja noch nicht mal angefangen«, sagte Gould.

»Nächstes Mal.«

Sie standen auf, ließen alles stehen und gingen zur Tür. Dort wurden sie von jemandem abgefangen, der wie ein Clown gekleidet war, nur daß er die Mütze des Fast-food-Restaurants auf dem Kopf hatte.

»Einen Luftballon geschenkt, junge Frau?«

»Nimm den Luftballon, Gould.«

Auf dem Luftballon stand: ICH ESSE HAMBURGER.

»Wenn Sie den an der Haustür aufhängen, können Sie am SONNTAGSBURGER-Gewinnspiel teilnehmen.«

»Häng ihn an der Haustür auf, Gould.«

»Jeden Sonntag wird ein Haus mit Luftballon ausgelost, und ein Lastwagen lädt 500 Cheesebaconburger vor der Tür ab.«

»Denk dran, den Weg vor der Tür freizuräumen, Gould.«

»Außerdem gibt es einen 300-Liter-Gefrierschrank zum Sonderpreis. Um die Cheesebaconburger aufzubewahren.«

»Verständlich.«

»Wenn Sie den 500-Liter-Gefrierschrank nehmen, bekommen Sie eine Mikrowelle geschenkt.«

»Phantastisch.«

»Wenn Sie schon eine besitzen, können Sie statt dessen einen Profifön mit vier Stufen nehmen.«

»Falls ich den Cheesebaconburgern mal die Haare wasche?«

»Bitte?«

»Oder meine mit Ketchup.«

»Wie?«

»Das macht sie schön glänzend.«

»Was, Ketchup?«

»Ja, hast du das noch nicht probiert?«

»Nein.«

»Probier's mal. Sauce béarnaise ist auch nicht schlecht.«

»Im Ernst?«

»Ist gut gegen Schuppen.«

»Ich hab zum Glück keine Schuppen.«

»Wenn du weiter Sauce béarnaise ißt, wirst du mit Sicherheit welche bekommen.«

»Tu ich ja nie.«

»Ja, aber du wäschst deine Haare damit.«

»Ich?«

»Klar, das sieht man am Fön.«

»An welchem Fön?«

»Der, den du an der Haustür aufgehängt hast.«

»Ich hab keinen an der Haustür aufgehängt.«

»Denk mal scharf nach, du hast ihn da aufgehängt, nachdem dir die Mikrowelle mit vier Stufen weggeflogen ist.«

»Von wo weggeflogen?«

»Aus dem Gefrierschrank.«

»Aus dem Gefrierschrank?«

»Am Sonntag, weißt du nicht mehr?«

»Soll das ein Witz sein?«

»Sehe ich so aus, als würde ich Witze machen?«

»Nein.«

»Richtige Antwort. Sie haben 500 Liter Luftballons gewonnen, Sie werden sie in Cheeseburgern ausbezahlt bekommen, bis dann, Wiedersehen.«

»Ich versteh das nicht.«

»Macht nichts. Also, bis dann.«

»Der Luftballon!«

»Nimm den Luftballon, Gould.«

»Willst du einen roten oder einen blauen?«

»Das Kind ist blind.«

»Oh, Verzeihung.«

»Macht nichts. Kann passieren.«

»Nehmen Sie den Luftballon?«

»Nein, der Kleine nimmt ihn. Er ist zwar blind, aber nicht blöd.«

»Soll ich ihm einen roten oder einen blauen geben?«

»Haben Sie keinen in Kotzfarbe?«

»Nein.«

»Komisch.«

»Nur rot und blau.«

»Dann rot.«

»Bitte schön.«

»Nimm den Luftballon, Gould.«

»Hier, bitte schön.«

»Sag danke, Gould.«

»Danke.«

»Bitte.«

»Haben wir uns noch etwas zu sagen?«

»Bitte?«

»Anscheinend nicht. Auf Wiedersehen.«

»Viel Glück am Sonntag!«

»Danke.«

Sie verließen das Fast-food-Restaurant. Die Luft draußen war kalt und rein, klare Winterluft.

»Scheißplanet«, sagte Shatzy leise.

Gould stand regungslos mitten auf dem Bürgersteig, in der Hand einen roten Luftballon. Darauf stand: ICH ESSE HAMBURGER.

»Ich hab Hunger«, sagte er.

15

»LARRY! ... LARRY! ... Larry Gorman nähert sich unserem Standort ... Er wird von seinem Clan abgeschirmt ... Der Ring ist voller Menschen ... LARRY! ... Der Champion hat Schwierigkeiten, sich einen Weg durch die Massen zu bahnen ... Da ist Mondini, sein Trainer ... Das war ja heute abend wirklich ein schneller Sieg hier im Sony Sport Club, erinnern wir uns noch einmal, 2 Minuten und 27 Sekunden haben gereicht ... LARRY, da ist er, Larry, wir sind auf Sendung, für das Radio ... Larry ... Wir sind auf Sendung, das war ja ein schneller Sieg ...«

»Funktioniert dieses Mikrophon?«

»Ja, wir sind live auf Sendung.«

»Ein schönes Mikrophon, wo hast du das gekauft?«

»Die kaufe ich nicht selbst, Larry ... Sag mal, hast du damit gerechnet, den Kampf so schnell zu beenden oder –«

»Das würde meiner Schwester gefallen ...«

»Ich wollte sagen –«

»Nein, im Ernst. Sie imitiert Marilyn Monroe, wissen Sie, sie singt genau wie Marilyn, genau diese Stimme, wirklich, sie hat nur kein Mikrophon ...«

»Sag mal, Larry –«

»Sie nimmt immer eine Banane.«

»Larry, willst du etwas über deinen Gegner sagen?«

»Ja. Ich will etwas sagen.«

»Bitte schön.«

»Ich will etwas über meinen Gegner sagen. Mein Gegner heißt Larry Gorman. Warum setzen sie mir bloß immer diese nackten Zwerge mit Boxhandschuhen vor die Nase? Die stehen einem doch nur im Weg. Da bleibt einem ja gar nichts anderes übrig, als sie plattzumachen.«

»GOULD, KOMM ENDLICH RAUS DA, VERDAMMT NOCH MAL!«

Das war die Stimme von Shatzy. Sie kam von der anderen Seite der Tür. Der Badezimmertür.

»Ich komm ja schon.«

Plätschermusik. Wasserhahn *on*. Wasserhahn *off*. Pause. Sich öffnende Tür.

»Sie warten schon eine halbe Stunde auf dich.«

»Ich komme.«

Die Leute vom Fernsehen statteten Gould einen Besuch ab. Sie wollten eine Reportage für die Sondersendung am Freitag abend drehen. Titel: »Porträt eines genialen Kindes«. Die Kamera stellten sie im Wohnzimmer auf. Geplant war ein Interview von einer halben Stunde. Thema – die todtraurige Geschichte eines kleinen Jungen, der durch seine Intelligenz zu Einsamkeit und Erfolg verdammt ist. Das Geniale daran: jemanden gefunden zu haben, dessen Leben eine Tragödie war, nicht weil er so ein Unglücksrabe, sondern weil er im Gegenteil ein ausgesprochener Glückspilz war. Und wenn es nicht genial war, so hielten sie es doch immerhin für eine gute Idee.

Gould setzte sich auf das Sofa, vor die Fernsehkamera. Poomerang setzte sich daneben. Diesel paßte nicht auf das Sofa, deshalb machte er es sich auf dem Boden bequem, obwohl es ihn ein bißchen Zeit kostete. Außerdem war noch gar nicht klar, wer ihm von dort wieder hochhelfen sollte. Wie auch immer. Sie stellten die Mikrophone auf und schalteten die Scheinwerfer an. Die Interviewerin strich sich den Rock über den übereinandergeschlagenen Beinen glatt.

»Alles in Ordnung, Gould?« fragte sie.

»Ja.«

»Wir müssen nur noch die Mikrophone testen.«

»Ja.«

»Hast du Lust, etwas hineinzusprechen, irgendwas?«

»Nein, ich hab keine Lust, etwas in diese Mikrophone zu sprechen, nicht mal für eine Birillion würde ich –«

»Danke, okay, alles in Ordnung, wir können anfangen. Bist du bereit?«

»Ja.«

»Schau zu mir rüber, ja? Vergiß die Kamera.«

»Gut.«

»Fangen wir an.«

»Ja.«

»Herr Gould … oder darf ich dich einfach nur Gould nennen?«

»…«

»Gut, also einfach Gould. Sag mal, Gould, wann hast du eigentlich gemerkt, daß du kein normales Kind bist, ich meine, daß du ein Genie bist?«

POOMERANG (nichtsagend): Kommt drauf an. Wann haben Sie denn gemerkt, daß Sie dämlich sind? Kam das ganz plötzlich, oder haben Sie es erst nach und nach entdeckt, indem Sie Ihre Noten mit denen Ihrer Klassenkameraden verglichen und später feststellten, daß auf Partys niemand in einer Mannschaft mit Ihnen »Welcher Film ist das?« spielen wollte?

»Gould?«

»Ja?«

»Meine Frage war ... ob du dich daran erinnern kannst, als du klein warst, irgendeine Anekdote oder so, wann du dich auf einmal anders fühltest als die anderen Kinder ...«

DIESEL: Ja, daran kann ich mich sehr gut erinnern. Wir gingen damals zusammen in den Park, alles Kinder aus der Nachbarschaft ... Da gab es eine Schaukel, eine Rutsche und solche Sachen ... Es war ein schöner Park, und wir verbrachten im Sommer die Nachmittage dort, wenn schönes Wetter war. Also, damals wußte ich noch nicht, daß ich ... sagen wir ... anders war, ich war zwar schon groß, aber ... Ein Kind kann nicht wissen, ob es anders ist oder nicht ... Ich war der größte von uns, und so kletterte ich eines Tages die Leiter der Rutsche hoch, es war das erste Mal, wenn man noch zu klein war, durfte man nicht, aber an diesem Tag sah mich niemand, es wußte auch niemand so genau, wie alt ich bin, also kletterte ich die Leiter hoch, aber als ich oben ankam und mich auf die Rutsche setzte, funktionierte es nicht, mein Hintern paßte da nicht rein, ich paßte nicht rein, verstehen Sie? Ich gab mir die größte Mühe, aber mein verdammtes Hinterteil wollte da einfach nicht reinpassen ... Es war idiotisch, aber da war nichts zu machen, der Hintern paßte nicht in die Rutsche. Am Ende mußte ich umkehren. Ich kam die Rutsche zwar runter, aber über die Leiter. Wissen Sie, was das heißt, eine Rutsche über die Leiter runterzukommen? Haben Sie das schon mal gemacht? Wenn alle zuschauen? Kennen Sie das Gefühl? Bestimmt kennen Sie es. Es gibt eine Menge Leute, die die Rutsche über die Leiter runterkommen. Ist Ihnen das schon aufgefallen? Es gibt eine Menge Leute, bei denen es nicht hinhaut, so ist das nämlich.

»Gould?«

»Ja.«

»Alles in Ordnung?«

»Ja.«

»Okay, okay. Also, sag mal ... Möchtest du uns etwas über dein Verhältnis zu anderen Kindern erzählen, hast du Freunde? Was unternimmst du, treibst du Sport oder so?«

POOMERANG (nichtsagend): Ich bin gern unter Wasser. Da unten ist es ganz anders. Da ist kein Lärm, man kann gar keinen Lärm machen, selbst wenn man will, es geht nicht, da unten gibt es keinen Lärm. Man bewegt sich langsam, man kann auch keine plötzlichen Bewegungen machen, schnelle Handbewegungen oder was weiß ich, man muß sich langsam bewegen, alle müssen sich langsam bewegen. Man kann sich nicht weh tun, zum Beispiel kann einem niemand so einen blöden Klaps auf die Schulter geben, es ist ein schöner Ort. Vor allem ist es der ideale Ort zum Sprechen, wissen Sie? Ich spreche wirklich gern da unten, das ist der ideale Ort, man spricht und ... man spricht, genau, alle können sprechen, jeder, der will, kann dort sprechen, phantastisch, wie man da unten spricht. Nur schade, daß da nie ... da ist fast nie jemand, das ist der einzige Haken an der Sache, daß da unten fast nie jemand ist, mit dem man sprechen kann, normalerweise trifft man da niemanden. Schade, finden Sie nicht?

»Sollen wir eine Pause machen, Gould? Wir können unterbrechen und weitermachen, wann du möchtest.«

»Nein, ist in Ordnung so, danke.«

»Sicher?«

»Ja.«

»Gibt es etwas, über das du reden möchtest?«

»Nein, mir ist lieber, daß Sie mir Fragen stellen, das ist einfacher.«

»Wirklich?«

»Ja.«

»Okay ... Sag mal ...«

»...«

»Sag mal ... Die Tatsache, daß du ein ... sagen wir ... besonderes Kind bist, ja, ein besonderes Kind ... Ich meine, wie kommst du mit den anderen Kindern zurecht? Geht das gut?«

DIESEL: Wissen Sie was? Das ist deren Problem. Ich habe oft darüber nachgedacht, und mir ist klargeworden, daß es wirklich ihr Problem ist. Ich hab kein Problem damit, mit ihnen zusammenzusein, ich kann sie an der Hand nehmen, mit ihnen sprechen, mit ihnen spielen, mir geht ja nicht die ganze Zeit durch den Kopf, daß ich anders bin, ich vergesse es, *sie* sind es, die es nicht vergessen. Nie. Manchmal sieht man ihnen an, daß sie eigentlich gern zu mir kämen oder so, aber es ist, als hätten sie ein bißchen Angst, sich weh zu tun oder so. Sie wissen nicht so recht, wie sie es anstellen sollen. Kann sogar sein, daß sie sich irgendwas in ihren Köpfen zurechtspinnen, was ich tun könnte oder nicht, sie stellen sich wer weiß was vor, sie überlegen die ganze Zeit, was mich aufregen könnte oder so, was mich beleidigen oder ärgern könnte, und deshalb läuft alles schief, das sollten sie nicht tun. Es hat ihnen noch niemand erklärt, daß diese etwas anderen Leute, wie Sie sie nennen, eigentlich auch ganz normal sind, sie haben dieselben Bedürfnisse, dieselben Ängste wie andere, da ist überhaupt kein Unterschied, man kann in einer Sache anders und im ganzen Rest völlig normal sein, das sollte ihnen mal jemand klarmachen. Sie machen eine komplizierte Angelegenheit daraus, und am Ende ist es ihnen dann zu lästig, und sie wollen nichts mehr davon wissen, kann man ja auch verstehen, sie bleiben auf Distanz, weil man ein Problem für sie ist, verstehen Sie?, ein Problem. Niemand geht freiwillig mit einem Problem ins Kino, glauben Sie mir. Ich will damit sagen: Wenn man auch nur einen einzigen lausigen Freund hat, mit dem man ins Kino gehen kann, dann denkt man doch nicht im Traum daran, mit einem Problem hinzugehen. Und die denken nicht im Traum daran, mit mir hinzugehen. So ist das eben.

»Sollen wir lieber über deine Familie reden, Gould?«

»Wenn Sie möchten.«

»Erzähl mir von deinem Vater.«

»Was wollen Sie denn wissen?«

»Ich weiß nicht ... bist du gern mit deinem Vater zusammen?«

»Ja. Er arbeitet beim Militär.«

»Bist du stolz auf ihn?«

»Stolz?«

»Ja, ich meine, bist du ... stolz auf ihn ... stolz?«

»...«

»Und deine Mutter?«

»...«

»Willst du uns was von deiner Mutter erzählen?«

»...«

»...«

»...«

»Sollen wir lieber über die Schule reden? Fühlst du dich wohl in deiner Rolle?«

»Wie meinen Sie das?«

»Ich meine, du bist berühmt, die Leute kennen dich, deine Kameraden, deine Professoren, alle wissen, wer du bist. Gefällt dir das?«

POOMERANG (nichtsagend): Hören Sie zu, ich erzähle Ihnen mal eine Geschichte. Eines Tages kam einer von auswärts in meine Gegend, er lief mir über den Weg und hielt mich an. Er wollte wissen, ob ich Poomerang kenne. Ob ich wüßte, wo er ihn finden könne. Ich sagte nichts, also begann er zu erklären, er sagte, das ist einer mit Glatze, ungefähr so groß wie du, und er spricht nie, kennst du den etwa nicht? Den, der nie spricht, den kennt doch jeder. Ich schwieg immer noch. Er begann sich aufzuregen, komm schon, sagte er, sogar die Zeitung hat über ihn geschrieben, der, der den Lastwagen voller Scheiße vor dem Gebäude der CRB ausgekippt hat, wegen dieser Geschichte mit Mami Jane, na komm schon, er ist immer in Schwarz, den kennt jeder, er ist die ganze Zeit mit so einem Riesen unterwegs, einem Freund von ihm. Der wußte alles. Er suchte Poomerang. Und ich stand vor ihm. Ganz in Schwarz. Schweigend. Am Ende wurde er richtig sauer. Er schrie, ich solle doch zum Teufel gehen, wenn ich kein Wort sagen wolle, was ist das denn für ein Benehmen, man kann nicht mal mehr jemanden irgendwas fragen, was ist das bloß für eine Welt. Er schrie. Ich stand vor ihm. Können Sie sich das vorstellen? Begreifen Sie jetzt, wie blöd die Frage ist, ob es mir gefällt oder nicht? He, ich hab Sie gefragt, ob Sie das begreifen?

»Möchtest du nicht reden, Gould?«

»Warum?«

»Wenn du möchtest, können wir auch aufhören.«

»Nein, nein, meinetwegen nicht.«

»Na gut, aber du machst es mir nicht gerade einfach.«

»Tut mir leid.«

»Macht nichts. Kann passieren.«

»Tut mir leid.«

»Ich weiß auch nicht, was könnte ich dich denn mal fragen?«

»...«

»Ich weiß nicht ... vielleicht ... hast du Träume ... Gibt es etwas, was du tun möchtest, wenn du groß bist, etwas wie ... na, einen Traum eben?«

DIESEL: Ich möchte gern die Welt sehen. Wissen Sie, was das Problem ist? In ein Auto passe ich nicht, und in den Bus lassen sie mich nicht hinein, ich bin zu groß, sie haben keine Sitze für mich, das ist ein bißchen wie mit der Rutschbahn, es ist immer dasselbe, und es gibt keine Lösung. Ist das nicht idiotisch? Ich würde zwar gern die Welt sehen, aber es geht nicht, ich muß hierbleiben und mir in Zeitschriften oder im Atlas Bilder ansehen. Mit dem Zug ist es auch eine einzige Katastrophe, ich hab es ausprobiert, eine Katastrophe. Es gibt keine Lösung. Ich würde gern einfach nur irgendwo drinsitzen, was groß genug für mich ist, und die Welt hinter den Fenstern vorbeiziehen sehen, das ist alles, hört sich an wie eine Kleinigkeit, ist es aber nicht. Wenn Sie es genau wissen wollen: Das ist das einzige, was mir wirklich fehlt, ich meine, ich bin zufrieden mit mir, so wie ich bin, ich würde nicht sein wollen wie jeder andere, ich bin gerne so. Abgesehen von dieser Sache. Ich fürchte, ich bin zu groß, um mir die Welt ansehen zu können, wenn ich groß bin. Das ist das einzige. Das ist wirklich das einzige, was mich ärgert.

»Ich glaube, das genügt, Gould.«

»Ja?«

»Wir können hier Schluß machen.«

»Gut.«

»Bist du sicher, daß du nichts sagen willst?«

»Wie meinen Sie das?«

»Möchtest du etwas sagen, bevor wir aufhören? Irgendwas?«

»Ja. Vielleicht doch. Eine Sache.«

»Gut, Gould. Schieß los.«

»Kennen Sie Professor Taltomar?«

»Einer deiner Professoren?«

»Mehr oder weniger. Er ist nicht an meiner Schule.«

»Nein?«

»Er steht immer am Rand des Fußballfelds, genau hinter dem Tor. Wir beide stehen zusammen dort. Und schauen zu, verstehen Sie?«

»Ja.«

»Also, was ich sagen wollte, manchmal schießt jemand, und der Ball landet im Aus, hinter dem Tor, vielleicht rollt er sogar in unsere Nähe und bleibt dort liegen, nur ein Stückchen von uns entfernt. Meistens kommt der Torwart dann ein paar Schritte aus seinem Tor, sieht zu uns rüber und ruft: Den Ball, bitte, den Ball, danke. Und Professor Taltomar rührt sich nie von der Stelle, er schaut weiter auf das Spielfeld, als sei nichts gewesen. Das kam schon etliche Male vor, aber wir haben nie den Ball geholt, verstehen Sie?«

»Ja.«

»Wissen Sie, der Professor und ich, wir reden nicht viel, wir schauen nur zu, weiter nichts, aber eines Tages hab ich mir einen Ruck gegeben und ihn gefragt. Ich hab ihn gefragt: Warum holen wir diesen verdammten Ball nie? Er spuckte ein bißchen Tabak auf den Boden, und dann sagte er: Entweder man guckt zu oder man spielt. Sonst hat er nichts gesagt. Entweder man guckt zu oder man spielt.«

»...«

»...«

»Und dann?«

»Nichts dann.«

»War es das, was du sagen wolltest, Gould?«

»Ja, das war es.«

»Sonst nichts?«

»Nein.«

»Gut.«

»...«

»Also gut, hier machen wir Schluß.«

»Ist das alles?«

»Ja, das ist alles.«

»Gut.«

Was sollen wir mit dem Kram anfangen? fragte Vack Montorsi, als er die Aufnahmen sah. Vack Montorsi war der Moderator der Sondersendung am Freitag abend. Das hält ja nicht mal einen Kokainsüchtigen wach, bemerkte er, während er mit der Fernbedienung vorwärts spulte, auf der Suche nach einer weniger traurigen Stelle. Sie hatten auch versucht, Goulds Vater vor die Kamera zu bekommen, der hatte jedoch geantwortet, daß Fernsehredakteure seines Wissens eine große Bande von Perverslingen seien und er nichts mit ihnen zu tun haben wolle. Also blieben ihnen nur ein paar Aufnahmen in Goulds Schule und eine ganze Serie ziemlich langweiliger Kommentare seiner Professoren. Sie sagten Dinge wie: »Begabung verlangt besondere Aufmerksamkeit« oder: »Die Intelligenz dieses Jungen ist ein Phänomen, das geradezu auffordert, nachzudenken über ...« Vack Montorsi spulte schnell weiter und schüttelte den Kopf.

»Irgendwann fängt einer an zu weinen«, sagte die Redakteurin und spielte damit ihren letzten Trumpf aus.

»Wo denn?«

»Weiter hinten.«

Vack Montorsi spulte weiter nach hinten. Dann erschien ein Professor in Pantoffeln.

»Das ist er.«

Es war Mondrian Kilroy.

»Der weint doch gar nicht.«

»Gleich weint er.«

Vack Montorsi drückte auf *play*.

»... das meiste sind nur Gerüchte. Die Leute glauben, daß die Probleme eines Wunderkindes durch den Druck der Umgebung entstünden, durch die entsetzlichen Erwartungen, die an das Kind gestellt werden. Aber das eigentliche Problem trägt es selbst in sich, damit haben die anderen gar nichts zu tun. Das eigentliche Problem ist das Talent. Talent ist wie eine durchgedrehte Zelle, die völlig sinnlos einfach immer weiterwächst. Als würde dir jemand eine Bowlingbahn ins Haus bauen. Sie macht eine Riesenunordnung, vielleicht ist die Bahn sogar schön, vielleicht lernst du mit der Zeit richtig gut Bowling spielen und wirst der beste Bowlingspieler der Welt, aber wie zum Teufel bringst du dein Haus wieder in Ordnung, wie rettest du es, wie schaffst du es, dir etwas zu erhalten, von dem du dann, zum richtigen Zeitpunkt, sagen kannst: Das ist mein Haus, haut ab, das ist mein Haus. Das ist kaum zu schaffen. Talent ist destruktiv, es ist eindeutig destruktiv. Was ringsum passiert, ist unwichtig. Es arbeitet im Innern, und es zerstört. Man muß sehr stark sein, wenn man etwas retten will. Und er ist noch ein kleiner Junge. Können Sie sich das vorstellen: eine Bowlingbahn mitten im Haus eines kleinen Jungen? Allein der Lärm, den das jeden verdammten Tag macht, immer dieser Radau, und die Gewißheit, daß man Stille, wirkliche Stille vergessen kann. Häuser ohne Stille. Was sind das denn für Häuser? Wer gibt diesem Jungen sein Haus zurück? Etwa Sie mit Ihrer Fernsehkamera? Ich mit meinen Vorlesungen? Ich?«

Und an dieser Stelle schniefte Professor Mondrian Kilroy tatsächlich, dann nahm er die Brille von der Nase und wischte sich mit einem ganz zerknüllten, großen blauen Taschentuch die Augen trocken. Wenn man so wollte, weinte er.

»War das alles?« fragte Vack Montorsi.

»Mehr oder weniger.«

Vack Montorsi schaltete den Videorecorder aus.

»Was haben wir noch?«

»Die Vierlinge und diese Geschichte über die gefälschte *Mona Lisa*.«

»Die *Mona Lisa* ist Mist.«

Am Freitag abend wurde eine Sondersendung über englische Vierlinge ausgestrahlt. Sie waren drei Jahre lang abwechselnd zur Schule gegangen, und keiner hatte es bemerkt. Nicht mal ihre Verlobte. Die nun ein kleines Problem hatte.

16

Gould saß auf dem Boden, auf dem vier Zentimeter dicken Teppich. Er betrachtete einen Fernseher. Als Shatzy nach Hause kam, war es nach zehn Uhr. Sie ging gern abends einkaufen, weil sie meinte, daß die Sachen dann müde seien und sich ohne großen Widerstand einkaufen ließen. Sie öffnete die Tür, und Gould sagte hallo, ohne den Blick vom Fernseher abzuwenden. Shatzy schaute ihn an.

»Erwarte nicht zuviel, aber wenn du ihn einschaltest, ist es wenigstens ein bißchen besser.«

Gould sagte, daß er nicht funktioniere. Er drückte auf alle Tasten der Fernbedienung, aber nichts tat sich. Shatzy stellte die Einkaufstasche auf den Küchentisch. Sie warf einen Blick auf den Fernseher. Er war aus Holzimitat, es sei denn, er war aus echtem Holz.

»Woher hast du den?«

»Was?«

»Woher hast du den Fernseher?«

Gould sagte, Poomerang habe ihn einem Japaner geklaut, der japanische Gerichte aus Wachs verkaufe. Er sagte, das seien Gerichte zum Essen, wie Huhn und Sellerie, roher Fisch und Ähnliches, und daß sie unglaublich echt wirkten, man sähe ihnen kaum an, daß sie falsch seien. Sie machten sogar Suppen. Er sagte, es sei bestimmt gar nicht so einfach, eine Suppe aus Wachs herzustellen, da müßte man schon ziemlich gut sein, so etwas könne man nicht einfach so aus dem Stegreif zaubern.

»Was soll das heißen, *geklaut?*«

»Er hat ihn ihm weggenommen.«

»Ist er verrückt geworden?«

»Der Japaner schuldete ihm noch Geld.«

Er sagte, daß Poomerang ihm jeden Morgen die Schaufenster putze und daß der Japaner immer irgendeine Ausrede dafür habe, ihn nicht bezahlen zu können, deshalb habe Poomerang ihm nichtgesagt, daß er es leid sei zu warten, habe den Fernseher aus Holzimitat gepackt und mitgenommen. Er sagte, daß er vielleicht sogar aus echtem Holz sei, aber wenn man in einem Laden voller Essen aus Wachs steht, das ganz genauso aussieht wie echtes, erwartet man automatisch, daß dort alles falsch ist, man kann es nicht mehr richtig unterscheiden. Da sagte Shatzy, daß es tatsächlich so sei und daß es ihr beim Zeitunglesen genauso ginge. Gould drückte auf eine rote Taste der Fernbedienung, aber nichts tat sich.

»Kennst du jemanden, der verrückt ist, Shatzy?«

»Richtig verrückt?«

»Einer, von dem die Ärzte sagen, daß er verrückt ist.«

»Einen richtigen Verrückten.«

»Ja.«

Shatzy sagte, daß ihr wohl einige begegnet seien, ja. Zuerst sei das kein schöner Anblick. Sie rauchen die ganze Zeit, und sie haben kein Schamgefühl. Kann passieren, daß sie vor dir stehen und dabei ihren Pimmel in der Hand halten, sagte sie. Nicht aus Boshaftigkeit, sie haben einfach kein Schamgefühl. Wahrscheinlich hat das was damit zu tun, daß sie nichts mehr zu verlieren haben. Was ein großes Glück ist, fügte sie hinzu. Jedenfalls gewöhnt man sich nach einer Weile daran, und dann kann es sogar sehr angenehm sein, obwohl angenehm nicht das richtige Wort ist. Aufregend. Sie sagte, es könne sehr aufregend sein.

»Weißt du, was im Kopf eines Menschen passiert, der verrückt wird?« fragte Gould.

Shatzy sagte, das hinge davon ab, was für ein Verrückter es sei. Irgendeiner, sagte Gould. Keine Ahnung, sagte Shatzy. Ich glaube, daß irgend etwas in ihnen zerbricht und daß einzelne Teile deshalb dann nicht mehr ihren Befehlen gehorchen. Sie geben Befehle, aber die gehen unterwegs verloren, sie kommen nicht richtig an oder erst sehr spät, und dann können sie nicht wieder zurück und befehlen wie besessen die ganze Zeit dasselbe und können es nicht wieder rückgängig machen. Und dann herrscht totales Chaos, eine Art organisierte Anarchie, du drehst den Wasserhahn auf und das Licht geht an, wenn du das Radio einschaltest, klingelt das Telefon, der Mixer setzt sich in Gang, wann er will, du öffnest die Badezimmertür und stehst in der Küche, du suchst die Tür nach draußen und findest sie nicht mehr. Kann sein, daß es gar keine mehr gibt. Verschwunden. Für immer dort drinnen eingesperrt. Shatzy ging zum Fernseher. Sie wollte das Holzimitat anfassen. Sie sagte, wenn man aus so einem Haus nicht wieder herauskommt, muß man eben lernen, darin zu wohnen. Und das tun sie. Von außen blickt man da nicht durch, aber für sie ist das alles ganz logisch. Sie sagte, ein Verrückter sei jemand, der zum Haarewaschen den Kopf in den Ofen steckt.

»Hört sich lustig an«, sagte Gould.

»Nein. Ich glaube, so lustig ist das gar nicht.«

Dann sagte sie, daß es ihrer Meinung nach echtes Holz sei.

Gould saß auf dem Boden, auf dem vier Zentimeter dicken Teppich. Er betrachtete immer noch den Fernseher. Shatzy sagte, daß sie bei ihr zu Hause einen Tisch aus grünem Plastik gehabt hätten, aber wenn man näher herantrat und gut hinsah, stellte man fest, daß er aus Holz war, was eigentlich, wenn man darüber nachdachte, ziemlich großer Unsinn war, aber damals hatte man diesen Plastiktick, alles mußte aus Plastik sein. Da sagte Gould, daß seine Mutter verrückt geworden sei. Eines Tages sei es passiert. Jetzt ist sie in einer psychiatrischen Klinik, sagte er. Shatzy sagte nichts und beugte sich über den Fernseher, da, wo eine Delle war, so etwas ähnliches wie ein Delle, und kratzte mit dem Fingernagel etwas Hartes, Schwarzes ab. Dann sagte sie, daß ihm der Fernseher wohl anscheinend runtergefallen sei, kein Wunder, daß er nicht funktioniere. Ein runtergefallener Fernseher ist ein toter Fernseher, sagte sie.

»Eines Tages haben sie sie abgeholt, und dann habe ich sie nie mehr gesehen. Mein Vater will nicht, daß ich sie so sehe. Er sagt, ich darf sie nicht so sehen.«

»Gould . . .«

»Ja?«

»Deine Mutter ist vor vier Jahren mit einem Professor abgehauen, der Fische studiert.«

Gould drückte noch ein paar andere Tasten der Fernbedienung, aber nichts tat sich. Shatzy ging in die Küche und kam mit einem offenen Karton Grapefruitsaft zurück. Sie stellte ihn vorsichtig auf die Kante des Sofas. Es war ein blaues Sofa, und es stand mehr oder weniger vor dem Fernseher. Gould begann, sich ein Bein mit der Fernbedienung zu kratzen, genau über dem Knöchel. Wenn einen etwas wahnsinnig machen kann, dann ist es das zu enge Gummiband eines Strumpfes. Er kratzte sich weiter mit der Ecke der Fernbedienung. Shatzy griff wieder nach dem Saft, schaute um sich, stellte ihn auf den Tisch, neben den Topf mit den Petunien. Sie sah aus, als wäre sie hergekommen, um die Wohnung einzurichten. Man hörte das Brummen des Kühlschranks, der in der Küche Kälte erzeugte, zitternd wie ein alter Säufer. Da sagte Gould, daß sie sie ganz früh am Morgen abgeholt hätten, er habe zwar den Lärm gehört, dann aber weitergeschlafen, und als er aufgewacht sei, lief sein Vater ständig auf und ab, in Zivilkleidung, die Krawatte etwas gelockert über dem offenen Hemdkragen. Er sagte, er habe einmal nach dieser Klinik gesucht, sie aber nicht gefunden, weil niemand etwas davon wußte, und er habe auch keinen getroffen, der ihm helfen wollte. Er sagte, daß er ihr am Anfang jeden Tag schreiben wollte, aber sein Vater meinte, sie müsse ihre Ruhe haben, und Aufregung schade ihr, da habe er sich gefragt, ob es aufregend sei, einen Brief zu lesen, und nachdem er eine Weile darüber nachgedacht hatte, fand er, ja. Deshalb habe er ihr dann doch nicht geschrieben. Er sagte, er habe sich informiert und erfahren, daß manche, die in eine solche Klinik müßten, danach wieder zurückkämen, aber er habe nie gewagt, seinen Vater zu fragen, ob sie zurückkäme. Sein Vater sprach nicht gern über diese Angelegenheit, und jetzt, wo es schon ein paar Jahre her war, sprach er sogar überhaupt nicht mehr darüber, er sagte höchstens manchmal, daß es Mama gutginge, aber mehr auch nicht. Er sagte, es sei merkwürdig, aber immer, wenn er sich an seine Mutter erinnerte, lachte sie in seiner Erinnerung, er hatte dann eine Art Foto im Kopf, und immer lachte sie darauf, obwohl man, soweit er sich erinnerte, nicht sagen konnte, daß sie oft gelacht hätte, aber so ging es ihm: Wenn er an sie dachte, lachte sie. Er sagte auch, daß im Schlafzimmerschrank noch all ihre Kleider hingen und daß sie die Stimme von Sängern imitieren konnte, sie sang wie Marilyn Monroe, zum Verwechseln ähnlich.

»Marilyn Monroe?«

»Ja.«

»Marilyn Monroe.«

»Ja.«

»Marilyn Monroe.«

Shatzy wiederholte leise Marilyn Monroe, Marilyn Monroe, Marilyn Monroe, sie hörte gar nicht mehr auf, es zu wiederholen, und irgendwann griff sie wieder nach dem Saftkarton und goß den Inhalt in den Topf mit den Petunien, Marilyn Monroe, Marilyn Monroe, bis zum letzten Tropfen, dann stellte sie ihn wieder auf den Tisch und sagte noch ganz oft Marilyn Monroe, und weiter, während sie in die Küche ging, wiederkam, die Schlüssel suchte, die Haustür abschloß und zur Treppe ging. Sie zog die Schuhe aus. Und nahm eine Spange raus, mit der sie die Haare hochklemmte. Die Spange steckte sie in die Tasche. Die Schuhe ließ sie dort stehen.

»Ich geh ins Bett, Gould.«

». . .«

»Entschuldige.«

». . .«

»Entschuldige, aber ich muß ins Bett.«

Gould blieb sitzen und betrachtete den Fernseher.

Er dachte, daß er Poomerang dazu bringen mußte, ihn zurückzubringen.

Der Japaner besaß ein schönes Radio, ein altes Modell, das konnte er ja nehmen. Auf dem Fenster vorne standen alle möglichen Städtenamen, und wenn man an dem Knopf drehte, bewegte sich ein kleiner orangefarbener Zeiger, und man konnte die ganze Welt bereisen.

Er dachte, daß man manche Sachen mit einem Fernseher nicht machen konnte.

Dann dachte er gar nichts mehr.

Er stand auf, machte die Lampen aus, ging nach oben, betrat das Badezimmer, ging im Dunkeln zur Toilette, klappte den Deckel hoch und setzte sich, ohne seine Hose runterzuziehen.

»Ich bin bloß ausgerutscht.«

»Mistkerl.«

»Ich sag doch, ich bin bloß ausgerutscht.«

»Halt den Mund, Larry. Tief durchatmen.«

»Was ist das denn für ein Zeug?«

»Du sollst nicht rumbrüllen, sondern tief durchatmen.«

»ICH BRAUCH DIESES ZEUG NICHT, ich bin bloß ausgerutscht, Mann.«

»Ja, ja, du bist bloß ausgerutscht. Jetzt hör mir mal gut zu. Wenn du gleich wieder aufstehst, schaust du genau hin, wen du vor dir hast. Ob du zwei oder drei Neger mit Boxhandschuhen siehst. Und dann wartest du ab und hältst sie mit Jabs auf Distanz, aber schlag nicht gleich zu, dann erwischst du bloß den falschen, du mußt abwarten, verstehst du? Halte sie nur auf Distanz, und wenn möglich, gehst du in den Clinch und holst erst mal Luft. Du darfst erst richtig hart zuschlagen, wenn du nur noch einen siehst, kapiert?«

»Ich sehe bestens.«

»Schau mich an.«

»Ich sehe bestens.«

»Wenn dir noch nicht danach ist, laß die Fäuste aus dem Spiel und benutz den Kopf.«

»Soll ich ihn mit einem Kopfstoß erledigen?«

»Das ist nicht der richtige Moment für Witze, Larry. Der hat dich fertiggemacht.«

»Verdammt, wie oft soll ich noch sagen, daß ich bloß ausgerutscht bin, Sie sind hier derjenige, der nicht gut sieht. Wissen Sie was? Sie sollten mal zum Arzt gehen, Sie sehen ja nicht mal mehr –«

»HALT DIE KLAPPE, DU SCHEISS–«

»Sie sind es, der –«

»HALT DIE KLAPPE!«

»...«

»Wegen dir fange ich schon an zu fluchen, verdammte Sch–«

GONG.

»Diese Runde will ich nicht verlieren, Larry.«

»Die gewinnen Sie, Meister.«

»Leck mich, Larry.«

»Du mich auch.«

Ein spannender Kampf hier im St. Anthony Field, Larry Gorman wurde am Ende der dritten Runde angezählt, hart getroffen von einem schnellen Haken von Randolph, mal sehen, ob er sich davon wieder erholt, das ist eine ganz neue Situation für ihn, es war das erste Mal in seiner Laufbahn, daß er zu Boden ging, ein verdammt schneller Haken von Randolph hatte ihn überrascht, DIE VIERTE RUNDE HAT BEGONNEN, Randolph haut gleich wieder drauflos, RANDOLPH, RANDOLPH, GORMAN SCHON IN DEN SEILEN, es fängt nicht gut an für Mondinis Lieblingsschüler, Randolph ist wie entfesselt, Aufwärtshaken, NOCH EIN AUFWÄRTSHAKEN, Gorman macht die Deckung zu, weicht nach links aus, holt Luft, RANDOLPH GREIFT WIEDER AN, keine sehr geordnete Aktion, aber sie scheint zu wirken, Gorman muß wieder zurück, er ist noch gut auf den Beinen, JAB VON RANDOLPH, EIN VOLLER TREFFER, NOCH EIN JAB UND EIN RECHTER HAKEN, GORMAN TAUMELT, RANDOLPH SETZT EINE GERADE INS LEERE, GORMAN SCHWANKT MIT DEM OBERKÖRPER, RANDOLPH JAGT IHN, GORMAN WIEDER IN DEN SEILEN, DER GANZE SAAL IST AUFGESPRUNGEN ...

Gould erhob sich von der Toilette. Er spülte, dann fiel ihm ein, daß er gar nicht gepinkelt hatte, und das kam ihm ziemlich bescheuert vor. Er ging zum Waschbecken und knipste das Licht an. Zahnpasta. Zähne. Die Zahnpasta schmeckte nach *bubble gum*. Sie hatte eine Art Sternchen drin, Gummizeug mit Sternchen drin. Das machten sie, weil es den Kindern gefiel und weil sie dann ohne großes Gezeter ihre Zähne putzten. Auf der Tube stand sogar: Für Kinder. Danach fühlte es sich an, als hätte man eine ganze Physikstunde lang Kaugummi gekaut. Nur daß die Zähne sauber waren und man nichts unter den Tisch kleben mußte. Er spülte sich den Mund mit kaltem Wasser aus und spuckte alles direkt in den Abfluß des Waschbeckens. Er trocknete sich ab und schaute in den Spiegel. Dann drehte er sich um, ging wieder zur Toilette und öffnete seinen Reißverschluß.

»O Gott, sie waren zu dritt, Meister.«

»Wirklich?«

»Gegen drei hat man keine Chance.«

»Stimmt.«

»Zwei sind kein Problem, aber drei ist zuviel. Deshalb wollte ich einen loswerden.«

»Sehr gute Idee.«

»Wissen Sie, was merkwürdig ist? Als ich den einen erledigt hatte, sind die anderen beiden auch verschwunden. Seltsam, oder?«

»Sehr seltsam.«

»Rechts-links-rechts, und paff, waren alle drei weg.«

»Nur aus Neugier: Wie hast du es geschafft, den richtigen zu erwischen?«

»Ich hab den echten genommen.«

»Hatte der ein Schild auf der Stirn?«

»Es war der, der am meisten stank.«

»Ah.«

»Logik. Sie haben doch gesagt, ich soll den Kopf benutzen.«

»Du bist ein Glückspilz, Larry.«

»Rechts-links-rechts: Haben Sie schon mal so eine schnelle Kombination gesehen?«

»Nicht von einem, der aussah wie ein Toter.«

»Na, dann sagen Sie es, hören Sie auf, so herumzunuscheln, und sagen Sie es.«

»Ich habe noch nie einen Toten gesehen, der eine so schnelle Kombination draufhatte.«

»Er hat es gesagt, o Gott, er hat es gesagt, he, wo sind die Mikrophone, wenn man sie mal braucht, sind sie nicht aufzutreiben, er hat es gesagt, ich hab es mit eigenen Ohren gehört, er hat es gesagt, er hat es doch gesagt, oder?«

»Du bist ein Glückspilz, Larry.«

Wassergeplätscher.

Ein bißchen zufällig, dachte Gould.

An diesem Abend ging irgendwie alles schief, dachte er. Dann zog er seinen Reißverschluß hoch, machte das Licht aus und legte sich schlafen.

Etwas Zeit verging.

Ein Teil der Nacht.

Irgendwann wachte er auf. Shatzy saß vor seinem Bett auf dem Boden. Sie trug ein Nachthemd und einen roten Nicki darüber. Sie knabberte am Ende eines blauen Kugelschreibers.

»Hallo, Shatzy.«

»Hallo.«

Die Tür stand halb offen, und aus dem Flur fiel Licht ins Zimmer. Gould schloß wieder die Augen.

»Mir ist was eingefallen«, sagte Shatzy.

»...«

»Hörst du?«

»Ja.«

»Mir ist was eingefallen.«

Sie schwieg einen Moment. Vielleicht suchte sie nach Worten. Sie kaute am Kugelschreiber, man hörte das Geräusch von dem Plastik und ein Geräusch wie von einem Strohhalm. Dann sprach sie weiter.

»Ich habe mir folgendes überlegt. Du kennst doch so Wohnwagen, die man an Autos dranhängt, oder?«

»Ja.«

»Die haben mich immer furchtbar traurig gemacht, ich weiß nicht, warum, aber wenn man sie auf der Autobahn überholt, wird man furchtbar traurig, sie fahren immer so langsam, vorne sitzt der Vater und starrt geradeaus, und alle überholen ihn, und er mit seinem Wohnwagen hintendran, das Auto hängt hinten ein bißchen durch, wie eine alte Frau mit einer riesigen Einkaufstasche, die gebeugt geht, so langsam, daß alle sie überholen. Das ist etwas sehr Trauriges. Aber es ist auch etwas, wo man nicht wegschauen kann, ich meine, während des Überholens wirft man immer einen Blick drauf, man *muß* hinschauen, obwohl man weiß, daß es traurig ist, man dreht garantiert den Kopf und schaut hin, jedesmal. Und wenn man es sich recht überlegt, hat dieses Ding, der Wohnwagen, in Wirklichkeit etwas Anziehendes, wenn man gräbt und gräbt, erahnt man ganz tief unter all diesen Schichten von Trübsinn schließlich etwas, was einen fesselt, etwas, was sich dort ganz unten verborgen hat, fast, als wolle es auf diese Art *wertvoller* werden, etwas, was einem *gefallen* würde, wenn man es bloß entdeckte, aber so richtig gefallen. Verstehst du?«

»Mehr oder weniger.«

»Das beschäftigt mich schon seit Jahren.«

Gould zog die Decke etwas weiter hoch, es war irgendwie kalt. Shatzy wickelte ihre nackten Füße in einen Pullover.

»Weißt du was? Das ist so ähnlich wie mit Austern. Ich würde sie unheimlich gern essen, es sieht schön aus, wenn jemand Austern ißt, aber ich fand sie immer ekelhaft, nichts zu machen, ich muß dann immer an Hustenschleim denken, verstehst du?«

»Ja.«

»Wie kann man sie essen, wenn man dabei an Hustenschleim denken muß?«

»Gar nicht.«

»Eben, gar nicht. Und mit Wohnwagen ist es genauso.«

»Mußt du da auch an Hustenschleim denken?«

»Das nicht, aber sie machen mich traurig, verstehst du? Ich

hab nie einen richtigen Grund dafür gefunden, zu denken: Gott, wär das schön, einen Wohnwagen zu besitzen.«

»Aha.«

»Ich hab jahrelang darüber nachgedacht, aber nie einen guten Grund dafür gefunden.«

Stille.

Stille.

»Und weißt du was, Gould?«

»Nein.«

»Gestern hab ich ihn gefunden.«

»Einen guten Grund?«

»Ich hab einen Grund gefunden. Einen guten Grund.«

Gould schlug die Augen auf.

»Wirklich?«

»Ja.«

Shatzy drehte sich zu Gould, stemmte die Ellbogen auf sein Bett und lehnte sich über ihn, bis sie in seine Augen sah, von ganz nah. Dann sagte sie:

»Diesel.«

»Diesel?«

»Ja. Diesel.«

»Und wieso?«

»Erinnerst du dich, was du mir erzählt hast? Daß er gern die Welt sehen würde, aber sie lassen ihn nicht in den Zug und nicht in den Bus, und ins Auto paßt er auch nicht, diese Sache meine ich. Das hast du mir doch erzählt.«

»Ja.«

»Ein Wohnwagen, Gould. Ein Wohnwagen.«

Gould richtete sich ein bißchen im Bett auf.

»Was meinst du damit, Shatzy?«

»Ich meine damit, daß wir uns die Welt ansehen, Gould.«

Gould lächelte.

»Du bist verrückt.«

»Nein. *Ich* nicht, Gould.«

Gould vergrub sich wieder unter seiner Decke. Er dachte einen Moment schweigend nach.

»Meinst du, daß Diesel in einen Wohnwagen reinpassen würde?«

»Garantiert. Er sitzt hinten drin; wenn er will, kann er sich hinlegen, und wir fahren ihn durch die Gegend. Er hätte ein eigenes Haus und könnte fahren, wohin er will.«

»Das würde ihm gefallen.«

»Das würde ihm ganz bestimmt gefallen.«

»Die Idee würde ihm gefallen.«

Es war irgendwie kalt. Nur durch die Tür schien etwas Licht ins Zimmer, das war alles. Hin und wieder kam unten auf der Straße ein Auto vorbei. Wenn man wollte, konnte man es hören: sich fragen, wohin es um diese Zeit fuhr, und sich eine ganze Geschichte dazu ausdenken. Shatzy schaute Gould an.

»Wir hätten unser eigenes Haus und könnten fahren, wohin wir wollen.«

Gould schloß die Augen. Er dachte an einen Wohnwagen, den er mal in einem Zeichentrickfilm gesehen hatte und der wie verrückt ganz dicht am Abhang eine Bergstraße entlangraste, wie ein durch die Gegend tobender Wahnsinniger, es sah die ganze Zeit so aus, als würde er gleich hinunterstürzen, aber er stürzte nicht, und dabei saßen sie drinnen beim Essen und fühlten sich ganz zu Hause, der Wohnwagen war klein, aber er trug sie wie eine Hand, die ein kleines Tier hält und umherträgt, ohne es zu erdrücken. Sie hatten außerdem vergessen, jemanden ans Steuer zu lassen, deshalb saßen sie alle zusammen beim Essen und empfanden so etwas wie Glück, aber es war mehr, es war eine Art *idiotisches* Glück. Er schlug die Augen wieder auf.

»Wer fährt?«

»Ich.«

»Und wer kauft den Wohnwagen?«

»Ich.«

»Du?«

»Klar, ich. Ich hab Geld.«

»Viel?«

»Geld eben.«

»Ein Wohnwagen ist bestimmt teuer.«

»Soll das ein Witz sein? Sie müßten einem Geld dafür geben, daß man einen Wohnwagen kauft.«

»Ich glaube nicht, daß sie das auch so sehen.«

»Na ja, das müßten sie jedenfalls.«

»Machen sie aber nicht.«

»Dann bezahlen wir eben.«

»Ich hab auch Geld.«

»Siehst du? Das ist also kein Problem.«

»Es wird doch wohl einen geben, der nicht soviel kostet, oder?«

»Sicher gibt es den. Oder glaubst du, es gibt in diesem verdammten Land nicht einen einzigen Wohnwagen, der genau soviel kostet, wie wir haben?«

»Das wäre ja idiotisch.«

»Das wäre unglaublich.«

»Allerdings.«

Beide hatten in den Augen Straßen und Straßen und Straßen.

»Wir sehen uns die Welt an, Gould. Schluß mit dem Wichsen.«

Sie sagte das mit einer fröhlichen Stimme, und dann stand sie auf. Ihre Füße hatten sich in dem Pullover verheddert. Sie befreite sich irgendwie und blieb neben dem Bett stehen. Gould schaute sie an. Dann beugte sie sich über ihn, kam langsam näher, legte ihre Lippen auf seine, löste sich dann wieder ein bißchen von ihm und schaute ihn von ganz nah an. Er zog eine Hand unter der Bettdecke hervor, vergrub sie in Shatzys Haar, richtete sich etwas auf, küßte sie auf den Mundwinkel und dann mitten auf den Mund, erst ganz leicht und dann fest, mit geschlossenen Augen.

17

Im September 1988, acht Monate nach Mami Janes Tod, beschloß das Verlagshaus CRB, die Publikation der Abenteuer des superheldenhaften Zahnarztes Ballon Mac einzustellen. Der Verkauf war mit überraschender Gleichmäßigkeit zurückgegangen, und auch die Entscheidung, eine neue weibliche Figur einzuführen, die oft ihre Titten präsentierte, hatte sich als wirkungslos erwiesen. In der letzten Nummer machte sich Ballon Mac auf den Weg zu einem entfernten Planeten und versprach sich und den Lesern, »eines strahlenden Tages in einer besseren Zukunft« zurückzukehren. »Amen«, hatte Franz Forte, Geschäftsführer der CRB, zufrieden kommentiert. Diesel und Poomerang kauften einhundertelf Ausgaben dieser letzten Nummer. Konsequent und der schlechten Qualität des Papiers zum Trotz widmeten sie sich monatelang der Aufgabe, sich jedesmal, wenn sich die Notwendigkeit ergab, das Gesäß mit einer Seite aus dem Heftchen abzuwischen. Danach falteten sie das Blatt sorgfältig zweimal und schickten es an Franz Forte, kaufmännische Geschäftsleitung CRB. Da sie Briefumschläge von Hotels, Ämtern und Sportvereinen benutzten, war es der Sekretärin von Franz Forte unmöglich, sie zu identifizieren, bevor sie auf dem Schreibtisch ihres Vorgesetzten landeten. Welcher schließlich resigniert dazu überging, die Mappe mit der Post Tag für Tag mit einer gewissen Vorsicht zu öffnen.

Gould feierte seinen vierzehnten Geburtstag. Shatzy lud alle in ein chinesisches Restaurant ein. Am Nebentisch saß eine Familie: Vater, Mutter und eine kleine Tochter. Die Tochter hieß Melania. Der Vater hatte sich in den Kopf gesetzt, seiner Tochter beizubringen, wie man mit Stäbchen ißt. Er sprach leicht durch die Nase.

»Du nimmst das Stäbchen in die Hand ... so ... erst das eine, Schätzchen, so nimmst du es, siehst du?, du mußt es zwischen Daumen und Mittelfinger klemmen, nicht so, guck mal hier ... Melania, guck mal zu Papa, so mußt du es nehmen, genau, sehr gut, und jetzt drückst du ein bißchen, nein, nicht so viel, du mußt es nur festklemmen ... Melania, guck mal bei

Papa, zwischen Daumen und Mittelfinger, schau, so, nein, wo ist der Mittelfinger, Melania?, das hier ist der Mittelfinger, Schätzchen ...«

»Warum läßt du sie nicht in Ruhe?« fragte an dieser Stelle die Mutter.

Sie sagte es, ohne von ihrer Suppe mit Abalonenschnecken und Sojabohnen aufzuschauen. Sie hatte rotgefärbtes Haar und trug eine gelbe Bluse mit Schaumgummipolstern an den Schultern. Der Ehemann fuhr fort, als hätte niemand etwas gesagt.

»Melania, guck mal zu mir, guck mal zu Papa, setz dich anständig hin und nimm die Stäbchen, los, so ... genau, siehst du, es ist ganz einfach, in China gibt es Millionen Kinder, glaubst du etwa, daß die alle so einen Zirkus machen ... Und jetzt nimmst du auch das andere, MELANIA, setz dich gerade hin, mach schon, guck, wie Papa es macht, erst ein Stäbchen in die Hand nehmen und dann das andere, na los ...«

»Du sollst sie in Ruhe lassen.«

»Ich bring ihr nur bei –«

»Siehst du nicht, daß sie Hunger hat?«

»Wenn sie es gelernt hat, kann sie ja essen.«

»Wenn sie es gelernt hat, ist alles kalt.«

»VERDAMMT NOCH MAL, ICH BIN IHR VATER, ICH DARF DOCH WOHL –«

»Schrei nicht so.«

»Ich bin ihr Vater, ich werde ja wohl noch das Recht haben, ihr etwas beizubringen, zumal ihre Mutter offensichtlich Besseres zu tun hat, als ihre einzige Tochter zu erziehen, die –«

»Nimm ruhig die Gabel, Melania.«

»KOMMT GAR NICHT IN FRAGE, Melania, Schätzchen, hör auf Papa, jetzt wollen wir Mama mal zeigen, daß du wie ein braves kleines chinesisches Mädchen essen kannst ...«

Melania fing an zu weinen.

»Jetzt hast du sie zum Weinen gebracht.«

»ICH HAB SIE NICHT ZUM WEINEN GEBRACHT.«

»Was macht sie dann?«

»Melania, du brauchst nicht zu weinen, du bist doch ein

großes Mädchen, du mußt nicht weinen, nimm dieses Stäbchen, los, gib mir mal deine Hand, DU SOLLST MIR DEINE HAND GEBEN, so ist's brav, ganz locker, du mußt sie ganz locker lassen, Melania, alle gucken schon her, hör auf zu weinen und nimm dieses Stäbchen, verdammt noch mal . . .«

»Du sollst keine Schimpfwörter sagen.«

»ICH HAB KEIN SCHIMPFWORT GESAGT.«

Melania weinte noch lauter.

»MELANIA, Melania, gleich fängst du dir eine, du weißt, daß Papa sehr geduldig ist, aber irgendwann ist Schluß, MELANIA, NIMM JETZT DAS STÄBCHEN, ODER WIR STEHEN AUF UND GEHEN SOFORT NACH HAUSE, du weißt, daß ich es ernst meine, los, erst ein Stäbchen und dann das andere, mach schon, zwischen Daumen und Zeigefinger, nicht Zeigefinger, MITTELFINGER, jetzt klemmst du es ein, gut so, siehst du, wie schön du das machst, los, und jetzt das andere, das andere Stäbchen, Schätzchen, MIT DER ANDEREN HAND, VERFLIXT NOCH MAL . . . du nimmst es MIT DER ANDEREN HAND und legst es in diese Hand, verstehst du?, das ist ja wohl nicht so schwierig, und hör auf zu weinen, was gibt's denn da zu heulen?, willst du groß werden oder nicht?, oder willst du ein dummes kleines Mädchen bleiben, das –«

Hier stand Diesel auf. Das war immer eine Anstrengung für ihn, aber er tat es trotzdem. Er ging zum Tisch der kleinen Familie, nahm die beiden Stäbchen des Mädchens in eine Hand und drückte fest zu, bis sie zerbröselten, genau über dem Teller des Vaters mit der glänzenden Pekingente.

Melania hörte auf zu weinen. Das Restaurant war in eine Stille getaucht, die nach Fritiertem und Sojabohnen schmeckte. Diesel sprach leise, aber man konnte ihn bis in die Küche hören. Er begnügte sich mit einer Frage.

»Warum setzen Sie Kinder in die Welt?« fragte er. »Warum?«

Der Vater saß regungslos da, starrte vor sich hin und wagte nicht, sich umzudrehen. Seine Frau war mit dem Löffel auf halbem Wege zwischen Mund und Suppenschälchen. Sie schaute

Diesel mit betretenem Bedauern an: Sie sah aus wie eine Quizteilnehmerin, die die Antwort kennt, sich aber ausgerechnet jetzt nicht daran erinnern kann.

Diesel beugte sich zu dem Mädchen hinunter. Er sah ihr in die Augen.

»Braves kleines chinesisches Mädchen.«

Sagte er.

»Nimm die Gabel, oder ich bring dich um.«

Dann drehte er sich um und ging an seinen Tisch.

»Reichst du mir mal den Reis?« nichtsagte Poomerang.

Auf seine Art war es ein schöner Geburtstag.

Im Februar 1989 veröffentlichte ein Forscherteam der Universität Vancouver in der renommierten Zeitschrift *Science and Progress* einen Artikel von 92 Seiten, in dem eine neue Theorie über die gekoppelte Dynamik von Pseudoteilchen aufgestellt wurde. Die Verfasser – sechzehn Physiker aus fünf verschiedenen Ländern – versicherten vor Fernsehkameras aus der halben Welt, daß dies der Beginn einer neuen Ära für die Wissenschaft sei. Und sie kündigten an, daß es dank ihrer Forschungen im Laufe des kommenden Jahrzehnts möglich sein würde, zu niedrigsten Kosten und bei minimaler Gefahr für die Umwelt Energie herzustellen. Jedoch wurde drei Monate später in einem Artikel von zweieinhalb Seiten im *National Scientific Bulletin* demonstriert, daß sich das mathematische Modell, mit dem die Wissenschaftler aus Vancouver ihre Theorie begründet hatten, bei genauerem Hinsehen als ziemlich unzulänglich und völlig unbrauchbar erwies. »Ein bißchen naiv«, urteilten die beiden Autoren des Artikels wortwörtlich. Der erste hieß Mondrian Kilroy. Der zweite war Gould.

Es war keineswegs so, daß die beiden häufig zusammenarbeiteten. Es war in erster Linie Zufall. Alles hatte in der Mensa begonnen. Sie waren zum Essen an einem Tisch gelandet, und irgendwann spuckte Professor Mondrian Kilroy sein Püree aus und sagte

»Was ist das denn? Kommt das Zeug aus Vancouver?«

Gould hatte die 92 Seiten in *Science and Progress* gelesen. Er fand das Püree gar nicht so übel, wußte aber, daß in diesem Artikel etwas nicht stimmte. Er gab Professor Mondrian Kilroy seine Portion Spinat und sagte, der Fehler befände sich seiner Meinung nach auf Seite zwölf. Der Professor lächelte. Er rührte den Spinat nicht an und begann, die Papiertischdecke, auf die er das Püree gespuckt hatte, mit mathematischen Gleichungen vollzukritzeln. Sie brauchten zwölf Tage, bis sie fertig waren. Am dreizehnten Tag schrieben sie alles sauber ab und schickten es zum *Bulletin*. Mondrian Kilroy hätte den Artikel am liebsten »Einspruch gegen das Püree von Vancouver« betitelt. Gould überzeugte ihn, daß etwas Schlichteres besser sei. Als den Medien bekannt wurde, daß einer der Verfasser vierzehn Jahre alt war, drehten sie völlig durch. Gould und der Professor mußten eine Pressekonferenz geben, zu der 134 Journalisten aus der ganzen Welt herbeieilten.

»Zu viele«, sagte Professor Mondrian Kilroy.

»Zu viele«, sagte Gould.

Das sagten sie sich, als sie auf dem Gang warteten. Sie drehten sich um, verschwanden durch die Küchenräume und fuhren zum Angeln an den Abalemasee. Der Rektor fand ihr Benehmen unmöglich, und die beiden wurden suspendiert.

»Wovon denn genau?« fragte Professor Mondrian Kilroy. *Genau* wußte das niemand. Deshalb wurde die Suspension suspendiert.

Ungefähr zu dieser Zeit fiel Shatzy ein, daß es, wenn man sich einen Wohnwagen anschaffen wollte, ziemlich wichtig war, ein Auto zu besitzen. »Klarer Fall«, sagte Gould und merkte an, daß es doch sehr komisch sei, daran nicht früher gedacht zu haben. Shatzy sagte, daß sie vielleicht mit seinem Vater darüber reden sollten. Der wird doch irgendwo ein Auto haben, oder? Er ist ein Mann. Männer haben immer irgendwo ein Auto. Gould sagte: »Klarer Fall.« Dann gab er zu bedenken, daß es vielleicht besser sei, ihm nichts von dem Wohnwagen zu erzählen. »Worauf du dich verlassen kannst«, sagte Shatzy.

»Hallo?«

»Fräulein Shell?«

»Das bin ich.«

»Alles in Ordnung bei Ihnen?«

»Ja. Wir haben nur ein kleines Problem.«

»Was für ein Problem?«

»Wir müßten Ihren Wagen haben.«

»Meinen Wagen?«

»Ja.«

»Von welchem Wagen sprechen Sie?«

»Von Ihrem.«

»Wollen Sie mir erzählen, daß ich einen Wagen besitze?«

»Das schien mir naheliegend.«

»Ich fürchte, da irren Sie sich, junge Frau.«

»Seltsam.«

»Warum, irren Sie sich nie?«

»Das meinte ich nicht.«

»Was meinten Sie denn?«

»Daß Sie ein Mann sind und keinen Wagen haben, das meinte ich. Ist doch seltsam, oder?«

»Find ich nicht unbedingt.«

»Es ist ziemlich seltsam, glauben Sie mir.«

»Ginge nicht auch ein Panzer? Davon habe ich eine Menge.«

Shatzy sah für einen Moment einen Wohnwagen, der von einem Panzer gezogen wurde.

»Nein, ich fürchte, das würde unser Problem nicht lösen.«

»War auch nur ein Witz.«

»Ach so.«

»Fräulein Shell?«

»Ja.«

»Wären Sie so nett, mir zu sagen, um was für ein Problem es sich handelt?«

Shatzy mußte an Bird denken, den alten Revolverhelden. Eine komische Maschine, das Gehirn. Macht, was es will.

»Was ist denn das Problem, Fräulein Shell?«

Vielleicht war es auch diese eigenartige Müdigkeit. Eine Müdigkeit, die man nicht loswird. Dasselbe Lied, das Bird im Kopf herumschwirrte. Der alte Revolverheld.

»Fräulein Shell, ich habe gefragt, was das Problem ist, würden Sie mir bitte antworten?«

Bird.

Mit Straßen im Gesicht, durchschritten in unzähligen Schießereien, sagte Shatzy. Vom Schädel verschluckte Augen und Hände wie ein Olivenbaum, schnelle Hände, Zweige im Winter. Müde. Morgens den Kamm ins Wasser tauchen, die weißen, inzwischen durchsichtigen Haare nach hinten furchen. Tabakgefüllte Lungen in der Stimme, die leise sagt: Was für ein Wind heute.

Es gibt nichts Schlimmeres, als nicht zu sterben, für einen Revolverhelden.

Immer Ausschau halten, jedes unbekannte Gesicht könnte das des Idioten sein, der von weit her angereist kam, um derjenige zu werden, der Clay »Bird« Puller tötete. Wenn du wissen willst, wann man zur Legende wird, dann hör zu: Wenn du dich nur noch rückwärts duellierst. Solange sie vor dir stehen, bist du nur ein Revolverheld. Ruhm ist nur eine Spur Scheiße hinter deinem Rücken. Beeil dich, Mistkerl, sagte er, ohne sich auch nur umzudrehen. Der junge Kerl hatte einen schwarzen Hut und in der Tasche eine lächerliche Kleinigkeit, eine Erinnerung an einen fernen Haß, das Versprechen einer Rache. Zu spät, Mistkerl.

Mit diesen Straßen im Gesicht, dieses elende Alter, nachts mache ich ins Bett, das Übel sitzt unterm Gürtel, wie ein glühender Stein zwischen Bauch und Hintern, der Tag bricht nie an, und wenn es soweit ist, ist er eine Wüste leerer Zeit, die es zu durchqueren gilt, wie hab ich es bis hierher geschafft?, ich.

Bird konnte schießen. Er trug die Revolver anders herum, der Griff schaute nach vorn aus der Tasche heraus. Er zog mit überkreuzten Armen, den rechten Revolver mit der linken Hand und umgekehrt. Wenn er einem so mit den Fingerspitzen an den Revolvergriffen entgegenkam, sah er aus wie ein Verurteilter, wie ein Häftling auf dem Weg zum Schafott, die Arme vor der Brust gefesselt. Einen Augenblick später war er ein

Raubvogel, der die Flügel ausbreitete, ein Peitschenhieb durch die Luft, der geometrische Flug zweier Kugeln. Bird.

Was schleicht da durch den Nebel meiner trüben Augen, ich, der ich nur Augenblicke kannte, die einzige Zeit, die für mich zählte, bin nun gezwungen, die Stunden zu zählen. Das Beben einer Pupille, bleiche Knöchel rings um ein Bierglas, ein Sporn in der Seite des Pferdes, der Schatten eines Schattens an der blauen Wand. Ich habe Ewigkeiten durchlebt, wo die anderen Augenblicke sahen. Für sie war ein Blitz, was für mich eine Landkarte war, ein Stern, wo ich ganze Himmel sah. Ich dachte in Falten der Zeit, die für sie schon Erinnerung waren. Sie hatten mich gelehrt, daß es keine andere Art gibt, den Tod zu sehen, bevor er kommt. Was schleicht da durch den Nebel meiner trüben Augen, ich bin gezwungen, den anderen in die Karten zu schauen, muß von meinem Stuhl aus, immer der in der zweiten Reihe, Antworten erbetteln, abends mit Steinen nach Hunden werfen, in den Taschen das Geld eines Alten, das die Huren nicht mehr wollen, das kriegt irgendwann ein *mariachi*, traurig und lang soll dein Lied sein, Bursche, süß deine Gitarre und langsam dein Singen, in dieser Nacht will ich tanzen, in dieser Nacht werde ich bis zum Morgengrauen tanzen.

Man erzählte sich, daß Bird immer ein Wörterbuch bei sich trug. Französisch. Er hatte nacheinander jedes Wort auswendig gelernt, in alphabetischer Reihenfolge. Er war so alt, daß er schon einmal bis zum Ende gekommen war, und jetzt war er wieder irgendwo beim G, zum zweitenmal. Niemand wußte, warum er das alles tat. Aber angeblich war er in Tandeltown mal zu einer wunderschönen Frau gegangen, groß, grüne Augen, man fragte sich, was sie dorthin verschlagen hatte. Er ging zu ihr und sagte: »*Enchanté.*«

Clay »Bird« Puller. Er wird einen wunderschönen Tod haben, sagte Shatzy. Das hab ich ihm versprochen, er wird einen wunderschönen Tod haben.

»Fräulein Shell?«

»Ja, ich bin hier.«

»Hören Sie mich?«

»Ja, sehr gut.«

»Die Verbindung war unterbrochen.«

»Das kommt vor.«

»Es ist eine Katastrophe mit dem Telefon.«

»Ja.«

»Ich glaube, es wäre einfacher, einen Bombenflieger zu schicken, der meinen Sohn mitten auf den Kopf trifft, als ihn ans Telefon zu bekommen.«

»Das werden Sie doch hoffentlich nicht tun.«

»Wie?«

»Nichts, war nur ein Scherz.«

»Ist Gould da?«

»Ja.«

»Geben Sie ihn mir mal?«

»Ja.«

»Machen Sie es gut.«

»Sie auch.«

Gould war im Schlafanzug, obwohl es erst Viertel nach sieben war. Er hatte sich eine Grippe geholt, die in den Zeitungen »die russische« genannt wurde. Das war eine üble Angelegenheit, und abgesehen vom Fieber war das schlimmste, daß die Kranken sich dauernd entleerten. Was für Gould Stunden auf dem Klo bedeutete. Larry Gormans Laufbahn erhielt dadurch einen plötzlichen und, wie sich zeigen wird, entscheidenden Impuls. Innerhalb weniger Tage schickte er Park Porter, Bill Ormesson, Frank Tarantini und Morgan »Killer« Bluman auf die Bretter. Gegen Grey La Banca siegte er wegen einer Verletzung in der dritten Runde. Pat McGrilley erledigte sich von selbst, indem er ausrutschte und mit dem Kopf auf den Boden schlug. Larry Gorman hielt inzwischen einen Rekord, der nicht unbemerkt bleiben konnte. 21 Kämpfe, 21 vorzeitige Siege. In den Zeitungen sprach man schon vom Weltmeistertitel.

DIESEL: Mondini erfuhr es von seinem Stellvertreter Drink. Der sagte, daß die Zeitungen über Larry schrieben. Er hatte ein paar Artikel dabei, die ihm sein Enkel gegeben hatte. Mondini packte seine Brille aus und begann zu lesen. Es war ein merkwürdiges Gefühl für ihn. Er hatte noch nie den Namen eines seiner Schützlinge neben dem eines richtigen Champions gesehen. Es war ein bißchen, als hätte er den *Playboy* gekauft und darin Fotos seiner Frau gefunden. Einige Zeitungen rümpften die Nase und behaupteten, von den 21 Siegen hätte er die wenigsten gegen richtige Boxer davongetragen. Besonders eine Zeitung bezeichnete die ganze Geschichte als Blödsinn und behauptete, Larrys Vater, ein reicher Anwalt, habe einen Haufen Geld springen lassen, um seinen Sohn so weit zu bringen, auch wenn sie nicht näher darauf einging, *wie* er es habe springen lassen. Der Artikel war sogar gut geschrieben, er war amüsant. Weil sein Vater Rechtsanwalt war, wurde Larry darin immer Larry »Lawyer« Gorman genannt. Mondini fand das ziemlich amüsant. Im Gegensatz zu dieser Zeitung nahmen die anderen die Angelegenheit sehr ernst. *Boxing* setzte Larry auf den sechsten Platz der Weltrangliste. Und *Boxe Ring* widmete ihm eine Reportage mit der Überschrift »Der Kronerbe«. Mondini stellte fest, daß seine Brillengläser beim Lesen beschlugen.

»He, Larry ... Larry! Nur zwei Worte für das Radio ...«

»Ich boxe doch heute abend gar nicht, Dan.«

»Nur zwei Sätze.«

»Ich bin hier, um einen guten Boxkampf zu sehen, das ist alles, diesmal hab ich meinen Spaß außerhalb des Rings.«

»Willst du was zu den Artikeln sagen, die –«

»Der Spitzname gefällt mir.«

»Was meinst du?«

»*Lawyer*. Gefällt mir. Ich glaube, den werd ich mir zulegen.«

»Wir erinnern unsere Zuhörer daran, daß in einer Tageszeitung ein unfreundlicher Artikel über Larry erschienen ist, aus der Feder von –«

»Larry ›Lawyer‹ Gorman, klingt doch gut, oder? Ich glaube, den werd ich mir zulegen, tu mir einen Gefallen, Dan ...«

»Welchen, Larry?«

»Nenn mich in der Übertragung Lawyer. Das gefällt mir.«

»Wie du willst, Larry.«

»Larry Lawyer.«

»In Ordnung, Larry Lawyer.«

»Du hast da einen Fleck auf dem Kragen, Dan, Fett oder so.«

»Was?«

»Du hast da einen Fettfleck auf dem Kragen ... Da, siehst du? ... Ist wahrscheinlich Fett.«

POOMERANG: Als Mondini zu Ende gelesen hatte, wurde ihm klar, daß es abwärtsging. Aus seiner Sicht ging es abwärts. Der Boxsport war eine seltsame Welt, in der es alles gab – Leute, denen es einfach Spaß machte, auf den Sandsack einzuschlagen, und andere, die ihren Lebensunterhalt im Ring verdienten und irgendwie versuchten, ihre Haut zu retten. Es gab saubere Boxer und Boxer, die ein schmutziges Spiel trieben, aber am Ende war es doch eine ehrliche Welt, und sie gefiel ihm. Boxen. Wie er es kennengelernt hatte. Gefiel ihm. Aber der Titel, die Weltmeisterschaft, die Krone: das war etwas völlig anderes. Zuviel Geld im Spiel, zu viele undurchsichtige Gestalten, zuviel Ruhm. Und üble Schläge, von einem ganz anderen Kaliber. So wie er die Dinge sah, machte man am besten einen großen Bogen darum.

Als ein Typ mit dunkler Brille und nagelneuen Zähnen in seinem Boxclub auftauchte, wußte er, daß sich die Ereignisse nun überstürzen würden. Der Besucher war einer aus dem Umkreis der Kasinos, einer von denen, die die wichtigen Begegnungen organisierten. Er erinnerte sich noch als Boxer an ihn, einmal hätten sie sogar gegeneinander antreten sollen, aber daraus wurde nichts. Er hatte es bedauert: Der andere war einer von den Boxern, die zwei Runden überstehen und sich dann fragen, was sie da oben eigentlich machen, wo man sich in der Zeit so viele schöne Filme ansehen konnte. Aufs Verlieren vorprogrammiert. In der Zwischenzeit war er fett geworden und humpelte ein bißchen. Er war nur vorbeigekommen, um »hallo zu sagen«. Sie redeten kurz miteinander. Larry war nicht da.

DIESEL: Larry trainierte und verlor kein Wort über den Weltmeistertitel. Mondini nahm ihn verdammt hart ran, aber er machte nicht schlapp. Es war, als lebte er in einer Luftblase, in der ihn nichts wirklich berühren konnte. Mondini kannte das schon: Champions hatten das so an sich. Eine Mischung aus unbesiegbarer Stärke und absoluter Einsamkeit. Die bewahrte sie vor jeder Niederlage – und vor jeder Art von Glück. So verloren sie, wenn auch unbesiegt, das ganze Leben. Eines Tages kam Larry mit einem Mädchen in den Boxclub, mit einer kleinen, zierlichen Brünetten namens Jody. Sie trug einen engen Pullover und Schuhe mit vielen Schnürbändern. Mondini fand sie sehr schön, auf eine gewisse Art sympathisch, sozusagen. Sie setzte sich in eine Ecke und schaute Larry beim Training zu, ohne ein Wort zu sagen. Noch bevor das Training zu Ende war, stand sie auf und ging. An einem anderen Tag kämpfte Larry gegen einen Boxer, der jünger war als er, mutig, aber jung, und irgendwann fing er an, zu heftig zuzuschlagen. Mondini wartete nicht, bis die drei Minuten vorbei waren und die Uhr klingelte, er lehnte sich an die Seile und sagte: Das reicht. Aber Larry hörte nicht auf. Er boxte mit einer seltsamen Bosheit weiter. Bis zum Schluß. Mondini sagte nichts. Er wartete, bis Larry aus dem Ring gestiegen war. Sah, wie Drink ihm den Rücken trockenrieb und die Boxhandschuhe auszog: voller Respekt. Sah, wie er auf dem Weg zur Kabine am Spiegel vorbeilief und einen Moment davor stehenblieb. Da fiel ihm wieder das stille Mädchen ein, wer weiß, warum, und noch viele andere Sachen. Er fluchte leise und wußte, daß nun der Augenblick gekommen war. Er wartete, bis Larry wieder auftauchte, sehr elegant in seinem Kaschmirmantel. Er zog den Stecker der Uhr aus der Dose. Dann sagte er:

»Ich bring dich nach Hause, Larry, okay?«

POOMERANG: Sie fuhren durch die Stadt, ohne ein Wort zu sagen. Mondinis alte Limousine funktionierte nur noch mit vollausgezogenem Starter. Wenn sie an der Ampel hielten, hatten sie was von einem Dampfkochtopf, in dem seit drei Stunden Suppe kocht. Schließlich parkte Mondini und machte den Motor aus. Das Viertel der Reichen, englischer Rasen im Dämmerlicht.

»Vertraust du mir, Larry?«

»Ja.«

»Ich werd dir jetzt was erklären.«

»Gut.«

»Du hast einundzwanzig Kämpfe hinter dir, Larry. Sechzehn davon hätte ich auch gewonnen. Aber die anderen fünf waren richtige Boxkämpfe. Sobilo, Parker, Morgan Bluman ... das sind Leute, die dir den Spaß am Kämpfen verderben. Und gegen dich sind sie nicht mal bis an ihre Grenzen gegangen. Du hast einen Boxstil, den sie sich im Traum nicht vorstellen konnten. Wenn du oben im Ring stehst, schau ich mir manchmal deine Gegner an, und es ist verrückt, wie ... wie alt sie wirken. Wie in einem Schwarzweißfilm. Ich weiß nicht, wo du das gelernt hast, aber es ist so. Diesen Boxstil gibt es eigentlich nicht, es sei denn, du bist es, der boxt. Glaubst du mir das?«

»Ja.«

»Jetzt hör mir gut zu. Zwei Sachen mußt du kapieren.«

»Okay.«

»Erstens: Du hast noch nie in deinem Leben einen richtigen Schlag eingesteckt.«

»Was heißt das?«

»Boxen können sie alle, Larry. Aber es gibt nur zwei oder drei auf der Welt, die noch etwas mehr können: zuschlagen. Und das sind dann erst die richtigen Schläge. Du hast ja keine Ahnung. Damit könnten sie deinem Auto eine neue Form geben. Da ist alles drin: Koordination, Kraft, Schnelligkeit, Präzision, Bosheit. Das sind Meisterwerke. Das sollte man Schulklassen zeigen, wie man ins Museum geht. Die sind schön anzuschauen, wenn du mit einem Bier in der Hand vor dem Fernseher sitzt. Aber wenn du oben im Ring bist, ist da nur Angst, Larry, pure Angst. Und das Entsetzen. Von solchen Schlägen kann man sterben. Oder den Rest des Lebens als Schwachkopf verbringen.«

Larry rührte sich nicht. Er blickte starr nach draußen. Er fragte nur:

»Und das zweite?«

Mondini schwieg einen Moment. Dann drehte er den Rückspiegel zu Larry. Eigentlich wollte er sagen, daß Weltmeister nicht so ein Gesicht hätten wie er. Aber er fand nicht die richtigen Worte. Er wollte sagen, daß man statt einer Zukunft ein schwarzes Loch vor sich sehen müsse, um im Ring sein Leben zu riskieren, sonst war man nur ein kleiner, selbstverliebter Spinner, nichts weiter. Vielleicht wollte er auch etwas über dieses stille Mädchen sagen. Aber er wußte nicht recht, was.

Larry betrachtete sich im Spiegel.

Er sah das Gesicht eines Rechtsanwalts. Weltmeister im Boxen.

Mondini fand die richtigen Worte. Sie waren nicht großartig, brachten es aber auf den Punkt.

»Weißt du, woran man einen großen Boxer erkennt? Er weiß, wann er aufhören muß. Wirklich, Larry: Du mußt jetzt aufhören.«

Larry wandte sich dem Meister zu.

»Ich soll aufhören?«

»Ja.«

»Aufhören soll ich?«

»Ja.«

»Sie wollen mir sagen, daß Larry ›Lawyer‹ Gorman aufhören soll?«

»*Du*, Larry, *du* sollst aufhören.«

»Ich?«

DIESEL: Warum die Reichen keine Ahnung vom Rest der Menschheit haben, ist ja bekannt, aber niemand will einsehen, daß der Rest der Menschheit auch keinen blassen Schimmer von den Reichen hat, nicht die geringste Chance, sie zu verstehen. Dafür muß man es selbst erlebt haben, muß selbst reich gewesen sein, im Alter von sechs Jahren, noch im Bauch seiner Mutter, nur der Gedanke seines ebenfalls reichen Vaters. Dann kann man vielleicht verstehen. Ansonsten kann man nur Unsinn darüber sagen. Was weiß man zum Beispiel davon, was wichtig für sie ist? Was wirklich zählt? Oder wovor sie Angst haben? Das kann man vielleicht von sich selbst sagen. Aber was hat das mit ihnen zu tun? Sie leben in einem anderen Ökosystem. Wie Fische. Wer weiß schon, was sie wollen, wohin sie gehen und warum. Es sind Fische. Und was für uns Leben bedeutet, kann für sie tödlich sein. Einen Mundvoll Luft, und weg sind sie, einen Mundvoll Luft, der für uns Leben bedeutet. Tot. Larry war ein Fisch. Er hatte ein ganzes Meer um sich herum und gut versteckte Kiemen, und er lebte sein Leben auf eine Weise, die man nicht verstehen kann, wenn man das Meer vom Ufer aus betrachtet, von hier aus.

POOMERANG: Larry überlegte nicht lange. Er drehte den Rückspiegel wieder gerade, sah Mondini in die Augen und sagte:

»Ich will ganz nach oben, Meister. Ich will wissen, was man von da oben sieht.«

Mondini schüttelte den Kopf.

»Nicht viel, wenn du mit verdrehten Augen am Boden liegst.«

Damit wollte er nicht das Unglück heraufbeschwören, er sagte es, um irgend etwas zu sagen, um zu verhindern, daß die ganze Angelegenheit zu ernst wurde. Aber für Larry war es ernst. Er, der über alles seine Scherze machte, meinte es diesmal verdammt ernst.

»Ich will es versuchen, Meister. Bringen Sie mich ganz nach oben?«

Mondini hatte nicht damit gerechnet, Fragen beantworten zu müssen. Er wollte diesen Jungen dazu bringen, den Ring zu verlassen.

»Können Sie mich ganz nach oben bringen? Bitte, Meister.«

Damit hatte Mondini nicht gerechnet.

»Ja oder nein, Meister?«

Im Winter 1989 herrschten strenge Temperaturen, und das Fußballturnier auf dem Platz hinter Goulds Haus mußte oft wegen Unbespielbarkeit des Feldes unterbrochen werden. Manchmal spielten sie auch unter völlig unzulänglichen Bedingungen, damit der Spielplan nicht ganz und gar durcheinandergeriet. So sahen Gould, Poomerang und Diesel sie eines Tages im Schnee spielen. Der Ball prallte vom Boden ab, also war für den Schiedsrichter alles ordnungsgemäß. Eine Mannschaft spielte in roten Trikots. Die der anderen hatten ein lila-weißes Schachbrettmuster. Einige trugen Handschuhe, und ein Torwart hatte eine Pelzmütze auf dem Kopf, mit heruntergeklapptem Ohrschutz, unter dem Kinn festgebunden. Er sah aus wie ein Antarktisforscher, den ein Kreuzschiff des Club Méditerranée von einer Eisscholle aufgelesen hat. Nach der Hälfte der zweiten Halbzeit verließ Gould das Haus und stellte sich auf seinen Stammplatz hinter dem rechten Tor. Professor Taltomar war nicht da. Das war das erste Mal. Gould wartete eine Weile, dann ging er wieder nach Hause. Die Roten gewannen, durch einen Glückstreffer in der zwölften Minute der zweiten Halbzeit.

Der Professor tauchte nicht mehr auf dem Platz auf, also machte sich Gould auf die Suche nach ihm. Er fand ihn schließlich in einem Altenpflegeheim mit einer Lungenentzündung, vielleicht war es auch Krebs, das wußte man noch nicht so genau. Er lag in seinem Bett und sah aus, als wäre er geschrumpft. Zwischen seinen Lippen klemmte eine nicht angezündete filterlose Zigarette. Gould zog einen Stuhl ans Bett und setzte sich. Professor Taltomars Augen waren geschlossen, vielleicht schlief er. Gould blieb eine Weile schweigend sitzen. Dann sagte er:

»Null zu null, noch zwei Minuten bis Spielende. Der Mittelstürmer macht eine Schwalbe im Strafraum, der Schiedsrichter pfeift und gibt Freistoß. Der Mannschaftskapitän protestiert und schimpft wie verrückt. Der Schiedsrichter wird wütend, holt eine Pistole hervor und schießt aus nächster Nähe auf ihn. Die Pistole streikt. Der Kapitän wirft sich auf den Schiedsrichter, die beiden wälzen sich am Boden. Die Spieler laufen herbei und trennen die beiden. Der Schiedsrichter steht wieder auf.«

Professor Taltomar rührte sich nicht. Eine Weile rührte er sich nicht. Dann nahm er langsam die Zigarette aus dem Mund, schnippte etwas imaginäre Asche ab und murmelte leise:

»Rote Karte für den Kapitän. Der Freistoß wird ausgeführt. Fortsetzung der Partie bis zum Ende der regulären Spielzeit, dann Nachspielen der Verzögerung durch die Rangelei. Ausschluß des Schiedsrichters aufgrund Regel Nr. 28 der Verbandssatzung, die besagt: Idioten dürfen nicht als Schiedsrichter tätig sein.«

Dann hatte er einen Hustenanfall und schob sich wieder die Zigarette zwischen die Lippen.

Gould verspürte ein schönes Gefühl, tief drinnen.

Er blieb noch eine Weile schweigend sitzen.

Als er aufstand, sagte er:

»Danke, Herr Professor.«

Professor Taltomar öffnete nicht einmal die Augen.

»Alles Gute, mein Kleiner.«

Ungefähr in dieser Zeit kümmerte sich Shatzy um die Anschaffung eines gebrauchten Wohnwagens, Modell *Pagode* von 71. Innen ganz aus Holz. Außen gelb.

»Wie sind Sie bloß auf die Idee gekommen, einen gelben auszusuchen?«

»Junge Frau, Sie sind es, die ihn kaufen will, nicht ich.«

»Das ist mir klar, aber vor zwanzig Jahren haben Sie ihn gekauft. Sie wollen mir doch nicht erzählen, daß es keine andere Farbe gab?«

»Wenn Ihnen das Gelb nicht gefällt, können Sie ihn ja neu lackieren lassen.«

»Mir gefällt das Gelb.«

»Es gefällt Ihnen?«

»Mir schon. Aber normalerweise muß man doch ganz schön bescheuert sein, um sich einen gelben Wohnwagen zu kaufen, finden Sie nicht?«

Professor Bandini senkte den Kopf und sagte sich, daß er mit diesem Mädchen sehr geduldig sein müsse. Es galt, Ruhe zu bewahren, sonst würde er diesen elenden Wohnwagen nie loswerden. Er versuchte schon seit Monaten, ihn sich vom Halse zu schaffen. Es gab nicht viele Menschen, deren größter Wunsch es war, einen *Pagode* von 71 zu besitzen. Gelb. Er hatte überall annonciert, sogar in der Zeitung der Universität, an der er lehrte. Es war Goulds Universität. Gould hatte die Anzeige ausgeschnitten und zu den anderen an den Kühlschrank geheftet. Shatzy traf dann die Auswahl. Sie bevorzugte Katholiken und Intellektuelle: denen war es meist unangenehm, über Geld zu reden. Professor Bandini war ein katholischer Intellektueller.

Und so sah er eines Tages, als er im Hörsaal 11 vor etwa hundert Studenten seine Vorlesung hielt, die Tür aufgehen und dieses Mädchen eintreten.

»Sind Sie Professor Michael Bandini?«

»Ja, warum?«

Shatzy winkte mit dem Zeitungsausschnitt.

»Sie verkaufen einen gebrauchten Wohnwagen, Modell *Pagode* von 71, in gutem Zustand, Preis Verhandlungssache, kein Tauschgeschäft?«

Ohne zu wissen, warum, genierte sich Professor Bandini, als würde ihm jemand einen Regenschirm zurückbringen, den er in einem Pornokino vergessen hatte.

»Ja, das bin ich.«

»Kann man sich den mal ansehen? Ich meine den Wohnwagen, kann man den mal sehen?«

»Ich bin mitten in einer Vorlesung, junge Frau.«

Shatzy schien erst jetzt die Studenten im Hörsaal zu bemerken.

»Oh.«

»Macht es Ihnen etwas aus, später wiederzukommen?«

»Natürlich, Entschuldigung, ich kann ein bißchen warten, ich setze mich einfach hierhin, geht das?, vielleicht lerne ich ja noch was dazu.«

»Bitte sehr.«

»Danke.«

Professor Bandini dachte, daß die Welt voller Verrückter sei. Dann fuhr er da fort, wo er stehengeblieben war.

»Normalerweise befindet sich der *porch*, oder die ›Veranda‹, auf der Vorderseite des Hauses«, sagte er. »Er hat ein unterschiedlich breites – aber selten über vier Meter gehendes – Dach, das von einer Reihe Pfosten getragen wird und einen Vorbau abdeckt, der in der Regel zwischen zwanzig Zentimeter und eineinhalb Meter hoch ist. Ein Geländer und der entsprechende Treppenaufgang ergänzen die Konstruktion. Rein architektonisch betrachtet stellt der *porch* eine recht einfache Weiterentwicklung der klassischen Idee einer Fassade dar, Ausdruck von wohlhabender Armut und eines primitiven, rudimentären Luxus. Psychologisch, wenn nicht gar moralisch betrachtet handelt es sich jedoch um ein Phänomen, das mich wahnsinnig macht und das sich nach eingehenderer Untersuchung als ergreifend, aber auch erschreckend herausstellt, eine Art Epiphanie, von griechisch *epipháneia*, Erscheinung.«

Shatzy pflichtete mit leichtem Kopfnicken bei. Im Wilden Westen hatte in der Tat fast jeder eine Veranda vor dem Haus.

»Das Besondere des *porch*«, fuhr Professor Bandini fort, »besteht offensichtlich darin, gleichzeitig Innen- und Außenraum zu sein. Er stellt gewissermaßen eine verlängerte Schwelle dar, ist noch nicht eigentlich Haus, wird aber auch noch nicht von der bedrohlichen Außenwelt vereinnahmt. Eine Übergangszone, in der sich die Idee des Schutzraums, die jedes Haus offenbart und realisiert, über die eigene Definition hinauslehnt und fast ungeschützt wieder zurücknimmt, als wolle sie sich nachträglich gegen die Anfeindungen der Außenwelt wehren. In diesem Sinne scheint er der schwache Ort schlechthin, Welt am Abgrund, Idee im Exil. Und es ist nicht auszuschließen, daß sein Zauber gerade in dieser Schwäche besteht, neigt der Mensch doch dazu, Grenzorte zu lieben und Orte, die seine eigene Unzulänglichkeit, das eigene Ausgesetztsein symbolisieren.«

Privat faßte Professor Bandini diesen Gedankengang gern in einer Formulierung zusammen, die er für die Öffentlichkeit unpassend, aber wunderbar knapp und bündig fand. »Menschen *haben* Häuser und *sind* Veranden.« Er hatte diese Formulierung einmal seiner Frau gegenüber benutzt, und seine Frau hatte darüber gelacht, bis ihr alles weh tat. Das hatte ihn ziemlich getroffen. Seine Frau hatte ihn dann verlassen, um mit einer Übersetzerin zusammenzuleben, die zweiundzwanzig Jahre älter war als sie.

»Auf jeden Fall ist es merkwürdig«, fuhr Professor Bandini

in seiner Vorlesung fort, »wie schnell sich dieser Status des ›schwachen Ortes‹ auflöst, sobald der *porch* nicht länger nur unbelebtes architektonisches Element ist, sondern von Menschen bewohnt wird. Auf einer Veranda hält sich der Durchschnittsmensch mit dem Rücken zum Haus sitzend auf, meist auf einem mit entsprechender Schaukelmechanik ausgestatteten Sitzmöbel. Bisweilen wird das Bild mit verblüffender Genauigkeit dadurch ergänzt, daß im Schoß des Menschen ein geladenes Gewehr liegt. Immer blickt er geradeaus. Wenn Sie nun noch einmal zum Bild der Unzulänglichkeit zurückkehren, das der *porch* als bloßes architektonisches Element liefert, und es durch die Präsenz dieses Menschen ergänzen – mit dem Rücken zum Haus, auf seinem Schaukelstuhl wippend, ein geladenes Gewehr im Schoß –, vollzieht es eine fühlbare Kehrtwende zu Kraft, Sicherheit, Bestimmtheit. Man könnte sogar sagen, daß der *porch* nicht länger ein schwaches Echo des Hauses darstellt, an das er sich lehnt, sondern endgültige Bestätigung dessen wird, was das Haus nur andeutet: Anerkennung des Schutzraums, Verwirklichung einer Theorie, die das Haus lediglich aufstellte.«

Shatzy gefiel besonders das Detail mit dem geladenen Gewehr.

»Schließlich«, fuhr Professor Bandini fort, »bilden der Mensch und der *porch* gemeinsam eine weltliche, aber auch heilige Ikone, die das Recht des Menschen auf einen eigenen Ort preist, der sich dem unbestimmten Dasein des lediglich Seienden entzieht. Mehr noch: Die Ikone preist den Anspruch und die Fähigkeit des Menschen, diesen Ort zu verteidigen, sei es mit den Waffen systematischer Feigheit (das Wippen des Schaukelstuhls), sei es durch äußerlich erworbenen Mut (das geladene Gewehr). Das gesamte menschliche Schicksal bündelt sich in diesem Bild. Denn genau das scheint die Stellung des Menschen zu sein: der Welt zugewandt, aber mit dem Rücken zu sich selbst.«

Das war etwas, woran Professor Bandini glaubte, unabhängig von jeder akademischen Notwendigkeit – er glaubte ganz einfach, daß es sich genau so verhielt, das glaubte er auch dann noch, wenn er im Bad war. Er dachte wirklich, daß die Menschen sich auf der Veranda ihres Lebens aufhielten (und somit Verbannte ihrer selbst waren) und daß dies ihre einzige Chance sei, das eigene Leben vor der Welt zu schützen, denn wenn sie es wagten, das Haus wieder zu betreten (und dadurch sie selbst zu sein), würde dieses sofort zu einer unsicheren Rettungsinsel im Meer des Nichts, dazu verdammt, von den Fluten der Außenwelt fortgespült zu werden, der rettende Ort würde dann zur tödlichen Falle, weshalb die Leute immer hastig auf die Veranda zurückeilten (und damit fort von sich selbst), um wieder dort Stellung zu beziehen, wo sie die Invasion der Welt aufhalten konnten, um wenigstens die Idee eines eigenen Hauses zu retten, trotz der Enttäuschung über die Unbewohnbarkeit dieses Hauses. Wir *haben* Häuser und *sind* Veranden, dachte er. Er sah die Menschen und hörte in ihren ergreifenden Lügen das Knarren des Schaukelstuhls auf den staubigen Holzdielen; und das Sichaufbäumen von Stolz und das Herauskehren von peinlicher Selbstbestätigung, in denen er, bei anderen und bei sich selbst, nur die verschleierte Verurteilung zu ewiger Verbannung sah, waren für ihn eigenartige geladene Gewehre. Eine todtraurige Angelegenheit, wenn man es sich recht überlegte, aber auch bewegend, denn trotz allem wußte Professor Bandini, daß er für sich und alle anderen Zuneigung empfand, und Mitleid für alle Veranden, von denen er umgeben war

es war etwas unendlich Erhabenes in diesem ewigen Verharren vor der Schwelle des Hauses, einen Schritt vor sich selbst

nach den Nächten, in denen sich der entsetzliche Wind der Wahrheit erhebt, muß man am Morgen das Dach seiner Lügen flicken, mit zäher Geduld, aber wenn mein Schatz zurückkommt, ist alles wieder in bester Ordnung, wir werden uns zusammen den Sonnenuntergang ansehen und farbiges Wasser trinken

oder wenn dich jemand erschöpft bat, sich ihm gegenüber zu setzen, und dir seinen Geist öffnete und alles, wirklich alles, hervorkehrte, sogar dann hattest du das Gefühl, auf seiner Veranda zu sitzen, weil er dich nicht ins Haus hineinließ, er selbst ging schon seit Jahren nicht mehr hinein, und das war paradoxerweise auch der Grund dafür, daß er so erschöpft dort vor dir saß

an jenen Abenden, wenn die Luft kühl ist und die Welt ganz weit weg scheint, fühlst du dich plötzlich lächerlich, wie du dort auf der Veranda Wache gegen einen nichtvorhandenen Feind hältst, dieser Überdruß quält dich, und die Demütigung durch diese lächerliche Sinnlosigkeit, irgendwann stehst du auf und gehst zurück ins Haus, nach Jahren der Lüge und der Täuschung, gehst zurück ins Haus, obwohl du weißt, daß du dich wahrscheinlich in seinem Innern nicht mehr zurechtfindest, als wäre es das Haus eines anderen, aber es war deins, es ist immer noch deins, du öffnest die Tür und gehst hinein, ein merkwürdiges Glücksgefühl, das du vergessen hattest, dein Haus, Gott, wie wunderbar, fast ein Mutterleib, diese Wärme, der Frieden, ich selbst, endlich, ich werde es nie mehr verlassen, ich stelle das Gewehr in die Ecke und gewöhne mich wieder an die Gestalt der Dinge, an die Form des Raumes, ich mache mich wieder mit der vergessenen Geographie der Wahrheit vertraut, ich werde lernen, mich zu bewegen, ohne daß etwas kaputtgeht, wenn jemand an die Tür klopft, werde ich öffnen, im Sommer werde ich die Fenster aufreißen, ich werde in diesem Haus bleiben, solange ich bin, ABER

ABER wenn du wartest und dir das Haus von außen anschaust, vielleicht eine Stunde oder einen ganzen Tag, ABER am Ende wirst du die Tür aufgehen sehen, ohne zu wissen oder jemals begreifen zu können, was dort drinnen geschehen ist, wirst du die Tür aufgehen und langsam diesen Menschen herauskommen sehen, unsichtbar getrieben von etwas, was du niemals ergründen wirst, ABER sicher muß es etwas mit unbeschreiblicher Angst oder Unfähigkeit oder Verdammung zu tun haben, so unerbittlich, daß es diesen Menschen hinaustreibt auf seine Veranda, mit dem Gewehr in der Hand, ich liebe ich liebe diesen Moment – sagte Professor Bandini –, den Moment, in dem er noch einen Schritt macht, mit dem Gewehr in der Hand, er betrachtet die Welt vor sich, spürt die frische Luft auf seiner Haut, stellt den Kragen seiner Jacke auf, und dann – ein Wunder – läßt er sich wieder in seinen Stuhl fallen, lehnt sich zurück und setzt sich dadurch in Bewegung, ein sanftes Pendeln, das zuvor geschlummert hatte, das beruhigende Schaukeln der Lüge wiegt nun die wiedergefundene Heiterkeit, den Frieden der Feiglinge, der einzige Frieden, der uns zusteht, Leute kommen vorbei und grüßen: He, Jack, wo warst du denn? – Ach, unwichtig, jetzt bin ich ja wieder da. – Mach's gut, Jack, mit einer Hand streichelt er den Griff des Gewehrs, er blickt in die Ferne, kneift die Augen ein wenig zusammen, so viel helles Licht, Welt, wieviel Licht du brauchst, mir reichte ein Flämmchen da drinnen, wann?, ich weiß nicht mehr, wann, ABER von diesem Ort habe ich mich verabschiedet, und dann nichts mehr, er wird nie wieder darüber sprechen und ewig auf seiner Veranda aus Holz und Lack schaukeln

das muß man sich mal vorstellen, all diese leeren Häuser, zu Hunderten, hinter den Gesichtern der Leute, hinter jeder Veranda, Tausende perfekt eingerichteter, aber leerer Häuser, man denke nur mal an die Luft da drin, die Farben, die Gegenstände, das sich verändernde Licht, all das geschieht für niemanden, verwaiste Orte, sie, die eigentlich DIE ORTE sein müßten, die einzig wahren Orte, aber die seltsame Urbanistik des Schicksals hat sie als Wurmstiche der Welt geplant, vereinsamte Höhlen unter der Oberfläche des Bewußtseins, das muß man sich mal vorstellen, welch ein Mysterium, was ist mit den wahren Orten, meinem wahren Ort, wo bin ICH gelandet, während ich mich hier verteidigte, fragst du dich das nie?, wer weiß, wie es MIR geht?, während du da im Schaukelstuhl sitzt und das Dach zusammenflickst, dein Gewehr putzt, die Vorübergehenden grüßt, kommt dir plötzlich diese Frage in den Sinn, wer weiß, wie es MIR geht?, das ist das einzige, was ich wissen will, wie geht es MIR? Weiß jemand, ob ich gut bin oder alt, weiß jemand, ob ich noch LEBE?

Shatzy näherte sich dem Pult. Die Studenten gingen hinaus, und Professor Bandini packte seine Sachen in die Tasche.

»Nicht schlecht, Ihre Vorlesung.«

»Danke.«

»Im Ernst. Waren ein paar interessante Sachen dabei.«

»Ich danke Ihnen.«

»Wissen Sie, was ich gedacht habe?«

»Nein.«

»Also: Ich habe gedacht, sieh mal einer an, der Professor da hat verdammt recht, ich meine, genauso ist es doch, die Menschen haben zwar Häuser, aber in Wirklichkeit sind sie Veranden, verstehen Sie, sie haben Häuser, sind aber eigentlich –«

»Wie sagten Sie?«

»Wann?«

»Jetzt gerade, die Sache mit den Häusern.«

»Ich weiß nicht, was hab ich denn gesagt?«

»Sie haben diesen Satz gesagt.«

»Welchen Satz?«

Shatzy und Professor Bandini gingen gemeinsam die Allee hinunter und unterhielten sich weiter, dann verabschiedeten sie sich voneinander, und er sagte, der Wohnwagen stünde in seinem Garten, wenn sie am Nachmittag vorbeikommen wolle, er sei zu Hause, und sie sagte »In Ordnung« und ging am Nachmittag tatsächlich hin, und so geschah es schließlich, daß sie anfingen, über die Farbe zu diskutieren, und Shatzy eben sagte:

»Wie sind Sie bloß auf die Idee gekommen, einen gelben auszusuchen?«

»Junge Frau, Sie sind es, die ihn kaufen will, nicht ich.«

»Das ist mir klar, aber vor zwanzig Jahren haben Sie ihn gekauft. Sie wollen mir doch nicht erzählen, daß es keine andere Farbe gab?«

»Wenn Ihnen das Gelb nicht gefällt, können Sie ihn ja neu lackieren lassen.«

»Mir gefällt das Gelb.«

»Es gefällt Ihnen?«

»Mir schon. Aber normalerweise muß man doch ganz schön bescheuert sei, um sich einen gelben Wohnwagen zu kaufen, finden Sie nicht?«

In einer Entfernung von zwanzig Metern, an die Mauer der Garage von Bandinis Haus gelehnt, versteckten sich Gould, Poomerang und Diesel und beobachteten die Szene.

»Er weiß es noch nicht, aber er ist verrückt nach ihr«, nicht-sagte Poomerang.

»Woher hat Shatzy diese furchtbare Bluse?« fragte Diesel.

»Die Bluse ist Teil der Strategie«, sagte Gould. »Wenn sie einmal hustet, geht der Knopf vorn auf, und man kann ein bißchen von ihrem Busen sehen.«

»Wirklich?«

»Na ja, das mit dem Husten muß man schon können. Shatzy übt vor dem Spiegel.«

Poomerang begann zu husten. Dann schaute er auf die Knöpfe an seinem Hemd. Dann schaute er wieder zu den beiden, die diskutierend in den Wohnwagen hinein- und wieder herauskletterten.

»Wie geht es weiter mit Mondini? Er bringt ihn doch bis zur Weltmeisterschaft, oder?«

»Vielleicht.«

»Das heißt?«

»Schwer zu sagen.«

»Was soll das heißen, ›schwer zu sagen‹?«

»Die Leute vom Tropicana Club, vom Kasino, haben einen Haufen Geld angeboten, um einen Kampf Larry gegen Benson auf die Beine zu stellen.«

»*Der* Benson?«

»*Der* Benson.«

»Wahnsinn.«

»Eben. Nur daß Mondini gesagt hat: Nein danke, ein anderes Mal.«

»Nein!«

»Doch. Er sagt, Larry muß erst noch einen anderen Kampf bestreiten.«

»Spinnt der?«

»Wer weiß, was der vorhat. Er sagt nur, daß Larry erst noch diesen anderen Kampf bestreiten muß, und dann wird man weitersehen.«

»Aber Benson ist das Sprungbrett zur Weltmeisterschaft, wenn er den erledigt . . .«

»Nichts zu machen, auf dem Ohr ist Mondini taub.«

»Der Alte hat den Verstand verloren.«

»Nein, er hat irgendwas vor. Neulich abends stellte Larry ihn zur Rede und sagte: Meister, Sie schulden mir noch eine Antwort. Mondini sah ihn an und sagte dann: Nach dem nächsten Kampf, Larry, und den Gegner wähle ich.«

»Ach . . .«

»Larry mußte lachen und sagte: Gut, okay, wie Sie wollen, Meister, wen soll ich erledigen?«

»Genau, wen zum Teufel soll er erledigen?«

»Jetzt kommt das Beste.«

»Nämlich?«

»Mondini ist ein merkwürdiger Kerl, wer weiß, was er vorhat.«

»Was soll das denn heißen, Gould?«

»Es gibt so viele Boxer, es ist schon komisch, aber man kapiert nicht –«

»Also, wen hat er ausgesucht?«

»Das ratet ihr nie.«

»Sag schon . . .«

Gould drehte sich einen Moment um und schaute hinunter zu Shatzy und Professor Bandini. Dann sagte er leise:

»Poreda.«

»Wen?«

»Poreda.«

»*Stanley* Poreda?«

»Ja.«

»Poreda mit den kaputten Armen?«

»Genau den.«
»Was hat der denn damit zu tun?«
»Ich hab ja gleich gesagt, daß ihr mir nicht glaubt.«
»Poreda?«
»Stanley ›Hooker‹ Poreda.«
»So ein Mistkerl.«
»Das kannst du laut sagen.«
»Poreda ... Ach du Scheiße.«
»Poreda.«

POOMERANG: Stanley Poreda war zwei Jahre zuvor abgetreten. Genauer gesagt, er war abgetreten worden. Er hatte eine Begegnung verkauft, aber die Sache war schiefgelaufen. Der Gegner war ein junger Kerl, der mit einem Boß aus Belem verwandt war. Sein Stil war gut, aber was die Kraft anging, war er eine Katastrophe, er hätte nicht mal einen Betrunkenen auf die Bretter geschickt. Poreda beherrschte die Kunst, einen K.o. zu simulieren, aber in den ersten vier Runden bekam er nicht einen Schlag ab, der auch nur im entferntesten an einen richtigen Schlag erinnert hätte. Am liebsten hätte er sich einfach hingelegt und wäre dann nach Hause gegangen. Es war aber völlig hoffnungslos, diesem keuchenden Ballerino einen anständigen Schlag zu entlocken. Um überhaupt etwas zu tun, deutete er am Ende der vierten Runde einen Jab an und setzte mit einem Haken nach. Nichts Besonderes. Aber der Ballerino ging zu Boden. Der Gong rettete ihn. Als Poreda in der Ecke saß, kam ein ziemlich eleganter Typ zu ihm, im Mund eine Zigarette mit goldenem Filterpapier. Er nahm sie nicht mal raus, als er sich über ihn beugte und zischte: Du Wurm, mach das noch mal und du bist erledigt. Er nahm sie erst raus, als er in die Wasserflasche spuckte und dann zu Poredas Sekundanten sagte: Gib dem Jungen was zu trinken, er hat Durst. Poreda war Profi auf seinem Gebiet. Er nahm die Flasche und trank einen Zug, ohne mit der Wimper zu zucken, dann ertönte der Gong. Der Ballerino erhob sich schwankend, aber als er in der Ringmitte angekommen war, hatte er noch die Kraft zu sagen: Bringen wir es zu Ende, Mistkerl. Genau, dachte Poreda. Er öffnete die Deckung des Ballerino mit ein paar Jabs, ging dann mit einem Aufwärtshaken in ihn rein und endete mit einem rechten Haken. Der Ballerino flog wie eine Vogelscheuche durch den Ring. Als er landete, sah er aus, als wäre er aus dem zehnten Stock gefallen. Poreda nahm seinen Mundschutz heraus, ging geradewegs auf die Ecke des Ballerino zu und sagte nur: Gib dem Jungen was zu trinken, er hat Durst. Zehn Tage später bekam er abends Besuch von zwei bewaffneten jungen Burschen. Sie brachen ihm beide Arme, indem sie sie nacheinander in der Tür zerquetschten. Endstation, dachte Poreda.

DIESEL: Auch er hatte bei Mondini angefangen. Nach zwei oder drei Begegnungen erwischte ihn der Meister dabei, wie er nach einem lächerlichen Schlag zu Boden ging, und hatte begriffen. Das ist ein Beruf wie jeder andere auch, sagte Poreda. Aber nicht meiner, sagte Mondini. Und verbannte ihn aus seinem Club. Er beobachtete ihn aus der Ferne weiter. Er war kein großer Boxer, eher ein Tier, das im Ring den optimalen Lebensraum gefunden hat. Er kannte alle Tricks, einige hatte er sich selbst ausgedacht, und viele wendete er mit unbestreitbarer Perfektion an. Und vor allem: Er war kräftig. Kräftiger als die meisten, die so im Umlauf waren. Eine Frage der Begabung. Wenn er wollte, konnte er seine gesamten 82 Kilo in einen Schlag legen, als würde jeder Zentimeter seines Körpers für einen Augenblick in den Boxhandschuh kriechen. Der haut noch mit den Arschbacken zu, sagte Mondini immer. Er hegte eine Art Bewunderung für ihn. Als die Geschichte mit Larry und dem Weltmeistertitel konkreter wurde, kam er ihm gleich in den Sinn: ausgerechnet der, wo es doch so viele Boxer gab.

POOMERANG: Das war gar keine so blöde Idee. Abgesehen von den echten Champions war Poreda der bösartigste, schwierigste, kräftigste und fähigste Gegner, den er für Larry finden konnte. Das war Boxen in reinster Form, ohne Gefühlsduselei. Purer Kampf. Man mußte ihn nur dazu bringen, noch mal in den Ring zu steigen. Mondini nahm seinen guten Mantel, ging zur Bank, hob einen Teil seiner Ersparnisse ab und machte sich auf den Weg zu dem Boxclub, in dem Poreda als Trainer arbeitete. Vielleicht war es bloß Zufall, aber der Club war ganz in der Nähe des Schlachthofs.

»Das ist ganz schön viel Geld«, bemerkte Poreda und wog das Bündel Geldscheine in der Hand. »Ein bißchen zuviel, um einen Boxer zu kaufen, der schon seit zwei Jahren keine Kämpfe mehr verkauft.«

Mondini zuckte nicht mit der Wimper.

»Du hast mich nicht richtig verstanden, Poreda. Ich bezahle dich, wenn du gewinnst.«

»Wenn ich gewinne?«

»Genau.«

»Du bist verrückt. Dieser Junge ist ein Talent, du hast einen Schatz in der Hand und bezahlst dafür, daß ihn jemand fertigmacht?«

»Ich habe meine guten Gründe, Poreda.«

»Nein, nein, davon will ich nichts wissen, mit schmutzigen Wetten habe ich abgeschlossen, ich hab nicht noch mehr Arme, die ich mir brechen lassen könnte, es reicht.«

»Mit Wetten hat das nichts zu tun, das schwöre ich.«

»Was soll das, trainierst du deine Jungs, um sie dann verlieren zu sehen?«

»Unter Umständen ja.«

»Du bist verrückt.«

»Kann sein. Nimmst du an?«

Poreda konnte es nicht glauben. Das war das erste Mal, daß er ein Extrahonorar für einen Sieg bekommen sollte.

»Mondini, erzähl keinen Mist, dieser Gorman ist zwar ein Talent, aber wenn ich will, finde ich einen Weg, ihn reinzulegen, das weißt du genau.«

»Ich weiß. Deshalb bin ich hier.«

»Du könntest dein Geld verlieren.«

»Ich weiß.«

»Mondini ...«

»Ja?«

»Was steckt dahinter?«

»Nichts. Ich will sehen, ob dieser Junge auch noch tanzt,

wenn er richtig in der Scheiße steckt. Und die Scheiße wärst du.«

Poreda lächelte. Seine Exfrau ließ ihn mit Unterhaltszahlungen ausbluten, seine Geliebte war fünfzehn Jahre jünger als er, und ein Angestellter des Fiskus nahm tausend Dollar im Monat dafür, daß er seinen Namen vergaß. Deshalb lächelte er. Dann spuckte er auf den Boden. Das war schon immer seine Art gewesen, einen Vertrag zu unterzeichnen.

»Sie hat gehustet.«

»Was?«

»Shatzy ... Sie hat gehustet.«

»Jetzt kommt der spannendste Moment.«

»Er ist verrückt nach ihr, er wird ihn ihr verkaufen, ganz sicher wird er ihn ihr verkaufen.«

»Ist der Knopf aufgegangen?«

»Kann man von hier nicht sehen.«

»Bestimmt.«

»Ich glaube nicht, daß das reicht.«

»Ich wette zehn darauf, daß sie es schafft«, nichtsagte Poomerang und zog einen schmutzigen Geldschein aus der Tasche.

»Zehn dagegen. Und noch mal zwanzig auf Poreda.«

»Auf Poreda wird nicht gewettet, Jungs, das hat Mondini ihm versprochen.«

»Na und, wir haben doch immer gewettet.«

»Diesmal nicht, diesmal ist es ernst.«

»War es das sonst etwa nicht?«

»Diesmal ist es noch ernster.«

»Meinetwegen, aber es bleibt schließlich trotzdem nur ein Boxkampf, oder?«

»Mondini hat es ihm versprochen.«

»Mondini, ich nicht, ich hab ihm nie versprochen, nicht zu wetten ...«

»Das ist dasselbe.«

»Das ist nicht dasselbe.«

In diesem Moment sagte Bandini zu Shatzy:

»Würden Sie heute abend mit mir essen gehen?«

Shatzy lächelte.

»Ein andermal, Herr Professor.«

Sie streckte ihm die Hand entgegen, und Professor Bandini drückte sie.

»Dann also ein andermal.«

»Ja.«

Shatzy drehte sich um und ging den Steinweg hinunter. Kurz vor der Garage schloß sie den Knopf, den über ihrem Busen. Als sie vor Gould stehenblieb, machte sie ein sehr ernstes Gesicht.

»Seine Frau hat ihn verlassen. Wegen einer anderen Frau.«

»Phantastisch.«

»Das hättest du mir sagen können.«

»Das wußte ich nicht.«

»Ist er nicht dein Professor?«

»Er lehrt schließlich nicht Geschichte der eigenen Ehe.«

»Nein?«

»Nein.«

»Ach so.«

Sie drehte sich um. Der Professor stand immer noch da. Er winkte ihr zu. Sie winkte zurück.

»Ein anständiger Kerl.«

»Ja.«

»Er hat keinen gelben Wohnwagen verdient. Manchmal bestrafen sich die Leute für Dinge, von denen sie gar nichts wissen, nur so, aus Lust, sich zu bestrafen ... Sie beschließen einfach, sich zu bestrafen ...«

»Shatzy ...«

»Ja?«

»WÄRST DU SO NETT, DAMIT RAUSZURÜCKEN, OB DU IHM DIESEN VERDAMMTEN WOHNWAGEN ABGEKNÖPFT HAST?«

»Gould?«

»Ja?«

»Schrei nicht so.«

»Okay.«

»Du willst wissen, ob ich es geschafft habe, einen *Pagode* Wohnwagen von 71 in gelber Farbe für ein Butterbrot zu erwerben?«

»Ja.«

»VERDAMMTER SCHEISSDRECK NOCH MAL, NATÜRLICH HAB ICH'S GESCHAFFT.«

Sie schrie so laut, daß der Knopf über ihrem Busen aufsprang. Gould, Diesel und Poomerang waren fassungslos, ihre Augen sahen aus wie Eier in Aspik. Nicht wegen des Knopfes, wegen des Wohnwagens. Es war ihnen nie in den Sinn gekommen, daß das wirklich geschehen könnte. Sie sahen Shatzy an, als wäre sie die Reinkarnation von Mami Jane, die zurückgekommen war, um Franz Forte, dem Geschäftsführer der CRB, die Eier abzuschneiden. Verdammter Scheißdreck noch mal, sie hatte es geschafft.

Zwei Tage später brachte ein Abschleppwagen den Wohnwagen zum Haus von Gould. Sie stellten ihn in den Garten. Sie putzten ihn gründlich, auch die Reifen und die Fenster, alles. Er war sehr gelb. Er sah aus wie ein Spielzeughaus für Kinder. Die Nachbarn blieben stehen, um ihn anzuschauen. Einmal sagte einer zu Shatzy, daß eine Veranda davor nicht schlecht aussehen würde, eine Kunststoffveranda, wie man sie im Supermarkt kaufen könnte. Die gäbe es auch in Gelb.

»Keine Veranda«, sagte Shatzy.

18

Sie spürten die Leiche von Pitt Clark nach vier Tagen auf, begraben unter dreißig Zentimetern Erde, am Fluß. Der Doc untersuchte die Leiche und sagte, Pitt sei erstickt, vermutlich wurde er lebendig begraben. Er hatte Blutergüsse an den Armen, am Hals und auf dem Rücken. Bevor er lebendig begraben wurde, war er vergewaltigt worden. Pitt war elf Jahre alt.

Jetzt hör dir mal diese merkwürdige Geschichte an, sagte Shatzy.

Am Tag, an dem sie Pitt fanden, verschwand von der Clark

Ranch ein Indianer, den alle Bear nannten, der Bär. Irgendwer sah ihn auf einem Pferd die Stadt verlassen und Richtung Berge reiten. Bear war ein Freund von Pitt. Pitt hörte auf ihn. Sie gingen immer zusammen am Fluß unten baden. Und jagten Schlangen. Sie ließen sie eine Weile am Leben und fütterten sie mit Mäusen. Dann töteten sie sie. Bear mußte so um die zwanzig Jahre sein. Sie nannten ihn so, weil er komisch war. Mit den Leuten war er komisch. Unter seiner Matratze fanden sie eine Blechdose, und in der Dose war ein Armband, das Pitt immer am rechten Handgelenk getragen hatte. Es war aus Schlangenhaut.

Shatzy sagte, daß sich viele erboten hätten, den Indianer zu verfolgen. Menschenjagd war etwas, was die Leute berauschte. Aber der Sheriff sagte: Ich gehe. Ich allein. Er hieß Wister und war ein anständiger Kerl. Er hielt nichts von Lynchjustiz und glaubte an die Gerichte. Er hatte Pitt gekannt, hin und wieder hatte er ihn zum Angeln mitgenommen, und er hatte ihm versprochen, ihm, wenn er vierzehn wäre, beizubringen, wie man schießt und aus zehn Schritt Entfernung mit geschlossenen Augen eine Flasche trifft. Er sagte: Bear ist meine Sache.

Er brach am Morgen auf, als der Wind unter dem Grill einer aufgeregten Sonne Staubwolken aufwirbelte.

Und jetzt paß auf, sagte Shatzy. Menschenjagd ist pure Geometrie. Punkte, Linien, Entfernungen. Kannst du auf der Karte einzeichnen: eine berauschte, aber unerbittliche Geometrie. Sie kann Stunden oder Wochen dauern. Der eine flieht, der andere hinterher. Jede Minute entfernt sie von dem Land, das sie hervorgebracht hat und das sie, würde man es befragen, wiedererkennen könnte. Schon bald sind sie nur noch zwei Punkte in einem Nichts, das nicht mehr entscheiden kann, wer von ihnen der Gute und wer der Böse ist. Zu diesem Zeitpunkt können sie nichts mehr ändern, selbst wenn sie wollten. Sie sind abstrakte Bahnen, geometrische Deduktionen, die das Schicksal berechnet, ausgehend von einer Schuld. Sie kommen erst wieder zur Ruhe, wenn ein Endergebnis vorliegt, unten auf die Seite des Lebens geschrieben, mit blutroter Tinte. Musik.

Die Musik machte Shatzy, mit geschlossenem Mund, es klang nach einem großen Orchester, mit Geigen und Trompeten, gut gemacht. Dann fragte sie dich:

Alles klar?

Mehr oder weniger.

Ist nicht schwierig, du wirst sehen.

Gut.

Gehen wir?

Gehen wir.

Sheriff Wister macht sich auf in Richtung Berge. Er folgt dem Weg nach Pinter Pass. Er reitet den Wald hinauf, sucht Schatten, er vermutet, daß Bear einen halben Tag Vorsprung hat. Als sich die Bäume lichten, macht er halt, damit sich das Pferd ausruhen kann. Dann geht es weiter. Er reitet im Schritt den Bergkamm hinauf und untersucht den Weg nach Spuren. Er braucht eine Weile, aber schließlich kann er die Spuren von Bears Pferd erkennen. Er denkt, daß der Indianer seine Spuren auch hätte verschwinden lassen können. Der Junge scheint sich sicher zu fühlen. Vielleicht versucht er, die Grenze zu erreichen. Vielleicht fühlt er sich nicht verfolgt. Er gibt dem Pferd die Sporen und reitet zum Pinter Pass hinauf. Als er oben ankommt, ist es Abend. Er schaut hinab in das enge Tal, das in die Wüste führt. In der Ferne glaubt er eine kleine Staubwolke zu erkennen, die sich aus dem Nichts erhebt. Er reitet ein paar hundert Meter den Hang hinab, findet eine Höhle, hält das Pferd an. Er ist müde. Über Nacht macht er hier halt.

Am zweiten Tag wacht Sheriff Wister im Morgengrauen auf. Er nimmt das Fernglas und schaut ins Tal hinunter. Er sieht einen kleinen dunklen Fleck auf dem Weg. Bear. Er steigt auf sein Pferd, läßt es vorsichtig die letzten Ausläufer der Berge hinabklettern. Unten im Tal galoppiert er los. Er reitet eine Stunde lang ohne Unterbrechung. Dann hält er an. Er kann Bear mit bloßem Auge ein paar Kilometer weiter vorn erkennen. Er scheint sich nicht zu rühren. Wister steigt vom Pferd. Er sucht Zuflucht unter einem großen Baum und ruht sich aus. Als er weiterreitet, steht die Sonne im Zenit. Er läßt das Pferd langsam laufen, und er läßt keinen Moment den kleinen, dunklen Schatten von Bear aus den Augen. Es sieht immer noch so aus, als rührte er sich nicht. Warum flieht er nicht? fragt sich Sheriff Wister. Er reitet eine halbe Stunde lang weiter, dann hält er an. Bear ist höchstens noch fünfhundert Meter von ihm entfernt. Er sitzt auf einem gescheckten Pferd und rührt sich nicht. Er sieht aus wie eine Statue. Sheriff Wister lädt das Gewehr und überprüft die Revolver. Er blickt zur Sonne. Sie muß jeden Moment hinter seinem Rücken verschwinden. Du bist erledigt, Junge. Er galoppiert los. Hundert Meter, dann noch mal hundert, er reitet immer weiter, sieht, daß Bear sich endlich bewegt, rechts vom Weg abbiegt. Wohin willst du, Junge, da hinten ist die Wüste, er gibt seinem Pferd die Sporen, verläßt den Weg und folgt ihm. Bear reitet nach Osten, dann nach Westen, dann wieder nach Osten. Wohin willst du, Junge? fragt sich Sheriff Wister. Er läßt sein Pferd Schritt gehen, Bear ist immer noch fünfhundert Meter entfernt, nach einer Weile bleibt er stehen, Wister sieht ihn und galoppiert wieder los, Bear reitet, biegt nach Osten, die Farben verschwimmen, es wird auf einmal dunkel. Wister hält an. Okay, Junge. Ich habe es nicht eilig. Er steigt vom Pferd, schlägt sein Nachtlager auf, zündet ein Feuer an. In der Nacht sieht er vor dem Einschlafen den Schein von Bears Feuer in fünfhundert Meter Entfernung. Gute Nacht, Junge.

Am dritten Tag wacht Sheriff Wister noch im Dunkeln auf. Er entfacht das Feuer neu, kocht sich einen Kaffee. Er sieht kein Licht in der Dunkelheit. Er wartet auf das Morgengrauen. Beim ersten Lichtschimmer sieht er Bear in der Ferne, er steht regungslos neben seinem gescheckten Fuchs. Wister greift zu seinem Fernglas. Der Junge hat kein Gewehr. Vielleicht einen Revolver. Sheriff Wister setzt sich auf die Erde. Du hast den ersten Zug, Kleiner. Stundenlang rühren sie sich nicht. Ringsum bringt die Sonne das Nichts zum Glühen. Sheriff Wister trinkt jede halbe Stunde einen Schluck Wasser und einen Schluck Whiskey. Das Licht blendet. Auf einmal sieht er Pitt lachend umherlaufen. Dann sieht er ihn schreien, schreien, schreien. Er blickt auf seine Hände und sieht, daß sie zittern. Krepieren sollst du, Hurensohn, denkt er, du sollst krepieren, du verdammter Indianer. Er steht auf. In seinem Kopf dreht sich alles. Er nimmt die Zügel in die Hand und geht los, das Pferd hinter sich her ziehend. Er geht langsam, merkt aber, daß Bear immer näherrückt. Der Junge rührt sich nicht. Er steigt nicht aufs Pferd, flieht nicht. Dreihundert Meter. Zweihundert. Sheriff Wister bleibt stehen. Er schreit: Gib auf, Bear. Leise sagt er: Los, laß dich erschießen. Und dann schreit er noch: Bear, sei kein Dummkopf. Der Junge rührt sich immer noch nicht. Wister kontrolliert Gewehr und Revolver. Dann steigt er in den Sattel. Galoppiert los. Er sieht Bear aufs Pferd steigen und losgaloppieren. Sie reiten eine halbe Stunde lang. Zwischen ihnen liegen keine zweihundert Meter mehr. Am Horizont erscheint ein *pueblo*, im Nichts vergessen. Bear reitet darauf zu, Wister folgt ihm. Zehn Minuten später galoppiert Bear in den *pueblo* und verschwindet. Sheriff Wister wird langsamer und steigt vom Pferd, bevor er das Dorf erreicht. Als er zu den ersten Häusern kommt, zieht er den Revolver. Keine Menschenseele. Er geht langsam an den Wänden entlang, achtet auf das kleinste Geräusch. Er untersucht jedes Fenster, prüft jeden Schatten. Er hört sein Herz in den Ohren schlagen. Ganz ruhig, denkt er. Wahrscheinlich ist er nicht mal bewaffnet. Du mußt ihn nur finden und überlisten. Er ist noch ein Junge. Auf der Schwelle einer *posada* sieht er eine alte Frau stehen. Er geht zu ihr. Fragt sie auf spanisch, ob sie einen Indianer mit einem gescheckten Pferd gesehen habe. Sie nickt und zeigt zum Dorfausgang, wo die Straße wieder ins Nichts führt. Wister setzt ihr den Revolver an den Kopf. Nicht lügen, sagt er auf spanisch. Sie bekreuzigt sich und zeigt noch einmal zum Dorfausgang. Hast du etwas zu trinken? Die Frau betritt die *posada* und kommt mit Schnaps zurück. Sheriff Wister trinkt. Hat der Indianer Wasser mitgenommen? Die Alte nickt. Weißt du, wer es ist? Da sagt die Alte: Ja. *Es un chico que va detrás de un asesino*. Sheriff Wister starrt sie an. Hat er das gesagt? Ja. Sheriff Wister trinkt noch einen Schluck Schnaps. Du bist tot, Junge, denkt er. Er steigt auf sein Pferd, wirft der Alten ein Geldstück zu, verstaut den Schnaps in der

Satteltasche und reitet im Schritt Richtung Dorfausgang. Als er das letzte Haus hinter sich gelassen hat, blickt er geradeaus. Nichts. Er dreht sich nach rechts. Und sieht Bear regungslos auf dem Pferd sitzen, keine zweihundert Meter weit. *Es un chico que va detrás de un asesino*. Sheriff Wister zieht das Gewehr aus dem Sattel, zielt und drückt ab. Zweimal. Bear rührt sich nicht. Das Echo der Schüsse verliert sich langsam in der Luft. Sheriff Wister läßt die Patronenhülsen wegspringen. Ganz ruhig, denkt er. Du siehst doch, daß er zu weit weg ist. Ganz ruhig. Er behält Bear weiter im Blick. Er will ihm etwas zurufen, aber ihm fällt nichts ein. Er macht mit dem Pferd kehrt, reitet bis zum ersten Haus zurück und steigt ab. Er bleibt über Nacht dort. Kann nicht schlafen. Immer einen Revolver in der Hand.

Am vierten Tag verläßt Sheriff Wister den *pueblo* und sieht Bear in der Ferne, auf dem Weg, der in die Wüste führt. Er steigt auf sein Pferd und folgt ihm im Schrittempo. Er läßt sich von dem Tier tragen. Hin und wieder lassen ihn Hitze und Müdigkeit einschlafen. Nach drei Stunden bleibt er an einer Quelle stehen. Er denkt, daß der Indianer sie vergiftet haben könnte. Er füllt die Feldflaschen und macht sich wieder auf den Weg. Ich darf ihn nicht bis zur Wüste kommen lassen, denkt er. Da sterben wir beide. Ich muß ihn vorher aufhalten, denkt er. Er trinkt einen Schluck Schnaps. Er wartet, bis die Sonne noch ein bißchen tiefer am Horizont steht. Dann galoppiert er los. Bear scheint es nicht zu bemerken. Er reitet weiter im Schrittempo, ohne sich umzuwenden. Vielleicht schläft er. Jetzt hab ich ihn, denkt Sheriff Wister. Dreihundert Meter. Zweihundert Meter. Hundert Meter. Sheriff Wister zieht den Revolver. Fünfzig Meter. Bear dreht sich um, er hat einen Revolver mit langem Lauf in der Hand, zielt und drückt ab. Ein Schuß. Wisters Pferd bricht nach rechts weg und rutscht mit den Vorderbeinen aus. Das Tier fällt der Länge nach auf die Seite. Es streckt den Kopf empor, versucht aufzustehen. Wister schafft es, unter ihm hervorzukriechen. Er fühlt einen stechenden Schmerz in der Schulter. Dann hört er, wie sich ein zweiter Schuß in das Fleisch des Tieres bohrt. Er hebt den Kopf, lehnt sich an den Körper des Pferdes und gibt nacheinander drei Revolverschüsse ab. Bears Pferd bäumt sich auf den Hinterbeinen auf und dreht sich, in die Luft tretend, um sich selbst. Sheriff Wister zieht das Gewehr aus der Satteltasche. Bear gewinnt wieder die Kontrolle über das Pferd und galoppiert los, versucht zu fliehen. Wister zielt und gibt zwei Schüsse ab. Er glaubt zu sehen, daß Bear sich über dem Hals des Tieres zusammenkrümmt. Dann sieht er, wie das Pferd in seinem Lauf stockt und stolpert, ungefähr noch zwanzig Meter weitergeht und zu Boden stürzt. Er sieht Bears Körper im Staub liegen. Leb wohl, Junge, denkt er. Er lädt das Gewehr, zielt. Bear versucht aufzustehen. Wister schießt. Er sieht die Kugel im Staub aufprallen, ungefähr zwanzig Meter vor Bears Körper. Scheiße, sagt er. Er schießt noch einmal. Die Kugel landet neben der ersten. Bear ist aufgestanden. Hebt seinen Revolver auf. Mit der anderen Hand schnallt er die Satteltasche ab. Er steht da und blickt Wister an. Ungefähr achtzig Meter zwischen ihnen. In Schußweite. Ein bißchen mehr. Sheriff Wister sieht zur Sonne. Er denkt, daß er noch ein paar Stunden bis zum Einbruch der Dunkelheit hat. Seine Schulter tut weh, wenn er den Arm bewegt, verspürt er einen stechenden Schmerz. *Muy bien*, Junge. Er schnallt die Satteltaschen ab und hängt sie über seine heile Schulter. Er lädt das Gewehr. Und läuft los. Bear sieht ihn, dreht sich um und entfernt sich, ebenfalls langsam laufend. Sheriff Wister denkt, daß es lächerlich wäre zu rennen. Er stellt sich die Szene von oben betrachtet vor, zwei Männer rennen ins Nichts, und denkt: Wir sind zwei Verurteilte. Dann sieht er einen Moment Pitt, der rennt und rennt und versucht, am Fluß entlang zu fliehen, er rennt und flieht. Elender Dreckskerl, denkt er. Ich bring dich um, Kleiner. Er kommt an Bears Pferd vorbei. Es atmet noch. Wister entleert den Revolver in seinem Kopf. Ich bring dich um, Kleiner. Dann läuft er weiter. Als es Abend wird, verschwindet Bear in der Dunkelheit. Wister hält an. Die Schulter treibt ihn in den Wahnsinn. Er streckt sich auf dem Boden aus. Behält den Revolver in der Hand. Versucht, nicht einzuschlafen. Seit zwei Tagen schlafe ich nicht mehr, denkt er.

Am fünften Tag merkt Sheriff Wister, daß Fieber ihm die

Sicht vernebelt und sein Herz rasen läßt. Schläft dieser Bastard denn nie? Er sieht ihn vor sich, es scheint noch dieselbe Entfernung zu sein wie am Tag zuvor, aber seine Augen brennen, und das Morgenlicht wirft keine Schatten. Er läuft los. Versucht sich zu erinnern, wohin dieser Weg führt und wie viele Kilometer sie seit dem *pueblo* wohl zurückgelegt haben. Bear läuft da vorne, ohne stehenzubleiben. Ab und zu dreht er sich um. Dann geht er weiter. Das ist der Weg nach Salina. Dahin darf er ihn nicht kommen lassen. Er darf Salina nicht erreichen. Er bleibt stehen. Bückt sich. Nimmt eine Handvoll Staub auf. Blut und Staub. Er schaut voraus zu Bear. Ich hab dich also erwischt, Junge. Das wolltest du mir nicht verraten, was? Er reckt sich. Macht ein paar Schritte. Noch ein Blutfleck. *Muy bien*, Bastard. Er spürt das Fieber nicht mehr. Läuft weiter. Nach drei Stunden verläßt Bear den Weg und geht Richtung Osten. Sheriff Wister bleibt stehen. Er ist verrückt, denkt er. Er geht in die Wüste. Er ist verrückt. Er greift zum Gewehr und schießt in die Luft. Bear hält an, dreht sich um. Wister läßt die Taschen auf den Boden fallen. Dann wirft er sein Gewehr dazu. Breitet seine Arme aus. Bear rührt sich nicht. Wister geht ihm langsam entgegen. Keine Regung von Bear. Wister läuft weiter, läßt die Arme sinken und die Hände dicht vor den Revolvergriffen baumeln. Er kommt bis auf fünfzig Meter an den Indianer heran. Bleibt stehen. Gib auf, Junge, ruft er. Keine Regung von Bear. Da drüben ist die Wüste, willst du wie ein Trottel sterben? ruft er. Bear macht ein paar Schritte auf ihn zu. Dann hält er an. So bleiben sie voreinander stehen, zwei schwarze Flecken im Nichts. Die Sonne fällt senkrecht herab. Eine Welt ohne Schatten. Es herrscht eine grausame Stille, in der Sheriff Wister Pitt schreien hört. Er versucht, sich an das Gesicht des Jungen zu erinnern, aber es gelingt ihm nicht, er hört nur diesen lauten Schrei. Er versucht, sich auf Bear zu konzentrieren. Aber dieser Schrei läßt ihn nicht mehr los. Du mußt nur deine Pflicht tun, sagt er sich. Vergiß den Rest. Tu deine Pflicht. Er merkt, daß er den Blick zu Boden gesenkt hat. Er reißt den Kopf wieder hoch. Starrt Bear an. Sieht zwei abwesende Augen. Ein unbezwingbarer Blick, denkt er. Und plötzlich spürt er, wie mit einem Mal die Angst über ihn hereinstürzt und seine Beine weich werden. Tagelang konnte er sie sich vom Leibe halten. Jetzt stürzt sie über ihn herein wie eine lautlose Explosion. Er fällt auf die Knie. Beugt sich vornüber, stützt sich mit den Händen auf den Boden. Sieht sie zittern. Er bekommt keine Luft mehr, das Blut pulsiert in seinen Schläfen. Mit großer Anstrengung hebt er den Blick zu Bear. Er steht immer noch regungslos da. Bastard. Bastard. Bastard. Kein Vogel am Himmel, keine Schlange im Staub, kein Wind, der die Sträucher bewegt, kein Horizont, nichts. Verschwundene Welt. Sheriff Wister murmelt leise: Geh zur Hölle, Junge. Er steht auf, wirft einen letzten Blick auf Bear, dann dreht er sich um – er dreht sich um – und erreicht mit Mühe das Gewehr. Er nimmt es hoch. Macht noch ein paar Schritte. Hebt die Satteltaschen auf und hängt sie sich über die heile Schulter. Ohne sich noch einmal umzudrehen, geht er, auf seine Füße blickend, los. Bis es dunkel ist, bleibt er nicht stehen. Er sinkt zu Boden. Schläft ein. Mitten in der Nacht wacht er auf. Läuft weiter der schwachen Spur des Weges nach. Sinkt wieder zu Boden. Schließt die Augen. Träumt.

Am sechsten Tag erwacht Sheriff Wister im Morgengrauen. Er steht auf. Sieht am Horizont die winzigen weißen Häuser des *pueblo*. Er dreht sich um. Bear ist ungefähr hundert Meter von ihm entfernt. Steht aufrecht da. Regungslos. Wister sammelt Satteltaschen und Gewehr ein. Macht sich wieder auf den Weg. Läuft stundenlang. Hin und wieder sinkt er zu Boden, schiebt seinen Hut über die Augen und wartet. Wenn die Kräfte wiederkommen, steht er auf und geht weiter. Er dreht sich nicht um. Er erreicht den *pueblo* vor Sonnenuntergang. Sie geben ihm etwas zu trinken und zu essen. Er sagt: Ich bin Sheriff Wister. Sie geben ihm ein Bett für die Nacht. Sie sagen ihm auf spanisch, daß draußen vor dem *pueblo* ein *chico* ist. Er lagert ein paar hundert Meter von den ersten Häusern entfernt. Sie fragen ihn, ob es ein Freund von ihm sei. Nein, sagt Sheriff Wister. Die Schulter treibt ihn in den Wahnsinn. Er schläft mit einem geladenen Revolver in Griffnähe.

Am siebten Tag läßt sich der Sheriff ein Pferd geben und reitet auf die Berge zu. Hier ist wieder Wind, und Staubwolken verwischen die Spuren. Er hält nur einmal an, damit das Tier sich ausruhen kann. Dann reitet er weiter. Erreicht die Berge. Steigt zum Pinter Pass hinauf, reitet über die Hügel, ohne sich umzusehen. Vor der Ebene biegt er zu einer verlassenen Mine ab. Er steigt ab, zündet ein Feuer an. Verbringt hier die Nacht, ohne zu schlafen. Er denkt nach.

Am achten Tag wartet Sheriff Wister, bis die Sonne hoch am Himmel steht. Dann steigt er auf sein Pferd. Er nimmt nur wenige Sachen aus den Taschen und gurtet sie am Sattel fest. Das Gewehr läßt er an einer Wand der Mine stehen. Er steigt langsam ins Tal hinab. In der Ferne erkennt er die Häuser von Closingtown und die vom Wind gekrümmten Bäume. Er reitet im Schritttempo weiter, hat keine Eile. Er spricht laut vor sich hin. Immer denselben Satz. Als er zum Fluß kommt, hält er das Pferd an. Läßt es sich einmal um sich selbst drehen. Er kneift die Augen zusammen und schaut um sich. Bear ist ein paar hundert Meter von ihm entfernt. Er sitzt auf einem Pferd. Reitet im Schrittempo. Junge, sagt Wister. Junge. Dann wendet er das Pferd, ohne sich noch einmal umzudrehen, und reitet nach Closingtown.

Als er die ersten Häuser erreicht, fängt irgend jemand an zu rufen, daß der Sheriff wieder da sei. Alle versammeln sich auf der Straße. Er setzt seinen Weg fort, ohne jemanden anzusehen. In der Hand hält er die Zügel, die andere umklammert einen Revolver. Die Leute trauen sich nicht näher an ihn heran, er sieht aus wie ein Toter auf einem Pferd, oder wie ein Wahnsinniger. Sheriff Wister durchquert die Stadt wie ein Gespenst, dann umkreist er einmal das Gefängnis und schlägt den Weg zur Clark Ranch ein. Die Leute laufen ihm hinterher. Sie wagen kaum zu sprechen. Wister erreicht die Ranch. Er steigt vom Pferd. Schlingt die Zügel um einen Pfahl. Geht zum Haus, wie ein Betrunkener schwankend. Jemand nähert sich und will ihm helfen. Wister richtet den Revolver auf ihn. Er sagt nichts, läuft weiter und erreicht das Haus. Vor dem Haus steht Pitts Vater. Eugene Clark. Das Gesicht vom Wind gegerbt, graues Haar.

Sheriff Wister bleibt drei Schritte vor ihm stehen. Mit der rechten Hand umklammert er immer noch den Revolver. Er blickt zu Eugene Clark auf. Dann sagt er: Tut mir leid, er schrie immer weiter, er wollte einfach nicht aufhören. Er war doch sonst immer nett zu mir. Vorher hat er das nie getan. Er war ein braver Junge. Eugene Clark macht einen Schritt auf ihn zu. Wister richtet den Revolver auf ihn. Eugene Clark bleibt stehen. Sheriff Wister spannt den Hahn seines 45er Colts. Er sagt: Ich hab ihn nicht lebendig begraben, ich schwöre es. Er atmete nicht mehr, seine Augen waren verdreht, und er atmete nicht mehr. Dann hält er sich den Revolver unter das Kinn und drückt ab. Blutspritzer auf Eugene Clarks Gesicht und Anzug. Die Leute strömen herbei, alle schreien, die Kinder wollen es sehen, die Alten schütteln den Kopf, der Wind wirbelt ringsum Staub auf. Es dauert etwas, bis sie Bear entdecken. Er sitzt regungslos auf einem Pferd am Zaun der Ranch. Er hat keine Augen mehr, eingesunken zwischen den Wangenknochen des Indianers. Er atmet mit geöffnetem Mund, die Lippen ausgetrocknet von Staub und Erde. Die Leute verstummen. Er drückt sanft die Fersen in den Bauch des Pferdes. Zieht die Zügel links an und reitet fort. Ein kleiner Junge rennt ihm nach. Bear, ruft er ihm zu, Bear. Der Sheriff hat sich erschossen, Bear. Er dreht sich nicht um, läßt sein Pferd weitergehen, zum Fluß hinunter. He, Bear, wohin gehst du?

Bear dreht sich nicht um.

Schlafen, sagt er leise.

Musik.

19

»Gould, hallo?«

»Hallo, Papa.«

»Hier ist dein Vater.«

»Hallo.«

»Alles klar?«

»Ja.«

»Was ist das für eine Geschichte mit Couverney?«

»Sie haben mich nach Couverney eingeladen.«

»Was heißt das?«

»Sie machen da Forschungen. Sie wollen, daß ich mit ihnen zusammenarbeite.«

»Das scheint eine tolle Sache zu sein.«

»Ich glaube schon.«

»Und weiter?«

»Nichts weiter, sie haben mich für drei Jahre eingeladen, sie besorgen mir eine Unterkunft an der Universität und zahlen mir zwei Reisen im Jahr, damit ich nach Hause fahren kann, wenn ich will.«

»Ostern und Weihnachten.«

»Zum Beispiel.«

»Das scheint eine tolle Sache zu sein.«

»Ja.«

»Couverney ist am anderen Ende der Welt.«

»Ja, es ist weit weg.«

»Das Essen ist da ziemlich übel, ich war mal da, nicht an der Universität, aber in der Gegend, da schmeckt irgendwie alles nach Fisch.«

»Da muß es ganz schön kalt sein.«

»Wahrscheinlich.«

»Kälter als hier.«

»Sie zahlen dir doch was dafür, oder?«

»Wie?«

»Ich meine, zahlen sie gut?«

»Ich glaube schon.«

»Das ist eine wichtige Frage. Was sagt denn Rektor Bolder?«

»Er sagt, es ist eine Menge Geld für einen Fünfzehnjährigen.«

»Nein, überhaupt, was sagt Rektor Bolder insgesamt zu der Sache?«

»Er sagt, es ist eine großartige Chance. Ihm wäre es aber lieber, wenn ich hierbliebe.«

»Der alte Bolder. Ein anständiger Kerl, weißt du? Dem kannst du vertrauen.«

»Er sagt, es ist eine großartige Chance.«

»Das muß so ähnlich sein, wie nach Wimbledon eingeladen zu werden. Ich meine, für einen Tennisspieler.«

»Mehr oder weniger.«

»Als würde man Tennis spielen, und eines Tages bekommt man einen Brief, in dem steht: Wir bezahlen Sie, wenn Sie uns die Ehre erweisen, hier zu spielen. Verrückt, was?«

»Schon.«

»Ich bin stolz auf dich, mein Sohn.«

»Danke, Papa.«

»Wirklich verrückt.«

»Ziemlich.«

»Mama wird sich freuen.«

»Was?«

»Mama wird sich freuen, Gould.«

»Sagst du es ihr?«

»Ja, ich sag es ihr.«

»Wirklich?«

»Ja.«

»Wirklich?«

»Sie wird sich freuen.«

»Aber sag ihr nicht, daß ich es mache, ich weiß noch nicht, ob ich es mache, ich meine, sie haben mich ja gerade erst gefragt.«

»Ich werde ihr sagen, daß sie es dir angeboten haben, nur das sag ich ihr.«

»Ja.«

»Und daß es eine tolle Sache ist.«

»Ja, erklär ihr, daß es eine tolle Sache ist.«

»Sie wird sich freuen.«

»Ja, gute Idee, sag es ihr.«

»Ich sag es ihr, Gould.«

»Danke.«

»...«

»...«

»Wann willst du dich denn entscheiden?«

»Ich weiß nicht.«

»Müßtest du sofort fahren?«

»Im September.«

»Dann hast du noch ein bißchen Zeit.«

»Ja.«

»Das ist eine großartige Chance, die solltest du dir vielleicht nicht entgehen lassen.«

»Das sagen hier alle.«

»Aber du entscheidest selbst, verstanden?«

»Ja.«

»Du hörst dir alle an, und dann entscheidest du selbst.«

»Ja.«

»Es ist dein Leben, das auf dem Spiel steht, nicht ihres.«

»Stimmt.«

»Und du mußt nachher an die Front, nicht sie.«

»Welche Front?«

»Ist nur eine Redensart.«

»Ach so.«

»Das sagt man so.«

»Ach so.«

»Ich hatte mal einen Oberst, der hatte eine schöne Redensart parat. Wenn die Sache kompliziert wurde, sagte er immer denselben Satz. Mit der Sonne in den Augen wird man braun und schießt nicht. Das sagte er sogar bei Regen, das Wetter war völlig gleichgültig, die Sonne war nur ein Symbol, verstehst du, das war so eine Redensart, die gilt auch bei Schnee oder dichtem Nebel, mit der Sonne in den Augen wird man braun und schießt nicht. Das sagte er immer. Jetzt sitzt er im Rollstuhl. Eine Kugel hat ihn beim Schwimmen erwischt. Sie hätten ihn wohl besser nicht wieder rausgefischt.«

»Papa ...«

»Ich bin noch dran, Gould.«

»Ich muß jetzt Schluß machen.«

»Mach's gut, mein Sohn. Und sag mir Bescheid.«

»Ist gut.«

»Sag mir Beschied, wenn du dich entschieden hast.«

»Denkst du dran, es Mama zu sagen?«
»Natürlich denke ich dran.«
»Okay.«
»Ich denke ganz bestimmt dran.«
»Okay.«
»Also, tschüs dann.«
»Tschüs, Papa.«
»Gould . . .«
»Ja?«
»Und Shatzy, was sagt Shatzy?«
»Der geht's gut.«
»Nein, ich meine, was hält sie von Couverney?«
»Davon?«
»Ja, davon.«
»Sie sagt, es ist eine großartige Chance.«
»Sonst nichts?«
»Sie sagt, für ein Deo ist es eine große Chance, für drei Jahre ins Klo einer Autobahnraststätte eingeladen zu werden.«
»Einer Autobahnraststätte?«
»Ja.«
»Was soll das denn heißen?«
»Weiß ich nicht. Ich soll wohl das Deo sein.«
»Ach.«
»Ich glaube, das ist ein Witz.«
»Ein Witz?«
»Glaube ich.«
»Stark, dieses Mädchen.«
»Ja.«
»Bestell ihr einen Gruß von mir.«
»Mach ich.«
»Wiedersehen, mein Sohn.«
»Wiedersehen.«
Klick.

20

(Gould besucht Professor Taltomar. Er betritt das Krankenhaus. Geht in den sechsten Stock hinauf. Betritt Zimmer Nr. 8. Taltomar liegt im Bett. Er atmet durch eine Maske, die mit einer Maschine verbunden ist. Er ist ganz abgemagert. Sie haben ihm die Haare abgeschnitten. Gould zieht einen Stuhl ans Bett und setzt sich. Er betrachtet Taltomar. Wartet.) ... Es riecht nach Suppe. Und Erbsen. Vielleicht tun Erbsen Kranken gut, egal, welche Krankheit sie haben, dachte Gould. Vielleicht ist schon der Geruch heilsam, jemand hat nachgeforscht und es herausgefunden. Gelbe Wände. Wohnwagengelb. Aber etwas verwaschener. Verwaschen, nicht gewaschen. Wer weiß, wie das Klo aussieht.

Gould stand auf und berührte mit einem Finger die graue Hand von Professor Taltomar. Als wäre es die Haut eines prähistorischen Tieres. Weich und alt. Die Maschine atmete mit Taltomar, gab ihm einen gleichmäßigen, ruhigen Rhythmus. Es sah nicht aus wie ein Kampf. Es sah aus wie *nach* einem Kampf. Gould setzte sich wieder hin. Er begann, im selben Rhythmus zu atmen wie die Maschine. Die Maschine atmete mit Taltomar, Gould atmete mit der Maschine, Gould atmete mit Taltomar. Das ist wie ein gemeinsamer Spaziergang, Herr Professor.

Dann stand er auf. Trat hinaus auf den Flur. Da waren ein paar ziellos umherwandelnde Bademäntel und laut redende Krankenschwestern. Der Boden war schwarz-weiß gefliest. Gould ging los. Er heftete seinen Blick auf den Boden und versuchte, nur auf die schwarzen Fliesen zu treten, ohne die Fugen zu berühren. Er mußte an einen Film denken, den er mal gesehen hatte, da lief ein Boxer im Training Eisenbahnschienen entlang. Es war Winter, und er lief im Mantel. Seine Hände waren hart bandagiert, wie in einem richtigen Kampf, bevor man die Boxhandschuhe anzieht, und ab und zu boxte er in die Luft. Die Wintersonne schien ihm auf den Kopf, im Hintergrund die Stadt, alles grau in grau, eine Hundskälte, der flatternde Mantel, abgestellte Züge, eigentlich wollte Butch laufen er hätte ja mitkommen können angeblich geht er immer laufen vielleicht nicht die Schienen entlang sondern auf der Straße die Strecke bis zum Park und an den Schienen zurück mit Butch wär es nicht so langweilig   aber ich lauf gern allein es ist schwer herauszufinden was einem wirklich gefällt oder wovon man möchte daß es einem gefällt wenn ich mich ernsthaft frage ob ich gern allein laufe oder ob ich lieber mit Butch laufen würde   mit Butch könnte ich mich unterhalten er spricht immer über Frauen lustiger Kerl ich könnte ihm von Jody erzählen ich würde ihm nicht gern von Jody erzählen was würde das denn bringen Jody mit den kleinen Titten was soll der Mist ich Trottel darf gar nicht drüber nachdenken warum du immer wegläufst Jody wir würden gut zusammenpassen warum läufst du immer weg es ist als müßte sie jedesmal weglaufen um einen dran zu erinnern daß sie nie ganz oder für immer da ist denk an was anderes du Dummkopf hinter dem Gasometer ist Schatten eine Hundskälte genau da stand einmal ein Zug zwischen den Schienen laufen Mondini ist ein Genie der stärkt deine Gelenke und sorgt dafür daß deine Füße und Augen zusammenarbeiten nicht auf die Füße schauen und trotzdem auf die Schwellen treten such sie aus dem Augenwinkel heraus die Augenwinkel beobachten die Füße des Gegners okay Meister Schläge werden in den Füßen geboren Füße sind ungeborene Schläge   Abbruch ungeborener Schläge wumm wumm rechts rechts links rechts ein anständiger Kerl Mondini schön der Schatten den ich mit meinem flatternden Mantel werfe mit bandagierten Fäusten in die Luft boxen sie machen sich lustig darüber daß ich mit bandagierten Fäusten laufe du gehst doch nicht zu einem Kampf was für ein Blödsinn überall ist Kampf man kämpft immer das mag ich am Boxen es ist ein endloser Kampf wenn du läufst wenn du ißt wenn du seilspringst wenn du dich anziehst wie ich meine Schuhe zuschnüre und vor dem Kampf singe ich würde am liebsten mit Boxhandschuhen laufen mein Schatten ist schön du bist klasse Larry Larry Lawyer Larry Lawyer gegen Stanley Poreda Blödsinn wrumm wrumm Aufwärtshaken   wrumm Poreda was für ein Scheißname wrumm   ich werde mir die Haare ganz kurz schneiden lassen nur oben auf dem Kopf ein klein bißchen länger fühl mal hier Jody sie lacht streicht mit der Hand über meinen Kopf ich will daß auf meinem Bademantel Lawyer steht kapiert mach Gorman weg und schreib Larry Lawyer hin kapiert klar hast du kapiert wrumm Mondini hält das alles für Blödsinn Mondini wrumm wrumm bestimmte Dinge will er einfach nicht verstehen Mondini leck mich Larry du mich auch verdammt ist das kalt wie lange noch im Schatten schon fast eine Stunde noch anderthalb Stunden wrumm einer hatte es mit meiner goldenen Uhr man geht nicht mit Uhr zum Laufen erst recht nicht mit einer goldenen kümmer dich um deinen eigenen Mist ich mag sogar den Dampf der bei dieser Schweinekälte aus meinem Mund kommt du bist toll Larry Lawyer du mit dem Mikrophon frag mich doch mal warum ich boxe was für ein Typ dieser Dan De Palma meine Mutter hört sich das heimlich im Radio an mein Vater will nichts davon wissen meine Mutter hört sich das an stimmt nicht daß sie weint wrumm es stimmt nicht Dan De Palma frag mich doch wenigstens ein einziges Mal warum ich boxe weil beim Boxen alles schön ist man ist schön kann schön werden Larry Lawyer in diesem Winter flattert mein Kaschmirmantel über die Schienen wrumm wrumm rechts links rechts und schnell wieder rein in den Mann immer auf die Schwellen treten ich könnte die Augen schließen und würde sie immer noch erwischen so einen hast du noch nicht gesehen Mondini weder du noch dein Poreda was für ein Scheißname wrumm wrumm Mist hör zu Dan De Palma willst du wissen warum ich boxe willst du es wissen ich will es dir sagen weil ich es eilig habe darum wrumm ich wollte nicht warten beim Boxen hast du das ganze Leben in ein paar Minuten schreib dir das hinter die Ohren ich hätte auch warten können du kennst meinen Vater nicht sonst würdest du verstehen was es heißt ein Leben lang auf den richtigen Augenblick zu warten auf der Kippe zwischen Erfolg und Niederlage das ist der richtige Augenblick du und dein Talent sonst nichts da braucht man nicht zu warten du weißt wie es enden wird und so endet es an einem Abend ist alles zu Ende wenn du so was schon mal erlebt hast willst du es immer wieder das ist wie hundertmal leben nichts wird mich dazu bringen aufzuhören erst recht nicht einer wie Poreda 57 Begegnungen vierzehn Niederlagen alle für ein K.o. verkauft wer hat gesagt daß du zurückkommen sollst du Verbrecher sie haben dir eingeredet daß du Lawyer reinlegen sollst du erbärmlicher Kerl wer wird schon dafür Eintritt zahlen sich deine kaputten Arme anzusehen sie haben dir weh getan ich werde dir noch mehr weh tun Poreda wrumm   das eine Mal in Saratoga vielleicht und noch ein anderes Mal gegen Walcot aber nur ganz am Anfang das ging immer schnell vorbei immer und außerdem war das keine richtige Angst sie sagen immer man soll nicht drüber nachdenken wer denkt denn drüber nach ich bestimmt nicht zeigt mir was Angst ist ich kenne keine Angst das ist was für Poreda Mondini sagt wir werden sehen ich will die Angst Meister wrumm wrumm wrumm ich habe keine Angst vor der Angst wrumm links rechts links zwei Schritte zurück dann wieder rein in den Mann wrumm dranbleiben nicht tanzen aber ich tanze doch ich liebe tanzen wenn ich tanze kapieren sie überhaupt nichts mehr das kann man an ihrem Blick sehen die kapieren nichts mehr schön meine Schuhe mit den roten Fransen und der da saß vor dem Kampf nur noch auf dem Klo und ob der Angst hatte ich will die Angst der alte Tom wird im Club immer verprügelt wie ein Sandsack zu viele Schläge auf den Kopf ein netter alter Kerl Tom entweder du krepierst oder du wirst so wie Tom ich will lieber krepieren das macht nichts aber nicht wie Tom ich will schnell krepieren wenn mich jemand fertigmachen will muß er seinen Job schon zu Ende machen ich stehe so lange wieder auf bis ich krepiere hast du gehört Dan De Palma all das gefällt mir es geht schnell und du mußt nicht erst jahrelang warten ich hab es eilig verstehst du ich hab es eilig frag mich nicht warum ist merkwürdig aber der Gedanke im Ring zu krepieren gefällt mir wahrscheinlich bin ich verrückt wie einer der sich den Abgrund hinunterstürzen will seltsam was einem durch den Kopf geht wrumm wär doch Butch mitgekommen dann hätten wir uns beim Laufen unterhalten können hör auf du Trottel denk an Poreda was für ein Scheißname wrumm wrumm er wird unfair boxen macht nichts wenn du es so willst boxen wir unfair oder ich werde um ihn herumtänzeln wie ein junger Gott vor und zurück vor und zurück ich schlage nicht zu aber ich mache sein Hirn mit Finten zu Brei wie es wohl wäre einen Kampf mit einem einzigen Schlag zu gewinnen alles andere bringt den armen Kerl nur außer Atem bis er nur noch vor sich hin starrt und du gibst ihm den entscheidenden Schlag wrumm aber nicht mit Poreda das mit Poreda wird eine unfaire Sache am Anfang vielleicht noch nicht aber nachher wird es ein mieser Kampf nicht mehr dran denken ich wünschte es wär morgen schon soweit ich wünschte es wäre jetzt gleich soweit ganz ruhig Lawyer lauf jetzt Lawyer lauf.

Gould blieb stehen. Im Zimmer Nr. 3 weinte eine Frau, sie weinte laut, und ab und zu rief sie, daß sie gehen wolle, sie war wütend, weil man sie nicht gehen ließ. Vor der Tür stand ihr Mann. Er sprach mit einem anderen Mann, etwas dick und schon älter. Er sagte, er wisse nicht, was er noch tun solle, sie habe sich in der Weihnachtsnacht die Treppe hinuntergestürzt, es war alles ganz plötzlich geschehen, seit sie wieder aus der Klinik war, schien sie geheilt zu sein, sie war eigentlich ganz normal, und in der Weihnachtsnacht hat sie sich dann die Treppe hinuntergestürzt, ich weiß nicht, was ich noch tun soll, in die psychiatrische Klinik kann ich sie nicht wieder bringen, eins ihrer Beine ist an zwei Stellen gebrochen, und drei Rippen sind geprellt, aber ich kann nicht mehr, ich bin seit achtzehn Tagen hier, ich kann nicht mehr. Er sagte das ganz ruhig, an die Wand gelehnt, ohne zu weinen und ohne die Hände zu bewegen. Aus dem Zimmer drang die Stimme der schreienden Frau. Wenn sie weinte, hörte es sich an, als würde ein Mädchen weinen. Eine sehr kleine Frau. Gould ging weiter. Als er vor dem Zimmer Nr. 8 ankam, trat er ein und setzte sich wieder auf den Stuhl neben Professor Taltomars Bett. Die Maschine atmete immer noch. Taltomar lag genauso da wie zuvor, das Gesicht leicht zum Kissen gedreht, die Arme auf der Decke, die Hände verkrampft. Gould schaute sich eine ganze Weile den unbewegten Film über einen Alten an, der im Sterben liegt. Dann lehnte er sich, ohne aufzustehen, zum Bett vor und sagte

»Fünfzehnte Minute der zweiten Halbzeit. Null zu null. Der Schiedsrichter pfeift und ruft die beiden Mannschaftskapitäne zu sich. Er sagt ihnen, daß er sehr müde ist, daß er nicht weiß, was mit ihm los ist, aber er ist so schrecklich müde und würde am liebsten nach Hause gehen. Ich will nach Hause, sagt er. Er schüttelt beiden die Hand, dann dreht er sich um und geht langsam über das Spielfeld zu den Kabinen. Das Publikum schaut ihm schweigend zu. Die Spieler rühren sich nicht von der Stelle. Der Ball liegt mitten im Strafraum, aber keiner beachtet ihn. Der Schiedsrichter steckt die Trillerpfeife ein, murmelt etwas, was niemand versteht, und verschwindet im Tunnel.«

Taltomars Hände rührten sich nicht. Die Augenlider bebten leicht, die Maschine atmete. Gould saß regungslos da und wartete. Er betrachtete Taltomars Lippen. Ohne die übliche nicht angezündete Kippe wirkten sie unbewohnt. Vom Flur drang die Stimme der Frau herein, die mit einer Mädchenstimme weinte. Etwas Zeit verging, Zeit, die verging.

Gould stand wieder auf und stellte den Stuhl zurück an seinen Platz. Er nahm seinen Mantel und legte ihn über den Arm, weil es drückend heiß war. Er warf noch einen Blick auf die atmende Maschine. Am Bettende zögerte er, nur für einen Moment.

»Danke, Herr Professor«, sagte er.

Danke, dachte er.

Dann ging er hinaus. Er stieg die drei Etagen hinunter, durchquerte die große Eingangshalle, in der Zeitungen verkauft wurden und die Kranken nach Hause telefonierten. Die Tür nach draußen war aus Glas und ging von alleine auf, wenn man sich ihr näherte. Die Sonne schien. Poomerang und Diesel lehnten an einem Müllcontainer und warteten auf ihn. Sie machten sich zusammen auf den Weg die Allee entlang, die ins Zentrum führte. Alle drei tänzelten wie Diesel mit diesem schiefen Gang, aber kunstvoll und mit professioneller Eleganz.

Erst als sie nach einer Weile an der Kreuzung der Siebten angekommen waren, schlug sich Poomerang mit einer Hand an den kahlen Schädel und nichtsagte:

»Die beiden Kapitäne beraten sich, dann spielen die Mannschaften weiter. Bis zum Ende der Ewigkeit.«

In Goulds Manteltasche klebte ein alter Kaugummi. Er nahm ihn zwischen die Finger, knibbelte ihn vom Stoff und steckte ihn in den Mund. Er war kalt und ein bißchen hart, wie ein Kumpel aus der Grundschule, den man seit Jahren nicht gesehen hat und dann zufällig auf der Straße trifft.

21

Als Shatzy nach Hause kam, war es fünf Uhr morgens. Wenn sie mit jemandem geschlafen hatte, wollte sie danach nicht im selben Bett mit ihm bleiben. Es war lächerlich, aber sie fand immer eine Entschuldigung, um zu gehen.

Sie setzte sich draußen auf die Treppe. Es war noch dunkel. Da waren komische Geräusche, Geräusche, die man tagsüber nicht hörte. Wie übriggebliebene Krümel von Dingen, die sich nun, pünktlich zum Morgengrauen, der Welt wieder zugesellen wollten, im Innern des Planetengetriebes.

Irgendwas geht unterwegs immer verloren, dachte sie.

Ich muß damit aufhören, dachte sie.

Im Bett eines Menschen zu landen, den man vorher noch nie gesehen hat, ist wie reisen. Zunächst ist es ziemlich anstrengend, auch ein bißchen lächerlich. Danach ist es schön, wenn man daran denkt. Es ist schön, es getan zu haben, am nächsten Tag, gewaschen und makellos, durch die Gegend zu laufen und zu wissen, daß man in der Nacht zuvor diese Dinge getan und diese Dinge gesagt hat, vor allem diese Dinge *gesagt* hat, und zwar jemandem, den man nie wiedersehen wird.

Normalerweise sah sie sie nie wieder.

Ich muß damit aufhören, dachte sie.

So erreicht man überhaupt kein Ziel.

Es wäre alles viel einfacher, wenn einem nicht eingeschärft

worden wäre, daß man etwas erreichen müsse; wenn einem doch bloß beigebracht worden wäre, glücklich zu sein, ohne sich zu rühren. All dieses Zeugs über den eigenen Weg. Den eigenen Weg zu finden. Den eigenen Weg zu gehen. Vielleicht sind wir ja dafür bestimmt, auf einem Platz oder in einem Park zu leben und dort unbeweglich unser Dasein vorüberziehen zu lassen, vielleicht sind wir sogar eine Straßenkreuzung, und die Welt ist darauf angewiesen, daß wir uns nicht rühren, es wäre eine Katastrophe, wenn wir uns auf einmal aufmachen wollten, um unseren Weg zu gehen, welchen Weg?, die anderen sind Wege, ich bin ein Platz, ich führe zu keinem Ort, ich *bin* ein Ort. Vielleicht melde ich mich im Fitneßstudio an, dachte sie. In der Nähe gab es eins, das auch abends geöffnet war. Warum mache ich alles am liebsten abends? Sie betrachtete ihre Schuhe und die nackten Füße in den Schuhen und die nackten Beine über den Füßen bis zum Saum des kurzen Rocks. Ihre Strümpfe, halterlose Seidenstrümpfe, lagen zusammengeballt in ihrer Tasche. Sie schaffte es nie, sie wieder anzuziehen, wenn sie aus dem Bett stieg, ihre Sachen nahm und ging. Das war, als würde man nach einem Duell die Revolver laden. Dumm. Was sagst du dazu, alter Bird? Hast du deine Revolver nach dem Schießen auch ungeladen in die Revolvertasche zurückgesteckt? Hast du sie zusammengerollt und in die Tasche gelegt? Alter Bird. Ich werde dich einen wunderschönen Tod sterben lassen.

Sie wollte hineingehen und schlafen. Aber im Schein der Straßenlaternen sah man den Wohnwagen regungslos im Garten stehen, etwas weniger gelb als sonst. Einmal in der Woche putzte sie ihn gründlich, auch die Fenster und die Reifen, alles. Dadurch, daß man ihn dort monatelang jeden Tag stehen sah, war er ein Stück der Landschaft geworden, wie ein Baum oder die Brücke über einen Fluß. Shatzy begriff ganz plötzlich, in der Dunkelheit dieser ausklingenden Nacht, mit den zusammengeballten Strümpfen einer Nutte in der Tasche: regungslos, glänzend, gelb – *dieser Wohnwagen wartete nicht mehr auf die Abfahrt*. Er gehörte zu den Dingen, deren Aufgabe darin bestand, zu bleiben, die Wurzeln eines kleinen Teils der Welt zu bewahren. Zu den Dingen, die, beim Aufwachen oder bei der Heimkehr, für einen aufgepaßt haben. Es ist merkwürdig. Man macht sich auf die Suche nach unglaublichen Geräten, die einen *weit weg* bringen sollen, und dann hütet man sie mit so viel Liebe, daß *weit weg* früher oder später auch bedeutet *weit weg* von ihnen.

Blödsinn, wir müssen nur noch ein Auto finden, dachte sie.

Ohne Auto ging es nicht. Wohnwagen fuhren eben nicht von alleine.

Sie würden ein Auto finden, das war das einzige Problem.

Und dann würden sie weit wegfahren.

Sieht aus wie ein Baum, dachte sie. Sie fühlte etwas in sich aufsteigen, was ihr gar nicht gefiel, sie kannte es, und es gefiel ihr gar nicht, es war wie das entfernte Tönen einer Niederlage. Der Trick in diesen Fällen bestand darin, ihm keine Zeit zu lassen. So laut zu schreien, daß man es nicht mehr hörte. Sich ein Paar schwarze halterlose Strümpfe anzuziehen, aus dem Haus zu gehen und im Bett eines Menschen zu landen, den man vorher noch nie gesehen hat.

Schon erledigt, dachte sie. Also entschied sie sich für eine lautstarke Version von *New York, New York*.

»Hast du letzte Nacht den Besoffenen gehört?« fragte Gould am Morgen beim Frühstück.

»Nein, ich hab geschlafen.«

Dann klingelte das Telefon. Shatzy ging hin, und es dauerte eine Weile, bis sie zurückkam. Sie sagte, es sei Rektor Bolder gewesen. Er wollte wissen, ob es Gould gutginge. Gould fragte, ob er noch dran sei.

»Nein. Er wollte dich nicht stören, er wollte nur hören, ob es dir gutgeht. Dann sagte er noch etwas über ein Seminar oder so was Ähnliches. Ein Seminar über Teilchen?«

»Elementarteilchen.«

»Er sagte, daß sie es verschieben mußten.«

Gould sagte irgend etwas Unverständliches. Shatzy stand auf und stellte die Tasse Milch in die Mikrowelle.

»Ist Rektor Bolder dick? Ich meine, ist er ein dicker Mann?« fragte Shatzy.

»Warum?«

»Er hat eine dicke Stimme.«

Gould machte die Keksschachtel zu und sah Shatzy an.

»Was hat er denn genau gesagt?«

»Daß man dich seit zweiundzwanzig Tagen nicht mehr in der Uni gesehen hat und daß er deshalb fragen wollte, ob es dir gutgeht. Und dann sagte er noch was über das Seminar.«

»Möchtest du noch Kekse?«

»Nein danke.«

»Wenn du es auf zweihundert Schachteln bringst, kannst du eine Reise nach Miami gewinnen.«

»Hervorragend.«

»Und er brauchte so lange, nur um dir diese beiden Sachen zu sagen?«

»Na ja, dann hab ich ihm noch ein paar Tips zum Abnehmen gegeben, die Leute wissen meistens nicht, daß man schon mit wenigen Tricks eine Menge Kilos runterkriegen kann, man muß nur ein bißchen intelligent essen. Das hab ich ihm gesagt.«

»Und er, was hat er gesagt?«

»Weiß ich nicht. Es war ihm wohl ein bißchen unangenehm. Er sagte sinnloses Zeug.«

»Er ist sehr dünn. Er ist ungefähr siebzig Jahre alt und sehr dünn.«

»Ach.«

Shatzy räumte den Tisch ab. Gould ging nach oben, dann kam er im Mantel wieder runter. Er suchte seine Schuhe.

»Gould . . .«

»Ja?«

»Ich überlege nur gerade . . . Nimm mal an, da ist ein Junge, der ein Genie ist und seit seiner Geburt jeden Tag zur Uni geht, ja? Und dann, auf einmal, geht er zweiundzwanzig Tage hintereinander zwar aus dem Haus, aber nicht in seine verdammte Uni, nicht ein einziges Mal geht er hin, und nun frage ich mich, ob du vielleicht eine Idee hast, wohin so ein Junge wohl jeden Tag gehen könnte?«

»Spazieren.«

»Spazieren?«

»Spazieren.«

»Möglich. Ja, gut möglich. Vielleicht geht er spazieren.«

»Tschüs, Shatzy.«

»Tschüs.«

An diesem Morgen landete er vor der Renemport-Schule, das war die mit dem verrosteten hohen Zaun ringsum, über den man nicht klettern konnte. Durch die Fenster sah man die Schüler in ihren Klassen, aber auf dem Hof war einer, der nicht in seiner Klasse war, denn er war ja auf dem Hof, und um genau zu sein, spielte er mit einem Basketball, und zwar genau in der Ecke des Hofes, in der ein Basketballkorb hing. Das Brett dahinter war ganz zerbeult, aber das Netz war fast neu, man hatte es wohl erst vor kurzem erneuert. Der Junge war ungefähr zwölf Jahre alt. Vielleicht auch dreizehn. Er war schwarz. Er dribbelte ganz in Ruhe vor sich hin, als suche er etwas in seinem Innern, und wenn er es gefunden hatte, hörte er auf zu dribbeln und zielte auf den Korb. Er traf immer. Man hörte das Geräusch des Netzes, eine Art Atem, ein winziger Luftzug. Der Junge holte sich den Ball, der unter dem Korb einen Moment zu zögern schien, als hätte es ihn erschöpft, diesen klitzekleinen Atemzug zu tun, er holte ihn sich und begann wieder zu dribbeln. Er sah nicht traurig aus, aber auch nicht glücklich, er dribbelte und zielte auf den Korb, ganz einfach, als stünde es seit Jahrhunderten so geschrieben.

Ich *kenne* das alles, dachte Gould.

Zuerst erkannte er den Rhythmus wieder. Er schloß die Augen, um ihn besser zu hören. Es war dieser besondere Rhythmus.

Ich sehe einen Gedanken, dachte Gould.

Gedanken, wenn sie in Form einer Frage daherkommen. Sie titschen unterwegs überall an, um ringsum alle Scherben der Frage einzusammeln, auf einem Weg, der zufällig und sich selbst das Ziel zu sein scheint. Wenn sie die Frage zusammengesetzt haben, bleiben sie stehen. Blick zum Korb. Stille. Vom Boden abheben, die Intuition bietet die nötige Kraft auf, um die Entfernung zu einer möglichen Antwort zu überbrücken. Wurf. Phantasie und Geist. In der Luft die logisch-deduktive Bahn eines Gedankens, der sich unter dem energischen Antrieb der Einbildungskraft um sich selbst dreht. Korb. Das Aussprechen der Antwort: wie ein Atem. Sie aussprechen heißt sie verlieren. Sie entzieht sich, und was von ihr bleibt, sind die aufspringenden Scherben der nächsten Frage. Auf ein neues.

Shatzy, der Wohnwagen, eine psychiatrische Klinik, Taltomars Hände, der Wohnwagen, Couverney, es wäre uns eine Ehre, Sie zum Mitglied des Lehrstuhls von, entweder man guckt zu oder man spielt, die Tränen von Professor Mondrian Kilroy, wenn Shatzy lacht, dieser Fußballplatz, Couverney, Diesel und Poomerang, die Eisenbahnschienen, wrumm, rechts links, Mama. Blick zum Korb. Abheben. Wurf.

Das schwarze Kind spielte, und es war einsam, unausweichlich und geheim wie Gedanken, wenn es richtige Gedanken sind und wenn sie in Form einer Frage daherkommen.

Hinter seinem Rücken der für das Wissen zuständige Ort, die Schule, verpanzert und isoliert, mit ausgeklügelter Methode produzierte Fragen und Antworten, im bequemen Rahmen einer Gemeinschaft, die danach strebt, die scharfen Ecken der Fragen abzuschleifen, indem sie jede einsame und verlassene Hyperbel trickreich in gemeinschaftliche Zeremonie überträgt.

Vom Wissen ausgeschlossen, kämpfen die Gedanken, dachte Gould.

(Bruderkind, in der Leere eines leeren Hofes, du und deine Fragen, lehr mich diese Ruhe und die sichere Geste, die das Netz trifft, dieses Atmen ohne Angst.)

Auf dem Rückweg glich er seinen Schritt im Geiste dem Aufprall eines imaginären Balles an, den er mit der Hand vorantrieb; er stieß ihn ins Leere, hörte ihn auf dem Pflaster auftippen, warm und regelmäßig wie Herzschläge, die von einem friedlichen Leben abprallen. Was die Leute sehen konnten und sahen, war ein kleiner Junge, der beim Gehen mit einem Jojo spielte, das es in Wirklichkeit nicht gab. Sie schauten, gefesselt von diesem rhythmischen Splitter Absurdität, noch dazu gerahmt von Jugend, als wolle er mit großem Vorsprung eine Wahnsinnstat ankündigen. Die Leute fürchten den Wahnsinn. So lief Gould wie eine Bedrohung umher und wußte es nicht – ohne es zu wissen eine Aggression.

Er kam nach Hause.

Im Garten stand ein Wohnwagen. Gelb.

22

Ein englischer Wissenschaftler stattete Goulds Universität einen Besuch ab. Er war sehr berühmt. Rektor Bolder stellte ihn in der Aula Magna vor. Er erhob sich und skizzierte am Mikrophon Person und Laufbahn des englischen Wissenschaftlers. Das dauerte lange, denn der Mann hatte unzählige Bücher geschrieben, außerdem hatte er übersetzt, gegründet und unterstützt, und vor allem war er bei vielen Sachen Vorsitzender oder Berater. Und schließlich arbeitete er mit. Das tat er sogar im Übermaß. Er arbeitete wie verrückt mit. So mußte Rektor Bolder eine ganze Weile reden. Er redete im Stehen und las von Blättern ab, die er in der Hand hielt.

Neben ihm saß der englische Wissenschaftler.

Es war eine komische Situation, denn Rektor Bolder redete über ihn, als wäre er tot, nicht aus Bosheit, sondern weil es in derlei Situationen eben so ist, der Redner muß Dinge sagen, die zwangsläufig wie eine Grabrede klingen und etwas von einer Trauerfeier haben, und das Komische ist, daß der Verstorbene meist ganz im Gegenteil sehr lebendig ist, sogar unmittelbar daneben sitzt – und zwar, was angesichts dieser grausamen Tortur um so erstaunlicher ist, völlig brav und ohne zu protestieren, manchmal sogar mit nicht nachvollziehbarem Vergnügen.

Dies heute war eines dieser Male. Statt vor Verlegenheit im

Boden zu versinken, ließ der englische Wissenschaftler Rektor Bolders Grabrede mit gekonnter und weiser Natürlichkeit über sich ergehen. Obwohl aus den Lautsprechern der Aula Magna Formulierungen wie »mit mitreißender Leidenschaft und unerreichbarer intellektueller Strenge« oder »*last but not least* hat er den Ehrenvorsitz der Alleanza Latina inne, eine Aufgabe, die vor ihm schon . . .« ertönten, schien er vor jedem Schamgefühl gefeit und sozusagen gepanzert von einer seiner bewährten Hochdruckkammern. Sein Blick war unnachgiebig, und er starrte, aber mit vornehmer und bestimmter Entschiedenheit, vor sich ins Nichts; der Blick wurde unterstützt von einem leicht emporgereckten Kinn und bestätigt von ein paar Falten, die die Stirn durchfurchten und von ruhiger Konzentration zeugten. Die Kieferpartie spannte sich in regelmäßigen Abständen leicht an, was dem Gesicht im Profil etwas Herbes gab und eine ungebrochene unterschwellige Vitalität ahnen ließ. Ganz selten nur schluckte der englische Wissenschaftler, allerdings so, wie jemand anders vielleicht eine Sanduhr umdrehen würde: Er ging elegant von einer Unbewegtheit in eine andere über und hinterließ den Eindruck einer Geduld, die sich seit jeher, stets siegreich, ein Duell mit der Zeit lieferte. All das vervollständigte eine nahezu perfekte Gestalt, die gleichzeitig reine Kraft und zerstreute Abwesenheit ausstrahlte: mit der einen bestätigte er Rektor Bolders Lobreden, mit der anderen nahm er ihnen etwas von ihrer plumpen Schmeichelei. Großartig. Irgendwann, als Rektor Bolder von seinen didaktischen Aktivitäten sprach (»immer von Studenten umgeben, aber als *primus inter pares*«), überwand sich der englische Wissenschaftler: Er verließ seine Hochdruckkammer, nahm die Brille ab, neigte leicht den Kopf, wie überwältigt von einem plötzlichen Anflug von Müdigkeit, führte Zeigefinger und Daumen der rechten Hand an die Augen und gönnte sich, nachdem sich seine Lider gesenkt hatten, eine leichte kreisende Massage der Augäpfel, eine sehr menschliche Geste, in der das gesamte Publikum alle Momente von Schmerz, Desillusion und Erschöpfung zusammengefaßt sehen konnte, die auch einem erfolgreichen Leben nicht erspart blieben und an die der englische Wissenschaftler nun, vor allen, erinnern wollte. Das war sehr schön. Dann, als sei er aus einem Traum erwacht, hob er plötzlich wieder den Kopf, setzte mit einer schnellen, aber präzisen Handbewegung die Brille auf und verfiel wieder in die völlige Unbewegtheit von zuvor, starrte wieder vor sich ins Nichts, mit der Kraft eines Menschen, der den Schmerz kennengelernt hat, aber nicht von ihm besiegt wurde.

Genau an dieser Stelle mußte sich Professor Mondrian Kilroy übergeben. Er saß in der dritten Reihe und mußte sich übergeben.

Neben dem Weinen – was er mittlerweile häufig und mit einer gewissen Hingabe tat – mußte sich Professor Mondrian Kilroy ab und zu übergeben, und das hatte wieder einmal mit seinen Forschungen zu tun, insbesondere mit einer Abhandlung, die er verfaßt hatte und die er seltsamerweise als »die endgültige und rettende Widerlegung alles dessen, was ich je geschrieben habe, heute schreibe oder in Zukunft schreiben werde« bezeichnete. Es war in der Tat eine ganz besondere Abhandlung. Mondrian Kilroy hatte vierzehn Jahre lang daran gearbeitet, ohne sich eine einzige Notiz zu machen. Dann, eines Tages, eingeschlossen in einer Pornofilmkabine, in der man über numerierte Tasten unter 212 verschiedenen Programmen wählen konnte, hatte er verstanden, daß er verstanden hatte, er war aus der Kabine getreten, hatte sich eine Broschüre mit den Preisen für den »Contact room« genommen und auf die Rückseite die Abhandlung geschrieben. Im Stehen, an die Kasse gelehnt. Er brauchte nicht länger als zwei Minuten: Die Abhandlung bestand aus sechs aufeinanderfolgenden knappen Thesen. Die längste These erstreckte sich über fünf Zeilen. Danach ging er zurück in die Kabine, denn er hatte noch für drei weitere Minuten bezahlt und wollte sie nicht aus dem Fenster werfen. Er drückte irgendwelche Tasten. Als er schließlich bei einem Schwulenfilm landete, wurde er wütend.

Es mag vielleicht überraschend erscheinen, aber die fragliche Abhandlung drehte sich nicht um Professor Mondrian

Kilroys Lieblingsthema, will sagen die gekrümmten Gegenstände. Nein. Tatsache ist, daß der Titel der Abhandlung folgendermaßen lautete:

ABHANDLUNG ÜBER INTELLEKTUELLE AUFRICHTIGKEIT

Poomerang, der ein großer Bewunderer der Abhandlung war und sie fast auswendig kannte, hatte den Inhalt einmal so zusammengefaßt:

Wenn Bankräuber ins Gefängnis wandern, warum befinden sich Intellektuelle dann auf freiem Fuß?

Man muß erwähnen, daß Poomerang mit Banken »noch eine Rechnung offen hatte« (der Ausdruck stammte von Shatzy, sie fand ihn genial). Er konnte Banken nicht ausstehen, auch wenn der Grund dafür unklar war. Eine Zeitlang hatte er sich für eine Aufklärungskampagne gegen den Mißbrauch von Geldautomaten eingesetzt. Er hatte zusammen mit Diesel und Gould ununterbrochen Kaugummis gekaut und sie dann, noch warm und weich, auf die Tasten der Geldautomaten geklebt. Gewöhnlich klebte er sie auf die Taste mit der Fünf. Die Leute kamen an den Automaten, und wenn sie die Geheimzahl eingeben wollten, bemerkten sie den Kaugummi. Wenn der Betreffende keine Fünf brauchte, machte er einfach weiter und paßte gut auf, wohin er den Finger setzte. Brauchte er jedoch die Fünf, bekam er Panik. Das quälende Verlangen nach Geld kämpfte mit dem Ekel, den der zerkaute Kaugummi verursachte. Einige versuchten das klebrige Zeug mit den unterschiedlichsten Gegenständen zu entfernen. Meistens verschmierten sie die ganze Tastatur. Eine Minderheit verzichtete und ging fort. Es ist traurig, es sagen zu müssen, aber die meisten schluckten einmal kräftig und drückten dann mit dem Finger auf den Kaugummi. Diesel beobachtete eines Tages eine vom Glück nicht eben verwöhnte Dame, deren Geheimzahl drei Fünfen hintereinander aufwies. Die erste drückte sie noch mit großer

Würde, bei der zweiten verzog sie seltsam den Mund. Bei der dritten übergab sie sich.

Apropos: Die erste These der *Abhandlung über intellektuelle Aufrichtigkeit* lautete:

1. Menschen haben Ideen.

»Genial«, kommentierte Shatzy.

»Das ist erst der Anfang, junge Frau. Außerdem ist es gar nicht so selbstverständlich. Jemand wie Kant würde Ihnen das zum Beispiel nicht einfach so durchgehen lassen.«

»Kant?«

»Ein Deutscher.«

»Ah.«

»Soll ich hier auch putzen?«

»Zeigen Sie mal.«

Wenn sie den Wohnwagen putzten, gesellte sich hin und wieder auch Professor Mondrian Kilroy dazu. Nach der Sache mit dem Püree aus Vancouver hatten Gould und er sich angefreundet. Und auch die anderen, Shatzy, den Riesen und den Stummen, konnte der Professor gut leiden. Beim Putzen unterhielten sie sich. Eines der Lieblingsthemen war die *Abhandlung über intellektuelle Aufrichtigkeit*. Dieses Thema begeisterte sie.

1. Menschen haben Ideen.

Professor Mondrian Kilroy sagte, Ideen seien wie Galaxien feinster Ahnungen, und er war der Ansicht, daß sie etwas Konfuses seien, ständigen Wandlungen unterzogen und für praktische Zwecke gänzlich unbrauchbar. Sie sind schön, das ist alles, schön sind sie. Aber sie sind das reinste Chaos. In ihrem Urzustand sind Ideen ein wunderbares Chaos. *Zeitweilige Erscheinungen der Unendlichkeit*, sagte er. »Klare und deutliche« Ideen, fügte er hinzu, sind eine Erfindung von Descartes, ein Schwindel, es gibt keine klaren Ideen, Ideen sind ihrem Wesen nach undurchsichtig, wenn du eine klare Idee hast, ist es keine Idee.

»Was ist es denn dann?«
»These Nr. 2, Kinder.«
These Nr. 2 lautete:

2. Menschen drücken Ideen aus.

»Das ist das Übel«, sagte Professor Mondrian Kilroy. »Wenn du eine Idee ausdrückst, verleihst du ihr eine Struktur, die sie eigentlich nicht besitzt. Du mußt sie irgendwie in eine kohärente, knappe und den anderen verständliche Form zwängen. Solange du dich nur darauf beschränkst, die Idee zu denken, kann sie dieses wunderbare Chaos bleiben. Aber sobald du beschließt, sie auszudrücken, fängst du an, etwas auszusortieren, einen Teil zu straffen, hier ein bißchen zu vereinfachen und dort etwas zu kürzen, die ganze Sache zu ordnen, ihr eine gewisse Logik zu verpassen: Daran feilst du noch ein bißchen herum, und am Ende kommt etwas heraus, was die Leute verstehen können. Eine ›klare und deutliche‹ Idee. Am Anfang gibst du dir noch Mühe und versuchst, nicht allzuviel wegzuwerfen, am liebsten würdest du das Unendliche der Idee, die du im Kopf hattest, retten. Du probierst es. Aber sie lassen dir keine Zeit, sie bedrängen dich, wollen verstehen, beschimpfen dich.«

»Wer sind sie?«

»Die anderen, alle anderen.«

»Zum Beispiel?«

»Die Leute. Die Leute. Du drückst eine Idee aus, und da sind Leute, die zuhören. Die verstehen wollen. Oder schlimmer noch: die wissen wollen, ob die Idee richtig oder falsch ist. Pervers.«

»Was sollen sie denn sonst tun? Sie einfach so schlucken?«

»Ich weiß nicht, was sie tun sollen, aber ich weiß, was sie tun, und für dich, der du eine Idee hattest, die du nun auszudrücken versuchst, ist es wie ein Angriff. Mit beeindruckender Geschwindigkeit denkst du nur daran, sie möglichst kompakt und widerstandsfähig zu machen, damit sie der Aggression standhält, damit sie es lebendig übersteht, und du verwendest deine ganze Intelligenz darauf, sie in ein unantastbares Gebilde zu verwandeln, und je besser dir das gelingt, desto weniger ist dir bewußt, daß du in dem Moment in Wirklichkeit nach und nach, aber mit beeindruckender Geschwindigkeit, den Kontakt zum Ursprung deiner Idee verlierst, zu dem wunderbaren instinktiven unendlichen Chaos, das deine Idee einmal war, und das nur durch die erbärmliche Absicht, sie auszudrücken und in einer Form zu fixieren, die widerstandsfähig, kohärent und differenziert genug ist, den Folgen standzuhalten, der Stoßwelle der Umwelt, den Einwänden anderer Leute, dem Gesichtsausdruck derer, die sie nicht kapiert haben, dem Telefonanruf des Leiters deines Fachbereichs, der ...«

»Sie wird kalt, Herr Professor.«

Oft unterhielten sie sich beim Essen darüber, denn Professor Mondrian Kilroy mochte die Pizza, wie Shatzy sie zubereitete, deshalb ließen sie sich, vor allem samstags, eine Pizza schmekken. Die kalt aber nicht mehr schmeckte.

2. Menschen drücken Ideen aus.

Aber dann sind es keine Ideen mehr, platzte Professor Mondrian Kilroy heraus. Es sind nur noch die Trümmer einer Idee, meisterhaft aufgetürmt zu robusten Objekten, perfekten Mechanismen, Kriegsmaschinen. Es sind künstliche Ideen. Sie sind nur entfernte Verwandte des wunderbaren unendlichen Chaos, mit dem alles begann, aber diese Verwandtschaft ist kaum noch wahrnehmbar, wie ein flüchtiger Duft. In Wirklichkeit ist sie nichts als Plastik, künstlicher Kram, ohne jeden Bezug zur Wahrheit, Blendwerk, mit dem man in der Öffentlichkeit einen guten Eindruck machen kann. Was seiner Meinung nach zwangsläufig auf These Nr. 3 verwies: Die lautete:

3. Menschen drücken Ideen aus, die nicht ihre sind.

»Soll das ein Witz sein?«

»Das ist mein voller Ernst.«

»Wie können sie denn Ideen ausdrücken, die nicht ihre sind?«

»Sagen wir, es sind *nicht mehr* ihre Ideen. Sie waren es einmal. Aber sie gleiten ihnen bald aus der Hand und werden künstliche Geschöpfe, die sich eigenständig weiterentwickeln und nur ein Ziel haben: zu überleben. Der Mensch leiht ihnen seinen Verstand, und sie benutzen ihn, um robuster und präziser zu werden. In gewissem Sinne arbeitet der menschliche Verstand ununterbrochen daran, das wunderbare unendliche Chaos der ursprünglichen Ideen zu beseitigen und durch die unzerstörbare Vollkommenheit künstlicher Ideen zu ersetzen. Sie waren Erscheinungen: jetzt sind es Gegenstände, die der Mensch in der Hand hält und in allen Einzelheiten kennt, ohne daß er sagen könnte, woher sie kommen und welchen verdammten Bezug sie noch zur Wahrheit haben. Im Grunde interessiert ihn das auch gar nicht mehr besonders. Sie funktionieren, widerstehen den Angriffen, hebeln erfolgreich die Schwächen anderer aus, gehen so gut wie nie zu Bruch: Warum also Fragen stellen? Der Mensch betrachtet sie, entdeckt das Vergnügen, sie in die Hand zu nehmen, zu benutzen, in Aktion zu sehen. Früher oder später, das ist unvermeidbar, lernt er, daß man mit ihnen kämpfen kann. Daran hatte er vorher nie gedacht. Sie waren Erscheinungen. Er wollte sie den anderen nur sichtbar machen, sonst nichts. Doch mit der Zeit bleibt nichts von diesem ursprünglichen Wunsch übrig. Sie waren Erscheinungen: Der Mensch machte sie zu Waffen.

Das war die Passage, die Shatzy am meisten mochte. Sie waren Erscheinungen: Der Mensch machte sie zu Waffen.

»Wissen Sie, was ich oft denke, Herr Professor?«

»Sagen Sie es nur.«

»Die Revolverhelden, die im Wilden Westen, wissen Sie?«

»Ja.«

»Also, die können richtig gut schießen, die wissen alles über Revolver, aber überlegen Sie mal: Keiner von ihnen hätte einen Revolver bauen können. Verstehen Sie?«

»Reden Sie weiter.«

»Ich will damit sagen: Eine Waffe benutzen ist eine Sache, sie erfinden oder bauen eine andere.«

»Ganz genau.«

»Ich weiß nicht, was das zu bedeuten hat, aber das denke ich oft.«

»Das ist völlig richtig.«

»Meinen Sie?«

»Ich bin absolut sicher.«

Stell dir übrigens mal vor, Gould, was im Kopf eines Menschen geschieht, wenn er eine Idee ausdrückt und ihm ein anderer gegenübersteht und einen Einwand erhebt. Glaubst du, dieser Mensch besäße die Zeit oder die *Aufrichtigkeit*, zu der Erscheinung zurückzukehren, die der Ursprung seiner Idee war, und dort unten zu überprüfen, ob der Einwand eventuell berechtigt ist? Das wird er niemals tun. Lieber verfeinert er die künstliche Idee, die ihm zwischen die Finger geraten ist, schnell noch ein bißchen, bis sie dem Einwand standhält und vielleicht sogar den Übergang zum Angriff ermöglicht, um den Einwand seinerseits zu attackieren. Was der Respekt vor der Wahrheit mit alldem zu tun hat? Gar nichts. Es ist ein Duell. Sie finden heraus, wer der Stärkere ist. Sie wollen keine anderen Waffen benutzen, weil sie sie nicht benutzen können: also benutzen sie Ideen. Angeblich geht es darum, Licht in die Wahrheit zu bringen, aber in Wirklichkeit wollen beide nur herausfinden, wer der Stärkere ist. Es ist ein Duell. Scheinbar sind sie brillante Intellektuelle, dabei sind sie nichts als Tiere, die ihr Revier verteidigen, die um ein Weibchen kämpfen, sich Nahrung sichern. Glaub mir, Gould: Es gibt nichts Grausameres und Primitiveres als zwei Intellektuelle, die sich duellieren. Und nichts Unaufrichtigeres.

Jahre später, als alles schon passiert war und man nichts mehr daran ändern konnte, trafen sich Shatzy und Professor Mondrian Kilroy zufällig auf dem Bahnhof. Sie hatten sich eine ganze Zeit lang nicht gesehen. Sie gingen etwas zusammen trinken und sprachen über die Universität, was Shatzy gerade machte, über die Tatsache, daß der Professor nicht mehr lehrte.

Man sah, daß er gern über Gould und das, was ihm widerfahren war, gesprochen hätte, aber es fiel ihm einfach zu schwer. Irgendwann saßen sie eine Weile schweigend da, und erst in dem Moment sagte Professor Mondrian Kilroy

»Es ist komisch, aber ich glaube, dieser Junge ist der einzige aufrichtige Mensch, dem ich in meinem ganzen Leben begegnet bin. Er war ein *aufrichtiger* Junge. Verstehen Sie?«

Shatzy nickte und dachte, daß dies vielleicht der Kern von allem sei und daß alles in Ordnung käme, wenn man sich nur bemühte, daran zu denken, daß Gould in erster Linie ein *aufrichtiges* Genie war.

Dann stand der Professor auf, und bevor er ging, umarmte er Shatzy etwas unbeholfen, aber fest.

»Achten Sie nicht drauf, daß ich weine, ich bin nicht traurig, ich bin nicht traurig über Gould.«

»Ich weiß.«

»Ich weine oft. Das ist alles.«

»Keine Angst, Herr Professor, ich mag Leute, die weinen.«

»Um so besser.«

»Im Ernst. War schon immer so.«

Nach diesem Tag sahen sie sich nicht wieder.

Nach These Nr. 3 (Die Menschen drücken Ideen aus, die nicht ihre sind) kam jedenfalls – mit einer gewissen Folgerichtigkeit – These Nr. 4. Die lautete:

4. Wurden die Ideen erst einmal ausgedrückt, sind sie dem Urteil eines Publikums ausgesetzt und werden künstliche Gegenstände ohne realen Bezug zu ihrem Ursprung. Die Menschen verfeinern sie mit großem Erfindungsgeist, bis sie tödlich werden. Mit der Zeit entdecken sie, daß man sie als Waffen benutzen kann. Sie denken keinen Augenblick darüber nach. Und schießen.

»Großartig«, sagte Shatzy.

»Ein bißchen lang, die ist mir ein bißchen zu lang geraten, daran muß ich noch feilen«, meinte Professor Mondrian Kilroy.

»Ich meine, es könnte auch einfach so gehen: *Die Ideen: sie waren Erscheinungen, jetzt sind sie Waffen.*«

»Etwas synthetisch, meinen Sie nicht?«

»Finden Sie?«

»Sie müssen bedenken, daß es um eine Tragödie geht. Eine echte Tragödie. Die kann man nicht einfach in zwei Worte fassen.«

»Eine Tragödie?«

Der Professor kaute auf seiner Pizza und nickte. Er war tatsächlich davon überzeugt, daß es eine Tragödie sei. Er hatte sogar überlegt, ob er seiner Abhandlung einen Untertitel geben sollte: *Analyse einer notwendigen Tragödie*. Aber er fand Untertitel abstoßend, ähnlich wie weiße Strümpfe oder graue Mokassins. Nur Japaner trugen graue Mokassins. Es war im übrigen durchaus möglich, daß sie unter Sehstörungen litten und der festen Überzeugung waren, braune Mokassins zu tragen. In diesem Fall war es absolut dringend, sie über das Mißverständnis zu unterrichten.

Weißt du, Gould, ich habe Jahre gebraucht, um mich mit der Realität abzufinden. Ich wollte es nicht glauben. Auf dem Papier ist der Bezug zur Wahrheit so schön und einmalig und unwiederholbar, die Magie der Ideen, herrliche Erscheinungen konfuser Unendlichkeit in deinem Geist ... Wie ist es nur möglich, daß alle freiwillig darauf verzichten und es verleugnen, um sich statt dessen mit kleinen, unbedeutenden künstlichen Ideen abzugeben, mit kleinen Wunderwerken intellektueller Erfindungsgabe – na, und wenn schon –, aber am Ende doch Schund, wertloser Schund, rhetorische Meisterwerke und Akrobatenstücke der Logik, aber am Ende Schund, Maschinchen, und all das wegen der zügellosen Freude am *Kampf*? Das konnte ich nicht glauben, ich dachte, daß dahinter noch etwas anderes stecken mußte, etwas, was mir entgangen war, aber ich mußte irgendwann einsehen, daß alles sehr einfach und unausweichlich war, sogar verständlich, wenn man seine Abneigung besiegte und sich die Sache aus der Nähe ansah, von ganz nah, auch wenn es dich anekelt, versuch, dir die

Sache aus der Nähe anzusehen. Nimm zum Beispiel jemanden, der von Ideen lebt, einen Akademiker, was weiß ich, einen Wissenschaftler, egal, aus welchem Gebiet, okay? Wahrscheinlich hat er voller Leidenschaft angefangen, bestimmt hatte er Talent, er war einer von denen, die Erscheinungen von Unendlichkeit haben, wir können davon ausgehen, daß er als junger Mensch welche hatte und daß sie ihn wie ein Blitz getroffen haben. Er wird versucht haben, sie niederzuschreiben, vielleicht hat er vorher noch mit jemandem darüber gesprochen, und eines Tages fühlte er sich dann imstande, sie niederzuschreiben, und hat sich, mit den besten Vorsätzen, hingesetzt und sie niedergeschrieben, wohl wissend, daß er nur einen kleinen Teil der Unendlichkeit, die er im Kopf hatte, jemals zu Papier bringen würde, aber er konnte das Geschriebene ja später in Ruhe überarbeiten, was weiß ich, bessere Formulierungen finden und alles richtig gründlich erklären. Er schreibt, und die Leute lesen. Menschen, die er nicht einmal kannte, suchen ihn plötzlich auf, weil sie mehr darüber wissen wollen, andere laden ihn zu Kongressen ein, auf denen sie ihn attackieren können, er verteidigt sich, entwickelt, korrigiert, greift seinerseits an, kann langsam ein Völkchen um sich herum ausmachen, das auf seiner Seite steht, und vor sich eine feindliche Front, die ihn zerstören will: Er beginnt zu *existieren*, Gould. Er hat keine Zeit, es zu merken, aber all das fängt an, ihn zu begeistern, er findet Gefallen am Kampf, er entdeckt, was es heißt, unter dem bewundernden Blick einiger Studenten den Hörsaal zu betreten, er sieht die Achtung in den Augen normaler Leute, er ertappt sich dabei, den Haß eines berühmten Menschen herbeizuwünschen, irgendwann fordert er ihn regelrecht heraus und bekommt ihn, laß es drei Zeilen in der Fußnote eines Buches über ein ganz anderes Thema sein, aber drei Zeilen, die Mißgunst ausdünsten, er ist so raffiniert, sie im Interview einer Fachzeitschrift zu zitieren, und ein paar Wochen später etikettiert ihn eine Zeitung bereits als den Widersacher des berühmten Professors, sogar ein Foto ist in dieser Zeitung, ein Foto von ihm, *er sieht ein Foto von sich in der Zeitung*, und viele andere sehen es auch, es passiert schrittweise, aber mit jedem weiteren Tag verschmelzen er und seine künstliche Idee zu einem Ganzen, das sich in der Welt behauptet, die Idee ist der Treibstoff und er ist der Motor, und zusammen bahnen sie sich einen Weg, und das ist etwas, Gould, wovon er nie geträumt hätte, das mußt du dir gut klarmachen, er hatte nicht damit gerechnet, daß all dies geschehen würde, um genau zu sein, wollte er es nicht einmal, aber nun ist es geschehen, und er *existiert* in seiner künstlichen Idee, die sich zwar immer weiter von der ursprünglichen Erscheinung von Unendlichkeit entfernt, da sie inzwischen tausendmal überarbeitet wurde, um den Anfeindungen standhalten zu können, aber eine robuste, verläßliche und bewährte künstliche Idee, ohne die der Wissenschaftler augenblicklich aufhören würde zu existieren, um im Sumpf des gewöhnlichen Daseins zu versinken. So dahingesagt, scheint das gar nicht mal so schlimm zu sein – im Sumpf des gewöhnlichen Daseins zu versinken –, und ich selbst habe den Ernst dieser Angelegenheit jahrelang unterschätzt, aber das Geheimnis besteht darin, noch näher ranzugehen, es sich aus nächster Nähe anzusehen, ich weiß, daß es ekelhaft ist, aber du mußt mir bis dahin folgen, Gould, halt dir die Nase zu und geh mit mir ganz nah ran, der Wissenschaftler hatte bestimmt einen Vater, sieh ihn dir noch genauer an, einen strengen, einen übertrieben strengen Vater, der seinen Sohn jahrelang gängelte, indem er ihm ständig seine armselige Unzulänglichkeit vor Augen hielt, und das bis zu dem Tag, an dem er den Namen seines Sohns in der Zeitung liest, gedruckt in einer Zeitung liest, der Grund ist nebensächlich, Tatsache ist, daß die Freunde auf einmal sagen: Glückwunsch, ich habe deinen Sohn in der Zeitung gesehen, ekelhaft, was?, aber es beeindruckt ihn, und der Sohn genießt endlich das, wozu er nie die Kraft fand, nämlich eine verspätete Rache, und es ist schon eine große Sache, dem Vater geradewegs in die Augen schauen zu können, eine Erlösung wie diese ist unbezahlbar, was bedeutet es schon, ein bißchen an den eigenen Ideen herumzuwerkeln, die inzwischen keinen realen Bezug mehr zu ihrem Ursprung haben, verglichen mit der

Möglichkeit, endlich Sohn seines Vaters zu werden, ordnungsgemäß geprüfter und anerkannter Sohn? Kein Preis ist zu hoch für den Respekt des eigenen Vaters, glaub mir, und wenn man es sich genau überlegt, auch nicht für die Freiheit, die unser Wissenschaftler durch das erste Geld erhält, richtiges Geld, mit dem der Lehrstuhl irgendeiner Provinzuniversität ihm auf einmal die Taschen füllt und das ihn vom täglichen Diktat der Armut befreit und ihn auf die schiefe Bahn eines bescheidenen Wohlstands lenkt, der sich am Ende, endgültig, endlich in dem ersehnten Haus auf dem Hügel mit Arbeitszimmer und Bibliothek ausbreitet, eigentlich eine Lappalie, aber wahrlich eine Ungeheuerlichkeit, wenn es im Artikel eines Journalisten zum sicheren Schlupfwinkel des Wissenschaftlers hochstilisiert wird, wo er Zuflucht vor dem glanzvollen Leben findet, das ihn in Beschlag nimmt, einem Leben, das vor allem imaginär ist, aber dort, in der Wirklichkeit seines Zufluchtsortes, unverzüglich zur Schau gestellt wird, also wahrhaftig und für alle Zeit in die Köpfe der Öffentlichkeit eingestampft, die dem Wissenschaftler von nun an mit einem Blick begegnet, auf den er nicht mehr verzichten kann, denn es ist ein Blick, der ihm ohne Prüfung von vornherein Respekt und Achtung und Unantastbarkeit zukommen läßt. Wenn du diesen Blick nicht kennst, kannst du darauf verzichten. Aber danach? Wenn du ihn einmal gesehen hast, in den Augen deines Sonnenschirmnachbarn, desjenigen, der dir sein Auto verkauft hat, des Verlegers, den je kennenzulernen du nie für möglich gehalten hättest, in den Augen der Schauspielerin aus dem Fernsehen und – bei einem Ausflug in die Berge – in denen des Ministers höchstpersönlich? Zum Kotzen, oder? Um so besser, das bedeutet, daß wir uns dem Kern der Sache nähern. Kein Erbarmen, Gould. Das ist nicht der Augenblick, klein beizugeben. Man kann noch näher rankommen. Die Ehefrau. Die Ehefrau des Wissenschaftlers, schon im Alter von zwölf eine Spielkameradin aus dem Haus, er liebte sie sein Leben lang, heiratete sie dann aus Notwehr gegen die Schludrigkeit des Schicksals und aus einem Automatismus heraus, eine blasse Ehefrau, sympathisch, nie leidenschaftlich, eine gute Ehefrau, nun die Ehefrau eines anerkannten Professors und seiner tödlichen künstlichen Idee, im Grunde eine glückliche Ehefrau, schau sie dir gut an. Wie sie aufwacht. Wie sie ins Badezimmer geht. Schau sie dir an. Ihren Morgenmantel und alles. Schau sie dir an. Und dann schau dir ihn an, den Wissenschaftler, nicht sehr groß, trauriges Lächeln, Schuppen, ist ja weiter nicht schlimm, aber er hat sie nun mal, schöne Hände, das schon, schlanke, blasse Hände, die auf jedem ordnungsgemäßen Foto unweigerlich unter dem Kinn gefaltet sind, schöne Hände, und der Rest furchtbar, gib dir etwas Mühe und versuch, dir so jemanden *nackt* vorzustellen, Gould, glaub mir, es ist wichtig, daß du ihn nackt vor dir siehst, käseweiß und teigig, mit schlaffer Muskulatur und auch in der Lendengegend eher spärlich ausgestattet, welche *chances* kann ein solches Männchen im täglichen Kampf um die Paarung schon haben, äußerst geringe, bescheidene *chances*, nichts zu machen, hätte nicht die künstliche Idee das unterlegene Tier zu einem Kämpfer und auf Dauer sogar zu einem Rudelführer gemacht, sogar mit einer Ledermappe und einem Gang, der kunstvoll Hinken simuliert, und hinkend geht er, sieh genau hin, eben jetzt die Treppe vor der Universität hinunter, als eine Studentin auf ihn zukommt und sich etwas schüchtern vorstellt, um dann plaudernd mit ihm bis zur Straße zu gehen und weiter runter über die schiefe Bahn einer immer aufdringlicheren Freundschaft, schon der Gedanke ist ekelhaft, aber – so abstoßend es auch sein mag – es ist sinnvoll und lehrreich, es sich bis ins Detail anzusehen, es bis zur abschließenden Apotheose zu studieren, wo er es schließlich schafft, mit in ihr Apartment, ein gemietetes Zimmer mit großem Bett und peruanischer Decke, hinaufzukommen, mit seiner Mappe und seinen Schuppen, unter dem Vorwand, eine Bibliographie zu korrigieren, und nach Stunden des zermürbenden heimlichen Hofierens den verspäteten Widerstand des Mädchens mit den Zangen und Messern seiner künstlichen Idee zum Bröckeln bringt, und kraft einer kleinen Rubrik, die er seit einigen Wochen in einer Zeitschrift veröffentlicht, nimmt er sich ein Herz und auf gewisse Weise das Recht, seine Hand, eine seiner wunderschönen Hände, auf die Haut dieses Mädchens zu legen, eine Haut, die ihm kein Schicksal jemals zugestanden hätte, die ihm aber nun seine künstliche Idee beschert, genau wie die aufgeknöpfte Bluse, die Zunge, die unvernünftigerweise über seine schmalen gräulichen Lippen fährt, den keuchenden weiblichen Atem in seinen Ohren, die junge, gebräunte schöne Hand, die sich, aus seiner Perspektive verwirrend verkleinert, um sein Geschlecht schließt, unvorstellbar. Glaubst du, all das sei bezahlbar? Nein, Gould. Glaubst du, dieser Mann wäre aus Ehrfurcht vor der Aufrichtigkeit in der Lage, auf all das zu verzichten, die Unendlichkeit seiner Ideen zu respektieren und sich erneut zu fragen, was wahr ist und was nicht? Glaubst du, dieser Mann wird sich je wieder fragen, und sei es insgeheim, sei es in absoluter und undurchdringlicher Einsamkeit, ob seine künstliche Idee noch etwas mit der Wahrheit, mit ihrem Ursprung zu tun hat? Glaubst du, er könnte je wieder einen Moment lang, und sei es insgeheim, aufrichtig sein? Nein. (These Nr. 5: Die Menschen benutzen Ideen wie Waffen und trennen sich dadurch für immer von ihnen.) Der Punkt, von dem aus er gestartet war, ist mittlerweile so weit von ihm entfernt, und er füllt seine Ideen seit so langer Zeit nicht mehr aufrichtig aus, natürlich und in Frieden. Diese Aufrichtigkeit kann man nicht wiederherstellen, wenn man sie einmal verraten und sich dadurch zu einer Existenz verholfen hat, einer ganzen Existenz, und dadurch jemand geworden ist, hätte man doch genausogut gar keine Existenz haben können, viele Jahre lang, bis zum Tod. Man kann dem Schicksal nicht erst ein ganzes Leben rauben und es ihm anschließend zurückgeben wollen, nur weil man sich eines Tages im Spiegel betrachtet und sich ekelt. Unser Professor wird als unaufrichtiger Mensch sterben, aber wenigstens wird er aus irgendeinem Leben scheiden.

Während er dies sagte, war er natürlich ein bißchen gerührt. Er weinte zwar nicht richtig. Aber glänzende Augen und einen Kloß im Hals hatte er schon. So war er eben.

Eines Tages fragte Poomerang Professor Mondrian Kilroy, warum er die *Abhandlung über intellektuelle Aufrichtigkeit* nicht veröffentlichte. Er nichtsagte, man könne ein schönes dickes Buch daraus machen. Viele unbeschriebene Seiten und hier und da verstreut eine These. Professor Mondrian Kilroy sagte, das sei eine gute Idee, aber er habe nicht die Absicht, die Abhandlung jemals zu veröffentlichen, weil er tief in seinem Innern fürchte, daß sie wahnsinnig naiv sei. Er fand sie kindisch. Er sagte auch, daß er sie irgendwie gerade deswegen so mochte, weil sie nur eine Haaresbreite davon entfernt sei, wahnsinnig naiv und kindisch zu sein, es dann aber eigentlich doch nicht war, sich sozusagen auf der Kippe befand, und das wiederum weckte in ihm den Verdacht, daß es sich in Wirklichkeit um eine Idee im wahrsten Sinne des Wortes handeln könnte. Im *aufrichtigen* Sinne des Wortes. Er fügte hinzu, daß er, ehrlich gesagt, überhaupt nicht mehr durchblicke. Und fragte, ob es noch Pizza gebe.

Jedenfalls stand fest, daß er sich immer öfter übergeben mußte, nicht wegen der Pizza, aber jedesmal wenn er in die Nähe von Wissenschaftlern oder anderen Intellektuellen kam. Manchmal reichte es schon aus, einen Artikel in der Zeitung oder den Klappentext eines Buches zu lesen. An dem Tag, als der englische Wissenschaftler zu Besuch kam, der mit dem starren Blick ins Nichts, hätte er zum Beispiel gern weiter zugehört, er war darauf gespannt, ihn selbst reden zu hören und all das, aber es war ihm völlig unmöglich, und am Ende mußte er sich übergeben und hatte außerdem ein Riesenaufsehen verursacht, für das er sich später beim Rektor entschuldigen mußte, und als Entschuldigung kam ihm nichts anderes in den Sinn, als wie besessen den Satz zu wiederholen: Das ist wirklich ein anständiger Kerl, ich bin sicher, das ist ein anständiger Kerl. Er meinte den englischen Wissenschaftler. Rektor Bolder sah ihn bestürzt an. Das ist wirklich ein anständiger Kerl, ich bin sicher, das ist ein anständiger Kerl. Noch am nächsten Tag, als sie den Wohnwagen putzten, wiederholte er immer wieder, daß das ein anständiger Kerl sei. Gould kam es idiotisch vor.

»Wenn das ein anständiger Kerl wäre, hätte er Sie nicht zum Kotzen gebracht.«

»So einfach ist das nicht, Gould.«

»Ach nein?«

»Überhaupt nicht.«

Gould putzte die Reifen. Am allerliebsten putzte er die Reifen. Glänzendes schwarzes Gummi voller Seife. Ein Genuß.

Ich habe darüber nachgedacht, lange darüber nachgedacht, Gould, und das mit aller mir möglichen Härte, aber am Ende habe ich eins verstanden: So widerwärtig es auch sein mag, daß die Menschen die Wahrheit aufgeben, um sich der manischen Pflege künstlicher Ideen zu widmen, mit denen sie sich gegenseitig zerfleischen, so ekelhaft mir inzwischen alles sein mag, was nur nach einer Idee riecht, und so schwer es mir objektiv betrachtet auch fallen mag, mich nicht zu übergeben angesichts des alltäglichen Schauspiels des als aufrichtige Wahrheitssuche getarnten Kampfes – so grenzenlos meine Abscheu auch sein mag, muß ich doch sagen: Es ist in Ordnung so, es ist traurig, aber in Ordnung so, es ist einfach *menschlich*, und es ist so, wie es sein muß, das ist die Scheiße, die uns zusteht, die einzige Scheiße, der wir gewachsen sind. Das habe ich verstanden, indem ich mir die Besten ansah. Aus der Nähe, Gould, man muß den Mut haben, sie aus der Nähe anzusehen. Ich habe sie gesehen: Sie waren abscheulich und in Ordnung, verstehst du, was ich damit sagen will?, abscheulich, aber erbarmungslos unschuldig, sie wollten nur *existieren*, kann man ihnen dieses Recht nehmen?, sie wollten *existieren*. Nimm die mit den hohen Idealen, die mit den hehren Ideen, jene, die eine Mission aus ihren Ideen gemacht haben, die über jeden Verdacht erhaben sind. Einen Priester. Nimm einen Priester. Keinen x-beliebigen. Einen, der sich auf die Seite der Armen oder Schwachen oder Verurteilten geschlagen hat, der da mit Pulli und Reeboks, er wird mit irgendeiner überwältigenden chaotischen Erscheinung von Unendlichkeit begonnen haben, etwas, was ihm im Frühling seiner Jugend den vagen Auftrag erteilte, Stellung zu beziehen, und auf welcher Seite, alles wird angefangen haben, wie es anfangen muß, in aufrichtiger Weise, aber, heiliger Gott, wenn du ihn dann als erwachsenen und berühmten Menschen vor dir siehst, oje, berühmt, schon das Wort ist beeindruckend, *berühmt*, sein Name mit Fotos in allen Zeitungen, ständig klingelt das Telefon, weil die Journalisten seine Meinung hierzu und dazu hören wollen, und er antwortet ihnen, verdammter Mist, und *er antwortet* und macht mit, marschiert überall in erster Reihe, das Telefon von Priestern klingelt nicht, Gould, das möchte ich dir mit der nötigen Brutalität sagen, du kannst das nicht wissen, aber normalerweise klingelt das Telefon von Priestern nicht, denn ihr Leben ist eine Wüste, eine Art Naturschutzpark, den sich die Leute nur aus der Ferne anschauen dürfen, Priester sind Tiere in einem Naturschutzpark, keiner darf sie berühren, kannst du dir das vorstellen, Gould?, für Priester ist es schon ein Problem, sich berühren zu lassen, oder hast du schon mal einen Priester gesehen, der einen kleinen Jungen oder eine Frau küßt?, natürlich nur zur Begrüßung, nichts weiter, eine Lappalie, völlig normal, aber er kann das nicht machen, die Leute ringsum hätten sofort ein Gefühl des Unbehagens und drohender Gewalt, und das ist das knochenharte alltägliche Dasein des Priesters in dieser Welt, er ist ein Mensch wie jeder andere, aber er hat sich diese ungeheure Einsamkeit ausgesucht, die ausweglos wäre, wenn nicht eine Idee, sogar eine richtige Idee, von außen über ihn käme, um die Situation zu ändern und ihm ein bißchen menschliche Wärme zu geben, eine Idee, die, richtig eingesetzt, verfeinert, überarbeitet, vor riskanten Konfrontationen mit der Wahrheit geschützt, den Priester auf einfachem Wege aus seiner Einsamkeit herausführt und nach und nach aus ihm den Mann macht, der er nun ist, umgeben von Bewunderung, dem Wunsch, sich ihm zu nähern, und schließlich bloßem Verlangen, ein Mann mit Pulli und Reeboks, nie allein, stets umringt von Söhnen und Brüdern, nie verloren, immer in Kontakt mit den Medien, hin und wieder schnappt er in der Menschenmenge den sehnsüchtigen Blick einer Frau auf, überleg mal, was das für ihn bedeuten kann, diese ungeheure Einsamkeit und das pralle

Leben, da stellt sich doch die Frage, ob er bereit ist, für seine Idee zu *sterben?*, er *existiert* in dieser Idee, was bedeutet es, *für diese Idee zu sterben?*, wenn man sie ihm nähme, würde er sowieso *sterben*, er *rettet* sich in diese Idee, und die Tatsache, daß er durch sie Hunderte oder vielleicht Tausende seinesgleichen rettet, ändert überhaupt nichts an der Tatsache, daß er vor allem sich selbst rettet, nur mit dem zusätzlichen Alibi, andere zu retten, indem er seinem Schicksal die nötige Portion Dankbarkeit und Bewunderung und Verlangen raubt, die ihn lebendig macht, lebendig, Gould, dieses Wort mußt du richtig begreifen, lebendig, sie wollen nur lebendig sein, auch die Besten unter uns, die für Gerechtigkeit, Fortschritt, Freiheit und Zukunft kämpfen, auch für sie ist es nur eine Frage des Überlebens, wenn du es nicht glaubst, geh so nah an sie ran wie möglich, schau, wie sie sich bewegen, wen sie um sich haben, schau sie an und versuch dir vorzustellen, was wäre, wenn sie eines Morgens zufällig mit einer anderen Idee aufwachten, was wäre dann noch von ihnen übrig, versuch, ihnen eine Antwort abzuverlangen, und zwar eine, die nicht nur bloße instinktive Selbstrechtfertigung ist, sieh zu, ob du es auch nur ein einziges Mal schaffst, sie ihre Idee aussprechen zu hören mit dem Staunen und dem Zögern desjenigen, der sie im selben Moment erst entdeckt, und nicht mit der Sicherheit desjenigen, der dir voller Stolz die zerstörerische Wirkung seiner Waffe präsentiert, laß dich nicht von dem anscheinend milden Ton, von ihren trügerisch milden Worten täuschen, sie kämpfen, Gould, sie kämpfen verbissen ums Überleben, um Nahrung, Weibchen, Höhlen, sie sind Tiere, und sie sind die Besten von uns, verstehst du?, was kann man da schon Großartiges von den anderen erwarten, von den Kleinkrämern des Geistes, den Komparsen des großen kollektiven Kampfes, den einfachen kleinen Kriegern, die am Rande des großen Schlachtfelds die Trümmer des Lebens aufkehren, rührende Lumpensammler kläglichen Glücks, jeder mit seiner kleinen künstlichen Idee, der Chefarzt ist auf der Jagd nach Geldern, um das College des Sohnes zu bezahlen, der betagte Kritiker lindert die Einsamkeit seiner alten Jahre, indem er wöchentlich vierzig Zeilen dorthin schleudert, wo sie ein bißchen Lärm machen, der Wissenschaftler und sein Püree aus Vancouver, der Ehefrau, Kinder, Geliebte mit Stolz speist, die peinlichen Fernsehauftritte des Schriftstellers, der Angst hat, für immer zwischen zwei Büchern zu verschwinden, der Journalist, der auf der Titelseite nach dem Zufallsprinzip um sich schlägt, damit er sicher sein kann, wenigstens noch die nächsten 24 Stunden zu existieren, sie alle kämpfen nur, verstehst du?, sie kämpfen mit Ideen, weil sie mit etwas anderem nicht umgehen können, aber es ist und bleibt ein Kampf, und ihre Ideen sind die Waffen, und es mag noch so abscheulich sein, sich das einzugestehen, es ist ihr gutes Recht, ihre Unaufrichtigkeit ist die logische Konsequenz eines Grundbedürfnisses und somit notwendig, ihr abscheulicher täglicher Verrat der Wahrheit ist die natürliche Folge einer natürlichen Schwäche, die man hinnehmen muß, man lädt einen Blinden nicht ins Kino ein, und genausowenig kann man einen Intellektuellen bitten, aufrichtig zu sein, ich glaube, das kann man wirklich nicht, so deprimierend es auch sein mag, es sich einzugestehen, aber allein der Begriff intellektuelle Aufrichtigkeit ist ein Oxymoron.

6. Intellektuelle Aufrichtigkeit ist ein Oxymoron

oder zumindest eine höchst abschreckende und vielleicht unmenschliche Aufgabe, so daß sich die meisten gar nicht erst bemühen, sie zu erfüllen, sondern sich bestenfalls damit begnügen, die Dinge mit einem gewissen Stil, einer gewissen Würde zu tun, sagen wir mit gutem Geschmack, genau, Geschmack ist das richtige Wort, am Ende möchte man all jene retten, die die Dinge wenigstens mit Geschmack tun, mit einer gewissen Zurückhaltung, jene, die immerhin nicht stolz zu sein scheinen auf die Scheiße, die sie darstellen, nicht so dermaßen stolz, nicht so verdammt stolz, nicht so unglaublich unverschämt stolz. Gott, ist das ekelhaft.

»Stimmt irgendwas nicht, Herr Professor?«

»Ich frage mich nur gerade …«

»Was denn, Herr Professor?«

»Was genau putze ich hier eigentlich?«

»Einen Wohnwagen.«

»Ich meine: Welche Rolle genau spielt dieser gelbe Gegenstand in Ihrem Ökosystem?«

»Zur Zeit hat dieser gelbe Gegenstand in unserem Ökosystem die Funktion, auf ein Auto zu warten.«

»Ein Auto?«

»Ohne Auto fahren Wohnwagen nirgendwohin.«

»Das stimmt.«

»Haben Sie ein Auto, Herr Professor?«

»Ich hatte mal eins.«

»Schade.«

»Um genau zu sein, hatte mein Bruder mal eins.«

»Kann passieren.«

»Daß man einen Bruder hat?«

»Das auch.«

»Mir ist es in der Tat dreimal passiert. Und Ihnen?«

»Nein, mir ist es nie passiert.«

»Tut mir leid.«

»Warum?«

»Reichen Sie mir bitte mal den Schwamm?«

Sie unterhielten sich. Das gefiel ihnen.

Einmal zogen Gould, Diesel und Poomerang irgendwann los, weil es unten auf dem Fußballplatz ein Spiel zu sehen gab.

Professor Mondrian Kilroy und Shatzy blieben allein zurück. Sie putzten alles gründlich, und dann setzten sie sich auf die Treppe vor dem Haus und betrachteten den gelben Wohnwagen.

Sie sagten sich einiges.

Irgendwann sagte Professor Mondrian Kilroy, es sei zwar seltsam, aber er würde diesen kleinen Jungen verdammt vermissen. Was er damit sagen wollte, war, daß er Gould verdammt vermissen würde. Da sagte Shatzy, daß sie ihn ja auch mitnehmen könnten, wenn er Lust habe, der Wohnwagen sei zwar klein, aber sie würden schon eine Möglichkeit finden. Professor Mondrian Kilroy drehte sich zu ihr um, schaute sie an und fragte, ob sie wirklich vorhätten, mit dem Wohnwagen bis nach Couverney zu fahren, und zwar alle zusammen. Worauf Shatzy fragte:

»Couverney?«

»Couverney.«

»Was hat Couverney damit zu tun?«

»Was es damit zu tun hat?«

»Worüber reden wir hier eigentlich, Herr Professor?«

»Über Gould.«

»Und was hat dann Couverney damit zu tun?«

»Da ist doch die Universität, Goulds neue Universität. Übrigens ein grauenvoller Ort, das nur nebenbei.«

»Man hat ihn *gefragt*, ob er nach Couverney gehen will, man hat ihn nur *gefragt*.«

»Man hat ihn gefragt, und er geht hin.«

»Soviel ich weiß, ist er noch nicht sicher.«

»Soviel ich weiß, ist er ganz sicher.«

»Seit wann denn das?«

»Er hat es mir selbst gesagt. Er hat sich entschieden, er geht nach Couverney. Im September fängt er dort an.«

»*Wann* hat er Ihnen das gesagt?«

Professor Mondrian Kilroy überlegte einen Moment.

»Ich weiß nicht mehr. Vielleicht vor ein paar Wochen. Ich weiß nie so genau, wann was passiert ist. Geht Ihnen das nicht auch manchmal so?«

». . .«

»Hallo?«

». . .«

»Wissen Sie immer genau, wann was passiert ist?«

». . .«

»Ich frage nur aus Neugier.«

»Gould hat Ihnen *wirklich* gesagt, daß er nach Couverney gehen will, Herr Professor?«

»Ja, das weiß ich ganz sicher, Rektor Bolder hat er es auch gesagt, der möchte nämlich ein Abschiedsfest oder etwas in der

Art veranstalten, wissen Sie, und Gould würde das gern vermeiden, er findet das –«

»Was zum Teufel soll das heißen, ein *Abschiedsfest?*«

»Das ist nur so eine Idee, eine Idee von Rektor Bolder, nach außen hin ist er eher ein strenger, unbeugsamer Mensch, aber in seinem Innern verbirgt sich eine sensible Seele, ich würde fast sagen –«

»Seid ihr denn alle total übergeschnappt?«

»... ich würde fast sagen –«

»O Gott, dieser Junge ist fünfzehn Jahre alt, Herr Professor, Couverney ist etwas für Erwachsene, und erwachsen ist er vielleicht mit zwanzig, vorausgesetzt, man ist mit zwanzig erwachsen, und wenn er dann sein Leben das Klo runterspülen will, kann er immer noch die absurde Möglichkeit in Betracht ziehen, sich in einer Höhle begraben zu lassen, in der –«

»Ich möchte Sie daran erinnern, daß dieser Junge ein Genie ist und kein –«

»Wer zum Teufel sagt das? Dürfte man das mal erfahren? Ich möchte wirklich gern wissen, wie ihr alle einfach mir nichts dir nichts beschließen könnt, daß so ein Junge ein Genie ist, ein Junge, der noch nichts anderes gesehen hat als eure bescheuerten Hörsäle und den Weg dorthin, ein Genie, das nachts ins Bett macht und es mit der Angst kriegt, wenn ihn unterwegs jemand nach der Uhrzeit fragt, das seit Jahren seine Mutter nicht gesehen hat und seinen Vater Freitag abends am Telefon spricht und es nie schaffen wird, ein Mädchen anzumachen, nicht mal, wenn man ihn auf chinesisch darum bittet, welche Punktzahl bringt das alles? Wahrscheinlich eine monströse Punktzahl in der speziellen Wertung für Genies, wie schade, daß er nicht stottert, dann wäre er kaum noch zu schlagen ...«

»Aber man kann doch nicht sagen, daß –«

»Natürlich kann man das, wenn alle Professoren wie Sie nur damit beschäftigt sind, ihr Hirn im Sud ihres –«

»... man kann doch nun wirklich nicht sagen –«

»... im Sud ihres Ehrgeizes zu baden, in der Überzeugung,

endlich das Huhn gefunden zu haben, das goldene Eier legt, und deshalb völlig –«

»... ich muß Sie doch wirklich bitten –«

»... völlig verrannt in diese Geschichte mit dem Nobelpreis, seien wir doch ehrlich, das ist es doch, worauf ihr alle hinauswollt, Sie und –«

»KÖNNEN SIE MAL KURZ DIE KLAPPE HALTEN?«

»Was?«

»Ich habe Sie gefragt, ob Sie eventuell bereit wären, mal kurz die Klappe zu halten.«

»Ja.«

»Danke.«

»Bitte.«

»...«

»...«

»...«

»...«

»Es mag ja ein unglücklicher Umstand sein, ich bin da ganz Ihrer Meinung, aber dieser Junge ist ein Genie. Glauben Sie mir.«

»...«

»Ich möchte noch etwas hinzufügen. Die Vögel fliegen. Und Genies besuchen die Universität. Das mag banal klingen, aber so ist es nun mal. Mehr wollte ich nicht sagen.«

Monate später, einen Tag vor ihrer Abreise, ging Shatzy zu Professor Mondrian Kilroy, um sich von ihm zu verabschieden. Gould war schon eine ganze Weile fort. Der Professor hatte Pantoffeln an und übergab sich ständig. Offenbar machte es ihm zu schaffen, daß alle fortgingen, aber es war nicht sein Stil, es den anderen noch schwerer zu machen. Er besaß die große Fähigkeit, sich mit der Notwendigkeit der Ereignisse abzufinden, wenn sie sich ereigneten. Er erzählte Shatzy einen Haufen dummes Zeug, und manchmal mußte sie auch darüber lachen. Am Schluß holte er etwas aus einem Kästchen und gab es Shatzy. Es war die Broschüre mit den Preisen für den »Contact room«. Und auf der Rückseite war die *Abhandlung über intellektuelle Aufrichtigkeit*.

»Ich würde mich freuen, wenn Sie sie aufbewahrten.«

Da waren die sechs Thesen untereinander notiert, in Druckbuchstaben, etwas unbeholfen, aber ordentlich. Unter der letzten These stand eine Anmerkung, in einer anderen Farbe und in Schreibschrift. Sie hatte keine Nummer davor, nichts. Sie lautete:

In einem anderen Leben werden wir aufrichtig sein. Wir werden schweigen können.

Das war die Stelle, die Poomerang buchstäblich den Verstand raubte. Ihn wahnsinnig machte. Er hörte nicht auf, sie zu wiederholen. Er nichtsagte sie allen, als wäre es sein Name.

Shatzy nahm die Broschüre. Sie faltete sie zusammen und steckte sie in die Tasche. Dann umarmte sie den Professor, und beide machten ein paar von diesen Gesten, die zusammen unter dem Begriff des Abschiednehmens laufen. Ein Abschied.

Noch Jahre später trug Shatzy dieses zweimal gefaltete gelbe Blatt in ihrer Tasche mit sich herum, in der mit dem Schriftzug *Rettet den Planeten vor lackierten Fußnägeln*. Ab und zu las sie die sechs Thesen und die Anmerkung noch einmal durch und hörte dann die Stimme von Professor Mondrian Kilroy, der erläuterte und sich ereiferte und noch Pizza verlangte. Ab und zu bekam sie Lust, diesen Kram jemandem zum Lesen zu geben, aber in Wirklichkeit traf sie niemanden, der noch so naiv war, etwas davon zu verstehen. Manchmal waren sie sogar intelligent und alles, wirklich fähige Leute. Aber man merkte, daß es für sie zu spät war umzukehren, sie zu bitten, nur für einen Moment zurück nach Hause zu gehen.

Schließlich verlor sie die gelbe Broschüre und damit die *Abhandlung über intellektuelle Aufrichtigkeit*, weil ihre Tasche mal frühmorgens in der Wohnung eines Arztes kaputtging, als sie versuchte, sich aus dem Staub zu machen, und ihre schwarzen halterlosen Strümpfe nicht fand. Sie machte eine Riesenunordnung, und als sie ihren Kram wieder in die Tasche packte, wachte der Arzt auf und sie mußte irgendeinen Mist erzählen, und das brachte sie durcheinander und es ging so, wie es gehen mußte, und die gelbe Broschüre blieb dort.

Das war schade. Wirklich.

Auf der anderen Seite, der mit den Preisen für den »Contact room«, war eine ganze Liste von Dienstleistungen, und die letzte und teuerste hieß »Crossing contact«.

Das gehörte zu den Dingen, die Shatzy nie erfuhr: was zum Teufel ein »Crossing contact« war.

23

»Wir haben Stanley Poreda am Mikrophon, wir sind zu Besuch im Club, in dem er zur Zeit für den bevorstehenden Kampf gegen Larry ›Lawyer‹ Gorman trainiert, der Kampf ist für den zwölften des Monats angekündigt, ein Samstag, über die Distanz von acht Runden. Also, Poreda ... noch ganz ruhig?«

»Völlig ruhig.«

»Es kursieren eine Menge Gerüchte über deine Rückkehr in den Ring ...«

»Die Leute reden gern ...«

»Viele fragen sich, warum ein Boxer, der seine Karriere bereits beendet hat, sich nach zwei Jahren entschließt –«

»Nach zwei Jahren und drei Monaten ...«

»... nach zwei Jahren und drei Monaten, also einer kleinen Ewigkeit, und die Leute fragen sich, warum ein Boxer, der mit dem Profiboxen aufgehört hat –«

»Die Leute fragen sich allen möglichen Mist.«

»Poreda will sicher sagen, daß –«

»Poreda will sagen, daß diese Fragen Mist sind, ich mache wegen der Kohle weiter, warum sonst? Das Boxen hat mir nur Unglück gebracht, sieh dir bloß meine Arme an, krumm, total krumm, von den vielen Schlägen, die ich ausgeteilt hab, krumme Arme, das Boxen hat mich so zugerichtet, aber es ist das einzige, was ich kann, und wenn mir jemand Geld gibt, und dann auch noch so viel, steige ich wieder in den Ring und ... Wie war noch mal deine bescheuerte Frage?«

»Angeblich ist der Kampf eine abgesprochene Sache.«

»Wer sagt das?«

»Das stand in den Zeitungen. Und die Buchmacher wollen bis einen Tag vor dem Kampf keine Wetten annehmen. Die blicken auch nicht richtig durch.«

»Wann blicken die denn schon mal durch, die hab ich doch jahrelang an der Nase rumgeführt, und sie haben es nie kapiert, die haben durch meine Kämpfe mehr Geld verloren als ich durch die offenen Rechnungen meiner Exfrau ...«

»Willst du damit sagen, daß die Begegnung sauber ist?«

»... meine Exfrau ist der reinste Geldschlucker, weißt du, wirklich beeindruckend, sie erzählte immer, daß sie kein Geld für Kleider hat, ich hab das nicht geglaubt und ließ sie reden, aber sie blieb dabei, daß sie kein Geld für Kleider hat, na ja, als ich dann ihre Fotos im *Playboy* gesehen hab, mußte ich es schließlich glauben ...«

»Wird es ein sauberer Kampf, Poreda?«

»Im *Playboy*, verstehst du ...?«

»Möchtest du meine Frage nicht beantworten?«

»Hör zu, du Schwuchtel, Boxen ist *nie* sauber. Und dieser Kampf wird es auch nicht sein. Du kannst drauf zählen, daß er schmutzig sein wird. Blut und Scheiße. Hör zu, du kleine Schwuchtel: Ich bring die Scheiße mit. Für das Blut sorgt Lawyer. Okay?«

Gould stand auf, spülte, zog seine Schlafanzughose hoch, warf einen Blick in den Spiegel über dem Waschbecken und ging hinaus. Shatzy saß auf der obersten Treppenstufe. Sie saß mit dem Rücken zu ihm da und drehte sich nicht mal um, als sie zu sprechen begann. Sie drehte sich bis zum Schluß kein einziges Mal um.

»Okay, Gould, machen wir es kurz, damit es für keinen von uns langweilig wird, du gehst nach Couverney, ich wußte nichts davon, aber jetzt weiß ich es, woher ich es weiß, ist ja egal, jedenfalls hat Professor Kilroy es mir gesagt, das ist wirklich ein anständiger Kerl, er quatscht nur ein bißchen zuviel, er quatscht gern, aber du darfst ihm das nicht übelnehmen, früher oder später hätte ich es sowieso erfahren, vielleicht hättest du mir ja ein Telegramm geschickt oder so, sicher hättest du, na, sagen wir zu Weihnachten oder nach einer angemessenen Anzahl von Wochen, daran gedacht, ich weiß, daß du mich benachrichtigt hättest, natürlich mußt du dich erst mal eingewöhnen, es ist bestimmt nicht einfach, wie ein Fallschirmspringer in einem Kriegsgebiet voller neurotischer Hirnis und potentiell impotenter Kerle zu landen, umgeben von Kameraden, die für ihr Studium bezahlen müssen, während du dafür bezahlt wirst, zu studieren, sosehr man sich auch bemüht, sich beliebt zu machen, überall ist doch ein gewisser Widerwille gegen breites Grinsen und Schulterklopfen vorhersehbar, außerdem wirst du dich ständig dafür rechtfertigen müssen, daß du nicht in der Fußballmannschaft spielst, nicht im Chor mitsingst, nicht zum jährlichen Abschlußball gehst, nicht die Kirche besuchst, alles, was nur annähernd wie ein Verein oder Club aussieht oder irgendwelche Versammlungen vorsieht, ist dir ein Graus, an Zigaretten kannst du nichts finden, du sammelst nichts, ein Mädchen zu küssen findest du völlig uninteressant, für Autos hast du auch nichts übrig, irgendwann werden sie dich fragen, was zum Teufel du in deiner Freizeit machst, worauf du dann schlecht antworten kannst, daß du mit einem Riesen und einem Stummen durch die Gegend läufst und Kaugummis auf Geldautomaten klebst, ich meine, die werden das nicht einfach so schlucken, du kannst ihnen natürlich sagen, daß du dir Fußballspiele ansiehst, weil der Stumme vor Jahren eine Aktion aus den Augen verloren hat, die er wiederfinden muß, das hört sich fast noch vernünftiger an, vielleicht lassen sie es dir ja durchgehen, ich würde mich ganz allgemein ausdrücken, die beste Antwort wäre: Ich *habe keine* Freizeit, das klingt zwar nach einem unsympathischen Genie, aber dafür halten sie dich sowieso, du könntest Oliver Hardy sein, und sie würden dich trotzdem für unsympathisch halten, sie *müssen* das von dir denken, es beruhigt sie, und vor allem für *eingebildet*, sie werden dich immer für *eingebildet* halten, selbst wenn du die ganze Zeit durch die Gegend rennst und Entschuldigung sagst, Entschuldigung Entschuldigung Entschuldigung, werden sie dich immer für eingebildet halten, das ist ihre Art, die Dinge wieder ins Lot zu bringen, die Mittelmäßigen wissen nicht, daß sie Mittelmaß sind, das ist eine Tatsache, mittelmäßig, wie sie sind, reicht ihre Phantasie nicht aus, sich vorzustellen, daß jemand besser sein könnte als sie, und wenn es jemand trotzdem ist, muß etwas anderes bei ihm nicht stimmen, er muß irgendwo gemogelt haben, oder er ist ein Verrückter, der sich einbildet, besser zu sein als sie, also ist er eingebildet, wie sie dir bestimmt sehr bald auf nicht allzu angenehme oder sogar manchmal grausame Weise zu verstehen geben werden, grausam zu sein ist typisch für Mittelmäßige, Grausamkeit ist die Tugend der Mittelmäßigen schlechthin, sie müssen sich in Grausamkeit üben, eine Sache, die nicht die geringste Intelligenz erfordert, was ihnen die Sache offensichtlich einfacher und bequemer macht, das läßt sie sozusagen im Grausamsein glänzen, sooft es nur geht, also sehr oft, sehr viel öfter, als du es dir vorstellen kannst, so oft, daß sie dich damit überrumpeln werden, das ist unvermeidlich, ihre Grausamkeit wird dich unvorbereitet treffen, wahrscheinlich wird es genau so sein, daß sie dich unvorbereitet triffst, und das wird dann alles andere als leicht für dich, besser, du weißt es jetzt schon, wenn du das noch nicht kapiert hast, wird es dich unvorbereitet treffen, ich habe das, was mich unvorbereitet getroffen hat, eigentlich nie wirklich überwunden, und ich weiß, daß man sich im Grunde auch gar nicht gegen etwas wehren kann, was einen unvorbereitet erwischt, dagegen kann man nichts machen, man kann nur seinen Weg weitergehen und versuchen, nicht hinzufallen, nicht stehenzubleiben, keiner kann so bescheuert sein zu glauben, man käme irgendwo an, ohne zu stolpern und ohne sich überall blaue Flecken einzuhandeln, besonders im Rücken, so wird es auch bei dir sein, vor allem bei dir, wenn du dir nicht diese komische Idee, diese Scheißidee aus dem Kopf schlägst, den anderen vorausmarschieren zu wollen, noch dazu in diese Richtung, ich will ja nichts sagen, aber die Schule, der Nobelpreis und all das, du kannst nicht von mir verlangen, daß ich das verstehe, wenn es nach mir ginge, würde ich dich an die Kloschüssel fesseln, bis du es dir anders überlegt hast, aber schließlich bin ich auch nicht die richtige, um das zu verstehen, ich war nie eine von denen, die anderen vorausmarschieren, ich weiß auch nicht, und das mit der Schule war bei mir immer eine Katastrophe, nichts zu machen, deshalb ist es auch ganz normal, daß ich das nicht verstehen kann, sosehr ich mich auch anstrenge, mir fällt dazu höchstens die Sache mit den Flüssen ein, wenn ich irgendwas suche, um das Ganze besser verdauen zu können, muß ich an die Flüsse denken, daran, daß die Leute sie irgendwann genauer unter die Lupe nahmen, weil sie einfach nicht begreifen konnten, daß ein Fluß so lange braucht, um ans Meer zu gelangen, und freiwillig all diese Biegungen macht, anstatt sein Ziel geradewegs anzusteuern, du mußt doch zugeben, daß das irgendwie absurd ist, und genau das fanden die Leute auch, diese ganzen Biegungen sind irgendwie absurd, und deshalb haben sie die Sache untersucht und am Ende herausgefunden, und das ist unglaublich, daß jeder Fluß, egal, wo er ist und wie lang er ist, daß jeder, aber auch wirklich jeder einzelne Fluß, bevor er das Meer erreicht, exakt den dreifachen Weg zurücklegt, als wenn er gerade verliefe, verblüffend, stell dir das mal vor, dreimal so lang wie nötig, und das alles nur wegen der Biegungen, durch die Strategie mit den Biegungen, und nicht nur dieser oder jener Fluß, sondern alle Flüsse, als wäre es unvermeidlich, eine Art Regel, die für alle gilt, das ist doch unglaublich, wirklich verrückt, aber das haben die Leute mit wissenschaftlicher Gewißheit rausgefunden, indem sie die Flüsse, alle Flüsse untersucht haben, sie haben festgestellt, daß sie nicht verrückt sind, sondern daß ihre Natur als Fluß ihnen dieses unablässige und obendrein präzise Schlängeln aufzwingt, so daß alle, ich sage alle, am Ende einen Weg zurücklegen, der dreimal länger ist als nötig, um genau zu sein: drei Komma eins vier Mal so lang, ich schwöre: das berühmte griechische Pi, ich konnte es auch nicht glauben, aber es scheint wirklich so zu sein, du nimmst ihre

Entfernung vom Meer, multiplizierst sie mit Pi und erhältst den Weg, den sie tatsächlich zurücklegen, was, wie ich finde, ein großer Blödsinn ist, denn wenn die Regel für sie gilt, warum dann nicht auch für uns, ich meine, das mindeste, was man erwarten kann, ist, daß es bei uns mehr oder weniger dasselbe ist, und wenn wir wie verrückt oder, schlimmer: wie verstört im Zickzack laufen, ist das in Wirklichkeit unsere Art, geradeaus zu gehen, und zwar die wissenschaftlich exakte und im übrigen schon vorherbestimmte Art, klar sieht das aus wie eine unbestimmte, wirre Folge von Fehlern oder Sinnesänderungen, aber es sieht eben nur so aus, denn in Wirklichkeit ist es nur unsere Art, ans Ziel zu gelangen, die uns ganz eigene Art, sozusagen unsere Natur, was wollte ich sagen?, ja, die Geschichte mit den Flüssen ist, wenn man drüber nachdenkt, eine beruhigende Geschichte, ich finde es sehr beruhigend, daß sich hinter all unseren Dummheiten eine objektive Regel verbirgt, ist doch eine beruhigende Sache, deshalb hab ich beschlossen, daran zu glauben, und, genau, was ich sagen wollte, war, daß es mir weh tut, dich so bescheuerte Umwege wie den über Couverney machen zu sehen, aber selbst wenn ich jedesmal an einen Fluß gehen muß, um mich daran zu erinnern, werde ich immer daran denken, daß es gut ist so, und daß es für dich richtig war zu gehen, obwohl ich dir dafür am liebsten den Schädel einschlagen würde, aber ich will, daß du gehst, und ich bin glücklich, daß du gehst, du bist ein starker Fluß, du wirst deinen Weg finden, es tut nichts zur Sache, daß ich nie im Leben dorthin gegangen wäre, wir sind eben unterschiedliche Flüsse, das liegt auf der Hand, ich bin wohl ein anderes Modell von Fluß, wenn ich es mir genauer überlege, bin ich vielleicht gar kein Fluß, sondern, ich meine, kann doch sein, daß ich eher ein See bin, weißt du, was ich meine, vielleicht sind manche Menschen Flüsse und andere Seen, und ich bin ein See oder so, wer weiß, einmal hab ich in einem See gebadet, das war ganz komisch, weil man da merkt, daß man sich vorwärts bewegt, ich meine, ringsum ist alles so flach, und man merkt beim Schwimmen, daß man sich vorwärts bewegt, ein sonderbares Gefühl, und dann waren da auch noch eine Menge Insekten, und wenn man am Ufer, wo es nicht so tief war, das Bein nach unten ausstreckte, fühlte es sich richtig eklig an, wie dreckiger Schlamm, von oben hätte man das nie gedacht, aber da unten war dreckiger Schlamm, Öl oder so, wirklich ganz schön eklig, wie auch immer, ich wollte dir nur zwei Sachen sagen, erstens, sollten sie es wagen, dir etwas zu tun, komme ich und hänge sie an einer Hochspannungsleitung auf, und zwar mit den Eiern zuerst, und zweitens wirst du mir fehlen, deine Kraft wird mir fehlen, ist nicht schlimm, wenn du das jetzt nicht verstehst, später reicht auch noch, deine Kraft wird mir fehlen, Gould, seltsamer kleiner Kerl, deine Kraft, verdammte Oberkacke noch mal.

Pause.

»Hast du eine Ahnung, wie spät es ist?«

»Weiß nicht. Es ist schon dunkel.«

»Geh schlafen, Gould. Es ist spät, geh schlafen.«

24

Es kam alles so unerwartet und irgendwie *selbstverständlich*.

Am Morgen war Gould wieder zur Renemport-Schule gegangen; er stellte sich vor, daß er dort vielleicht den kleinen Jungen mit seinem Basketball und dem ganzen Drum und Dran wiedersehen könnte – um genau zu sein, *spürte* er, daß der Junge dort war, er war mit der *Gewißheit* aufgewacht, daß er dort sein würde.

Er brauchte eine Weile, bis er endlich vor der Renemport-Schule ankam. Dort war vielleicht gerade Pause oder irgendein Fest oder der letzte Tag von irgendwas. Jedenfalls war der Hof überfüllt von Mädchen und Jungen, die spielten und einen Lärm machten wie in einem Vogelhaus, aber ein Vogelhaus, in das jemand wüst und schlecht zielend lautlose, unsichtbare Kugeln schießt.

Eine Menge Bälle unterschiedlichster Größe sprangen umher

und zeichneten geometrische Figuren vor Füße, Hände, Schulranzen und Mauern.

Die Schule hinter dem großen Vogelhaus sah leer aus.

Von dem kleinen schwarzen Jungen keine Spur. Ab und zu zielte einer auf den Korb. Aber sie trafen ihn fast nie.

Gould setzte sich auf eine Bank auf der Allee, ungefähr zehn Meter von dem Zaun entfernt, der rings um die Schule verlief. Hinter Gould war die Straße, ein Streifen schnell vorbeirasender Autos und Lastwagen. Vor ihm war ein Stück Rasen, dann kam der verrostete Maschendraht, bis obenhin, und dahinter kam schließlich der Schulhof mit den vielen Kindern. In all dem gab es weder einen Rhythmus noch eine Regel oder ein Zentrum, so daß es sich als schwierig erwies, dort zu *denken*, und auf gewisse Weise als unmöglich – Gedanken zu haben. Deshalb zog Gould seine Jacke aus, legte sie über die Rückenlehne der Bank und machte es sich bequem, um zu nichtdenken.

Über all dem stand die Sonne hoch am Himmel.

Der Ball flog ganz knapp über den Zaun, zwei Handbreit, mehr nicht. Über dem Rasenstück fiel er wieder runter, sprang wenige Meter von Gould entfernt auf und rollte zur Straße. Es war ein schwarz-weißer Ball, ein Fußball.

Gould nichtdachte. Er folgte instinktiv der Flugkurve des Balls, sah ihn auf dem Gras aufspringen und dann hinter seinem Rücken zur Straße verschwinden. Er nichtdachte weiter.

Da durchdrang eine Stimme den Lärm und rief:

»Der Ball!«

Es war die Stimme eines Mädchens. Sie stand dicht am Zaun und krallte ihre Finger in die verrosteten Eisenmaschen.

»He, kannst du mir mal den Ball rüberwerfen?«

In jahrelangem Unterricht bei Professor Taltomar hatte Gould gelernt, nicht eine Spur von Verlegenheit zu empfinden. Er starrte unbeirrt vor sich hin und nichtdachte weiter.

»Hallo, wirf mir mal den Ball rüber, he, dich meine ich, bist du taub?«

Es ging noch eine Weile so weiter, das Mädchen schrie, und Gould starrte unbeirrt vor sich hin.

Minutenlang.

Dann hatte es das Mädchen satt, rannte vom Zaun weg und ging wieder spielen.

Gould folgte ihr mit dem Blick, sie lief einem anderen, etwas größeren Mädchen hinterher und verschwand dann irgendwo im Gewimmel von Kindern und Bällen und Schreien und Freude. Er betrachtete noch einmal genauer den Zaun, wo sich das Mädchen mit den Händen festgeklammert hatte, und stellte sich den Rost auf ihren Handflächen und in den Hautfalten ihrer Finger vor.

Dann stand er auf. Er drehte sich um sich selbst, bis er den schwarz-weißen Ball auf der anderen Straßenseite sah, der Luftstrom der vorbeirasenden Autos jagte ihn zusammen mit dem Staub den Rinnstein entlang.

Es kam alles so unerwartet und irgendwie *selbstverständlich*. Der Busfahrer sah Gould schon von weitem, rechnete aber nicht damit, daß er tatsächlich auf die Straße laufen könnte. Er dachte, wenn er sich nur einmal umdrehen würde, müßte er den Bus sehen und stehenbleiben. Aber der Junge trat auf die Straße, ohne sich umzusehen, wie zu Hause auf dem Gartenweg. Der Fahrer trat instinktiv auf die Bremse, hielt das Lenkrad fest umklammert und stemmte sich gegen die Rückenlehne. Der Bus kam ins Schleudern und rutschte mit dem Hinterteil auf die Mitte der Fahrbahn. Der Junge ging weiter und starrte auf irgend etwas vor sich. Der Fahrer ließ die Bremse etwas locker, um wieder die Kontrolle über den Bus zu bekommen, sah die wenigen Meter, die noch fehlten, und dachte, daß er im nächsten Moment einen kleinen Jungen überfahren würde. Er riß das Lenkrad mit einem Ruck nach rechts. Er hörte die Leute hinter seinem Sitz aufschreien. Er sah, daß der Bus einen Meter, nicht mehr als einen Meter schräg an dem Jungen vorbeischlitterte, und spürte unter seinem Griff die Reifen am Bürgersteig entlangschrammen.

Gould kam auf der anderen Straßenseite an, bückte sich und hob den Ball auf. Dann drehte er sich um, schaute, ob kein Auto kam, und ging wieder über die Straße. Da stand ein Bus etwas schief gegen den Bürgersteig gequetscht, und der Fahrer hupte wie wahnsinnig. Gould dachte, daß er jemanden grüßte. Er betrat das Rasenstück und ging zurück zur Bank. Er betrachtete den Zaun, wie hoch er war. Dann betrachtete er den Ball. Darauf stand: *Maracaná*. Er hatte noch nie einen Ball von so nah gesehen. In Wirklichkeit hatte er auch noch nie einen Ball berührt.

Er warf noch einen Blick auf den Zaun. Den Ablauf kannte er, er hatte es tausendmal gesehen. Er ging die Bewegung noch einmal im Geiste durch und fragte sich, ob er es schaffen würde, sie in alle Körperteile, die er dafür brauchte, zu übertragen. Das schien ihm eher unwahrscheinlich. Aber er mußte es unbedingt versuchen. Er ging noch einmal alles der Reihe nach durch. Die einzelnen Schritte waren nicht kompliziert. Er mußte sich über die Geschwindigkeit klarwerden, die Schwierigkeit bestand darin, die Etappen zeitlich so aufeinander abzustimmen und alle Teile so ineinander übergehen zu lassen, daß sie eine einzige geschmeidige Bewegung ergaben. Er durfte nicht mittendrin aufhören, das war klar. Es mußte eine Sache mit einem Anfang und einem Ende werden, sie durfte nicht zwischendurch irgendwo aufhören. Wie der Refrain in einem Lied, dachte er. Auf der anderen Seite des Zaunes kreischten immer noch die Kinder. Sing, Gould. Wie es auch enden mag, jetzt ist der richtige Moment, zu singen.

Dem Busfahrer zitterten die Knie, aber trotzdem stieg er aus, ließ die Tür offen und ging auf diesen bescheuerten Jungen zu. Der stand regungslos da und starrte auf den Ball in seiner Hand. Das schien wirklich ein Schwachkopf zu sein. Er wollte ihm etwas zurufen, als der Junge sich endlich bewegte: Er warf den Ball mit der linken Hand in die Luft und schoß ihn dann mit dem rechten Fuß in hohem Bogen über den Zaun in den Schulhof. Schau dir diesen Schwachkopf an, dachte er.

Die Wölbung des schwarz-weißen Leders trifft in der Luft auf die Schleuder aus Fuß, Bein, Knöchel, rechter Spann, ein perfekter weicher Aufprall, der sich durch das Fleisch bis ins Gehirn fortsetzt – das reinste Vergnügen –, als der Körper die

Achse des linken Beins umkreist, die während der Schraube das Gleichgewicht hält, um es auf das rechte Bein zu übertragen, sobald es nach dem großen Schwung mit einem Schlag wieder die Erde berührt, damit der Körper nicht vornüberkippt, wenn sich der Blick instinktiv hebt, um zuzusehen, wie der Ball Zaun und Zweifel überwindet und eine Flugbahn in den Himmel zieht wie ein Regenbogen, nur in Schwarz-Weiß.

»Ja«, sagte Gould leise. Es war die Antwort auf eine Menge Fragen.

Der Busfahrer hatte sich dem Jungen bis auf wenige Meter genähert. Er hatte immer noch ein bißchen weiche Knie. Er war richtig sauer.

»Spinnst du oder was? He, bist du total verrückt?«

Der Junge drehte sich um und sah ihn an.

»Nicht mehr.«

Sagte er.

25

»Hallo?«

»Hallo.«

»Wer ist da?«

»Hier ist Shatzy Shell.«

»Ach, Sie sind es.«

»Ja, ich bin es, Herr General.«

»Alles in Ordnung bei Ihnen?«

»Nicht so richtig.«

»Gut.«

»Ich sagte: Nicht so richtig.«

»Wie bitte?«

»Ich rufe an, weil es ein Problem gibt.«

»Stimmt, Sie waren es, die angerufen hat. Warum?«

»Weil es ein Problem gibt.«

»Ein Problem?«

»Ja.«

»Hoffentlich nichts Schlimmes.«

»Kommt drauf an.«

»Das ist nicht der richtige Zeitpunkt, um große Probleme zu haben, wissen Sie?«

»Tut mir leid.«

»Das ist wirklich nicht der richtige Zeitpunkt.«

»Würden Sie mir jetzt bitte mal zuhören?«

»Aber sicher.«

»Gould ist verschwunden.«

»Aber ...«

»Was?«

»Aber Gould ist doch nach Couverney gefahren.«

»Stimmt.«

»Das ist aber nicht dasselbe wie *verschwinden*.«

»Ganz richtig.«

»Er ist nur nach Couverney gefahren.«

»Ja, aber er ist dort nie angekommen.«

»Was soll das heißen?«

»Gould ist nach Couverney gefahren, aber er ist dort nie angekommen.«

»Sind Sie sicher?«

»Ganz sicher.«

»Und wo zum Teufel steckt er dann?«

»Das weiß ich nicht. Ich glaube, er hat beschlossen zu verschwinden.«

»Bitte?«

»Er ist abgehauen, Herr General, Gould ist abgehauen.«

»Wahrscheinlich ist ihm etwas passiert, haben Sie schon in der Universität, bei der Polizei und überall angerufen?«

»Nein.«

»Das machen Sie jetzt sofort, und dann rufen Sie mich in fünf Minuten wieder an, nein, ich rufe Sie an, in fünf Minuten ...«

»Herr General ...«

»Regen Sie sich nicht auf.«

»Ich rege mich nicht auf, ich möchte nur, daß Sie mir einen Moment zuhören.«

»Ich höre zu.«

»Unternehmen Sie bitte nichts.«

»Und warum nicht?«

»Hören Sie zu, unternehmen Sie nichts, erzählen Sie niemandem davon, aber kommen Sie bitte her.«

»Ich zu Ihnen?«

»Ja, ich möchte, daß Sie herkommen.«

»Reden Sie keinen Unsinn, wir müssen Gould finden, es nützt doch überhaupt nichts, wenn ich komme, tun Sie mir den Gefallen und –«

»Herr General ...«

»Ja.«

»Vertrauen Sie mir. Nehmen Sie einen Ihrer Flieger oder sonstwas und kommen Sie her.«

»...«

»...«

»...«

»Glauben Sie mir, das ist das einzig Sinnvolle, was Sie tun können.«

»...«

»Also, ich warte auf Sie.«

»...«

»Herr General ...«

»Ja?«

»Danke.«

26

Eine Zigarette wird angezündet – Ton voll aufgedreht, das knisternde Geräusch des Tabaks, so laut, als würde sich ein kilometerlanges Blatt einrollen –, beim Einsaugen des Rauchs höhlen sich die Wangen ein, unter Augen wie nasse Austern in einem rüstigen Gesicht, das sich zu der jungen Frau auf dem Nebenplatz neigt, einer Blondine, die mit einem lauten, heiseren Lachen lacht, das einem Versprechen auf Sex gleichkommt und den Geist der Männer aufweicht, die im Umkreis von zehn

Metern auf ihren Plätzen kleben, das sich nach und nach über den aufgereihten Männern und Frauen verliert, an dichtgedrängten Körpern und umherschweifenden Gedanken vorüber, Reihe für Reihe, von oben nach unten abfallend, die mit Wellen von Rockmusik aufgepeitschte Luft durchdringend, die große Lautsprecher in der Höhe ausstoßen, aufgespießt von Rufen, die im Stehen Namen von einem Ende des Saales in den anderen schreien, schwebend von Lichtfleck zu Blitzlicht, FLASH, durch den Geruch von Tabak, Luxusparfüm, Rasierwasser, Achseln, Lederjacken, Popcorn, sich einen Weg bahnend durch das Stimmengewirr, Leib und Schoß von Millionen von Worten, aufgeregten, törichten, schmutzigen, gelallten, liebevollen Worten, die wie Würmer in dieser Landschaft aus Körpern und Hirnen wimmeln, ein von Kopfreihen durchfurchtes Feld, das konzentrisch abfällt und unvermeidlich in dem grellbeleuchteten Krater endet, der in der Mitte Blicke, Schaudern, Herzklopfen sammelt, all das auf dem blauen Teppich sammelt, auf dem ein schreiendroter Schriftzug PONTIAC HOTEL brüllt und es diese ganze heiße Nacht lang brüllen wird, Gott segne diese Nacht, endlich ist sie da, aus weiter Ferne an ihrem Ziel

... hier am Ring des Pontiac Hotel, wo Dan De Palma seine Hörer am Mikrophon von Radio KKJ herzlich zu diesem wunderbaren Boxabend begrüßt. Hier ist alles bereit für die Herausforderung, FLASH, der schon im Vorfeld ganze Tintenströme und Tausende von Wetten gewidmet wurden, eine Herausforderung, auf der Mondini bestand und die er auch erreicht hat, vielleicht gegen den Willen seines Schützlings, FLASH, ganz sicher aber zur allgemeinen Verwunderung, FLASH, und großer Skepsis der Medien, einer Skepsis, die sich mittlerweile in quälende Ungeduld verwandelt hat, sieht man sich den Zustrom von Zuschauern und die gespannte Atmosphäre, FLASH, hier am Ring an, wo nur noch wenige Sekunden bis zum Beginn des Kampfes fehlen, FLASH, Ringrichter ist der Mexikaner Ramón Gonzales, 8243 zahlende Zuschauer, zwölf Radiostationen auf Sendung, in der roten Ecke, FLASH, mit weißer Hose mit rotem Steifen,

33 Jahre, 57 Begegnungen, 47 Siege, FLASH, 14 Niederlagen, 2 Unentschieden, zwölf Jahre Profiboxer, zweimal Herausforderer des Weltmeisters, hat sich vor zwei Jahren und drei Monaten in Atlantic City aus dem Ring zurückgezogen, ein umstrittener Mann, geliebt und gehaßt, FLASH, Alptraum eines jeden Buchmachers, Linksausleger, hart im Nehmen, ein außergewöhnlich starker Kämpfer, Stanleeeeeeeey »Hoooooooooker« Poreeeeeeeeeeeda, FLASH, in der blauen Ecke in schwarzer Hose, 22 Jahre, 21 Begegnungen, 21 Siege, 21 durch K.o., FLASH, ungeschlagen und erst einmal auf den Brettern gelandet, eine der großen Hoffnungen des internationalen Boxsports, beherrscht beide Auslagen, rechts und links, FLASH, ist sehr schnell und unglaublich wendig, jung, nicht einzuschätzen, arrogant, FLASH, unbeliebt, vielleicht der Boxer, den wir in ein paar Jahren als den größten bezeichnen werden, Larryyyyyyy »Laaaaaaaaawyer« Gooooooooorman

(spüre Mondinis Finger an meinem Nacken rauf- und runterstreichen, soll Angstverspannungen lösen, ich hab keine Angst, Meister, aber mach trotzdem weiter, es ist schön)

»Laß dir Zeit und mach keinen Blödsinn, Larry.«

»Ist gut.«

»Weich ihm aus, laß ihn nicht mit dem Kopf an dich ran.«

»Ist gut.«

»Mach einfache Sachen, dann hast du auch keine Probleme.«

»Sie haben es versprochen, Meister.«

»Ja, ich habe es versprochen.«

»Wenn ich gewinne, bringen Sie mich zum Weltmeistertitel.«

»Denk jetzt an den Kampf, du Idiot.«

»Sie werden sehen, der Kampf um den Titel wird Ihnen gefallen.«

»Leck mich, Larry.«

»Du mich auch.«

BOX, ruft Ringrichter Gonzales, und schon geht es los, Poreda in der Ringmitte, Lawyer mit rechter Führhand, kreist um Poreda herum ... Poreda hält die Deckung sehr geschlossen, beide Fäuste dicht nebeneinander vor dem Gesicht, er gibt lieber dem Körper Blöße, der Blick hinter den roten Boxhandschuhen ist kaltblütig und ... böse, das ist offensichtlich wieder ganz der, FLASH, Poreda von früher, kein sehr eleganter Stil, aber kompakt ... sehr robust, Lawyer hüpft um ihn herum, ändert immer wieder die Richtung, FLASH, er wirkt sehr locker, im Moment setzt er nur die Beine ein, zeigt nicht mal einen Jab ... die beiden taxieren einander, eine Finte von Lawyer, FLASH, noch eine Finte ... Poreda zeigt nicht viel Beinarbeit, scheint aber mit dem Oberkörper wendig genug zu sein, noch eine Finte, und gleich die nächste von Lawyer, FLASH, Poreda läßt sich nicht zurückdrängen, weicht nur leicht mit dem Oberkörper aus ... Bislang ist noch kein Schlag ausgeführt worden, ein sehr vorsichtiger Beginn von diesen (hat dir schon mal jemand gesagt, wie häßlich du bist, Poreda? Der hat überhaupt keine Beine, entweder tut er nur so, oder er hat wirklich keine mehr, mit diesen hier wird er nicht weit kommen, die Arme muß ich treffen, da muß ich ihn treffen, sind sie kaputt oder nicht?, klar sind sie kaputt, verdammt) ... DEN JAB, LARRY, DEN JAB, SO MACHST DU NUR WIND, ausgesprochen elegant um die Ringmitte herum, aber Lawyer teilt keine Schläge aus, es sieht fast so aus, als wolle er sich über seinen Gegner lustig machen, FLASH, das ist übrigens eine Eigenart Lawyers, er macht gern ein bißchen Theater ... manchmal etwas zuviel, wie kritische Stimmen sagen (ja, das hättest du wohl gerne, was, Poreda?, daß ich so lange um dich herumhüpfe, bis ich außer Atem bin und du nur auf den richtigen Moment warten mußt, um mich zu erwischen, du denkst wohl, ich würde darauf reinfallen, was? Ende der Vorstellung, das war nur), FLASH FLASH, DIE RECHTE VON POREDA, ein schneller rechter Haken, FLASH, völlig ohne Vorbereitung, aber er hat Lawyer überraschend erwischt, ein Treffer ins Gesicht, die Spannung steigt hier im Pontiac Hotel (Scheiße, du Mistkerl), WO ZUM TEUFEL BIST DU, LARRY? (ich bin hier,

Meister, ich bin hier, okay, die Party ist zu Ende, du Bastard), Finte von Lawyer, noch eine Finte, er wechselt die Führungshand, Jab, NOCH EIN JAB, UND LINKER HAKEN, FLASH, POREDA AUS DER, FLASH, RINGMITTE VERJAGT, Poreda hängt in den Seilen, LAWYER, FLASH, EINE RECHTS-LINKS-KOMBINATION, EINE STARKE SERIE, FLASH, AUF DEN KÖRPER, FLASH, behält die Deckung oben, schützt sein Gesicht, FLASH, Lawyer schlägt zu und geht auf Distanz, jetzt geht er wieder in ihn rein, trifft immer noch den Körper, WEG, WEG DA, VERDAMMT NOCH MAL, Lawyer geht rein und raus aus dem Mann, Poreda immer noch in den Seilen, Lawyer mit beiden Fäusten, Poreda pendelt mit dem Oberkörper, kommt nicht aus der Deckung hervor, WEG DA, Lawyer bedrängt ihn, AUFWÄRTSHAKEN VON POREDA, UND HAKEN, RECHTER HAKEN INS GESICHT, LAWYER TAUMELT, POREDA GEHT IN DEN CLINCH, EIN MUNDSCHUTZ FLIEGT DURCH DIE LUFT, LAWYER HAT SEINEN MUNDSCHUTZ VERLOREN, DER RINGRICHTER UNTERBRICHT, der starke Haken von Poreda hat Lawyer hart am Kopf getroffen, er hat ihm den Mundschutz rausgeschlagen, der Ringrichter hebt ihn auf, reicht ihn weiter an Lawyers Sekundanten, Lawyer kann Luft holen, er scheint sich über die Zweierkombination von Poreda zu beschweren, Poreda schien hinter seiner Deckung zu stecken, aber dann hat er Lawyer mit einem Aufwärtshaken überrascht, um ihn einen Moment später mit dem richtigen Timing erneut zu schlagen, Lawyer setzt seinen Mundschutz wieder ein, BOX, es geht weiter, Lawyers Gesicht ist blutverschmiert, vielleicht ein kleiner Cut an der Augenbraue, die beiden Boxer taxieren sich wieder, es scheint doch eine Verletzung im Mund zu sein, im Moment fließt sehr viel Blut Lawyers Hals hinunter, vielleicht sollte der Ringrichter, DREISSIG SEKUNDEN, LARRY (okay, dreißig Sekunden, Kopf hoch), DREISSIG SEKUNDEN, HAU AB DA, LASS LAUFEN, DREISSIG SEKUNDEN, jetzt ist es Lawyer, der an den Seilen bleibt, Poreda bedrängt ihn, aber sehr vorsichtig, er verkürzt die Distanz mit seiner charakteristischen Haltung, den Kopf zwischen den Schultern nach vorn geschoben, Lawyer versucht, ihn mit Jabs auf Distanz zu halten, der Ringrichter unterbricht, Ermahnung Poredas wegen zu tiefer Kopfhaltung, der Kampf wird fortgesetzt, GONG, Ende der ersten Runde, eine Runde, die praktisch von einem einzigen spannenden Moment lebte, der Aktion von

»So ein Dreckskerl.«

»Laß mal sehen.«

»Das war sein Ellbogen ... Als er sah, daß ich meinen Mundschutz verloren hab, hat er mir den Ellbogen mitten in den Kiefer gerammt, dieser Dreckskerl ...«

»Halt den Mund und laß mich mal sehen.«

»...«

»Okay, WASSER, HER MIT DEM WASSER ...«

»Es tut verdammt weh, Meister.«

»Red keinen Mist.«

»Aber mein Mund –«

»DANN LASS IHN ZU und paß jetzt auf. LARRY!«

»Ja.«

»Es geht noch mal ganz von vorn los. Vergiß, was war, es geht von vorn los, als wäre das jetzt die erste Runde ... Ganz in Ruhe und mit klarem Kopf, okay? Es ist alles wie vorher, du bist der Stärkere, sei ganz ruhig, geh in den Ring, mach deine Arbeit, sonst nichts.«

»Wie viele hat er mir verpaßt?«

»Zwei oder drei, nichts Schlimmes.«

»ZWEI ODER DREI?«

»Ich hab die Adresse von einem guten Zahnarzt, kein Problem. Steh auf und atme, hast du Durst?«

»Ich bring ihn um, diesen Dreckskerl, das schwör ich dir ...«

»LARRY, VERDAMMT, ES IST NICHTS PASSIERT, ES GEHT VON VORN LOS, KAPIER DAS ENDLICH, VON VORN, alles von vorn, es ist nichts passiert, du mußt jetzt klaren Kopf bewahren, Larry ...«

»Okay, okay.«

»Erste Runde, okay?«

»Erste Runde.«
»Es ist nichts passiert.«
»Okay.«
»Weißt du was, dir fehlen da vorn drei Zähne.«
»Ist schon Jahre her, ein Baseballschläger.«
»Okay, leck mich, Larry.«
»Du mich auch.«

Zweite Runde hier im Ring des Pontiac Hotel, wir sind für die Zuhörer von Radio KKJ live auf Sendung, Larry »Lawyer« Gorman hat es am Mund böse erwischt, er ist jetzt in der Ringmitte ... Poreda bewegt sich kaum, verschanzt sich hinter seiner Deckung, stets bereit, zuzuschlagen, rechte Gerade von Lawyer, noch eine Gerade, Poreda macht nicht auf, Lawyer kreist um ihn herum, er sucht wohl die ... HARTER JAB, GEFOLGT VON EINEM ZWEITEN JAB UND EINEM KÖRPERHAKEN, POREDA IN DEN SEILEN, Poreda in der Ecke, dreht sich nach links weg, Lawyer läßt nicht locker (auf den Kopf aufpassen, der versucht's bestimmt wieder mit dem Aufwärtshaken), Poreda wieder in der Ecke, er versucht einen Aufwärtshaken, der geht ins Leere, Lawyer trommelt auf seinen Körper ein, schnelle Schläge in die Seiten, Poreda hat die Deckung immer noch vor dem Gesicht und versucht, nach rechts abzuducken, AM BODEN, POREDA AM BODEN, ER BERÜHRT MIT EINEM KNIE DEN BODEN (was soll das, du Bastard?), DER RINGRICHTER WEIST LAWYER ZURÜCK, WAHRSCHEINLICH HAT ER DIE LEBER GETROFFEN, EIN TREFFER AUS DER HALBDISTANZ, POREDAS RECHTES BEIN IST EINGEKNICKT, ALS WÄRE ES GEBROCHEN, JETZT STEHT ER WIEDER AUF, er kriegt kaum noch Luft, Ringrichter Gonzales zählt ihn an, er scheint nicht benommen zu sein, macht ein Zeichen, daß alles in Ordnung ist, *LARRY!* (immer noch dieser Blick wie vorhin, es ist nichts passiert, das ist eine Falle), *LARRY, LASS IHN!* (hab verstanden, Meister, ich geh nicht in ihn rein, mach ich nicht, aber ich tanz ein bißchen, das wird ihm jetzt guttun, was?), und Lawyer tänzelt um ihn herum und ändert immer wieder die Richtung, er scheint nicht angreifen zu wollen, vielleicht wartet er nur auf den richtigen Zeitpunkt ... Poreda verkürzt die Distanz, Lawyer geht nicht darauf ein, weicht zurück, dreht sich elegant nach rechts raus, umkreist Poreda, jetzt wieder in die andere Richtung, Poreda versucht erneut, die Distanz zu verkürzen, Lawyer hängt sich in die Seile, Haken von NEIN, DAS IST EINE GERADE VON LAWYER, EIN WIRKUNGSTREFFER, DER POREDA ZUM WANKEN BRINGT, DA STEHT ER, LAWYER SCHLÄGT MIT BEIDEN FÄUSTEN AUF IHN EIN, POREDA IN SCHWIERIGKEITEN, POREDA, POREDA TRIFFT MIT EINEM HAKEN, NOCH EINER, JETZT SCHLÄGT ER ZU, EIN HEFTIGER SCHLAGABTAUSCH, LAWYER GETROFFEN, KLAMMERT SICH AN DIE SEILE (Scheiße, wo), POREDA GREIFT WEITER AN, *HAU AB, LARRY*, POREDA MIT TIEFEN SCHLÄGEN, UND DANN EIN HAKEN INS LEERE, *HAU ENDLICH AB DA, LARRY* (kriegt kaum Luft), POREDA MACHT WEITER DRUCK AUS DER HALBDISTANZ, LAWYER IN DIE SEILE GESCHICKT, POREDA, POREDA, *LARRY!* (kriegt kaum Luft), POREDA TRIFFT MIT DER RECHTEN, NOCH EINE RECHTE, DIESMAL DANEBEN, POREDA LÄSST ETWAS NACH, macht zwei Schritte zurück (jetzt), LAWYER WIE EINE SCHLEUDER, RECHTE GERADE, NOCHMALS RECHTS, POREDA IN DER RINGMITTE ZUSAMMENGEKRÜMMT, HEFTIGER HAKEN VON LAWYER, POREDA TORKELT, SUCHT DIE SEILE (der Haken, er sieht meinen Haken nicht), POREDA HÄNGT IN DEN SEILEN, LAWYER BLEIBT AUF DISTANZ, ER SUCHT DIE LÜCKE, POREDA SCHWANKT MIT DEM OBERKÖRPER (du bist erledigt, Kleiner), Lawyer mit einem Jab, noch mal mit dem Jab, keine Reaktion von Poreda, er sucht immer noch, HARTER JAB UND RECHTER HAKEN, POREDA AM BODEN, EINE BLITZSCHNELLE ZWEIERKOMBINATION, POREDA AM BODEN (steh auf, du Feigling), POREDA WIRD ANGEZÄHLT, ABER ER STEHT WIEDER AUF (steh auf, ich bin noch nicht fertig mit dir), ER SPRINGT WIEDER AUF DIE BEINE, SECHS ... SIEBEN ... ACHT ... Er macht ein Zeichen, daß er weiterkämpfen will, es geht weiter, und Lawyer greift gleich wieder an, er verkürzt die Distanz, setzt Poreda zu, Jab, wieder

Jab, ABER DANN EIN KONTERSCHLAG, POREDA IST IHM MIT EINER GERADEN ZUVORGEKOMMEN, LAWYER TAUMELT, ER GEHT AUF DIE KNIE, LAWYER VON EINEM KONTER GETROFFEN, ABER WIEDER AUF DEN BEINEN (Scheiße ...), versucht, in den Clinch zu gehen (du Arschgesicht), diese Phase des Kampfes ist unglaublich intensiv, die Zuschauer sind von ihren Plätzen aufgesprungen, der Ringrichter unterbricht, Lawyer schnappt mit weit geöffnetem Mund nach Luft, die Gerade war ein harter Wirkungstreffer (du bist ein Trottel, Larry), sie gehen wieder in den Clinch, Poreda haut auf die Seiten, Lawyer landet einen Haken, Aufwärtshaken ins Leere, Poreda schlägt immer noch auf die Seiten, sie stehen Kopf an Kopf (was macht der denn, redet der?), Poreda scheint sich im Nahkampf besser zu bewegen (halt die Klappe, du Bastard, halt die Klappe), der Ringrichter trennt die beiden Boxer, *WAS IST DENN DAS FÜR EIN RINGRICHTER?*, beim Auseinandergehen trifft Poreda Lawyer wieder in die Seite, Lawyer protestiert, *RINGRICHTER, WAS WAR DAS DENN? OFFENE FAUST!!!*, von hier schwer zu beurteilen (Daumen ins Zwerchfell, den Trick kenne ich, du Bastard), sah aus wie ein sauberer Schlag, Lawyer weicht zurück und holt Luft, Poreda nimmt den Druck raus, geht in die Ringmitte, setzt die Beine ein, das ist der Lawyer, GONG, den wir kennen, Ende dieser Runde, eine Runde, in der beide Boxer nach meinem persönlichen Ermessen nahezu

»Alles in Ordnung, Larry?«

»Scheißkampf.«

»Laß mal deinen Mund sehen.«

»Das ist ein Scheißkampf.«

»Gut, gewinn ihn, und dann ab nach Hause.«

»Der geht ohne Grund zu Boden.«

»Das ist seine Art, sich auszuruhen.«

»Was soll denn das heißen, der kann doch nicht einfach so –«

»Das ist dem scheißegal, der geht zu Boden, holt Luft, und in der Zeit drehst du durch, das hat er schon immer so gemacht.«

»Ich habe seine Leber nicht mal berührt.«

»Der geht zu Boden wie kein anderer, das ist seine Spezialität.«

»Was für ein Schwein ...«

»Atme.«

»Er versucht es immer wieder mit dem Kopf ...«

»Halt den Mund und atme.«

»Und er redet, der redet beim Boxen, verstehst du?«

»Dann laß ihn doch reden.«

»Ich will aber nicht, daß er redet.«

»Atme.«

»Er sagt, Sie hätten ihn gekauft, damit er mich fertigmacht.«

»DU SOLLST DEN MUND HALTEN UND ATMEN!«

»...«

»Hör zu, bleib immer dran, auch wenn du glaubst, daß er schon lange tot ist, immer dranbleiben ...«

»Ist an der Geschichte was dran?«

»An welcher Geschichte?«

»Haben Sie ihn gekauft?«

»SCHEISSE, LARRY, DAS HIER IST EIN BOXKAMPF UND KEINE DEBATTE, KONZENTRIER DICH AUF DEN RING, SONST SCHLÄGT DER DIR DEIN VERDAMMTES SCHNÖSELGESICHT ZU BREI ...«

GONG

»Du bist der Bessere, Larry. Wirf nicht alles hin.«

»Okay.«

»Du bist der Bessere.«

»Auf wessen Seite stehen Sie, Meister?«

»Leck mich, Larry.«

»Du mich auch.«

Dritte Runde hier im Ring des Pontiac Hotel, Larry »Lawyer« Gorman gegen Stanley »Hooker« Poreda, die Spannung ist auf dem Höhepunkt, ein Kampf voller Überraschungen und Blitzattacken ... Larrys Klasse gegen die Erfahrung und Kraft von Poreda ... Wer gestern noch von einer Schiebung sprach, die nur die Taschen der Buchmacher füllen sollte, wird heute eines Besseren belehrt, LASS IHN NICHT RAN, LARRY, von zwei hervorragenden Boxern (bleib mir bloß vom Leib, Mann), Poreda sucht die Halbdistanz, zwingt Larry den Nahkampf auf (Scheißkerl), Kopf an Kopf, eine Schlagserie in die Seite von ... KEINE RAUFEREI, LARRY, HAU AB, der Ringrichter ordnet ein Break an, Poreda macht sofort wieder zu, läßt Lawyer keine Zeit zum Atmen, er hat offensichtlich beschlossen, ihm keinen Raum für ... SCHNELLER, LARRY, SCHNELL, UND DANN WEG, ein ungeordneter Schlagabtausch im Nahkampf (schnell, schnell, okay, schnell), der Ringrichter ordnet wieder einen Break an, aber Poreda greift an, den Kopf zwischen die Schultern gezogen, Lawyer weicht elegant aus, umkreist seinen Gegner, ändert Gangart und Richtung, Poreda sucht immer noch die Halbdistanz, BLITZSCHNELLER SCHLAG VON LAWYER, macht mit einer Geraden Poredas Deckung auf, NOCH EIN JAB UND NOCH EINER, eine schnelle Serie, Lawyer landet einen Treffer und tänzelt weiter um Poreda herum (jetzt, in einer Minute, jetzt), das ist seine Stärke, Wendigkeit und Schnelligkeit, NOCH EIN JAB, FINTIERT EINEN HAKEN, POREDA WEICHT MIT DEM OBERKÖRPER AUS, ABER LAWYER TRIFFT IHN MIT EINER GERADEN, POREDA HAT'S IM GESICHT ERWISCHT, *RUHIG, LARRY, RUHIG, MENSCH*, Lawyer ist beweglich wie ein Gummiball, stößt blitzschnell vor und zurück, Poreda scheint völlig überfordert, er lehnt an den Seilen und läßt es geschehen, Lawyer, was für eine Vorstellung, das ist eine Stärke, *LARRY, HÖR AUF, MENSCH*, DIESMAL GEHT LAWYER ENTSCHIEDEN AUFS GANZE, ER SCHLEUDERT POREDA IN DIE SEILE, ZWEIERKOMBINATION VON LAWYER, AUFWÄRTSHAKEN VON POREDA, EIN TREFFER, LAWYER HART GETROFFEN, BOXT ABER WEITER AUF DEN KÖRPER UND TRIFFT MIT EINEM HAKEN, POREDA WANKT, VERSUCHT AUSZUWEICHEN, ABER LAWYER SCHLÄGT WEITER AUF IHN EIN, EIN HAKEN AUS DER HALBDISTANZ, NOCH EIN TREFFER VON LAWYER (atmen und zuschlagen), LAWYER SPRINGT ZWEI SCHRITTE ZURÜCK, Poreda atmet, das Publikum ist aufgestanden, *UND JETZT HAU AB, LARRY, HAU AB*, die Nerven liegen blank, LAW-

YER, EIN BLITZSCHNELLER SCHLAG, RECHTE GERADE UND HAKEN, WIE AUS DER PISTOLE GESCHOSSEN (auf die Matte, Bastard), POREDA IN DEN SEILEN (auf die Bretter, du Sau), ER KRÜMMT SICH, LAWYER JETZT MIT BEIDEN FÄUSTEN (SCHEISSE SCHEISSE SCHEISSE), POREDA DUCKT SICH SEITLICH WEG, LANGER HAKEN, LAWYER GETROFFEN (so, das reicht), ANTWORTET ABER MIT EINER GERADEN, DIE INS LEERE GEHT (atmen, wann hab ich das letzte Mal geatmet?), POREDA KNICKT DEN OBERKÖRPER AB, KOMMT MIT EINEM AUFWÄRTSHAKEN WIEDER HOCH UND TRIFFT, DANN EIN RECHTER HAKEN, LAWYER WIRD NACH HINTEN GESCHLEUDERT, *LARRY!!!*, POREDA BEDRÄNGT IHN, *LARRY, NIMM DIE DECKUNG HOCH!!!* (Deckung hochnehmen), POREDA TRIFFT ZWEIMAL DEN KÖRPER (atmen, ich muß irgendwie atmen), *LASS DIE DECKUNG OBEN, UM HIMMELS WI–* (wie lange noch?), POREDA MIT EINEM HAKEN INS LEERE, NOCH EIN HAKEN (Aufwärtshaken), AUFWÄRTSHAKEN VON LAWYER INS LEERE (die Deckung hoch), *DU SOLLST DIE DECKUNG OBEN LASSEN, LARRY!!!*, SEHR HARTE RECHTE VON POREDA, LAWYER ANGESCHLAGEN, LAWYER AM BODEN (   ), LAWYER AM BODEN, LAWYER AM BODEN (wo ist er?), EINE SEHR HARTE RECHTE VON POREDA HAT LARRY LAWYER GORMAN ZU BODEN GESCHICKT, ER LIEGT AUF DEM RÜCKEN (Lichter, Summen, Lichter, kalt), ER HEBT DEN KOPF, RINGRICHTER GONZALES BEUGT SICH ÜBER IHN, UM IHN ANZUZÄHLEN (mir ist schlecht, die Schuhe sind voller Blut, die Schuhe des Ringrichters, woher kam dieser Schlag?) DREI (ich muß mich aufsetzen, aufsetzen, Lichter, Kälte, Gesichter, die mich anstarren, riesige Gesichter, mir ist schlecht, Mann, bin ich erledigt, warum hab ich Idiot den Schlag nicht kommen sehen) VIER (er hat mich voll erwischt, verdammter Mist, auf die Seile gucken und einmal durchzählen, drei, ich sehe sie, drei, okay, all diese Gesichter, da schreit eine Frau, aber ich höre den Schrei nicht, Scheiße) FÜNF (meine Beine, ah, da sind sie ja, alles okay, jetzt steh auf, Summen, wo ist Mondini?, atmen, Sauerstoff ins Gehirn kriegen, atmen) SECHS (hab kein Gefühl mehr im Mund, Scheiße, wie lange noch, Mondini?, meine Beine sind da, bloß den Kopf nicht bewegen, guck auf einen festen Punkt, schließ die Augen, warum kommst du so nah an mich ran, Scheißringrichter, hat einen Goldzahn im Mund) SIEBEN (okay, ich muß warten, bis mein Kopf wieder klar ist, Summen, vor meinen Augen hüpft alles, meine Beine müssen mich tragen, das werden sie auch, kein Problem, kein Gefühl mehr im Mund, Mondini, mit dem Oberkörper wegducken und tänzeln, kein Problem) ACHT (natürlich kann ich weiterboxen, ich boxe weiter, du Scheißringrichter, wie lange noch, Mondini?, ich boxe weiter, alles in Ordnung, wo ist Poreda?, zeig mir die Fresse von Poreda, und ich, wie sieht mein Gesicht aus?) BOX, noch 23 Sekunden bis zum Ende dieser dramatischen dritten Runde, Poreda will Lawyer in die Seile drängen, Lawyer weicht zurück, gute Beinarbeit, hält sich Poreda mit Jabs vom Leib, noch 18 Sekunden, POREDA KOMMT NACH VORN, Lawyer weicht nach links aus, ABER ER SCHWANKT, POREDA GEHT RAN, TRIFFT IHN MIT DER RECHTEN, UND NOCH EINE RECHTE INS GESICHT, LAWYER GEHT IN DEN CLINCH, ER SCHEINT AM ENDE, POREDA LÄSST NICHT LOCKER, SUCHT DIE LÜCKE, LAWYER VERSUCHT, SICH ZU WEHREN, RECHTS, LINKS, ER TRIFFT SEIN ZIEL NICHT, NOCH MAL RECHTS, EIN SCHLAG UNTER DIE GÜRTELLINIE, POREDA PROTESTIERT, DER RINGRICHTER UNTERBRICHT DIE AKTION, ERMAHNT LAWYER, NOCH 5 SEKUNDEN, POREDA STÜRZT SICH WIE EINE BESTIE AUF LAWYER, EIN HEFTIGER NAHKAMPF,

GONG

UND DER GONG BEFREIT LAWYER AUS EINER SICHER NICHT SEHR angenehmen Situation, nachdem er schon am Boden –

»Atmen.«

». . .«

»Setz dich hin und atme, los.«

». . .«

»Laß mal sehen, okay, schau mich an, alles bestens, komm mal mit deinen Mittelchen, atme.«

»...«

»Die Idee mit dem tiefen Schlag war gut ... Poreda ist nicht mehr der von früher, er hätte bewußtlos zu Boden gehen müssen und wäre am Arsch gewesen ... Er ist auch nicht mehr der von früher.«

»...«

»Arme und Hände in Ordnung?«

»Ja.«

»Atme.«

»Ich hab ihn nicht kommen sehen.«

»Ein kurzer Haken, den hast du von Anfang an nicht gesehen.«

»...«

»Los, Wasser.«

»Meister ...«

»Nur ausspülen, nicht trinken, NICHT TRINKEN, ausspucken, ja, so.«

»Was soll ich tun, Meister?«

»Gut so, und jetzt atme, ATME.«

»Was soll ich tun?«

»Wie geht's deinem Mund?«

»Ich fühl ihn nicht mehr.«

»Um so besser.«

»Ich weiß nicht mehr, was ich tun soll, Meister.«

»GENUG, HAUT AB MIT EUREN MITTELCHEN, kannst du atmen?«

»Meister ...«

»Okay, alles in Ordnung.«

»Meister ...«

GONG

»Leck mich, Larry.«

»Was ist los, Meister?«

»Leck mich, Larry.«

»Meister ...«

Vierte Runde hier im Pontiac Hotel, das Geschrei der über achttausend Zuschauer steigt an, Poreda und Lawyer belauern einander in der Ringmitte, beide im Gesicht stark gezeichnet,

Lawyer blutet aus dem Mund, das eine Auge von Poreda ist halb zugeschwollen, sie bewegen sich jetzt langsam, taxieren sich immer noch in der Ringmitte (alles so weit weg   alles viel langsamer, Poreda ist langsamer   es ist, als gehörten meine roten Boxhandschuhe nicht zu mir   Flash Nadeln in den Händen wrumm wrumm   der Schmerz hält mich wach, ein schöner Schmerz   eine Orgie   wrumm Poreda du Scheißkerl das hab ich nicht mal gespürt ich spür gar nichts mehr schlag doch zu wenn du willst ich spüre nichts gleich geb ich's dir komm her du alter Dreckskerl   rechts rechts links vor dem rechten Haken hast du Angst da siehst du nichts mehr nur noch Blut es schießt durch den Kopf komm nach vorn ich hol dich nicht ab   leck mich den hab ich nicht gespürt   ich spüre nichts mehr keiner zu Hause das ist die Hölle komm in die Hölle wrumm   schöne Ecke die Seile im Rücken es riecht nach   wrumm Nutte wrumm wrumm tänzeln gute Beinarbeit wrumm Bastard Betonkopf meine Finger   den siehst du nicht kommen du Schwein den kannst du nicht mehr sehen willkommen in der Hölle), LINKER HAKEN VON LAWYER, EIN SCHWERER SCHLAG, UNGLAUBLICH, POREDA TAUMELT RÜCKWÄRTS, ER IST JETZT IN DER RINGMITTE, KANN DIE DECKUNG NICHT MEHR OBEN HALTEN, ER TORKELT, LAWYER KOMMT LANGSAM AUF IHN ZU, POREDA WEICHT EINEN SCHRITT ZURÜCK, LAWYER RUFT IHM ETWAS ZU, ER KOMMT NÄHER, LAWYER, POREDA RÜHRT SICH NICHT, LAWYER, LAWYER, DAS PUBLIKUM AUF DEN BEINEN

Gould sah, wie sich die Klinke bewegte und die Tür aufging. Ein Mann in Uniform erschien.

»He, Kleiner, warum antwortest du denn nicht?«

»Was?«

»Fahrscheinkontrolle, ich hab geklopft, aber du hast nicht geantwortet, wohl auf dem Klo eingeschlafen?«

»Nein.«

»Hast du einen Fahrschein?«

»Ja.«

»Alles in Ordnung?«

»Ja.«

Gould reichte ihm vom Klo aus den Fahrschein.

»Ich hab geklopft, aber du hast nicht geantwortet.«

»Macht nichts.«

»Brauchst du irgendwas?«

»Nein, nein, alles in Ordnung.«

»Weißt du, manchmal wird den Leuten auf dem Klo schlecht, da sind schon welche gestorben, wir müssen aufschließen, ist eine Anordnung.«

»Klar.«

»Kommst du raus?«

»Ja, gleich.«

»Ich lehne die Tür an, okay?«

»Ja.«

»Und nächstes Mal antwortest du.«

»Ja.«

»Okay, gute Reise.«

»Danke.«

Der Schaffner lehnte die Tür an. Gould stand auf und zog seine Hose hoch. Er betrachtete sich einen Moment im Spiegel. Dann stieß er die Tür auf, trat hinaus und zog die Tür hinter sich zu. Da stand eine Frau und sah ihn an. Er ging auf seinen Platz zurück. Die Landschaft flog ohne Überraschungen am Fenster vorbei. Der Zug raste.

27

Goulds Vater kam am späten Abend an, als es schon dunkel war. Er schaute sich kurz um.

»Hat sich alles etwas verändert hier.«

Er war nicht in Uniform. Sein Gesicht hatte etwas Jungenhaftes. Vielleicht das Lächeln. Und er trug braune Schnürschuhe, ziemlich elegant. Man konnte sich nur schwer vorstellen, wie jemand mit solchen Schuhen Krieg machen sollte. Sie sahen eher aus, als müßte man damit Frieden machen, einen langweiligen, beruhigenden Frieden.

Shatzy schaute aus dem Fenster, weil sie mit Soldaten und Leibwächtern oder etwas in der Art gerechnet hatte. Aber da war niemand. Das fand sie merkwürdig. Sie hätte sich diesen Mann niemals *allein* vorgestellt. Und nun war er da. Das sollte einer verstehen.

Goulds Vater sagte, daß er Halley heiße. Er sagte, er würde sich freuen, wenn Shatzy ihn einfach Halley nannte. Und nicht »Herr General«.

Er sagte auch, daß er, genaugenommen, gar kein richtiger General sei.

»Nicht?«

»Na ja, das ist eine langweilige Geschichte. Nennen Sie mich einfach Halley, einverstanden?«

Shatzy war einverstanden. Sie hatte Pizza gemacht, also setzten sie sich zum Essen an den Küchentisch, bei laufendem Radio und so. Goulds Vater sagte, die Pizza sei gut. Dann erkundigte er sich nach Gould.

»Er ist abgehauen, Herr General.«

»Würden Sie mir bitte erklären, was das heißen soll?«

Shatzy erklärte es ihm. Sie sagte, Gould sei abgereist, aber nie in Couverney angekommen, er war mit dem Zug irgendwohin gefahren und hatte sie von dort aus angerufen.

»Er hat Sie angerufen?«

»Ja. Er wollte mir sagen, daß er nicht mehr zurückkommt und –«

»Würden Sie bitte seine Wortwahl genau wiederholen?«

»Ich weiß nicht mehr genau, er hat nur gesagt, daß er nicht zurückkommt und daß wir bitte nicht nach ihm suchen und ihn gehen lassen sollen, genau das hat er gesagt, laßt mich gehen, alles in Ordnung. Und dann sagte er: Jetzt erklär ich dir, wie wir das mit dem Geld machen. Und dann hat er es mir erklärt.«

»Welches Geld?«

»Geld eben, irgendwelches Geld, er hat mich gebeten, ihm Geld zu schicken, für die ersten Wochen, danach würde er schon weitersehen.«

»Geld.«

»Ja.«

»Und was haben Sie gesagt?«

»Ich?«

»Ja, Sie.«

»Ich weiß nicht, ich glaube, nichts, ich hab nicht viel gesagt. Ich hab ihm zugehört. Ich hab versucht, an seiner Stimme zu erkennen, ob er ... Ich weiß nicht, ich wollte wissen, ob er Angst hat oder so, ob er Angst hat oder ... ob es ihm gutgeht. Verstehen Sie?«

». . .«

»Ich glaube, es ging ihm gut. Seine Stimme klang ganz ruhig, fast fröhlich, genau, das kommt Ihnen jetzt vielleicht komisch vor, aber er klang wie ein fröhlicher Junge.«

»Hat er Ihnen nicht gesagt, wo er ist?«

»Nein.«

»Und Sie haben ihn auch nicht gefragt, stimmt's?«

»Nein, ich glaube nicht.«

»Es gibt sicher eine Möglichkeit, den Anruf zurückzuverfolgen. Das dürfte nicht allzu schwierig sein.«

»Wagen Sie das bloß nicht, Herr General.«

»Was soll denn das heißen?«

»Wenn Sie Gould liebhaben, tun Sie es nicht.«

»Hören Sie mal, er ist ein kleiner Junge, er kann noch nicht völlig allein in der Weltgeschichte rumfahren, das ist *gefährlich*, und ich werde bestimmt nicht zulassen, daß –«

»Ich weiß, daß es gefährlich ist, aber –«

»Er ist noch ein kleiner Junge ...«

»Ja, aber *er hat keine Angst*, darauf kommt's doch an, er hat keine Angst, da bin ich ganz sicher. Also müssen wir auch keine haben. Ich glaube, das hat mit Mut zu tun, verstehen Sie?«

»Nein.«

»Ich glaube, wir sollten den Mut haben, ihn gehen zu lassen.«

»Meinen Sie das ernst?«

»Ja.«

Das meinte sie ernst. Sie war der Überzeugung, daß Gould

genau das tun würde, wozu er sich entschlossen hatte, und wenn das so ist, hat man keine große Wahl, das einzige, was man machen kann, ist, nicht zu stören, das ist das einzige, sowenig wie möglich zu stören.

Goulds Vater sagte, sie sei verrückt.

Worauf Shatzy antwortete

»Das hat damit nichts zu tun«

und ihm die Geschichte von den Flüssen erzählte, daß sie auf dem Weg zum Meer im Zickzack über Umwege dahinschlängeln, obwohl es zweifellos schneller und *praktischer* wäre, geradewegs auf das Ziel zuzusteuern, statt sich das Leben mit all den Biegungen zu erschweren und die Strecke um das Dreifache zu verlängern – drei Komma eins vier Mal, um genau zu sein –, wie Wissenschaftler mit wissenschaftlicher Präzision nachgerechnet hatten.

»Es sieht so aus, als wären sie *gezwungen*, Umwege zu machen, verstehen Sie? Hört sich sinnlos an, wenn man drüber nachdenkt, klingt es total sinnlos, aber es steht nun mal fest, daß die Flüsse auf diese Art verlaufen *müssen*, indem sie nämlich eine Biegung nach der anderen machen, und es ist nicht sinnlos oder sinnvoll, nicht richtig oder falsch, es ist einfach ihre Art, ihre ganz eigene Art, das ist alles.«

Goulds Vater dachte einen Moment schweigend nach. Dann sagte er:

»Wohin sollen Sie es ihm schicken, das Geld?«

»Das würde ich Ihnen nicht mal sagen, wenn Sie mich an einen Atomsprengkopf fesseln und über einer japanischen Insel abwerfen würden.«

Dann redeten sie eine ganze Weile nicht. Shatzy räumte den Tisch ab, und Goulds Vater ging hin und her, manchmal blieb er an einem Fenster stehen und warf einen Blick nach draußen. Irgendwann ging er in den ersten Stock hinauf. Shatzy hörte seine Schritte an der Decke. Sie stellte sich vor, wie er Goulds Zimmer betrachtete, Gegenstände anfaßte, Schränke öffnete, Fotos in die Hand nahm und solche Sachen. Irgendwann hörte sie ihn ins Bad gehen. Sie hörte auch die Toilettenspülung rauschen, und da fiel ihr wieder Larry »Lawyer« Gorman ein, und sie merkte, daß er ihr fehlte, er fehlte ihr sogar sehr. Goulds Vater kam wieder runter. Er setzte sich aufs Sofa. Einer seiner braunen Schuhe war offen, aber entweder hatte er es noch nicht gemerkt, oder es war ihm vollkommen egal.

Shatzy machte das Licht in der Küche aus. Sie ließ das Radio laufen, machte aber das Licht aus und setzte sich auf den Boden, mit dem Rücken ans Sofa gelehnt. Das andere Sofa, das grüne. Goulds Vater saß auf dem blauen. Im Radio kamen die Verkehrsnachrichten. Ein Unfall auf der Autobahn. Keine Toten, jedenfalls bisher nicht. Aber wer wußte das schon so genau.

»Meine Frau war sehr schön, wissen Sie? Als ich sie heiratete, war sie wunderschön. Und *lustig*. Sie hatte keinen Moment Ruhe, und sie konnte sich für alles begeistern, sie gehörte zu den Menschen, die selbst in der geringsten Kleinigkeit einen Sinn sehen und sich auch davon noch etwas versprechen, sie war lebenslustig, verstehen Sie?, sie war so. Als wir heirateten, kannte ich sie kaum, wir hatten uns erst drei Monate zuvor kennengelernt, nicht länger, das war eigentlich nicht meine Art, aber sie hat mich gefragt, ob ich sie heiraten möchte, und ich hab es getan, und ich glaube, das war das Beste, was ich in meinem Leben je getan hab, wirklich. Wir waren sehr glücklich, das müssen Sie mir glauben. Auch das Kind, als sie merkte, daß sie ein Kind erwartete, war das kein Schreck, sondern eine große Freude, wir glaubten beide, daß es gut so wäre, wir fanden es richtig. Wir zogen jedes Jahr in eine andere Stadt, so ist das beim Militär, man kommt ganz schön rum, und sie kam immer mit, und wo wir auch lebten, es war, als wäre sie dort geboren, als wäre es ihre Stadt. Sie fand überall neue Freunde. Als Gould kam, lebten wir auf dem Stützpunkt von Almenderas. Radaraufklärung und so. Und dann kam Gould. Ich arbeitete sehr viel, ich weiß nur noch, daß es aussah, als sei sie glücklich, ich weiß noch, daß wir viel lachten, und es war wie vorher, unser Leben war schön. Ich weiß nicht, wann dann alles schwieriger wurde. Schauen Sie, Gould war nie ein einfaches Kind, ich meine, er war kein normales Kind, sofern es überhaupt normale Kinder gibt, er war sozusagen ein Kind, das kein Kind war. Er war wie ein Erwachsener. Soweit ich mich erinnere, haben wir nichts Besonderes mit ihm angestellt, wir gingen mit ihm um, wie es sich gerade ergab, wir hielten es nicht für angebracht, für ihn etwas Besonderes zu machen. Vielleicht war das der Fehler. Als er in die Schule kam, wurde die Sache mit dem Genie festgestellt. Sie machten Tests mit ihm, wissenschaftliche Experimente, und dann teilten sie uns mit, daß es ganz so aussähe, als ob das Kind ein Genie wäre. Genau dieses Wort benutzten sie. Genie. Es stellte sich heraus, daß sich Goulds Gehirn an der oberen Grenze der Deltazone befand. Verstehen Sie, was ich sagen will?«

»Nein.«

»Das sind die Stocken-Parameter.«

»Ah.«

»Ein Genie. Ich war weder glücklich noch traurig, und meine Frau wußte auch nicht, was sie davon halten sollte, es war uns egal, verstehen Sie? Ruth. Meine Frau heißt Ruth. Als wir in Topeka waren, begann es ihr schlechter zu gehen. Sie hatte Bewußtseinslücken, sie wußte nicht mehr, wer sie ist, das ging wieder vorbei, aber es war dann immer, als hätte sie etwas ungeheuer Anstrengendes hinter sich, sie war danach richtig erschöpft. Merkwürdig, was in so einem Gehirn passieren kann. In ihrem ging alles ein bißchen durcheinander. Man merkte, daß sie sich Mühe gab, wieder zu Kräften zu kommen und wieder Interesse am Leben zu finden, aber sie mußte immer wieder von vorn anfangen, es war nicht so leicht, es war, als müsse sie etwas, was in viele Stücke zerbrochen war, mühsam wieder zusammensetzen. Man sagte uns, es sei ein Erschöpfungszustand, alles nur eine Frage der Übermüdung, später wurden dann eine ganze Reihe Untersuchungen mit ihr gemacht. Ich erinnere mich, daß wir da nicht mehr glücklich waren. Wir liebten uns immer noch, wir liebten uns sogar sehr, aber mit ihrer Krankheit war es schwierig, es war alles etwas anders geworden. In dieser Zeit war sie viel mit Gould zusammen. Ich bin nicht sicher, ob das unbedingt richtig war, und wenn ich heute darüber nachdenke, wird mir klar, daß es auch für sie nicht die beste Art der Erholung war, mit diesem Kind zusammenzusein. Dieses Kind machte einem die Sache im Kopf noch komplizierter. Und sie durfte es sich nicht noch komplizierter machen. Aber die beiden fühlten sich offenbar wohl miteinander. Wissen Sie, die Leute haben gewöhnlich ein bißchen Angst vor Menschen wie Ruth, sie befassen sich nicht gern mit jemandem, der, sagen wir, psychische Probleme hat, ich meine, richtige Probleme. Aber Gould hatte keine Angst. Sie verstanden sich, sie lachten viel, lebten in einer ganz eigenen Welt. Es war wie ein Spiel, aber ich weiß nicht, ich bin nicht sicher, ob all das gut war für Ruth und für ihn. Offensichtlich nicht, wenn man bedenkt, was dann geschah. Von einem gewissen Zeitpunkt an verschlechterte sich Ruths Zustand sehr schnell, und irgendwann sagten die Ärzte, man müsse einen Schnitt mit allem machen und – so unangenehm es auch sei – man müsse sich an den Gedanken gewöhnen, daß ihr nur noch eine Klinik und ständige Therapien helfen könnten, sie dürfe nicht mehr an einem gewöhnlichen Ort leben. Das war ein schwerer Schlag. Wissen Sie, ich habe immer beim Militär gearbeitet, mir wurde nie beigebracht, etwas zu verstehen, da lernt man nur, Aufgaben zu erfüllen, aber nicht, sie zu verstehen. Ich habe es so gemacht, wie man es mir sagte. Ich brachte sie in eine Klinik. Ich arbeitete viel, und sobald ich etwas Zeit hatte, besuchte ich sie. Ich war bei ihr, ich wollte, daß sie weiter mit mir zusammen wäre, und ich mit ihr. Wenn ich dann abends nach Hause kam, war Gould oft nicht mehr wach. Ich erinnere mich, daß ich ihm immer Briefchen hinterlassen habe. Aber ich wußte nie so recht, was ich schreiben sollte. Manchmal zwang ich mich, ein bißchen früher nach Hause zu kommen, und dann spielten wir irgendwas, Gould und ich, oder wir hörten uns im Radio Boxreportagen an, wir hatten nämlich nie einen Fernseher, Ruth haßte Fernseher, und für mich war Boxen das größte, als junger Mann habe ich selbst ein paar Kämpfe bestritten, dafür hatte ich schon immer was übrig. Wie auch immer, wir haben uns das also angehört und nicht viel geredet. Wissen Sie, mit seinem Sohn zu reden ist etwas, was man nicht einfach so improvisieren kann. Entweder fängt man früh damit an, oder es wird eine schwierige Sache, glauben Sie mir. In meinem Fall war es zweifellos eine schwierige Sache. Als mich das Militär dann nach Port Larenque versetzte, ging schließlich alles zu Bruch. Tausende Kilometer von hier entfernt. Ich hab eine ganze Weile darüber nachgedacht, und dann traf ich eine Entscheidung. Ich weiß, Sie finden das vielleicht merkwürdig oder sogar gemein, aber ich wollte unbedingt weiter mit Ruth zusammensein, ich wollte mein früheres Leben mit ihr zurückhaben, es sollte wieder so schön sein wie früher, und ich hätte alles dafür getan. Ich fand eine Klinik in der Nähe der Militärbasis und nahm Ruth mit. Aber Gould ließ ich hier. Ich war sicher, daß es am besten wäre, ihn hierzulassen. Sie finden das bestimmt nicht gut, aber ich muß mich nicht rechtfertigen oder verteidigen. Ich möchte Ihnen damit nur sagen, daß Gould eine Welt für sich war, dieses Kind ist eine Welt für sich, und Ruth und ich, wir sind eine andere. Und ich meinte, das Recht zu haben, in *meiner* Welt zu leben. So war das. Ob es nun richtig war oder falsch, so war es. Ich habe immer dafür gesorgt, daß es Gould an nichts fehlte und daß er weiterlernen konnte, denn das war sein Weg. Ich habe versucht, meine Pflicht zu erfüllen. Das, was von meiner Pflicht übrig war. Und ich hatte immer das Gefühl, daß es einigermaßen funktionierte. Ich fürchte, das war ein Irrtum. Aber mittlerweile geht es Ruth besser, sie kann jetzt schon für längere Zeit raus, sie darf dann nach Hause und ist manchmal wirklich fast wie früher. Wir lachen, die Leute kommen wieder auf uns zu und haben nicht mehr diese Angst. Manchmal ist sie sehr schön. Einmal, als sie einen wirklich ruhigen und ausgeglichenen Eindruck machte, habe ich sie gefragt, ob sie Gould vielleicht sehen möchte, wir hätten ihn für einen Tag herholen können. Sie wollte nicht. Wir haben nie wieder darüber gesprochen.«

An dieser Stelle schien ihm plötzlich jemand die Stimme abgedreht zu haben. Erst hatte sie jemand eingeschaltet, der nun beschlossen hatte, sie wieder abzudrehen. Er sagte

»Entschuldigung«,

aber in Wirklichkeit hörte man nichts davon. Shatzy verstand, daß er

»Entschuldigung«

sagte, aber wer weiß – sicher kann man nie sein.

Über allem war es mittlerweile spät geworden, und Shatzy fragte sich, was noch passieren würde. Sie versuchte sich zu erinnern, ob sie etwas sagen sollte. Oder tun. Mit diesem Mann, der regungslos auf dem Sofa saß und auf seine Hände starrte und ab und zu schwer schluckte, war alles etwas kompliziert. Ihr kam der Gedanke, ihn zu fragen, was es damit auf sich habe, daß er General sei, aber eigentlich doch kein richtiger. Dann dachte sie, daß es doch keine so gute Idee sei. Ihr fiel ein, daß sie besser das Thema Geld anspräche. Irgendwie mußten sie Gould dieses Geld ja schicken. Sie überlegte noch, wie sie die Frage anschneiden sollte, als Goulds Vater fragte

»Wie ist Gould jetzt?«

Als er das fragte, klang seine Stimme wie neu, als hätte man sie ihm eben erst zurückgegeben, gereinigt und gebügelt. Als käme sie aus der Reinigung.

»Wie ist Gould jetzt?«

»Gewachsen.«

»Ich meine, sonst.«

»Ich glaube, er hat sich ganz gut gemacht.«

»Lacht er manchmal?«

»Natürlich lacht er, wieso?«

»Ich weiß nicht. Früher hat er nicht viel gelacht.«

»Wir haben uns köstlich amüsiert, falls Sie sich darum Sorgen machen.«

»Gut.«

»Wir haben uns krankgelacht, wirklich.«

»Gut.«

»Er hat die gleichen Hände wie Sie.«

»Ja?«

»Ja, die gleichen Finger.«

»Komisch.«

»Warum, er ist doch Ihr Sohn, oder nicht?«

»Ja, selbstverständlich, ich wollte sagen, es ist komisch, daß es irgendwo auf der Welt einen Jungen gibt, der mit meinen Händen durch die Gegend läuft, mit Händen, die aussehen wie meine. Das ist seltsam. Fänden Sie das schön?«

»Ja.«

»Es wird so kommen. Wenn Sie Kinder haben.«

»Ja.«

»Sie sollten lieber Kinder machen statt Western.«

»Finden Sie?«

»Oder wenigstens Kinder und Western.«

»Das wäre vielleicht eine Idee.«

»Denken Sie drüber nach.«

»Mach ich.«

»Wie sieht es denn mit Freunden aus?«

»Bei mir?«

»Nein ... ich meine bei Gould.«

»Bei Gould? Na ja ...«

»Ein paar Freunde könnte er gut gebrauchen.«

»Na ja ... Er hat Diesel und Poomerang.«

»Ich meine richtige Freunde.«

»Die beiden mögen ihn wirklich sehr.«

»Ja, aber sie sind nicht echt.«

»Macht das einen Unterschied?«

»Klar macht das einen Unterschied.«

»Ich finde sie sehr sympathisch.«

»Das hat Ruth auch immer gesagt.«

»Sehen Sie?«

»Ja, aber sie *existieren* nicht. Er hat sie sich ausgedacht.«

»Stimmt schon, aber ...«

»Das ist doch nicht normal, oder?«

»Es ist ein bißchen ungewöhnlich, aber daran ist nichts auszusetzen, sie tun ihm gut.«

»Finden Sie sie nicht unheimlich?«

»Ich? Nein.«

»Finden Sie es nicht unheimlich, daß ein Junge die ganze Zeit mit zwei Freunden rumzieht, die nicht existieren?«

»Nein. Warum?«

»Mir war es unheimlich, ich weiß noch, daß es zu den Sachen gehörte, die mir an Gould unheimlich waren. Diesel und Poomerang. Sie machten mir angst.«

»Soll das ein Witz sein? Die würden keiner Fliege was zuleide tun, und sie sind urkomisch. Ich schwöre Ihnen, daß sie mir fehlen, ich meine, abgesehen von Gould, ich fand es schöner, als auch die beiden noch hier waren.«

»Wollen Sie damit sagen, daß der Riese und der Stumme auch verschwunden sind?«

»Ja, sie sind mit ihm fortgegangen.«

Goulds Vater schüttelte den Kopf und lachte leise.

Er sagte

»Das ist verrückt.«

Und dann sagte er es noch mal

»Das ist verrückt.«

»Machen Sie sich keine Sorgen, Herr General, Gould schafft das schon.«

»Das hoffe ich.«

»Man muß ihm vertrauen.«

»Sicher.«

»Er schafft das. Er ist ein starker Junge. Man sieht es ihm nicht an, aber er ist ein starker Junge.«

»Meinen Sie wirklich?«

»Ja.«

»Er hat viele Möglichkeiten, viele Talente, hoffentlich wirft er das nicht alles über Bord.«

»Er macht einfach das, was er machen will. Außerdem ist er nicht blöd.«

»Er hat immer gern gelernt, und in Couverney hätte man ihn dafür sogar bezahlt, es gab überhaupt keinen Grund, abzuhauen. Finden Sie es nicht ein bißchen komisch, daß er ausgerechnet jetzt abgehauen ist?«

»Ich weiß nicht.«

»Und am Telefon hat er Ihnen gar nichts erklärt?«
»Nicht viel.«
»Irgendwas muß er doch gesagt haben.«
»Das mit dem Geld.«
»Und sonst nichts?«
»Ich weiß nicht, die Verbindung war auch nicht so gut.«
»Kam der Anruf aus einer Telefonzelle?«
»Irgendwann sagte er, er habe einen Fußball geschossen.«
»Phantastisch.«
»Das habe ich aber nicht richtig verstanden.«
»Das haben Sie nicht richtig verstanden?«
»Nein.«

Goulds Vater schüttelte wieder den Kopf und lächelte. Diesmal sagte er aber nicht

»Das ist verrückt.«

Diesmal sagte er

»Sie werden mir nicht helfen, ihn zu suchen, stimmt's?«
»Sie werden ihn nicht suchen, Herr General.«
»Nein?«
»Nein.«
»Und woher wollen Sie das wissen?«
»Erst war ich nicht sicher, aber jetzt weiß ich es.«
»Tatsächlich?«
»Ja, jetzt, wo ich Sie gesehen habe, bin ich mir ganz sicher.«
». . .«
»Sie werden ihn nicht suchen.«

Goulds Vater stand auf und spazierte ein bißchen durch das Zimmer. Er ging zum Fernseher. Der sah aus wie aus Holz, aber wer weiß, er konnte auch sehr gut aus einem Kunststoff sein, der wie Holz aussah.

»Haben Sie den gekauft?«
»Nein, den hat Poomerang einem Japaner geklaut.«
»Ah.«

Goulds Vater nahm die Fernbedienung in die Hand und schaltete ihn ein. Nichts tat sich. Er drückte auf ein paar Tasten, aber es tat sich immer noch nichts.

»Würden Sie mir bitte eine Frage ehrlich beantworten?«

»Welche?«

»Hat es Ihnen nie ein bißchen angst gemacht, mit einem Kind wie Gould zusammenzuleben?«

»Nur einmal.«

»Und wann?«

»Als er begann, von seiner Mutter zu erzählen. Er sagte, seine Mutter sei verrückt geworden, und er erzählte die ganze Geschichte. Beängstigend war nicht so sehr, *was* er erzählte, sondern mit welcher *Stimme*. Sie klang wie die Stimme eines alten Menschen. Eines Menschen, der schon immer alles wußte, auch, wie es enden würde. Ein alter Mensch.«

». . .«

»Er brauchte jemanden, der ihm dabei hilft, klein zu sein.«

». . .«

»Er glaubte, man könne im wahren Leben nicht klein sein, ohne ausgenutzt oder umgebracht zu werden oder so was.«

». . .«

»Er dachte, es sei für ihn Glück, ein Genie zu sein, weil er dadurch sein Leben retten konnte.«

». . .«

»Dadurch wirkte er nicht wie ein Kind.«

». . .«

»Ich weiß nicht. Ich glaube, sein größter Traum war, ein Kind zu sein.«

». . .«

»Ich will damit sagen: Ich glaube, es *ist* sein größter Traum. Ich glaube, jetzt, wo er größer ist, kann er endlich klein sein, sein ganzes Leben lang.«

So ging es noch lange weiter, sie sprachen über Kriege und Western oder sie schwiegen, dabei lief die ganze Zeit das Radio und sendete irgendwelche Musik. Am Schluß sagte Goulds Vater, daß er gern im Haus schlafen würde, wenn es ihr nichts ausmache. Shatzy sagte, daß er tun könne, was er wolle, schließlich sei das sein Haus, außerdem mache es ihr gar nichts aus, im Gegenteil, sie würde sich freuen, wenn er bliebe. Sie sagte, sie könne ihm das Bett in Goulds Zimmer beziehen, aber er machte eine ablehnende Geste und sagte, er würde lieber auf dem Sofa schlafen, kein Problem, das Sofa sei prima.

»Es ist nicht sehr bequem.«

»Das geht prima, glauben Sie mir.«

Also schlief er auf dem Sofa. Auf dem blauen. Shatzy schlief in ihrem Zimmer. Sie saß erst noch eine Weile bei Licht auf ihrem Bett. Dann legte sie sich richtig hin.

Am nächsten Morgen einigten sie sich über die Sache mit dem Geld. Dann fragte Goulds Vater, was Shatzy vorhabe. Er meinte damit, ob sie im Haus bleiben wolle, oder was sonst.

»Ich weiß nicht, ich glaube, ich bleibe noch ein bißchen hier.«

»Es würde mich beruhigen, wenn Sie hierblieben.«

»Ja.«

»Falls Gould zurückkommt, ist es besser, wenn jemand da ist.«

»Ja.«

»Sie können mich anrufen, wann immer Sie wollen.«

»Einverstanden.«

»Ich rufe Sie an.«

»Ja.«

»Und wenn Sie irgendeine gute Idee haben, sagen Sie mir sofort Bescheid, ja?«

»Sicher.«

Dann sagte Goulds Vater noch, daß sie in Ordnung sei. Und dankte ihr dafür, daß sie in Ordnung war. Er sagte noch mehr. Und am Schluß fragte er, ob er irgendwas für sie tun könne.

Shatzy sagte zunächst nichts. Aber später, als er schon fast zur Tür raus war, sagte sie, daß er tatsächlich etwas für sie tun könne. Sie fragte, ob er sie eines Tages mal mit zu Ruth nehmen würde. Sie erklärte nicht, warum, das war alles, was sie sagte.

»Nehmen Sie mich mal mit zu Ruth?«

Goulds Vater schwieg einen Moment. Dann sagte er: Ja.

28

Über der Steppe zwingt der Wind Landschaft und Menschen nach Westen, beugt Closingtown nieder wie einen alten Richter, der müde vom tausendsten Todesurteil zurückkehrt. Musik.

Die Musik war immer dieselbe. Die machte Shatzy mit dem Mund.

Draußen, Nacht. Im Salon der Dolphin-Schwestern sie beide und der Fremde, den sie unter Beschuß genommen hatten, als er ins Dorf kam.

Eigentlich war das schon ein bißchen merkwürdig, aber wenn man Shatzy darauf ansprach, zuckte sie nur mit den Schultern und erzählte weiter.

Der Fremde hieß Phil Wittacher. Mit Betonung auf dem »i«. Wittacher.

Phil Wittacher war jemand, der sich nicht gern von der Stelle rührte. Sagen wir, er rührte sich nur, wenn man ihm viel Geld dafür zahlte, und zwar im voraus. Er hatte einen äußerst höflichen Brief aus Closingtown erhalten: und tausend Dollar dafür, daß er so freundlich war, ihn zu lesen. Ein guter Ausgangspunkt. In dem Brief stand, daß er sich in dem einzigen roten Haus der Stadt melden müsse, wenn er sich weitere neuntausend Dollar verdienen wolle.

Das einzige rote Haus von Closingtown war das der Dolphin-Schwestern.

Und so kommt es, daß sie nun im Salon sitzen und sich unterhalten. Alle drei.

»Warum ich?« fragt der Fremde.

»Sie scheinen in jeder Hinsicht die richtige Person zu sein, um unser Problem zu lösen, Mister Wittacher«, sagt Julie Dolphin.

»Wir brauchen den Besten, und das bist nun mal du, Junge«, sagt Melissa Dolphin.

Sie waren identisch, aber nicht identisch, sagte Shatzy immer. Das kommt bei Zwillingen vor: Äußerlich gleichen sie sich zwar wie ein Ei dem anderen, aber dann ist es, als hätte sich eine Seele in zwei Teile aufgespalten und das Weiße wäre auf der einen und das Schwarze auf der anderen Seite gelandet. Julie war das Weiße. Melissa das Schwarze. Einzeln konnte man sich die beiden kaum vorstellen.

Wahrscheinlich existieren sie einzeln nicht mal, sagte Shatzy immer.

Auf die Tasse, die Julie Dolphin zum Mund führt, ist eine sonderbare Landschaft in Blau gemalt. Eisenkrauttee.

»Ihnen wird nicht entgangen sein, daß diese Stadt sich größte Mühe gibt, einen völlig normalen Eindruck zu machen. Aber hier passiert jeden Tag etwas, was man, milde ausgedrückt, als *lästig* bezeichnen könnte.«

»Die Städte im Westen sind alle gleich, Miß.«

»Schwachsinn«, sagt Melissa Dolphin.

Der Fremde grinst.

»Ich fürchte, ich verstehe nicht.«

»Das werden Sie schon noch. Aber dafür müssen Sie zunächst die Freundlichkeit besitzen, sich ein paar Geschichten anzuhören. Dürfen wir Sie bitten, morgen bei Sonnenuntergang wiederzukommen? Es wird uns ein Vergnügen sein, Ihnen diese Geschichten zu erzählen.«

Phil Wittacher war jemand, der nicht gern Umschweife machte. Wenn er etwas zu erledigen hatte, tat er es am liebsten gleich.

Julie Dolphin legt ein Bündel Geldscheine auf den Tisch, das wie frisch gebügelt wirkt.

»Wir vertrauen darauf, daß Ihnen das hier helfen wird, in Erwägung zu ziehen, ob Sie so lange in der Stadt bleiben können, bis Sie verstanden haben, worum es geht, Mister Wittacher.«

Zweitausend Dollar.

Der Fremde deutet eine Verbeugung an, nimmt das Geld und läßt es in einer Tasche verschwinden.

Er erhebt sich. An seinem Stuhl steht ein Köfferchen aus festem Leder, wie eine Art Geigenkasten. Davon trennt sich Phil Wittacher niemals.

»Bei der Summe, die wir Ihnen zahlen, dürfen wir doch sicher mal einen Blick dahinein werfen, oder?« fragt Melissa Dolphin.

»Meine Schwester will damit andeuten, daß es ein beruhigendes Gefühl für uns wäre, wenn wir, wie soll ich sagen, Ihr Arbeitsmaterial sehen könnten. Nur aus Interesse, wissen Sie, wir verstehen nämlich durchaus auch etwas davon, wenn Sie uns diese kleine Anmaßung gestatten wollen.«

Der Fremde grinst.

Er nimmt das Köfferchen hoch, legt es auf einen Stuhl und klappt es auf.

Glänzendes Metall, poliert und präzise. Perlmutt und Intarsien.

Die beiden Schwestern beugen sich staunend vor.

»Donnerwetter!«

»Wahre Schmuckstücke, wenn ich so sagen darf.«

»Sind sie aufgezogen?«

Der Fremde nickt.

»Natürlich.«

Melissa Dolphin sieht den Fremden an.

»Und warum stehen sie dann still?«

Phil Wittacher hebt leicht die Augenbrauen.

»Wie?«

»Meine Schwester wundert sich nur, warum Ihre schönen Uhren stillstehen, da Sie doch versichern, sie aufgezogen zu haben.«

Der Fremde geht zum Köfferchen, beugt sich darüber und schaut hinein. Er sieht sich die drei Zifferblätter nacheinander genau an. Dann richtet er sich wieder auf.

»Sie stehen«, sagt er.

»Eben.«

»Miss Dolphin, ich versichere Ihnen, daß das unmöglich ist.«

»Nicht in dieser Stadt«, sagte Julie Dolphin, klappt das Köfferchen wieder zu und reicht es dem Fremden.

»Wie ich bereits sagte, wäre es äußerst nützlich, wenn Sie sich freundlicherweise anhören würden, was wir Ihnen zu sagen haben.«

Phil Wittacher nimmt sein Köfferchen an sich, wirft sich den

Staubmantel über, holt seinen Hut und geht zur Tür. Bevor er sie öffnet, dreht er sich um, zieht seine Uhr aus der Westentasche, wirft einen Blick darauf, steckt sie wieder ein und schaut, leicht blaß im Gesicht, zu den Dolphin-Schwestern auf.

»Verzeihung, können Sie mir sagen, wie spät es ist?«

Der Ton ist ungefähr der eines Ertrinkenden, der fragt, wieviel Wasser er noch schlucken muß.

»Können Sie mir sagen, wie spät es ist?«

Julie Dolphin lächelt.

»Natürlich nicht. Seit vierunddreißig Jahren, zwei Monaten und elf Tagen weiß in Closingtown niemand mehr, wie spät es ist, Mister Wittacher.«

Da lachte sie los. Shatzy. Sie fing an zu lachen. Man konnte sehen, daß ihr diese Geschichte unheimlich gut gefiel, sie erzählte sie gern, sie hätte sie am liebsten ihr ganzes Leben lang erzählt. Die Geschichte machte sie fröhlich, das war es.

»Bis morgen, Mister Wittacher.«

29

Kein Revolver – in der Brusttasche über dem Herzen Visitenkarten mit der Aufschrift:

Wittacher und Sohn.
Konstruktion und Reparatur
von Uhren und Chronometern.
Auf der Universalausstellung
in Chicago vom Senat ausgezeichnet.

Mit dem Köfferchen in der Hand durch den Wind bis zum Ende der Stadt, ein rotes Haus, das Haus der Dolphins – drei Stufen, die Tür, Julie Dolphin, der Salon, Geruch von Holz und Gemüse, an der Wand über dem Ofen zwei Gewehre, Melissa Dolphin, knirschender Staub unter den Sohlen, überall, eine seltsame Stadt, überall Staub, nie Regen, eine seltsame Stadt, Guten Abend, Mister Wittacher.

Guten Abend.

Fünf Tage lang – jeden Tag bei Sonnenuntergang – fand sich Phil Wittacher bei den Dolphin-Schwestern ein, um zuzuhören. Sie erzählten ihm die Geschichte von Pat Cobhan, der sich aus Liebe zu einer Hure in einem Duell in Stonewell umgebracht hatte, und die Geschichte von Sheriff Wister, der Closingtown unschuldig verlassen hatte und schuldig nach Closingtown zurückkehrte. Sie fragten ihn, ob er einem halbblinden Alten mit glänzenden Revolvern im Gurt begegnet sei. Nein. Sie werden ihm noch begegnen. Er heißt Bird. Und das ist seine Geschichte. Und sie erzählten ihm von dem alten Wallace und seinen Reichtümern. Sie erzählten ihm von den Christiansons, die ganze Liebesgeschichte, vom Anfang bis zum Ende. Am fünften Tag erzählten sie ihm noch von Bill und Mary. Dann sagten sie

»Das müßte reichen.«

Phil Wittacher drückt seine Zigarre in einer kleinen blauen Glasschale aus.

»Schöne Geschichten«, sagt er.

»Wie man's nimmt«, sagt Melissa Dolphin.

»Wir sind eher geneigt, diese Geschichten grausam zu finden«, sagt Julie Dolphin.

Phil Wittacher steht auf, stellt sich vor das Fenster und blickt in die Dunkelheit hinaus. Er sagt

»Gut, wo liegt das Problem?«

»Das ist nicht so einfach zu erklären. Aber wenn es jemand versteht, dann Sie.«

Sie fragen ihn, ob ihm aufgefallen sei, daß all diese Geschichten etwas gemeinsam hätten.

Wittacher überlegt.

Den Tod, sagt er.

Noch etwas anderes, sagen sie.

Wittacher überlegt.

Den Wind, sagt er.

Genau.

Den Wind.

Wittacher schweigt.

Er sieht noch einmal Pat Cobhan vor sich, der nach tagelangem Ritt vom Pferd steigt, nach einer Handvoll Staub greift, ihn langsam durch die Finger rieseln läßt und denkt: Hier ist kein Wind. Und sich endlich den Tod gönnt.

Wo sich Sheriff Wister Bear stellte, war kein Wind. Wüste, Sonne. Kein Wind.

Wittacher überlegt.

Seit sechs Tagen ist er in dieser Stadt, und der Wind hat sich nicht einen Moment gelegt, er tobt wie eine Furie. Überall Staub.

»Warum?« fragt Phil Wittacher.

»Der Wind ist ein Fluch«, sagt Melissa Dolphin.

»Der Wind ist eine Wunde der Zeit«, sagt Julie Dolphin. »Das denken die Indianer, wußten Sie das? Sie sagen, wenn der Wind sich erhebt, ist der große Mantel der Zeit aufgerissen. Die Menschen kommen von ihrem Weg ab, und solange der Wind weht, finden sie ihn nicht wieder. Sie bleiben ohne Schicksal zurück, verloren im Staubsturm. Die Indianer sagen, nur wenige Menschen beherrschen die Kunst, die Zeit aufzureißen. Sie fürchten sich vor ihnen und nennen sie ›Mörder der Zeit‹. Einer von ihnen hat die Zeit von Closingtown aufgerissen: das war vor vierunddreißig Jahren, zwei Monaten und sechzehn Tagen. An jenem Tag, Mister Wittacher, hat jeder von uns sein Schicksal verloren, in einem Wind, der sich plötzlich in den Himmel über der Stadt erhob und sich nie wieder legte.«

Man mußte Shatzy hören, wenn sie diese Sache erklärte. Sie sagte, man müsse sich Closingtown wie einen Mann vorstellen, der sich aus dem Fenster einer Postkutsche hinauslehnt und das Gesicht in den Wind hält. Die Postkutsche sei die Welt auf ihrer schönen Reise durch die Zeit: auf ihrem Weg ließe sie Tage und Kilometer hinter sich, und wenn man sich sicher in ihrem Innern aufhielte, spüre man den Luftzug und die Geschwindigkeit gar nicht. Aber wenn man sich aus irgendeinem Grund aus dem Fenster lehne, dann lande man – schwupp – in einer anderen Zeit, und da sei nur noch Staub und Wind, daß man den

Verstand darüber verlieren könne. Sie sagte wirklich »den Verstand verlieren«, und das sagt man hier nicht einfach so dahin. Sie sagte, Closingtown sei eine Stadt, die sich aus dem Fenster der Welt lehne und sich die Zeit ins Gesicht wehen lasse, und der Staub in den Augen mache im Kopf alles noch komplizierter. Das Bild war nicht ganz einfach zu verstehen, aber alle mochten es sehr, es hatte im Krankenhaus die Runde gemacht, ich glaube, jeder fand darin eine Geschichte wieder, die er irgendwie kannte, oder so etwas in der Art. Sogar Professor Parmentier sagte einmal, wenn es mir helfen würde, solle ich mir das, was in meinem Kopf geschieht, ungefähr so ähnlich vorstellen wie die Sache in Closingtown. Irgendwas reißt die Zeit auf, sagte er, und man ist nirgends mehr zum richtigen Zeitpunkt. Man ist immer ein bißchen woanders. Ein bißchen zu früh oder ein bißchen zu spät. Man hat eine Menge Verabredungen, mit Gefühlen oder mit Dingen, und immer rennt man ihnen entweder hinterher oder kommt blöderweise zu früh. Er sagte, wenn man so wolle, sei das ungefähr meine Krankheit. Julie Dolphin nannte sie: sein Schicksal verlieren. Aber das war im Wilden Westen: da konnte man gewisse Dinge noch sagen. Und sie sagte sie.

»Vor vierunddreißig Jahren, zwei Monaten und sechzehn Tagen, Mister Wittacher, hat jeder von uns sein Schicksal verloren, in einem Wind, der sich plötzlich in den Himmel über der Stadt erhob und sich nie wieder legte. Pat Cobhan war damals jung, und junge Menschen können nicht ohne Schicksal leben. Er stieg auf sein Pferd und ritt so lange, bis er dort ankam, wo sein Schicksal auf ihn wartete. Bear war Indianer: er wußte. Er lockte den Sheriff bis an die Grenzen des Windes, und dort überantwortete er ihn dem Schicksal, das er verdiente. Bird ist ein alter Mann, der nicht sterben will. Er schimpft zwar, versteckt sich aber in diesem Wind, in dem sein Schicksal als Revolverheld ihn nie finden wird. Jemand hat dieser Stadt die Zeit und das Schicksal geraubt. Reicht Ihnen das als Erklärung?«

Phil Wittacher überlegt.

Das ist völlig verrückt, sagt er.

Weniger, als Sie denken.

Das sind Legenden, sagt er.

Red keinen Unsinn, Kleiner.

Es ist doch nur Wind, sagt er.

Meinen Sie?

Shatzy sagte, dann baten sie ihn, sein Köfferchen zu öffnen. Darin lagen all seine Instrumente und seine drei Uhren, makellos und schön: Sie standen unerbittlich still.

»Und wie erklären Sie sich das, Mister Wittacher?«

»Vielleicht die Feuchtigkeit.«

»Die Feuchtigkeit?«

»Ich meine, hier in der Stadt ist es sehr trocken, furchtbar trocken, wahrscheinlich der Wind oder ...«

»Der Wind?«

»Ist doch möglich.«

»Es ist doch nur Wind, Mister Wittacher, seit wann hält Wind die Uhren an?«

Phil Wittacher grinst.

»So treiben Sie mich nicht in die Enge: eine Uhr anzuhalten ist eine Sache, die Zeit anzuhalten eine andere.«

Julie Dolphin steht auf – sie steht sogar auf –, geht zu dem Fremden, ganz nah ran, und schaut ihm fest in die Augen.

»Bitte glauben Sie mir: Hier in Closingtown ist es ein und dieselbe Sache.«

»Was soll das heißen, Miß?«

Was soll das heißen, Shatzy, fragten wir. Wir waren immer zu fünft oder sechst, wenn wir ihren Geschichten lauschten. Um genau zu sein, erzählte sie sie mir, aber ich hatte nichts dagegen, daß die anderen sie auch mit anhörten. Sie kamen dann in mein Zimmer und füllten es ganz aus, manchmal brachte die eine oder andere Kuchen mit. Und dann lauschten wir.

Was soll das heißen, Shatzy?

Morgen, sagte sie. Morgen.

Warum?

Wenn sie morgen sagt, dann meint sie auch morgen.

Morgen?

Morgen.

Das erste Mal sah ich Shatzy unten im Lesesaal. Sie setzte sich zu mir und sagte

»Alles in Ordnung?«

Ich weiß nicht, warum ich sie mit Jessica verwechselte, einem der Mädchen von der Universität, die hier ihre praktische Ausbildung machen. Ich erinnere mich, daß sie ein Problem mit der Großmutter hatte, eine schwerkranke Großmutter oder so. Also erkundigte ich mich nach ihrer Großmutter. Sie antwortete mir, und wir haben uns noch ein bißchen unterhalten. Erst nach einer Weile, nachdem ich sie mir genauer angeschaut hatte, wurde mir klar, daß es nicht Jessica war. Überhaupt nicht.

»Wer bist du?«

»Ich heiße Shatzy. Shatzy Shell.«

»Haben wir uns früher schon mal gesehen?«

»Nein.«

»Na, dann hallo, ich heiße Ruth.«

»Hallo.«

»Machst du ein Praktikum hier?«

»Nein.«

»Bist du Krankenschwester?«

»Nein.«

»Was machst du dann?«

Sie mußte kurz überlegen. Dann sagte sie

»Western.«

»Western?«

Ich war nicht sicher, ob ich noch wußte, was das ist.

»Ja, Western.«

Das mußte was mit Revolvern zu tun haben.

»Und wie viele?«

»Einen.«

»Ist er schön?«

»Mir gefällt er.«

»Zeigst du ihn mir?«

Genau so hatte es angefangen. Durch Zufall.

Phil Wittacher grinst.

»So treiben Sie mich nicht in die Enge: eine Uhr anzuhalten ist eine Sache, die Zeit anzuhalten eine andere.«

Julie Dolphin steht auf – sie steht sogar auf –, geht zu dem Fremden, ganz nah ran, und schaut ihm fest in die Augen.

»Bitte glauben Sie mir: Hier in Closingtown ist es ein und dieselbe Sache.«

»Was soll das heißen, Miß?«

Und Julie Dolphin erzählte es ihm.

»Ob Sie es glauben oder nicht, aber vor vierunddreißig Jahren, zwei Monaten und sechzehn Tagen riß jemand die Zeit von Closingtown auf. Ein starker Wind kam auf, und plötzlich standen alle Uhren der Stadt still. Und es gab keine Möglichkeit, sie wieder zum Laufen zu bringen. Da war eine ganz große Uhr, die unser Bruder mitten in der Main Street an einem Holzturm angebracht hat, unter dem Wassertank. Er war sehr stolz darauf und ging jeden Tag hin, um sie persönlich aufzuziehen. So eine große Uhr gab es sonst nirgends im Westen. Sie wurde ›die Alte‹ genannt, weil sie langsam lief und so weise aussah. An jenem Tag blieb sie stehen und lief seither nie wieder. Die Zeiger standen auf 12 und 37, und sie sah aus wie ein blindes Auge, das einen unentwegt anstarrte. Am Ende wurde beschlossen, sie mit Brettern zu vernageln. So konnte sie wenigstens nicht mehr allen hinterherspionieren. Jetzt sieht es aus, als wäre da noch ein kleinerer Wassertank unter dem großen. Aber dahinter versteckt sich immer noch die Uhr. Und steht still. Wenn Sie das alles für Legenden halten, dann hören Sie sich mal folgende Geschichte an. Vor elf Jahren kamen die Männer von der Eisenbahn in die Stadt. Sie wollten die Linie hier entlang verlegen, um die Südstrecke mit den großen Weidegebieten zu verbinden. Sie kauften Land und stellten Pflöcke auf. Dann bemerkten sie etwas Seltsames: All ihre Uhren standen still. Sie fragten herum, und irgend jemand erzählte ihnen die ganze Geschichte. Da ließen sie einen Spezialisten aus der Hauptstadt anreisen. Ein kleiner Mann, der immer schwarz gekleidet war und nie sprach. Er blieb neun Tage. Er brachte komische Apparaturen mit und baute unentwegt Uhren auseinander und wieder zusammen. Und er maß alles nach, Licht, Feuchtigkeit, er untersuchte sogar nachts den Himmel. Und selbstverständlich den Wind. Am Schluß sagte er: Die Uhren tun, was sie können. Tatsache ist, daß es hier keine Zeit mehr gibt. Der kleine Mann hatte fast ins Schwarze getroffen. Er war ganz nah dran. In Wirklichkeit hat es hier immer Zeit gegeben. Aber es stimmt, daß es nicht dieselbe Zeit ist wie im Rest der Welt. Sie geht hier ein bißchen vor oder nach, wer weiß. Auf jeden Fall ist sie irgendwo, wo die Uhren sie nicht sehen können. Die Männer von der Eisenbahn dachten eine Weile nach. Sie sagten, es sei nicht gerade ideal, die Eisenbahn durch eine Gegend fahren zu lassen, in der es keine Zeit mehr gibt. Wahrscheinlich hatten sie Angst, ihre Züge könnten im Nichts verschwinden und für immer verloren sein. Sie verkauften ihr Land wieder und ließen die Eisenbahn weiter westlich verlaufen. Hier machte niemand ein Drama aus der Sache. Wer daran gewöhnt ist, ohne Schicksal zu leben, kann auch gut ohne Eisenbahn leben. Seitdem ist nichts mehr geschehen. Das heißt, der Wind hat keine Sekunde aufgehört zu wehen, und man hat keine Uhr mehr gesehen, die nicht stillgestanden hätte. Wir können ewig so weitermachen – was auch immer *ewig* bedeuten mag an einem Ort, dem die Zeit entrissen wurde. Aber es ist schwierig. Man kann ohne Uhren leben: ohne Schicksal zu leben ist schon komplizierter, in einem Leben ohne Verabredungen. Wir sind eine Stadt der Verbannten, Menschen, die nicht bei sich selbst sind. Wahrscheinlich gibt es nur noch zwei Möglichkeiten: die Zeit irgendwie zu flicken oder fortzugehen. Wir beide möchten hier sterben, an einem Tag ohne Wind. Deshalb haben wir Sie hergebeten.«

Phil Wittacher schweigt.

»Lassen Sie uns im richtigen Moment abkratzen, ohne Staub in den Augen, Kleiner.«

Phil Wittacher grinst.

Die Welt ist voller Verrückter.

Er denkt an den kleinen Mann in Schwarz und kann ihn sich nur betrunken vorstellen, an die Theke des Saloons gelehnt, von Unsinn betäubt.

Er denkt an »die Alte« und fragt sich, ob diese Uhr wirklich die größte im Westen ist.

Er denkt an seine drei glänzenden Uhren, mit der Zeit von London, San Francisco und Boston. Die stillstehen.

Er betrachtet die beiden Mütterchen in ihrem ordentlich aufgeräumten Haus, die fest davon überzeugt sind, in einer Zeit dahinzutreiben, die nicht die ihre ist.

Dann räuspert er sich.

»Einverstanden.«

Er fragt

»Was soll ich tun?«

Julie Dolphin lächelt.

»Bringen Sie die Uhr wieder in Gang.«

»Welche?«

»›Die Alte‹.«

»Warum ausgerechnet die?«

»Wenn die wieder läuft, werden sich die anderen anschließen.«

»Es ist nur eine Uhr. Die kann Ihnen nichts zurückgeben.«

»Kümmern Sie sich nur darum, daß sie wieder läuft. Dann wird geschehen, was geschehen muß.«

Phil Wittacher schüttelt den Kopf.

»Das ist doch verrückt.«

»Was ist los, hast du auf einmal die Hosen voll, Kleiner?«

»Meine Schwester macht sich nur Sorgen, ob Ihr übergroßes Mißtrauen in Ihre eigenen Fähigkeiten nicht vielleicht –«

»Ich habe nicht die Hosen voll. Ich hab nur gesagt, daß das alles verrückt ist.«

»Hatten Sie bei dem vielen Geld etwa ernsthaft eine *vernünftige* Arbeit erwartet?«

»Meine Schwester will damit sagen, daß wir dich nicht dafür bezahlen, uns zu erzählen, ob irgendwas verrückt ist oder nicht. Bring die Uhr wieder in Gang, das ist alles, was du tun sollst.«

Phil Wittacher steht auf.

»Wahrscheinlich ist es völlig idiotisch, aber ich mache es.«

Sagt er.

Julie Dolphin lächelt.

»Das wußte ich, Mister Wittacher. Und ich bin Ihnen wirklich ausgesprochen dankbar.«

Melissa Dolphin lächelt.

»Reiß der ›Alten‹ den Arsch auf, und zwar gnadenlos.«

Phil Wittacher sieht sie an.

»Das ist kein Duell.«

»Natürlich ist es eins.«

Musik.

30

»Die Alte« war so groß, daß man beim Betreten das Gefühl hatte, in ein Haus zu kommen. Man öffnete eine Tür, ging ein paar Stufen hinauf und stand mitten im Uhrengehäuse. Es war ein bißchen so, als wäre man ein Floh und würde in eine Taschenuhr kriechen. Phil Wittacher war überwältigt von ihrer Schönheit. Das Räderwerk bestand aus Holz, Seilen und Wachs. Die Aufziehmechanik wurde mit Wasser angetrieben, das aus dem Tank über der Uhr kam. Nur die Zeiger waren aus Eisen. Die Zahlen auf dem Zifferblatt aus weißlackiertem Holz waren farbig aufgemalt, aber es waren keine normalen Zahlen. Es waren Spielkarten. Alles Karo. Vom As bis zur Dame, die sich an der Stelle der Zwölf befand. Der König thronte in der Mitte des Zifferblattes, wo normalerweise der Name des Uhrmachers verewigt ist.

Eine Stadt voller Verrückter, denkt Phil Wittacher.

Er steigt hinauf und begibt sich in das komplizierte Netzwerk aus Zahnrädern, Schienen, Haken, Seilen und Gewichten.

Und alles steht still.

Wenn nur der Wind nicht so durch die Holzwände pfeifen würde, denkt Phil Wittacher.

Er verbringt drei Tage dort drinnen, hängt überall Laternen auf und fertigt unzählige Zeichnungen an. Dann schließt er sich in sein Zimmer ein, um sie zu studieren. Eines Abends wagt er sich zu den Dolphin-Schwestern.

»Was war Ihr Bruder von Beruf?« fragt er.

»Du wirst nicht dafür bezahlt, Fragen zu stellen, Kleiner«, sagt Melissa Dolphin.

»Sie meinen, bevor er in den Westen kam?« fragt Julie Dolphin.

»Bevor er ›die Alte‹ baute.«

»Er machte den Räubern das Leben schwer«, sagt Melissa Dolphin.

»Er erfand Tresore«, sagt Julie Dolphin.

»Ach so«, sagt Phil Wittacher.

Dann geht er zurück in sein Zimmer im ersten Stock des Saloons. Und studiert weiter seine Zeichnungen.

Eines Abends klopft es an der Tür. Er macht auf und sieht einen alten Mann, der wie ein Revolverheld gekleidet ist. Revolver und alles, was dazugehört. Zwei Stück stecken falsch herum in den Revolvertaschen, mit dem Griff nach vorn.

»Bist du der Mann mit den Uhren?« fragt Bird.

»Ja.«

»Gestatten?«

»Bitte sehr.«

Bird tritt ein. Überall Zeichnungen.

»Setzen Sie sich«, sagt Phil Wittacher.

»Was ich dir zu sagen habe, kann ich auch im Stehen sagen.«

»Ich bin ganz Ohr.«

»Ich pisse Blut, die Schmerzen rauben mir nachts den Schlaf, sogar die Huren ekeln sich vor mir, und sehen kann ich auch nichts mehr. Beeil dich und reparier die Uhr. Ich muß sterben.«

Phil Wittacher verdreht die Augen.

»Sie glauben doch nicht auch an diese Geschichte ...«

»Hier gibt es nicht viel anderes, woran man glauben könnte.«

»Dann nehmen Sie doch die nächste Kutsche, steigen Sie erst wieder aus, wenn der Wind weg ist, und warten Sie: Wenn Sie wirklich daran glauben, brauchen Sie nur ein bißchen zu warten, bis Sie jemanden finden, der Sie umbringt.«

Wie kommt es, daß Bird ihm auf einmal beide Revolver gegen die Brust drückt? Vor einem Moment steckten sie doch noch in ihren Taschen.

»Sei vorsichtig, Kleiner. Bei der Entfernung brauche ich keine Augen.«

Phil Wittacher nimmt die Arme hoch.

Wie kommt es, daß die beiden Revolver auf einmal wieder in den Taschen stecken? Vor einem Moment spürte er sie noch auf der Brust.

»Nimm die Arme runter, du Trottel. Wenn ich sterben will, kann ich dich nicht umlegen.«

Phil Wittacher sinkt auf einen Stuhl. Bird zieht ein Bündel Dollarscheine aus der Tasche.

»Das ist mein ganzes Geld. Ich habe es für einen *mariachi* beiseite gelegt, aber ich warte schon seit Jahren, und er kommt nicht. Es gibt keine Poesie mehr in dieser Welt. Reparier die Uhr, und es gehört dir.«

Bird steckt das Geld wieder in die Tasche.

Phil Wittacher schüttelt den Kopf.

»Ich will kein Geld, ich brauche kein Geld, es war ein Fehler, diesen Auftrag anzunehmen, gut, jetzt muß ich ihn ausführen, aber laßt mich in Ruhe, ich will nur so schnell wie möglich wieder raus aus dieser Stadt voller Verrückter, und wissen Sie was?, ich frage mich, warum ich eigentlich nicht schon abgehauen bin, können Sie mir sagen, warum zum Teufel ich noch hier bin?«

»Ganz einfach: Man verläßt ein Duell nicht mittendrin.«

»Das ist kein Duell.«

»Natürlich ist es eins.«

Sagt Bird. Dann tippt er sich mit zwei Fingern an die Hutkrempe, dreht sich um und geht zur Tür. Bevor er sie öffnet, bleibt er stehen. Er dreht sich noch mal zu Phil Wittacher um.

»Junge, weißt du, wohin ein Revolverheld während des Duells schaut?«

»Ich bin kein Revolverheld.«

»Ich aber. Er schaut dem Gegner in die Augen. In die Augen, Junge.«

Bird macht mit dem Kopf eine Bewegung zu den Zeichnungen, die sich auf dem Tisch und im Zimmer stapeln.

»Es nützt überhaupt nichts, auf die Revolver zu starren. Wenn du da was siehst, ist es längst zu spät.«

Phil Wittacher dreht sich um und betrachtet seine Zeichnungen. Das letzte, was er von Bird zu hören bekommt, ist:

»Wenn du gewinnen willst, mußt du ihm in die Augen schauen, Junge.«

Shatzy erzählte, daß Phil Wittacher am nächsten Tag dafür sorgte, daß die Bretter vor dem Zifferblatt der »Alten« entfernt wurden. Die Zeiger standen auf 12 und 37. Die Dolphin-Schwestern hatten recht: Es sah aus wie ein blindes Auge, das einen unentwegt anstarrte. Die Uhr und die dreizehn Karospielkarten. Stundenlang studierte Wittacher sie von seinem Zimmer aus. Er hatte den Tisch vor das Fenster geschoben: Er arbeitete an seinen Zeichnungen, hob zwischendurch den Blick und schaute zu der »Alten« rüber. Ab und zu ging er hinunter, überquerte die Straße und stieg in das Herz der Uhr hinauf. Er kontrollierte und nahm Maß. Zurück in seinem Zimmer, setzte er sich wieder an den Tisch und arbeitete weiter. Durch den Wind schaute er zu dem blinden Auge der »Alten« rüber. Am Morgen des vierten Tages erwachte er früh im Dämmerlicht. Er öffnete die Augen und sagte:

»Ich Idiot.«

Er zog sich an, ging zu Carver hinunter und fragte ihn, wer der älteste Bewohner von Closingtown sei. Carver zeigte auf einen Halbindianer, der mit einer halbvollen Flasche Schnaps auf dem Boden hockte und vor sich hin döste.

»Gibt es nicht einen anderen, der noch nicht sein halbes Gehirn versoffen hat?«

»Die Dolphin-Schwestern.«

»Nein, die nicht.«

»Dann der Richter.«

»Wo finde ich den?«

»In seinem Bett. Das Haus hinter dem Lager von Patterson.«

»Warum im Bett?«

»Er sagt, die Welt sei abscheulich.«

»Na und?«

»Das hat er vor über zehn Jahren gesagt. Seitdem verläßt er sein Bett nur noch zum Pinkeln und Kacken. Er sagt, ansonsten lohnt es sich nicht.«

»Danke.«

Phil Wittacher verläßt den Saloon, kommt vor dem Haus des Richters an, klopft an die Tür, öffnet sie, tritt in den Halbschatten, sieht ein großes Bett und darin einen riesigen, halb angezogenen Mann.

»Mein Name ist Phil Wittacher«, sagt er.

»Du kannst mich mal.«

»Ich bin der, der ›die Alte‹ repariert.«

»Gratuliere.«

Er nimmt einen Stuhl, schiebt ihn ans Bett, setzt sich.

»Wie war der Mann, der sie gebaut hat?«

»Was willst du wissen?«

»Alles.«

»Warum?«

»Ich muß ihm in die Augen schauen.«

31

Die ersten Male kam Shatzy, blieb eine Weile und ging dann wieder. Es konnten auch Tage vergehen, an denen wir sie nicht sahen. Ich war damals stationär in der Klinik. Es war wieder eine dieser Phasen. So konnten Tage vergehen, an denen ich sie nicht sah. Ich weiß nicht, wie es kam, aber sie blieb immer länger, und schließlich erzählte sie mir, daß man sie dort eingestellt habe. Ich weiß auch nicht. Ich glaube, sie hatte keine andere Arbeit. Sie brauchte Arbeit. Sie war keine richtige Krankenschwester, sie hatte das auch nicht gelernt, aber sie machte etwas Ähnliches. Sie blieb bei den Kranken. Nicht daß sie alle gemocht hätte, das nicht, es gab sogar einige, mit denen sie überhaupt nicht zurechtkam. Und ich weiß noch, wie sie eines Tages in einer Ecke saß und weinte und nicht verraten wollte, warum. Verrückte können manchmal ganz schön *unangenehm* sein. Wir können ganz schön unangenehm sein.

Es stinkt nach Zigarrenqualm und Scheiße, die Vorhänge an den Fenstern sind halb zugezogen, im Zimmer liegen überall Zeitungen verstreut, alte Zeitungen, Zeitungsausschnitte – und genau in der Mitte das große Eisenbett, und darin ausgestreckt der riesige Richter: mit aufgeknöpfter Hose, komischen Schuhen an den Füßen, sorgfältig nach hinten gekämmtem fettigem Haar und gelblichem Bart. Hin und wieder beugt er sich seitlich zum Boden hinunter, holt eine Schüssel, spuckt braunen Schleim hinein und stellt sie wieder hin. Ansonsten redet er. Phil Wittacher hört zu.

»Arne Dolphin. Man kann von ihm sagen, was man will, aber reden konnte er. Wenn man ihm etwas Zeit ließ, konnte er einen davon überzeugen, daß man ein Pferd ist. Man lachte zwar darüber, aber bei der nächsten Gelegenheit warf man doch einen Blick in den Spiegel: nur zur Sicherheit. Ich sehe ihn noch vor mir, wie er drüben in der Stadt allen mit dieser Geschichte über den Westen auf die Nerven ging. Er hatte Landkarten, und auf diesen Landkarten war hinter den Sohones-Bergen ein Tal eingezeichnet: ein Paradies, wie er sagte. Davon überzeugte er sechzehn Familien. Siebzehn mit seiner eigenen: zwei Schwestern und einem Bruder, Mathias. Sogar die Zeitungen berichteten über die Karawane von Arne Dolphin. Sechs Monate lang zogen sie durch ferne Gegenden, in die nie zuvor jemand gelangt war. Als sie hier ankamen, waren sie schon wochenlang umhergeirrt. Hier war nichts. Nur Indianer, in den *canyons* ringsum in ihren unsichtbaren Siedlungen versteckt. Arne Dolphin ließ die Karawane über Nacht haltmachen. Ich weiß nicht, wohin er am nächsten Tag wollte. Auf jeden Fall kam er nie dort an. Am Morgen kam einer von ihnen vom Fluß zurück und erzählte, daß das Wasser dort funkelte. Gold. Sie waren auf der Suche nach Wäldern, fruchtbarem Boden und Weideland. Was sie fanden, war Gold. Arne Dolphin beschloß, daß das ein Geheimnis bleiben müsse. Er schlug den anderen sechzehn Familienoberhäuptern eine Abmachung vor. Fünf Jahre Arbeit fern von der Welt, und dann könne jeder mit seinem Gold seiner Wege gehen. Sie schlugen ein. So entstand Closingtown: die Stadt, die auf keiner Landkarte der Welt existierte.

Sie arbeiteten hart. Es war Arne Dolphin gelungen, auch die Indianer einzubeziehen. Ich weiß nicht, wie, aber er überredete sie, für ihn zu arbeiten. Die Indianer faszinierten ihn. Er hatte ihre Sprache gelernt, erforschte ihr Geheimnis. Es wurde eine richtige Leidenschaft. Er verbrachte Stunden damit, sie zu befragen, ihnen zuzuhören, seltsame Rituale von ihnen zu erlernen. Die Indianer achteten ihn, sie hatten ihm sogar einen eigenen Namen gegeben und ihn zu ihrem Bruder gemacht. Indianer, Poker und Uhren: auf diese drei Sachen war er ganz versessen. Wie er sagte, war es nur eine einzige Sache, drei Seiten einer Sache. Wer weiß, was er damit meinte. Indianer, Poker und Uhren. Frauen schaute er kaum an, Alkohol interessierte ihn nicht, und aus Geld schien er sich auch nicht viel zu machen. Er fühlte sich als Schöpfer, als Erfinder von alldem: das genügte ihm. Es mußte ein bißchen so sein, als fühlte man sich wie Gott. Kein schlechtes Gefühl.

Hin und wieder gelangte ein armer Schlucker oder ein verirrter Farmer mit seinem Pferdewagen aus der Wüste zu ihnen. Arne Dolphin nahm sie auf, erzählte ihnen vom Gold, erklärte ihnen die Regeln, und wenn sie nicht parierten, brachte er sie um. Von einem Prozeß war nicht einmal die Rede. Arne Dolphin war kein Vertreter der Gerechtigkeit. Er *war* die Gerechtigkeit. Gelegentlich unternahm einer der Neuankömmlinge den Versuch, zu fliehen und die Neuigkeit in die Welt zu tragen: Dann zog Arne mit seinem Bruder Mathias los und heftete sich an seine Fersen. Wenn sie einige Tage später zurückkehrten, baumelte der Kopf des armen Kerls an ihrem Sattel. Damit die Botschaft noch eindeutiger war, brannten sie ihm zusätzlich die Augen aus. Arne war ein sanfter, fröhlicher und grausamer Mensch.

Ich weiß nicht, ob die anderen Angst vor ihm hatten. Aber das war nicht nötig. Er war der Mann, der sich die Welt, in der er lebte, selbst ausgedacht hatte. Ihre Liebe zu ihm war größer als ihre Furcht. Sie verdankten ihm alles, und er ähnelte einfach verdammt dem, der sie gern gewesen wären. Nein, sie vertrauten ihm blind, man könnte sogar sagen, sie glaubten an ihn. Alles Gold, das sie fanden, gaben sie übrigens bei ihm ab. Im Ernst. Und er versteckte es an einem sicheren Ort. An einem Ort, den nur er und sein Bruder kannten. Das war eine gute Methode, um zu verhindern, daß jemand auf die Idee kam, sich vor Ablauf der Zeit aus dem Staub zu machen und alle anderen übers Ohr zu hauen. Es war eine gute Methode, um sich nicht alles vom nächstbesten Banditen stehlen zu lassen. Arne Dolphin ließ das Gold buchstäblich verschwinden: In Closingtown gab es davon mehr als in allen Banken Bostons zusammen, aber wenn man in die Stadt kam und nichts davon wußte, bekam man kein Gramm zu Gesicht, keine Spur, nichts. Alle waren damit einverstanden, daß es nach Ablauf der fünf Jahre aufgeteilt wurde. Vor diesem Zeitpunkt wollte niemand wissen, wo es war. Arne Dolphin und sein Bruder Mathias wußten es. Das genügte. Closingtown war keine Stadt, sondern ein Tresor.

Nach drei, dreieinhalb Jahren gab der Fluß kein Gold mehr her. Sie warteten noch eine Weile ab, aber nichts passierte. Dann schickte Arne Dolphin seinen Bruder mit einigen Indianern den Fluß hinauf. Sie hofften, in den Bergen eine Goldader oder etwas in der Art zu finden. Einen Monat später kamen sie zurück. Sie hatten nichts gefunden. In jener Nacht geschah bei ihnen zu Hause das Unglück. Ein Streit unter den beiden Brüdern, vielleicht auch etwas mehr. Am Morgen darauf war Arne verschwunden. Mathias sah an der Stelle nach, wo sie das Gold aufbewahrt hatten, und fand das Versteck leer vor. Die Leute wollten es nicht glauben. Mathias scharte fünf Männer um sich und ritt ohne ein Wort mit ihnen im Galopp Richtung Wüste. Ein paar Tage später kamen die Pferde im Schritttempo zurück. An den Sätteln hingen die Köpfe der Männer, mit ausgebrannten Augen. Das letzte Pferd gehörte Mathias. Der letzte Kopf war seiner. Ende der Geschichte, Junge. Wenn du dich umhörst, wird man dir alles mögliche erzählen, jeder hat seine eigene Theorie darüber, wie Arne Dolphin es angestellt hat, das ganze Gold mitzunehmen. Aber in Wahrheit weiß es niemand. Dieser Mann war auf seine Art ein Genie. Er wurde nie wieder gesehen. Und seit dem Tag, an dem er verschwand, ist nichts mehr geschehen. Das ist eine Geisterstadt. Sie starb an jenem Tag. Amen.«

Phil Wittacher läßt einen Moment verstreichen.

Stille.

»Wann war das?« fragt er.

»Vor vierunddreißig Jahren, zwei Monaten und zwanzig Tagen.«

Phil Wittacher schweigt. Er überlegt.

»Warum hat ihn keiner gesucht?«

»Das haben sie. Sie heuerten den besten Kopfjäger an, den sie finden konnten, und setzten ihn auf seine Fährte.«

»Und das Ergebnis?«

»Ich habe ihn zwanzig Jahre lang verfolgt, tausendmal war ich ganz nah dran, aber ich habe es nicht einmal geschafft, ihm ins Gesicht zu sehen.«

»Sie?«

»Ich.«

»Aber Sie sind doch Richter.«

»Richter sind nichts anderes als müde Polizisten.«

»Wenn Sie hier herumliegen, werden Sie ihn nie erwischen.«

»Irrtum, Junge. Wenn dir ein Pferd durchgeht, hast du zwei Möglichkeiten: Du kannst ihm nachlaufen oder am Wasser warten, bis es Durst bekommt. In meinem Alter kann man zwar nicht mehr so gut laufen, aber vorzüglich warten.«

»Sie warten *hier* auf ihn? Aber warum sollte er zurückkommen?«

»Er wird Durst haben, Junge.«

»Durst?«

»Ich kenne diesen Mann besser als meinen Piepmatz. Er wird zurückkommen.«

»Vielleicht ist er längst tot, vielleicht liegt er seit Jahren unter der Erde.«

Der Richter schüttelt den Kopf und lächelt. Er zeigt auf die Zeitungen, Zentner Papier, das den Raum mit Wörtern anfüllt.

»Indianer, Poker und Uhren. Er mag Namen, Stadt und Gesicht ändern, trotzdem ist er leicht wiederzuerkennen. Auch sein Stil bleibt derselbe. Größenwahnsinnig, sanft, fröhlich und grausam. Er ist jemand, der sich ungern versteckt. Fliehen ja, darin ist er ein Meister, aber sich verstecken ... das ist nicht seine Art. Man muß nur die Zeitungen gut lesen, dann ist es, als wäre man seinem Pferd immer dicht auf den Fersen.«

Phil Wittacher sieht den Richter an. Er hat so dicke Hände, daß sie zu platzen drohen, die Nägel sind lang und schmutzig. Die Finger tintenverschmiert. Er hat blaue Augen, babyblau. Sie streifen ziellos umher, fixieren in der Luft tanzende Seelen. Phil Wittacher schaut ihnen zu, bis sie es bemerken, sich zu ihm drehen und ihn wartend ansehen. Dann sagt er

»Danke.«

Er steht auf. Stellt den Stuhl wieder an seinen Platz zurück. Geht zur Tür. Sein Blick fällt auf ein eingerahmtes Foto an der Wand: ein lesendes Mädchen. Es hat die Haare im Nacken zusammengebunden und einen sehr schönen schlanken Hals. Unten steht auch etwas geschrieben, mit der Hand, in blauer Tinte. Er versucht, die Schrift zu entziffern, aber es ist eine Sprache, die er nicht kennt. Er denkt an Bird und an die Geschichte, daß er jahrelang französische Wörterbücher von A bis Z auswendig lernte. Gar nicht so blöd, denkt er, während er diesen schönen schlanken Hals betrachtet. Er legt schon die Hand auf die Türklinke, als er stehenbleibt und sich zum Richter umwendet.

»Und die Uhr?«

»Welche Uhr?«

»›Die Alte‹.«

Der Richter zuckt mit den Schultern.

»Typisch Arne Dolphin. Er wollte die größte Uhr des Westens bauen. Und er hat es auch getan. Er spannte die Indianer ein und hat es getan.«

Der Richter beugt sich vor, um auszuspucken. Dann läßt er sich wieder zurücksinken.

»Wenn du die Wahrheit wissen willst, ich habe nie gesehen, daß sie gegangen ist.«

»Ach.«

»Hast du herausgekriegt, was da drinnen kaputt ist?«

»Sie ist nicht kaputt. Sie ist nur stehengeblieben.«

»Macht das einen Unterschied?«

Phil Wittacher drückt die Klinke herunter und spürt das Schloß aufschnappen.

»Ja«, sagt er.

Er öffnet die Tür und tritt in das staubverklebte Licht, das die heitere Mittagsluft aufwirbelt und die Gedanken wie verliebte Akrobaten auf der von der unermüdlichen Sonne verbrannten Erde voltigieren läßt, sagte Shatzy, eigentlich sang sie es mehr, als wäre es eine Ballade – und sie lachte dabei, ich kann mich noch gut daran erinnern, daß sie lachte. Auch als ich wieder für ein paar Tage in der Woche nach Hause durfte, sah ich sie und lauschte ihr, wenn sie Lust hatte zu erzählen. Sie hatte immer einen Kassettenrecorder bei sich, und wenn sie eine Idee hatte, sprach sie sie auf das Band, um sie nicht wieder zu vergessen. Ich dachte, das sei vielleicht eine gute Idee. Das könnte eine gute Methode sein, etwas *Ordnung* in meine Angelegenheiten zu bringen. Eine Zeitlang wollte ich auch so einen Kassettenrecorder haben. Wenn ich mal klar gesehen hätte, was alles geschehen war und was *nicht*, dann hätte ich es aufs Band sprechen können. Und dann hätte ich mir selbst erklärt, was los war. Manchmal kommt man auf seltsame Ideen.

Einmal sagte Shatzy, sie habe mein Kind kennengelernt.

In der Klinik kursierten viele Geschichten über sie. Angeblich ging sie mit den Ärzten. Ins Bett. Keine Ahnung. Als wenn das so schlimm wäre. Einige waren verheiratet, manche auch nicht, und was heißt das schon? Mein Mann Halley sagte, sie sei ein anständiges Mädchen. Wer weiß, ob er mir treu war, wenn ich mit dem Kopf woanders war, wenn ich ihn kaum wiedererkannte. Es wäre reizend, wenn er es gewesen wäre. Darüber könnte man noch jahrelang lachen.

»Ich will Sie ja nicht drängen, Mister Wittacher, aber sind Sie dem Übel in der ›Alten‹ auf der Spur?« fragt Julie Dolphin.

»Es funktioniert alles.«

»Willst du uns auf den Arm nehmen?«

»Sie ist nicht kaputt. Sie ist stehengeblieben.«

»Macht das einen Unterschied?«

Phil Wittacher nimmt seinen Hut in die Hand.

»Ja«, sagt er zu sich selbst.

Mein Kind hieß Gould.

32

Den ganzen heißen und windigen Tag hat Phil Wittacher in der »Alten« verbracht. Eine hydraulische Uhr, sagt er zu sich selbst, als er die Zuleitungen des Tanks öffnet und den Wasserfluß auf seinem Weg durch den Aufziehmechanismus in jeder Kurve verfolgt. Er wiederholt diesen Vorgang ein Dutzend Male. Er versteht es nicht. Setzt sich hin. Müde. Er überlegt. Steht auf. Folgt einem Gedankengang, den nur er kennt und der ihn durch das Innenleben der »Alten« schickt, von einem Getriebe zum nächsten, bis zum lackierten Zifferblatt mit seinen schönen dreizehn Karokarten. Er betrachtet sie. Lange.

Stundenlang.

Dann versteht er.

»So ein Mistkerl.«

Sagt er.

»Was für ein genialer Mistkerl.«

Er steigt »die Alte« hinunter, sein Kopf ist leer vor Müdigkeit. In der Leere taucht eine Frage nach der anderen auf. Und alle beginnen mit: Warum?

Er geht nicht zurück in sein Zimmer, sondern steuert direkt das Haus der Dolphin-Zwillinge an. Der Geruch von Holz und Gemüse. An der Wand über dem Ofen hängen zwei Gewehre.

»Was geschah in jener Nacht zwischen Arne und Mathias?«

Die Schwestern sitzen schweigend da.

»Ich habe gefragt, was damals geschah.«

Julie Dolphin starrt auf ihre Hände, die gefaltet in ihrem Schoß liegen.

»Sie hatten eine Auseinandersetzung.«

»Was für eine Auseinandersetzung?«

»Sie reparieren Uhren, es nützt Ihnen nichts, gewisse Dinge zu wissen.«

»Das ist eine äußerst seltsame Uhr.«

Julie Dolphin starrt wieder auf ihre Hände, die gefaltet in ihrem Schoß liegen.

»Was für eine Auseinandersetzung?« fragt Phil Wittacher.

Melissa Dolphin schaut auf.

»Im Fluß war kein Gold mehr. In den Bergen hatten sie nichts gefunden. Mathias hatte eine Idee. Er hatte sich mit fünf anderen Familienoberhäuptern verabredet. Sie wollten das Gold nehmen und in der Nacht verschwinden.«

»Sie wollten mit dem Gold abhauen?«

»Ja.«

»Und dann?«

»Mathias fragte Arne, ob er mit dabei sei.«

»Und?«

»Arne wollte nichts davon wissen. Er sagte, Mathias sei ein Schuft, genau wie die anderen fünf, wie überhaupt alle Menschen auf der Welt. Es hörte sich glaubwürdig an, er konnte gut reden, wenn er wollte. Er sagte, wenn dies das Ende von Closingtown sei, wolle er es nicht miterleben. Für ihn wäre in diesem Moment alles zu Ende. Ich weiß noch, daß er seine Uhr herauszog, eine silberne Taschenuhr, sie Mathias gab und sagte: ›Die Stadt gehört dir.‹ Dann packte er seine Sachen und ging fort. Er sagte, er würde nicht zurückkehren. Er kehrte nicht zurück.«

Phil Wittacher überlegt.

»Und Mathias?«

»Der war betrunken. Er schlug alles kurz und klein, dann ging er und blieb stundenlang fort. Am Morgen kam er wieder.

Er ging zum Versteck des Goldes. Als er dort nichts mehr vorfand, wurde ihm klar, daß Arne alles mitgenommen hatte. Er machte sich mit fünf anderen im Galopp auf die Suche nach Arne.«

»Wieder dieselben fünf Familienoberhäupter?«

»Sie waren seine Freunde.«

»Und dann?«

»Vier Tage später kamen ihre Pferde zurück. An den Sätteln hingen die Köpfe der Männer, mit ausgebrannten Augen.«

Phil Wittacher überlegt.

»Wie spät war es, als sie hier ankamen?«

»Das ist in dieser Gegend eine dumme Frage.«

Phil Wittacher schüttelt den Kopf.

»Okay. War es Tag oder Nacht oder was?«

»Abend.«

»Abend?«

»Ja.«

Phil Wittacher steht auf. Er geht zum Fenster. Betrachtet die Straße und den Staub, der hinter den Scheiben herumfliegt.

Es fällt ihm etwas schwer, aber schließlich fragt er:

»Hat Arne die Zeit getötet?«

Die Dolphin-Schwestern schweigen.

»War er es?«

Die Dolphin-Schwestern sitzen mit gesenktem Kopf da, die Hände im Schoß. Man weiß nicht mal genau, welche von den beiden es ist, die irgendwann sagt:

»Ja. Er hat alles mitgenommen, als er fortging.«

Phil Wittacher nimmt seinen Staubmantel. Und den Hut. Die Dolphin-Schwestern bleiben sitzen. Als erwarteten sie fotografiert zu werden.

»Diese Uhr ... die silberne, haben Sie die nie wiedergefunden?«

»Nein.«

»War sie nicht in der Satteltasche oder bei den Sachen von Mathias?«

»Nein.«

Phil Wittacher sagt leise: Aha.

Dann, lauter:

»Gute Nacht.«

Er geht hinaus. Durchquert die Stadt, betritt den Saloon, will in sein Zimmer hinaufgehen, als er den alten betrunkenen Indianer erblickt, der an die Wand gelehnt auf der Erde kauert. Er bleibt stehen. Geht zu ihm und hockt sich vor ihn.

Er sieht ihn an und fragt:

»Arne Dolphin, sagt dir der Name was?«

Die Augen des Indianers sind feuchte Kiesel, umrahmt von einer faltigen Maske.

»Hörst du mich?... Arne Dolphin, euer Freund Arne, der große Arne Dolphin.«

Die Augen des Indianers zeigen keine Regung.

»Ich rede mit dir ... Arne Dolphin, der große Schuft Arne Dolphin, dieser unglaubliche Dreckskerl.«

Und dann, leiser:

»Der Mörder der Zeit.«

Die Augen des Indianers zeigen keine Regung.

Phil Wittacher lächelt.

»Wenn es sein muß, wirst du dich schon an ihn erinnern.«

Der Indianer schließt die Augen und öffnet sie wieder.

Bringt er die Uhr wieder zum Laufen? fragte ich Shatzy immer, und alle anderen fragten es auch. Sie lachte dann. Wahrscheinlich wußte sie es selbst nicht. Ich weiß nicht, wie man einen Western macht. Ich meine, ob man von Anfang an weiß, wie er ausgeht, oder ob man das erst nach und nach erfährt. Ich hab noch nie einen Western gemacht. Ich habe mal ein Kind gemacht. Aber das ist eine seltsame Geschichte. Und da wußte man wirklich nicht, wie es ausgehen würde. Der Doktor sagt, wenn ich wieder gesund bin, muß ich mich mal ganz in Ruhe hinsetzen und *sie mir erzählen*. Aber ich weiß nicht, wann es soweit sein wird. Ich erinnere mich, daß es Gould hieß, und an viele andere, auch schöne Dinge, aber sie tun mir alle weh. Das war das einzige, was ich an Shatzy haßte. Sie sprach von diesem Kind, als sei überhaupt nichts dabei, und das konnte ich nicht ertragen, ich wollte nicht, daß sie von ihm sprach, ich weiß auch gar nicht, wie sie mit ihm befreundet sein konnte, sie war fünfzehn Jahre älter als er, ich wollte nicht wissen, was zwischen ihnen war, ich will es nicht wissen, schickt dieses Mädchen weg, ich will sie nicht mehr sehen, Herr Doktor, lassen Sie mich in Frieden, was macht dieses Mädchen hier?, schicken Sie sie weg, ich hasse sie, schicken Sie sie weg, oder ich bring sie um.

Sie sagte, daß Gould nichts und niemanden mehr brauche.

Sie blieb sechs Jahre hier. Dann ging sie irgendwann nach La Cruces, sie sagte, sie habe dort Arbeit in einem Supermarkt gefunden. Aber ein paar Monate später kam sie wieder zurück. Es hatte ihr nicht gefallen, daß dort alles im Sonderangebot war. Sie sagte, sie habe die Leute unentwegt davon überzeugen müssen, mehr zu konsumieren als nötig, und das sei bescheuert. Sie begann wieder in der Klinik zu arbeiten. Und es ist ja wirklich höchst unwahrscheinlich, daß man hier nach jedem zweiten hysterischen Anfall einen dritten als Geschenk dazubekommt, zusammen mit einem Los, das einem als Hauptgewinn einen Elektroschock gratis beschert. Was das angeht, konnte man ihr nicht ganz unrecht geben. Sie wohnte allein, in einer Wohnung hier in der Nähe. Ich sagte immer, daß sie heiraten solle. Sie antwortete: Schon erledigt. Aber ich weiß nicht mehr, was es damit auf sich hatte. Sie hatte bestimmt niemanden. Das hab ich nie verstanden: Was machte sie bloß, daß sie am Ende immer allein blieb? Hier im Krankenhaus gab es großen Ärger wegen dieser Sache mit dem Diebstahl. Angeblich hatte sie Geld aus der Medikamentenkasse gestohlen. Und angeblich ging das schon seit Monaten so, und man hätte schon mit ihr darüber geredet, aber sie hätte einfach weitergemacht. Ich glaubte das nicht, es gab hier Leute, die sie haßten, kann schon sein, daß ihr jemand eins auswischen wollte. Ich sagte ihr, daß ich das nicht glaubte und daß das völlig übertrieben sei. Sie sagte nichts dazu. Sie packte ihre Sachen und ging. Halley, mein Mann, verschaffte ihr einen Job als Sekretärin in einer Kriegswitwenvereinigung. Hört sich nicht sehr lustig an, war es aber. Kriegswitwen unternehmen eine ganze Menge, das glaubt man gar nicht. Manchmal besuchte ich sie dort. Sie hatte einen eigenen Schreibtisch, und die Arbeit war nicht allzu schwierig. Sie hatte viel Zeit, um an ihrem Western zu arbeiten.

Phil Wittacher steht auf, wirft einen letzten Blick auf den alten Indianer und geht zur Treppe.

»Da kann man auch Blut aus einem Stein drücken. Seit Jahren habe ich den kein Wort mehr sprechen hören«, sagt Carver, während er das soundsovielte Glas abtrocknet.

»Verstehe.«

»Whiskey?«

»Gar keine schlechte Idee.«

»Whiskey.«

Phil Wittacher lehnt sich an die Theke.

Carver gießt ihm ein Glas voll.

Phil Wittacher versucht, nicht zu überlegen. Aber er überlegt.

»Carver?«

»Ja.«

»Gab es in dieser verdammten Stadt jemanden, der Arne Dolphin haßte?«

»Bevor er abgehauen ist?«

»Seitdem hassen ihn wohl alle.«

»Eben.«

»Und vorher?«

Carver zuckt mit den Schultern.

»Jeder hat doch irgendeinen Feind auf der Welt.«

Phil Wittacher trinkt. Er stellt das Glas wieder ab.

»Carver?«

»Ja?«

»Mathias, sein Bruder Mathias, hat der ihn gehaßt?«

Carver hält inne. Er sieht Phil Wittacher an.

»Hast du schon mal einen Gott als Bruder gehabt?«

»Nein.«

»Wenn doch, hättest du ihn jeden einzelnen Tag deines Lebens gehaßt, heimlich und aus vollem Herzen.«

Auf ihrem Schreibtisch standen zwei Bilderrahmen mit Fotos. Shatzy. Eins war von Eva Braun, das andere von Walt Disney.

33

Phil Wittacher in der Mittagssonne, an die Wand des Saloons gelehnt, den Hut tief in die Stirn gezogen, vor dem Mund ein Halstuch als Schutz vor dem Staub. Er betrachtet das Zifferblatt, die Zeiger und die Zahlen der »Alten« mit den Augen eines Pokerspielers.

Er geht los. Er geht gern mit dem Wind im Rücken. Es macht keinen Lärm, und der Wind lenkt.

Er denkt, er habe mit dieser Angelegenheit alter Leute nichts zu tun. Immer wieder sagt er sich fröhlich, daß er nur ein Uhrmacher ist. Er sagt laut: Hau ab hier, es ist Zeit zu gehen, tut mir leid, aber dieser Job ist nichts für mich, viele Grüße an alle. Er denkt, daß es nicht einen guten Grund für ihn gibt, zu bleiben und diese Uhr wieder zum Laufen zu bringen. Dann bleibt er stehen. Schaut nach vorn. Er sieht Melissa Dolphin: Sie kehrt mitten in einem Staubwirbel die Straße vor dem Haus, mit übertriebener und sinnloser Sorgfalt. Das weiße Haar, das sie an diesem Morgen wie an jedem anderen Morgen mit alten Händen vor dem Spiegel mühsam geordnet hat, fliegt wild durcheinander. Sie sieht aus wie ein schmächtiges, geduldiges Gespenst, unbesiegbar und besiegt.

Shatzy sagte, genau in diesem Moment drehte sich Phil Wittacher um und spuckte auf den Boden, und da er Gegenwind hatte, spuckte er praktisch auf die eigene Hose. Und dann jagte er alle zum Teufel.

34

Phil Wittacher betritt das Haus des Richters. Halbschatten, es stinkt nach Scheiße und Zigarrenqualm. Überall Zeitungen.

Er nimmt einen Stuhl und schiebt ihn ans Bett. Er setzt sich.

»Glauben Sie immer noch, daß das Pferd früher oder später zum Trinken hierher zurückkommt?«

»Darauf kannst du wetten, Junge.«

»Es scheint nicht viel Durst zu haben.«

»Den bekommt es schon noch. Ich hab es nicht eilig.«

»Ich schon.«

»Das heißt?«

»Wenn es keinen Durst hat, machen wir ihm welchen.«

Phil Wittacher reicht dem Richter ein maschinenbeschriebenes Blatt Papier. Darauf steht, daß Phil Wittacher von »Wittacher und Sohn« am Sonntag, dem 8. Juni, um 12 Uhr 37 feierlich die historische Uhr Closingtowns, die größte Uhr des ganzen Westens, wieder zum Laufen bringen wird. Inklusive Essen, Getränke und zum Abschluß eine Überraschung.

Phil Wittacher macht eine Kopfbewegung zu den Zeitungshaufen.

»Diese Ankündigung habe ich überall drucken lassen, damit er sie liest. Im Grunde schickt er seit vierunddreißig Jahren Nachrichten: wurde Zeit, ihm mal zu antworten.«

Der Richter erhebt sich aus den Kissen, stellt ein Bein auf den Boden und liest sich den Text noch einmal sorgfältig durch.

»Du glaubst doch wohl nicht, daß er so blöd ist zu kommen?«

»Er kommt.«

»Unsinn.«

»Glauben Sie mir, wenn ich Ihnen sage, daß er kommt?«

Der Richter sieht ihn an, als hätte er ein mathematisches Problem zu lösen.

»Und woher willst du das wissen, du kleiner Trottel? Kannst du Arne Dolphin in den Kopf gucken oder was?«

»Ich weiß, wo er ist, was er tut und was er morgen tun wird. Ich weiß alles über ihn.«

Der Richter fängt an zu lachen und läßt höllisch einen fahren. Minutenlang lacht er wie ein Verrückter. Voller Husten und Schleim. Aber mit Silber drin. Dann wird er plötzlich wieder ernst.

»Okay, Uhrmacher, ich kapier zwar nicht, warum, aber meinetwegen.«

Er beugt sich vor und streckt sein breites Gesicht dem von Phil Wittacher entgegen.

»Du willst mir doch nicht erzählen, daß du die Uhr tatsächlich wieder zum Laufen bringst?«

»Das ist meine Angelegenheit, sprechen wir erst mal darüber, was Sie tun.«

»Das ist einfach. Sobald der Dreckskerl einen Fuß in die Stadt setzt, jage ich ihm eine Kugel zwischen die Augen.«

»Das kann jeder andere in der Stadt auch. Dafür sind Sie doch zu schade. Für Sie hab ich mir was Besseres ausgedacht.«

»Und zwar?«

»Ihm *keine* Kugel zwischen die Augen zu jagen.«

»Spinnst du?«

»In der Stadt ist der Mann schon so gut wie tot. Ich brauche ihn lebendig. Und dieses Problem lösen Sie.«

»Warum lebendig?«

»Richter: Ich bringe ihn zu Ihnen. Finden Sie einen Weg, daß er sich mit mir an einen Tisch setzt. Nur damit wir uns ein paar Geschichten erzählen können. Danach kann er tun, was er will. Aber ich will, daß er sich an diesen Tisch setzt, ohne Zeugen und ohne Kugel zwischen den Augen.«

»Das ist nicht so einfach: Der Kerl ist eine Bestie. Wenn du ihm Zeit läßt, bist du ein toter Mann.«

»Ich hab Ihnen ja gesagt, daß die Aufgabe Ihrer würdig ist.«

»Das ist aber kein Sonntagsspaziergang.«

»Nein, deshalb sollten Sie sich vielleicht ein neues Paar Schuhe besorgen.«

Der Richter schaut zu seinen Füßen.

»Du kannst mich mal, Rotzbengel.«

»Keine Zeit. Ich muß zu Bird.«

Und er geht zu Bird.

»Bird, weißt du, ob Arne Dolphin ein guter Schütze ist?«

»Den hab ich nie kennengelernt.«

»Ich weiß, aber was erzählt man sich so über ihn?«

»Er zieht ein bißchen spät. Zielt hervorragend. Liegt wohl in der Familie. Die Schwestern sind früher damit aufgetreten.«

»Die Sache mit dem Herzbuben?«

»Genau.«

»Wie zum Teufel haben sie das gemacht?«

»Keine Ahnung. Aber wenn Karten im Spiel sind, gibt es immer einen Trick. Nur Revolver lügen nie.«

Phil Wittacher ist anderer Meinung.

»Bird: sechs gegen einen, auf freiem Feld. Hat man eine Chance, da lebendig rauszukommen?«

»Ein Colt hat sechs Kugeln. Also hat man eine.«

»Laß das Gerede, Bird. Hat er eine Chance, ja oder nein?«

Bird überlegt.

»Wenn die sechs blind sind, dann schon.«

Phil Wittacher lächelt.

»Die Blinden sind wir, Bird. Wir sehen nur das, was wir sehen wollen.«

»Genug philosophiert, Junge. Was zum Teufel willst du von mir?«

»Willst du immer noch sterben?«

»Ja, deshalb sollst du dich mit der Uhr beeilen.«

»Hast du am achten Juni schon was vor?«

»Du meinst, außer Blut pinkeln und mit Steinen nach Hunden werfen?«

»Davon mal abgesehen.«

»Laß mich mal überlegen.«

Er überlegt.

»Ich glaube, nein.«

»Gut. An dem Tag brauche ich dich.«

»Mich oder meine Revolver?«

»Arbeitet ihr nicht mehr zusammen?«

»Nur bei großen Anlässen.«

»Das ist ein großer Anlaß.«

»Und zwar?«

»Wir bringen die Scheißuhr wieder zum Laufen.«

Bird kneift die Augen zusammen, damit er Phil Wittacher besser sieht.

»Willst du mich auf den Arm nehmen?«

»Ich meine es völlig ernst.«

Wie kommt es, daß dieser Revolver eben noch in der Tasche steckte und jetzt Phil Wittacher ins Gesicht zielt?

»Willst du mich auf den Arm nehmen?«

»Ich meine es völlig ernst.«

Wie kommt es, daß der Revolver auf einmal wieder in der Tasche steckt?

»Du kannst auf mich zählen, Junge.«

»Wir brauchen deine guten Augen, Bird.«

»Sieht übel aus.«

»Wie geht es ihnen?«

»Hängt vom Licht ab.«

»Was für eine Karte ist das?«

Bird kneift die Augen zusammen und betrachtet die Karte, die aus Phil Wittachers Ärmel gerutscht ist.

»Kreuz?«

Phil Wittacher schleudert sie mit zwei Fingern in die Luft.

Bird zieht und drückt ab. Sechs Schüsse. Die Karte hüpft unter den sechs Schüssen umher wie auf einem unsichtbaren Tisch. Dann fällt sie wie ein vertrocknetes Blatt zu Boden.

»Würdest du sie auch aus dreißig Meter Entfernung treffen?«

»Nein.«

»Und wenn sie sich nicht bewegt?«

»Aus dreißig Metern?«

»Ja.«

»Mit ein bißchen Glück kann ich es schaffen.«

»Du mußt es schaffen, Bird.«

»Ein bißchen Glück gehört dazu.«

»Wäre eine Brille nicht besser?«

»Du kannst mich mal, Uhrmacher.«

»Keine Zeit. Ich muß zu den Dolphin-Schwestern.«

Und er ging zu den Dolphin-Schwestern.

»Am Sonntag in zwei Wochen um 12 Uhr 37 werde ich ›die Alte‹ wieder zum Laufen bringen.«

Die Dolphin-Schwestern sehen ihn an, ohne sich zu rühren. Es ist unglaublich, aber Phil Wittacher sieht in Melissa Dolphins Augen etwas glänzen wie: Tränen.

»Das wird ein ganz schönes Durcheinander, aber Sie haben es ja so gewollt.«

Die Dolphin-Schwestern nicken.

»Am liebsten würde ich Ihnen befehlen, zu Hause zu bleiben, bis alles vorbei ist, da Sie sich aber sowieso nicht dran halten würden, ist es mir lieber, Sie kommen und tragen Ihren Teil dazu bei. Aber damit wir uns richtig verstehen: keine Improvisation, die Befehle werden ausgeführt.«

Die Dolphin-Schwestern nicken wieder.

»Okay. Ich sage Ihnen Bescheid, wenn es soweit ist. Gute Nacht, die Damen.«

Staubmantel, Hut.

»Mister Wittacher . . .«

»Ja?«

»Sie sollten vielleicht wissen, daß . . .«

»Ja?«

»Es ist nicht leicht, die richtigen Worte zu finden, aber wir empfinden es als unsere Pflicht, Ihnen mitzuteilen, daß . . .«

»Ja?«

Melissa Dolphin hat keine Tränen mehr in den Augen, als sie sagt:

»Nichts Besonderes: Dein Piepmatz fällt dir gleich aus der Hose, Kleiner.«

»Was?«

»Wir wollten Sie nur darauf aufmerksam machen, daß Sie den Schlitz unter Ihrem Hosengürtel vielleicht besser zuknöpfen sollten, Mister Wittacher.«

Phil Wittacher blickt an sich herunter. Knöpft seine Hose zu. Schaut wieder zu den Dolphin-Schwestern auf.

Was hab ich bloß verbrochen? fragt er sich.

Das war mehr oder weniger das letzte Stück Western, das ich aus Shatzys Mund zu hören bekam. Ich weiß nicht, ob sie noch mehr davon hatte, wenn ja, hat sie es für immer mitgenommen. Sie starb auf eine häßliche Art, und das ist ungerecht, jeder sollte sich selbst aussuchen können, zu welcher Musik er bei seinem eigenen Ende tanzen will. Das sollte ein *Recht* sein oder wenigstens das Privileg großer Tänzer. Ich habe Shatzy manchmal gehaßt, aus den verschiedensten Gründen. Aber tanzen konnte sie, wenn ihr versteht, was ich meine. Sie saß eines Nachts im Auto eines Arztes, sie hatten ein bißchen getrunken oder geraucht, das weiß ich nicht mehr. Sie rasten mit voller Wucht gegen einen Brückenpfeiler, unten in San Fernandez. Er saß am Steuer, und er war auf der Stelle tot. Aber als man Shatzy herauszog, atmete sie noch. Man brachte sie ins Krankenhaus, und dann war es noch eine langwierige und schmerzhafte Sache. Sie hatte sich alles mögliche gebrochen, auch das Genick, wie man so sagt. Am Ende lag sie in einem Krankenhausbett und konnte nichts mehr bewegen, außer ihren Kopf, für immer. Das Gehirn arbeitete weiter, sie konnte sehen, hören und sprechen. Aber der Rest war tot. Es zerriß einem das Herz. Shatzy war immer jemand gewesen, der nicht so schnell aufgab. Wenn es darum ging, dem Leben etwas abzutrotzen, hatte sie wirklich Talent. Aber da war nichts mehr zu wollen. Sie sprach tagelang nicht, lag nur regungslos in ihrem Bett. Dann besuchte mein Mann Halley sie eines Tages. Und sie sagte zu ihm: Herr General, ich flehe Sie an, machen Sie dem ein Ende. Genau das sagte sie. Ich flehe Sie an. Man muß hinzufügen, daß mein Mann, na ja, irgendwie war ihm dieses Mädchen ans Herz gewachsen, sie bedeutete ihm etwas, und er hätte sie nie im Stich gelassen oder so, das hätte er nie getan. Also fand er eine Möglichkeit. Er sorgte dafür, daß sie in ein Militärkrankenhaus verlegt wurde. Da kann man gewisse Dinge besser erledigen. Man könnte fast sagen, daß die vom Militär schon daran gewöhnt sind. Es war auch ein bißchen zum Lachen, weil da nur Männer lagen, sie war die einzige Frau. Sie machte auch ihre Witze darüber. Und an dem Tag, bevor sie starb, als ich bei ihr war, um mich sozusagen von ihr zu verabschieden, bat sie mich näher ran, und dann fragte sie, ob ich mich im Krankenhaus nach einem jungen Mann umsehen könne, der Lust hätte, einen Moment zu ihr zu kommen. Ein hübscher junger Mann sollte es sein. Ich versuchte zu verstehen, was sie mit hübsch meinte, aber sie sagte nur, daß ich einen mit schönen Lippen finden solle. Also ging ich los und kam mit einem jungen Mann wieder, der ein wunderschönes Gesicht hatte, schwarzes Haar und ein wunderschönes Gesicht, wirklich zum Anbeißen. Er hieß Samuel. Als er bei ihr war, fragte Shatzy: Küßt du mich? Und er küßte sie, aber richtig, ein echter Filmkuß, der hörte gar nicht mehr auf. Am nächsten Tag tat ein Arzt, was er tun mußte. Ich glaube, es war eine Injektion. Aber genau weiß ich es nicht. Sie starb ganz schnell.

Zu Hause habe ich Hunderte Kassetten, die sie aufgenommen hat, alle mit Western drauf. Und ich habe zwei Dinge im Kopf, die sie mir über Gould gesagt hat und die ich niemandem verraten werde.

Wir haben sie in Topeka beerdigt. Die Inschrift auf dem Grabstein hat sie selbst ausgesucht. Kein Datum. Nur: *Shatzy Shell, hat nichts mit dem Benzin zu tun.*

Möge die Erde dir leicht sein, Kleine.

35

Der Wind pfeift unter einer Januarsonne, und Closingtowns Straße dampft vor Staub wie der Schornstein eines Kamins, in dem die ganze Erde verbrennt.

Wüste, wohin man sieht.

Sie kam von draußen und strömte in jede Ader der Stadt.

Kein Laut, keine Stimme, kein Gesicht.

Eine verlassene Stadt.

Überbleibsel von Nichts fliegen umher, und streunende Hunde suchen lautlos nach einem schattigen Ruheplatz für ihre Rippen, ihre Schmerzen.

Sonntag, 8. Juni, die Sonne steht im Zenit.

Aus dem Osten, aus der Staubwolke, aus der Vergangenheit tauchen nebeneinander zwölf Reiter auf, die Haare bis über die Augen, vor dem Mund ein Halstuch. Revolver im Gurt und Gewehr unterm Arm.

Sie kommen langsam näher, gegen den Wind, lassen die Pferde im Schritt laufen.

Als sie die ersten Häuser von Closingtown erreichen, zeichnen sich ihre Konturen schon deutlich ab.

Elf gelbe Staubmäntel. Einer: schwarz.

Sie kommen langsam näher, eine Hand an den Zügeln, die andere am Gewehr. Sie nehmen jede Ecke der Stadt unter die Lupe. Sie sehen das Nichts.

Sie reden nicht, und sie reiten in einer Reihe, einer neben dem anderen, füllen die Straße in ihrer ganzen Breite aus. Ein Kamm. Ein Pflug.

Minutenlang.

Dann bleibt der Mann in Schwarz stehen.

Alle bleiben stehen.

Rechts der Saloon. Links »die Alte«.

Mit den Zeigern auf 12 und 37.

Stille.

Die Tür des Saloons geht auf.

Heraus kommt eine Alte, deren weißes Haar wie eine Wolke auffliegt, sobald der Wind einfällt.

Elf Gewehre schnellen empor und zielen auf sie.

Sie beschirmt ihre Augen mit der Hand vor der Sonne, geht über den Vorbau des Saloons, steigt die drei Stufen hinunter, nähert sich den zwölfen und bleibt vor dem Mann in Schwarz stehen. Die Gewehrläufe haben sie nicht einen Moment aus den Augen gelassen.

»Hallo, Arne«, sagt Melissa Dolphin.

Der Mann antwortet nicht.

»Wenn ich einer deiner Männer wäre, würde ich meinen Hintern zusammenkneifen und keinen Muskel rühren. Auf sie zielen mehr Gewehre, als ich Jahre auf dem Buckel habe. Wir haben sie gezählt: 138. Nicht Jahre: Gewehre.«

Der Mann schaut auf. In allen denkbaren Öffnungen stecken Gewehrläufe und zielen auf ihn.

»Du hast in dieser Gegend keinen besonders guten Ruf, mußt du wissen.«

Die elf anderen blicken nervös um sich und lassen die Gewehre sinken.

Melissa Dolphin dreht sich um und geht langsam zum Saloon zurück, steigt die Stufen zum Vorbau hinauf, versucht, ihr

Haar wieder in Ordnung zu bringen, öffnet die Tür und verschwindet im Saloon.

Die 138 Gewehrläufe bleiben auf die zwölf gerichtet. Sie geben keinen Schuß ab. Sie verschwinden nicht.

Stille.

Der Mann in Schwarz gibt den anderen ein Zeichen. Er steigt vom Pferd, führt es an den Zügeln im Schritt an den Lattenzaun des Saloons. Er schlingt die Zügel einmal um den Holzbalken. Steckt das Gewehr in den Sattel. Zieht sich das Halstuch vom Gesicht. Ein dichter weißer Bart. Er dreht sich um und betrachtet kurz die 138 Gewehre. Keines zielt auf ihn. Alle richten sich auf seine Freunde. Er geht über die Veranda, langt mit der einen Hand zur Tür und mit der anderen zu seiner Revolvertasche. Er öffnet die Tür. Tritt ein.

Als erstes sieht er einen alten, auf dem Boden kauernden Indianer. Eine Statue. Als nächstes einen leeren Saloon. Als drittes einen Mann, der in der hintersten Ecke an einem Tisch sitzt.

Er geht durch den Saloon und steht vor dem Mann. Er nimmt den Hut ab. Legt ihn auf den Tisch. Setzt sich.

»Du bist also der Uhrmacher?«

»Bin ich«, sagt Phil Wittacher.

»Mit diesem Babygesicht?«

»Genau.«

Der Mann in Schwarz spuckt auf den Boden.

»Warum interessiert dich die Uhr so?« fragt er.

»Das ist keine Uhr. Das ist ein Tresor.«

Der Mann in Schwarz lächelt.

»Randvoll«, fügt Phil Wittacher hinzu.

Der Mann in Schwarz schnalzt mit der Zunge.

»Bingo«, sagt er.

»Genial. Du drehst den Tank auf, das Wasser fließt und setzt die Mechanik in Bewegung, und die Mechanik setzt die Zeiger in Bewegung. Aber es funktioniert trotzdem nicht. Und weißt du, warum?«

»Sag du es mir.«

»Weil es genau umgekehrt funktioniert. Du drehst an den

Zeigern, die setzen die Mechanik in Bewegung, die Mechanik bringt das Wasser zum Fließen, und das Wasser betätigt drei Ventile, die eine unterirdische Kammer öffnen und von unten anderes Wasser hochpumpen: Wasser voller Gold, das seit vierunddreißig Jahren, drei Monaten und elf Tagen dort lagert. Sieht aus wie eine Uhr. Ist aber ein Tresor. Genial.«

»Gratuliere. Du weißt eine Menge.«

»Mehr als du denkst, Mathias.«

Ein elektrischer Stoß. Für einen Augenblick ist der Mann in Schwarz ein Mann, der gleich aufstehen, beide Revolver ziehen und abdrücken wird. Einen Augenblick später ist er ein Mann, der eine Stimme rufen hört:

»Keine Bewegung!«

Den dritten Augenblick nutzt er dafür, keine Bewegung zu machen. Den vierten, um sich zu setzen. Den fünften, um sich langsam umzudrehen, beide Hände auf dem Tisch.

Der Richter trägt ein glänzendes Paar Stiefel mit bunten Sternen, Beschlägen und allem Drum und Dran. Er hat sich frisiert und parfümiert, und er hat sogar seinen Bart frisch rasiert. Er steht am anderen Ende des Saloons, das Gewehr auf den Mann in Schwarz gerichtet.

»Das Gespräch ist noch nicht beendet«, sagt er.

Der Mann in Schwarz schaut wieder zu Phil Wittacher.

»Was willst du von mir?«

»Ich will dir eine Geschichte erzählen, Mathias.«

»Dann mach schnell.«

»Hast du noch etwas vor?«

»Den Fettwanst dahinten umlegen und aus dieser elenden Stadt verschwinden.«

»Das ist ein geduldiger Kerl. Der kann warten.«

»Ich hab gesagt, du sollst schnell machen.«

»Okay. Vor vierunddreißig Jahren, drei Monaten und elf Tagen. Es ist Nacht. Du schlägst deinem Bruder Arne vor, gemeinsam mit fünf anderen und dem ganzen Gold abzuhauen. Er weigert sich. Ihm ist klar, daß alles vorbei ist und nun nur noch ein abscheulicher Krieg um das Gold folgen kann. Er tut etwas,

was nur du verstehen kannst: Er schenkt dir seine silberne Uhr. Dann packt er seine Sachen und geht mitten in der Nacht fort. Es muß unerträglich sein, einen so vorbildlichen Bruder zu haben, was, Mathias? Der nie einen Fehler macht. Ein Gott. Wie war es, Jahre, Jahrzehnte in seinem Schatten zu leben? Das kann einen verrückt machen, stimmt's? Aber du bist nicht verrückt geworden. Im Gegenteil. Du hast gewartet. Und in jener Nacht war deine Chance gekommen. Ich sehe dich vor mir, Mathias. Du gehst zur Uhr, öffnest den Tresor, findest ihn gefüllt, nimmst so viel Gold mit, wie du in deiner Satteltasche verstauen kannst. Am nächsten Morgen kommst du aus dem Haus gerannt und schreist, daß Arne mit dem ganzen Gold abgehauen sei, versammelst deine fünf Männer um dich und folgst ihm. Ihr holt ihn noch in der Wüste ein. Arne allein gegen sechs: Er hat keine Chance. Wie viele kann er noch umlegen, bevor er stirbt, Mathias? Zwei, drei?«

»...«

»Egal. Um die übrigen kümmerst du dich nachher selbst. Damit haben sie nicht gerechnet, sie waren deine Freunde. Du erschießt sie von hinten, vielleicht in dem Moment, als sie deinem Bruder den Kopf abschneiden, stimmt's? Du schneidest ihnen auch den Kopf ab und brennst allen die Augen aus. Die Köpfe hängst du an die Sättel. Und an den Sattel deines Pferdes hängst du den Kopf deines Bruders Arne. Ganz schön clever. Die Pferde erreichen Closingtown am Abend. Es ist fast dunkel, die Gesichter sind entstellt, und es ist dein Pferd. Und vor allem: Man sieht nur das, was man sehen will. Warum hätte ein Bruder, der sein ganzes Leben lang ein Verlierer war, ausgerechnet dieses Mal siegen sollen? Sie wollten dich tot sehen, also sahen sie dich tot. Und wenn es noch hundertmal geschähe, würden sie deinen Kopf hundertmal an diesem Sattel wiedererkennen. Aber es war Arnes Kopf.«

Der Mann in Schwarz rührt keinen Muskel.

Phil Wittacher wirft einen Blick aus dem Fenster. Da sind elf Reiter in gelben Staubmänteln und 138 auf sie gerichtete Gewehre.

»Der Rest ist eine Rache von vierunddreißig Jahren, drei Monaten und elf Tagen. Ein halbes Leben lang gibst du dich als Arne Dolphin aus und kostest jeden Tag den Gedanken aus, daß eine ganze Stadt ihn endlich haßt, den Gott, der sie verraten hat, den Dieb, den Mörder seines anständigen Bruders Mathias, den Mann, der von Anfang an den Plan hatte, sie alle zu betrügen, den Dreckskerl, der nun irgendwo auf der Welt Poker spielte und Uhren sammelte, während sie hier langsam im Wind krepierten. Genial, Mathias. Auf das Gold mußtest du verzichten, aber die Rache, die du wolltest, die hast du bekommen. Ende der Geschichte.«

Mathias Dolphin spricht leise und mit tiefer Stimme.

»Wer kennt sie noch außer dir?«

»Niemand. Aber ich würde dir nicht raten, mich umzulegen. Der Fettwanst dahinten ist ein Profi. Und fünfzig Kilo früher war er Kopfgeldjäger: der hat keine Skrupel, jemanden in den Rücken zu schießen.«

Mathias Dolphin ballt die Fäuste.

»Okay, was willst du für dein Schweigen?«

»Deine silberne Uhr, Mathias.«

Mathias Dolphin schaut unwillkürlich an seiner schwarzen Lederweste hinunter. Dann blickt er Phil Wittacher wieder in die Augen.

»Wenn du so schlau bist, Uhrmacher, wozu brauchst du dann noch die Kombination, um den Tresor zu öffnen?«

»Der Tresor interessiert mich nicht. Mich interessiert ›die Alte‹. Und wenn ich sie wieder zum Laufen bringen will, ohne sie kaputtzumachen, brauche ich die Kombination.«

»Du bist verrückt.«

»Nein. Ich bin Uhrmacher.«

Mathias Dolphin schüttelt den Kopf. Er schafft sogar ein Lächeln. Er schlägt seinen Staubmantel zurück, zieht die Uhr aus der Westentasche und zerreißt mit einem heftigen Ruck die Kette. Er legt die Uhr auf den Tisch.

Phil Wittacher nimmt sie. Klappt den Deckel auf.

»Sie ist stehengeblieben, Mathias.«

»Ich bin hier nicht der Uhrmacher.«

»Stimmt.«

Phil Wittacher hält die Uhr dicht vor seine Augen. Er entziffert etwas im Innern des Deckels. Dann legt er die aufgeklappte Uhr auf den Tisch.

»Damenpoker und Karokönig«, sagt er.

»Jetzt kannst du ›die Alte‹ wieder zum Laufen bringen, wenn du unbedingt willst.«

»Jetzt schon.«

»Das wird bestimmt für alle eine schöne große Überraschung, aber mir liegt nicht viel daran, dabeizusein. Also sag dem Fettwanst, daß er das Gewehr runternehmen soll, ich muß jetzt wirklich gehen.«

Phil Wittacher macht dem Richter ein Zeichen. Der Richter läßt sein Gewehr sinken. Mathias Dolphin steht langsam auf.

»Mach's gut, Uhrmacher.«

Sagt er. Dreht sich um. Schaut dem Richter in die Augen.

»Irre ich mich, oder haben wir beide uns schon mal gesehen?«

»Kann sein.«

»Du warst jung und kamst immer einen Moment zu spät. Warst du das?«

»Kann sein.«

»Komisch: Die Menschen machen ihr Leben lang denselben Fehler.«

»Und zwar?«

»Du kommst immer einen Moment zu spät.«

Dann zieht er und schießt. Der Richter kann gerade noch das Gewehr hochreißen. Eine Kugel trifft ihn in die Brust und wirft ihn an der Wand zu Boden. Nach dem Schuß geht draußen die Hölle los. Mathias stürzt sich auf Phil Wittacher, stößt ihn zu Boden und drückt ihm den Revolver an den Kopf.

»Okay, Uhrmacher, das hier ist mein Spiel.«

Draußen eine entsetzliche Schießerei. Mathias steht auf und zieht Phil Wittacher wie einen nassen Sack hoch. Er geht dicht an ihn gedrängt, um vor den Fenstern nicht ohne Deckung zu sein, durch den Saloon. Sie laufen am Richter vorbei: Er liegt mit blutender Brust da und hat immer noch das Gewehr fest in der Hand. Er kann kaum sprechen, aber er spricht.

»Ich hab's dir doch gesagt, Junge. Dem darfst du keine Zeit lassen.«

Mathias stößt ihm den Kolben ins Gesicht, der Richter sackt in sich zusammen.

»Mistkerl«, sagt Phil Wittacher.

»Halt die Klappe. Du sollst nur die Klappe halten. Und weitergehen. Langsam.«

Sie kommen näher an die Tür. Sie kommen an dem alten Indianer vorbei, der auf der Erde hockt. Mathias sieht ihn nicht mal an. Er bleibt in Deckung, hinter dem Türpfosten.

Er hört, daß die Schießerei schlagartig abbricht, wie vom Nichts verschluckt.

Noch ein paar vereinzelte Schüsse.

Dann Stille.

Stille.

Mathias schiebt Phil Wittacher vor sich her und drückt ihm den Lauf seines Revolvers in den Rücken.

»Mach die Tür auf, Uhrmacher.«

Phil Wittacher macht sie auf.

Die Hauptstraße von Closingtown ist ein einziger Friedhof voller Pferde und gelber Staubmäntel.

Nur Wind, Staub und Leichen. Und Dutzende von Männern, die mit Waffen in den Händen auf Dächern oder sonstwo stehen. Sie schweigen.

Und sehen zu.

»Okay, Uhrmacher, mal sehen, was man hier im Ort so für dich übrig hat.«

Er schiebt ihn nach draußen und geht dichter hinter ihm her.

Licht, Wind, Staub.

Alle sehen sie an.

Mathias schiebt Phil Wittacher über den Vorbau und auf die Straße. Er sieht sein Pferd, das immer noch an seinem Platz angebunden ist. Es ist das einzige Pferd, das noch auf den Beinen steht. Er schaut um sich. Alle sehen ihn an. Alle haben das Gewehr gesenkt.

»Was ist denn los mit den Männern, Uhrmacher? Haben sie genug Leute umgelegt?«

»Sie halten dich für Arne.«

»Was soll der Mist?«

»Sie würden Arne niemals töten.«

»Was soll der Mist?«

»Sie würden gern, aber sie schaffen es nicht. Es ist ihnen lieber, daß er das für sie erledigt.«

Phil Wittacher deutet zur Straßenmitte. Mathias sieht hin. Glänzender schwarzer Hut, heller Staubmantel bis zum Boden, blinkende Stiefel, zwei Revolver im Gurt, mit silbernen Griffen. Er kommt mit gekreuzten Armen auf sie zu, die Hände dicht an den Revolvern. Er sieht aus wie ein Häftling oder ein Verrückter. Ein Vogel mit geschlossenen Flügeln.

»Wer zum Teufel ist das?«

»Jemand, der schneller schießt als du.«

»Sag ihm, daß er stehenbleiben soll, sonst puste ich ihm sein Gehirn weg.«

»Das tust du sowieso, Mathias.«

»Sag es ihm!«

Phil Wittacher denkt: Du bist großartig, Bird. Dann ruft er:

»BIRD!«

Bird geht langsam weiter. Hinter ihm beobachtet »die Alte« die Szene mit ihren Augen aus Pokerkarten.

»BIRD, BLEIB STEHEN. BIRD!«

Bird bleibt nicht stehen.

Mathias drückt Phil Wittacher den Revolver in den Nacken.

»Drei Schritte weiter, und ich drücke ab, Mann.«

»BIRD!«

Bird macht drei Schritte weiter, dann bleibt er stehen. Er ist ungefähr zwanzig Meter von ihnen entfernt. Er rührt sich nicht.

Phil Wittacher denkt: Was für eine Geschichte. Dann ruft er in den Wind:

»Bird, laß gut sein. Die Partie ist verloren. Er hat die besseren Karten.«

Pause.

»Damenpoker und König.«

Da spreizt Bird die Flügel. Er dreht sich um, und sein Mantel öffnet sich im Wind.

Vier kurze Schüsse, mitten ins Gesicht der »Alten«.

Dame.

Dame.

Dame.

Dame.

Mathias zielt auf Bird und schießt.

Zwei Schüsse mitten in den Rücken.

Bird fällt zu Boden, aber noch im Fallen schießt er.

Fünfter Schuß.

König.

»Die Alte« macht: KLACK.

Von einem Fenster des Saloons aus bringt Julie Dolphin Auge, Korn und Mann in eine Linie, sagt: Leb wohl, Bruder, und drückt auf den Abzug.

Mathias' Kopf, eine Explosion von Blut und Hirn.

Der Indianer im Saloon singt leise, öffnet seine Faust und läßt goldene Erde durch seine Finger rieseln.

Die silberne Uhr auf dem Tisch beginnt zu ticken.

Der Zeiger der »Alten« erzittert und setzt sich in Bewegung.

12 Uhr 38.

Phil Wittacher steht blutverschmiert da. Ich bin todmüde, denkt er.

In der Stille bebt »die Alte« und grummelt vor sich hin, mit einer Stimme, die wie ein Schuß aus dem Innern der Erde klingt.

Ganz Closingtown sieht zu ihr hin.

Mach schon, Alte, sagt Phil Wittacher.

Stille.

Dann eine Explosion.

»Die Alte« öffnet sich weit.

Ein Wasserstrahl schießt empor.

Er glänzt im Mittagslicht und hört gar nicht mehr auf, ein glänzender, in den Himmel aufschießender Fluß.

Wasser und Gold.

Ganz Closingtown reckt die Nase empor.

Phil Wittacher blickt auf den Boden. Er bückt sich, kratzt eine Handvoll Staub zusammen. Steht wieder auf. Und öffnet die Finger.

Hier ist kein Wind, denkt er.

Bird schließt die Augen.

Das letzte, was er sagt, ist:

»*Merci.*«

Sie beerdigten Bird mit auf der Brust verschränkten Armen: noch im Sarg berührten seine Hände die funkelnden Revolver. Viele halfen, den Sarg oben auf den Hügel zu tragen, sie empfanden es als Ehre, Jahre später sagen zu können: Ich habe Bird damals in die andere Welt hinüberbegleitet. Sie hatten ein schönes Grab ausgeschaufelt, breit und tief, und einen dunklen Stein mit seinem Namen aufgestellt. Sie senkten den Sarg in die Grube, dann nahmen alle den Hut ab und drehten sich zum Pastor hin. Der Pastor sagte, er habe noch nie einen Revolverhelden beerdigt und wisse nicht so recht, was er sagen solle. Er fragte, ob der Mann in seinem Leben nicht auch etwas Gutes getan habe. Ob jemand etwas wisse. Da sagte der Richter, der irgendwo in der Gegend um die Wirbelsäule eine Kugel stekken hatte, sich aber nichts daraus machte, der Richter sagte also, Bird habe vier Damen und einen König getroffen, ohne eine Kugel zu vergeuden. Er fragte, ob das reiche. Der Pastor meinte, er fürchte, nein. Da entbrannte eine Diskussion, und jeder grub in seinem Gedächtnis nach einer guten Tat, die Bird in seinem Leben begangen hatte, und sei es nur eine einzige. Es war komisch, aber ihnen kamen nur Schurkereien in großer Zahl in den Sinn. Das einzige, was sie fanden, war schließlich, daß er Französisch gelernt hatte. Das war doch immerhin *liebenswürdig*. Sie fragten den Pastor, ob das reiche. Der Pastor sagte, das sei ja, als wolle man in einem Whiskeyglas Forellen angeln. Da streckte ihm der Richter einen Revolver entgegen und sagte:

»Dann angle.«

Der Priester sagte viele interessante Dinge über die Möglichkeit, ein sündhaftes Leben durch das Studium von Sprachen zu büßen. Er kam eigentlich ganz gut weg. Am Schluß sagten alle »Amen« und waren ziemlich überzeugt. Sie schütteten das Grab mit Erde zu und gingen nach Hause.

Mit dem Geld, das sie bei Bird fanden, ließen sie einen *mariachi* aus der Stadt kommen. Sie brachten ihn auf den Hügel, und dann fragten sie ihn, wie viele Lieder er für das Geld singen könne. Er rechnete kurz nach und sagte: Tausenddreihundertfünfzig. Sie gaben ihm das Geld und forderten ihn auf anzufangen, er solle sich ruhig Zeit lassen, Bird habe es sowieso nicht eilig. Er nahm seine Gitarre und fing an. Er sang Lieder, in denen alles sehr unglücklich lief, die Leute aber komischerweise ganz glücklich waren. Er sang sieben Stunden lang. Dann kamen die ersten Schüsse aus dem Dorf. Er verstand den Wink, stieg auf seinen Maulesel und machte sich aus dem Staub. Aber er war ein aufrichtiger *mariachi*, und er sang noch, als er am Horizont verschwand, und danach noch Tage, Monate und Jahre.

So kommt es, daß die Leute in dieser Gegend, wenn sie einen *mariachi* singen hören, das Glas erheben und sagen: Auf dein Wohl, Bird!

Kein Windhauch, und ein klarer roter Sonnenuntergang am Horizont von Closingtown. Phil Wittacher setzt sich den Hut auf und steigt auf sein Pferd. Er blickt in die Ferne. Dann dreht er sich zu den Schwestern um, die reglos dastehen, das Haar geometrisch genau geordnet.

Stille.

Das Pferd senkt ein paarmal den Kopf, dann hebt es das Maul und schnauft.

Julie Dolphins Augen glänzen. Sie preßt die Lippen aufeinander. Macht eine Geste mit der Hand, eine kleine Bewegung, die Phil Wittacher aber wunderschön vorkommt.

»Kneif den Hintern zusammen und lade deine Revolver, Kleiner«, sagte Melissa Dolphin. »Alles andere ist überflüssiges Gerede.«

Phil Wittacher lächelt.

»Das Leben ist kein Duell«, sagt er.

Melissa Dolphin reißt die Augen auf.

»Natürlich ist es das, du Idiot.«

Musik.

THE END

EPILOG

»Nein, das ist etwas völlig anderes.«

»Meinst du, es ist eine Frage von Erfahrung oder … Weisheit, wenn wir dieses Wort verwenden wollen?«

»Weisheit … Keine Ahnung, ich glaube eher … sagen wir, die Art, Schmerz zu empfinden, ist anders …«

»Wie meinst du das?«

»Ich meine … wenn du jung bist, erwischt dich der Schmerz mit voller Wucht, als hätte dich eine Kugel getroffen … Das Ende, du glaubst, das ist das Ende … Der Schmerz ist wie ein Schuß, er schmeißt dich um, wie eine Explosion … Es scheint kein Mittel dagegen zu geben, er ist unabänderlich und endgültig … Der Punkt ist, daß *du ihn nicht erwartest*, das ist der Kern des Ganzen, wenn du jung bist, erwartest du den Schmerz nicht, er überrascht dich, und die *Verwunderung* darüber macht dich fertig. Die Verwunderung, verstehst du?«

»Ja.«

»Wenn man alt ist … also, wenn man älter wird … dann gibt es diese Verwunderung nicht mehr, es erwischt dich nicht mehr überraschend … du *spürst* ihn, das schon, aber es ist nur ein Überdruß mehr, da explodiert nichts, verstehst du? Es ist nur, als hätte dir jemand noch ein paar Kilo zusätzlich auf die Schultern gepackt … als würden deine Schuhe vom Schlamm immer nasser und schwerer. Irgendwann bleibst du stehen, und es ist vorbei. Aber es schmeißt dich nicht mehr um, wie als junger Mensch, das nicht. Deshalb kannst du dein ganzes Leben lang boxen, wenn du willst. Es tut dir nicht mehr weh, ich finde, nach einer Weile tut es einem nicht mehr weh. Eines Tages hast du es satt und gehst, das ist alles.«

»Hast du aufgehört, weil du es satt hattest?«

»Ich dachte, ich hätte es satt.«

»Was, die Schläge?«

»Nein ... Es gefiel mir immer noch, Schläge auszuteilen und einzustecken, boxen gefiel mir immer noch ... Ich wollte natürlich nicht verlieren, klar, aber ich hätte noch eine ganze Weile erfolgreich weitermachen können, ohne zu verlieren ... keine Ahnung ... Irgendwann fiel mir auf, *daß ich keine Lust mehr hatte, in den Ring zu steigen* ... Im Ring schauen dich alle an, da ist kein Ausweg, alle haben dich im Blick, sie sehen es auch, wenn du die Hosen voll hast, du kannst nichts daran ändern, daß sie dich sehen, und das hatte ich satt ... Ich bekam ganz plötzlich unglaubliche Lust, mich irgendwohin zurückzuziehen, wo mich keiner sehen konnte. Deshalb habe ich aufgehört. Das ist alles.«

»Du hast aber auf ziemlich aufsehenerregende Art aufgehört, mitten in einer WM-Herausforderung ...«

»Ja, in der vierten Runde gegen Butler ...«

»Na, ja, das war schon beeindruckend, diese Bilder sind berühmt geworden, auf einmal hörst du auf zu boxen und drehst dich um ...«

»Ich hasse diese Bilder, da sieht es aus, als wär ich bescheuert oder feige, dabei war alles ganz anders ... Du kannst dir eben nicht selbst aussuchen, wann dir wichtige Dinge bewußt werden, und mir wurde damals im Ring etwas bewußt, mitten in diesem Kampf, auf einmal war alles so wunderbar klar, und es war so einleuchtend, daß ich da weg mußte, daß ich einen Ort finden mußte, wo ich nicht von allen gesehen wurde, daß ich mich mitten in einem Kampf befand, war da unwichtig, das hatte nicht mehr die geringste Bedeutung ...«

»... man hatte schon im Vorfeld monatelang über diese Herausforderung gesprochen ...«

»... ja ...«

»... es war ein WM-Kampf ...«

»Ja, gut, aber ... okay, es war ein WM-Kampf, meinetwegen, ich wußte, was ein WM-Kampf ist, ich war ja nicht blöd ... Ich hatte mir den Titel in den Kopf gesetzt, als ich zum erstenmal den Boxclub betrat ... Es hört sich vielleicht lustig an, aber boxen selbst bedeutete mir nicht soviel, es bedeutete mir etwas, es bis ganz nach oben zu schaffen, bis zum Weltmeister. Später änderte sich das ein bißchen, aber am Anfang ... O Gott, war ich ehrgeizig, als junger Kerl hat man noch Träume ... Und an die glaubst du wirklich, vielleicht hassen dich die Leute und halten dich für eingebildet oder für größenwahnsinnig, und da ist ja auch was dran, aber tief im Innern ... da spürst du diese Kraft, eine wunderbare Kraft, das Leben schlechthin, nicht wie Leute, die die ganze Zeit sparen und ihre Hoffnungen unter der Matratze vergraben, man kann ja nie wissen, nachher kriegt es noch jemand mit, oder Boxer, die sich verstellen, um dich in der letzten Runde mit einem unfairen Schlag fertigzumachen ... Oh, ich war unerträglich, aber ... Mondini haßte mich dafür, er hat mich immer gehaßt ... aber ... in jenen Jahren habe ich gelernt, wirklich zu leben. Und das ist eine Krankheit, von der du dich nicht wieder erholst.«

»*Was hat Mondini für dich bedeutet?*«

»Das ist keine schöne Geschichte.«

»*Willst du darüber reden, Larry?*«

»Ich weiß nicht. Ist übel gelaufen, vielleicht konnte es auch gar nicht gut laufen.«

»*Nach der Begegnung mit Poreda habt ihr euch getrennt.*«

»Erinnerst du dich noch an den Kampf, Dan?«

»*Sicher.*«

»Okay, dann will ich dir was sagen. Vor der vierten Runde, erinnerst du dich noch an die?«

»*Es war die letzte ...*«

»Ja, in der Pause vor der letzten Runde war Mondini schon nicht mehr da, er war schon weg ...«

»*Er ist nicht zu dir in die Ecke gekommen?*«

»Nein, das ist nicht der Punkt, er war in meiner Ecke und hat alles gemacht, was nötig war, Wasser, Riechsalz, den ganzen Mist ... aber er war nicht mehr da, er war nicht mehr Mondini, er war nicht mehr mein Meister, er hatte mich verlassen, verstehst du?«

»Poreda hat immer wieder gesagt, Mondini habe ihn dafür bezahlt, daß er den Kampf gewinnt.«

»Vergiß, was Poreda gesagt hat.«

»Aber er –«

»Was Poreda gesagt hat, ist einen Dreck wert.«

»Es gab sogar eine Untersuchung ...«

»Schwachsinn. Als ich von meinem Hocker wieder aufstand, war ich allein, das ist alles, was zählt.«

»Es war eine der brutalsten Runden, die ich je erlebt habe.«

»Keine Ahnung, ich kann mich kaum erinnern, das war schon kein Boxen mehr, das war Haß und Gewalt, das war nicht ich da im Ring, da kämpfte irgend etwas an meiner Stelle ...«

»Mondini warf zweiundzwanzig Sekunden vor Ablauf der Runde das Handtuch.«

»Das hätte er nicht tun dürfen.«

»Anschließend sagte er, er sehe nicht gern zu, wenn seine Schützlinge zu Brei gehauen würden.«

»Blödsinn. Hör mir gut zu, ich hätte weitermachen können, ich hätte noch eine Woche lang so weitermachen können, ich war jung und Poreda war alt, vielleicht erinnere ich mich nicht mehr ganz genau an die Runde, aber an eins erinnere ich mich sehr gut, und das ist Poredas Gesicht, er sah aus wie jemand, der bis unter die Fußsohlen Schmerzen hat und nicht mehr kann, er wäre vor mir abgekratzt, das steht fest; als ich gesehen hab, daß der Ringrichter unterbrach und das Handtuch auf den Boden fiel, dachte ich, es käme aus Poredas Ecke, ich schwöre dir, ich dachte, endlich haben sie's kapiert, ich glaube, ich hab sogar die Arme hochgerissen, weil ich dachte, ich hätte gesiegt. Dabei war es mein Handtuch. Absurd.«

»Poredas Schläge waren sehr hart, Mondini wußte das.«

»Mondini hätte nicht das Handtuch werfen dürfen.«

»Warum hat er das getan?«

»Das mußt du ihn fragen, Dan.«

»Er behauptete immer, um dich zu retten.«

»Wovor?«

»Er behauptete –«

»Zu retten wovor?«

»Also er –«

»Laß uns über was anderes reden.«

». . .«

»Gott, das ist so viele Jahre her, und immer noch macht mich diese Sache wütend ... Tut mir leid, Dan, vielleicht schneiden wir das raus, geht das?«

»Keine Sorge, das ist kein Problem ... Wir können das Interview nachher zurechtschneiden, wie wir wollen ...«

»Diese Geschichte ist eben irgendwie ... Keine Ahnung, ich hab sie nie richtig kapiert, das heißt, kapiert hab ich sie schon, aber ... Ach, lassen wir den Blödsinn.«

»Danach bist du zum Clan der Battista-Brüder gewechselt.«

»Ich mußte ja irgendwohin, und sie hatten die Mittel, mich zur Weltmeisterschaft zu bringen ...«

»Über diesen Clan kursierten eine Menge Gerüchte, es hieß –«

»Soll ich dir was über Mondini erzählen? Ich werde dir was erzählen, was ich noch niemandem gesagt habe, aber dir sag ich es, hier in der Sendung ... Also, vier Jahre nach diesem Kampf ... Wir hatten uns danach nicht mehr gesehen, nichts voneinander gehört oder so ... Ich war bei den Battista-Brüdern und bereitete mich auf den Kampf gegen Miller vor, der Gewinner sollte den Weltmeister Butler herausfordern, in der Zeit war das ... Eines Tages geben sie mir eine Zeitung, und darin war ein Interview mit Mondini. Es war nicht das erste, hin und wieder hab ich was über ihn gelesen, und fast immer war es ihm gelungen, etwas Schlechtes über mich zu sagen, ein Witz, vielleicht auch nur eine Bemerkung, aber anscheinend legte er Wert darauf, mir immer eins auszuwischen. Na ja, ich fing also an zu lesen, der Journalist fragte Mondini, ob ich gegen Butler eine Chance hätte. Und der antwortete: ›Jetzt, wo er bei den Battista-Brüdern ist, hat er bestimmt eine Chance.‹ Der Journalist ließ ihn das noch mal wiederholen, weil er es nicht richtig verstanden hatte. Da sagte er im Interview: ›Lawyer ist ein einziger Bluff, als junger Kerl konnte er gut boxen, aber das Geld hat ihn betäubt, jetzt ist er nur noch eine Marionette in den Händen des Battista-Clans, und die machen aus ihm, was sie wollen, und sei es den Weltmeister.‹ Dann erzählte er noch eine Menge Mist über mein Auto und die Frauen, mit denen ich ausging, keine Ahnung, er wußte gar nichts darüber, wir hatten uns seit Jahren nicht gesehen, was wußte er schon über die Frauen, mit denen ich ausging ... Scheiße, er war mein Meister, er *wußte*, daß ich gut war, er kannte mich, er konnte all das doch nicht vergessen haben, wegen eines Fotos in der Zeitung oder weil er irgendwelchen Mist gelesen hatte, er hatte doch meine Kämpfe gesehen und wußte, daß ich es auch ohne alle Battistas der Welt geschafft hätte, er verstand was vom Boxen, eine ganze Menge sogar, das war pure Bosheit und Rache. Da tat ich etwas Seltsames, ich ging geradewegs in seinen Boxclub, und bevor mich jemand aufhalten konnte, stand ich vor ihm, sagte: ›Leck mich, Mondini‹, und schlug zu, ich weiß, daß es schrecklich ist, aber er hat schließlich auch mal geboxt, er konnte sich wehren, und das tat er auch, ich schlug weiter, ohne Handschuhe, aber ich schlug trotzdem so lange weiter, bis ich ihn am Boden liegen sah, dann sagte ich noch mal: ›Leck mich‹, und das ist das letzte Bild, das ich von ihm habe, wie er auf dem Boden liegt und sich mit einer Hand über das Gesicht fährt und sie dann ansieht, blutverschmiert, das war das letzte Mal, daß ich ihn gesehen habe. Ich hab nie wieder ein Interview von ihm gelesen, ich wollte nichts mehr von ihm wissen. Schrecklich, was?«

»Du hast nie wieder etwas von ihm gehört?«

»Scheiße, er war mein Meister. Hattest du schon mal einen Meister, Dan?«

»Ich?«

»Ja, du.«

»Vielleicht ... ja, vielleicht schon ...«

»Es ist wohl ziemlich schwierig, Meister zu sein, keiner kriegt das richtig gut hin, weißt du?«

»Vielleicht.«

»Es muß ziemlich schwierig sein.«

»...«

»...«

»Hattest du noch andere?... Ich meine: Trainer wie deinen Meister?«

»Nein. Nach Mondini nicht mehr, nein. Mit den Battistas war es, als hätte ich einen Klempner oder einen Versicherungsmakler in meiner Ecke, das wäre dasselbe gewesen. Ich hab in all den Jahren allein geboxt. Allein.«

»Haben sie dir nichts beigebracht?«

»Wie man Spaghetti kocht. Das ist das einzige.«

»Und der Kampf gegen Miller?«

»Miller?«

»Ja.«

»Miller war ein ausgehungerter Kerl. Der hätte Mondini gefallen. Er kam von irgendwoher aus der Vorstadt und prahlte ständig damit, daß er das Leben auf der Straße kenne und daß ihn deshalb nichts mehr erschrecken könne. Blödsinn. Alle haben Angst.«

»Alle?«

»Aber ja, alle ...«

»Hattest du Angst?«

»Ich ... das ist komisch ... am Anfang nicht, da hatte ich keine Angst, wirklich nicht, aber das änderte sich ... Vielleicht wird es deutlicher, wenn ich dir etwas beschreibe, was vor jedem Kampf passiert ... Du steigst in den Ring, ja?, und in diesem kurzen Augenblick, bevor es losgeht, hüpft dein Gegner in der Ecke gegenüber herum, boxt in die Luft ... Ganz kurz vor dem Kampf, ja? ... Wenn du mal genau hinschaust, siehst du, daß viele Trainer sich in dem Moment absichtlich vor ihren Boxer stellen, damit er seinen Feind nicht sieht, verstehst du?, sie stellen sich genau dazwischen, schauen ihrem Schützling tief in die Augen und brüllen ihm Sachen zu, und alles nur, damit er seinen Feind nicht ansieht, er darf ihn nicht ansehen, er darf keine Zeit haben, nachzudenken und Angst zu bekommen, verstehst du? ... Tja, und Mondini hat genau das Gegenteil getan. Er stellte sich neben seinen Schützling und betrachtete den Gegner, als wäre er die Landschaft vor dem Balkon seines Hauses. In aller Seelenruhe. Er machte ein paar Bemerkungen und

Witze. Bei Sobilo zum Beispiel ... Sobilo hatte einen kahlrasierten Schädel, und obendrauf hatte er sich einen Totenkopf tätowieren lassen ... Ich weiß noch, daß Mondini ständig wiederholte: ›He, Larry, haben sie dem auf den Kopf geschissen?‹, und ich sagte: ›Das ist eine Tätowierung, Meister‹, und er: ›Ach, hör auf‹, und suchte seine Brille, um besser zu sehen, aber er fand sie nicht und ... Na ja, auf die Art bekommt man jedenfalls nicht so schnell Angst. Später wurde alles anders. Da waren es auch andere Boxer ... Die konnten einem wirklich angst machen ... Als ich Miller kennenlernte, hatte er schon zwei umgebracht, soviel dazu ... Das waren zwar sicher Unfälle, aber draufgegangen sind sie trotzdem ... Das war wirklich hartes Boxen, Mondini hatte es mir immer gesagt, das sind andere Schläge, merkwürdig war, daß man auf einmal davon sterben konnte ... Merkwürdig ... sterben ... Weißt du, was Pearson mal gesagt hat?, der alte Pearson, du weißt schon, der Weltmeister im Mittelgewicht ...«

»Bill Pearson?«

»Genau. Der hat mal was Kluges gesagt. Er sagte, man *muß* vor seinem Gegner Angst haben: dann hat man keine Zeit, Angst vor dem Tod zu haben.«

»Schön.«

»Ja, schön. Und er hatte recht. Irgendwann habe ich gelernt, ein bißchen Angst vor meinen Gegnern zu haben. Dann war mein Kopf beschäftigt. Das holt das Beste aus einem raus. Eine gute Methode.«

»War Miller so furchterregend?«

»Na ja, sicher ... Er war schon unheimlich ... Eigentlich war er gar nicht so übel, wie er aussah, aber ... Ich erinnere mich noch an das Gefühl, als er mich zwei- oder dreimal in einer Ecke blockiert hatte, ich hatte mich überrumpeln lassen, das durfte einem bei dem nicht passieren, niemals, aber ich war reingefallen, das ist vielleicht zwei- oder dreimal passiert, und ich weiß noch genau, einen Moment fühlte ich mich wie ... erledigt, ausgeliefert, irgendwas in meinem Innern sagte mir, wenn du nicht machst, daß du da wieder rauskommst, gehst du drauf, da ging es nicht mehr darum, zu gewinnen oder zu verlieren, ich hätte draufgehen können ... Ich kann dir sagen, da fallen dir tausend Ideen ein, wie du da wieder rauskommst, und wenn du dich in einen Aal verwandeln mußt, ohne Scheiß ...«

»Aber am Ende war er es, der zu Boden ging.«

»Er war kräftig, aber langsam. Beim Boxen kannst du es dir nicht leisten, langsam zu sein. Bis zur vierten, fünften Runde hielt er noch ganz normal durch ... Aber dann wurden seine Beine schwer, alles wurde langsamer ... Gegen ihn war das Hauptproblem, die ersten Runden zu überstehen, dann kam der leichtere Teil ... Wenn man überhaupt von leicht reden kann ...«

»Er ist viermal zu Boden gegangen, bis der Ringrichter abgebrochen hat.«

»Ja, er war mutig und stolz ... Vielleicht kommt da wieder diese Sache mit dem Hunger ins Spiel, das war so einer, der den Hunger kannte ... Er hatte Charakter ... Ich meine ... er war so, wie man sich einen Boxer vorstellt, ausgehungert, brutal, gemein ... Und wie ein Kind, ein bißchen wie ein Kind ... Irgendwann vor ein paar Jahren komme ich in eine Bar und sehe ihn da an der Theke sitzen und trinken, ganz elegant gekleidet, in einem silbernen Jackett und mit blauer Krawatte oder etwas in der Art, zum Totlachen, aber er hielt sich für sehr chic ... Er lud mich zu einem Glas ein und redete ununterbrochen, er sagte, er wolle wieder anfangen zu boxen, er habe ein gutes Angebot von einem Spielkasino in Reno, er sei noch bestens in Form, er sprach zwar ein bißchen langsam ... Er zog jedes Wort etwas in die Länge, weißt du? ... Aber trotzdem war er ganz gut in Form, er sagte, das einzige Problem sei seine linke Hand, die würde schon brechen, wenn er nur eine Türklinke runterdrücke, da sagte ich ihm, daß er sich nicht darum kümmern solle, die rechte Hand würde ihm doch genügen, ich könne mich noch sehr gut an seine Rechte erinnern, immer wenn ich aus dem Bett stiege ... Und er lachte zufrieden, er trank und lachte ... Und irgendwann sagte er etwas, was ich im Kopf behalten habe, er sagte, er müsse vor jedem Kampf mit der Hand den Kopf eines Kindes berühren, einmal darüberstreichen oder so, das würde ihm Glück bringen, und er sagte, an dem Tag, als er gegen mich boxte, kam er aus der Kabine und ging wie immer durch die Zuschauermenge zum Ring, und er habe sich die ganze Zeit umgeschaut, aber da war kein Junge, und als er im Ring angekommen war und alle klatschten und schrien, dachte er immer noch nur daran, daß er keinen Jungen gefunden hatte, dem er über den Kopf streichen konnte, und selbst als er kurz vor dem Gong im Ring stand, suchte er die vorderen Sitzreihen noch nach einem Jungen ab. Da hätten aber nur Erwachsene gesessen. Und Alte. Und er sagte, es sei sehr schlimm, wenn man einen Jungen suche und keinen fände. Genau das sagte er. Es ist sehr schlimm, wenn man einen Jungen sucht und keinen findet.«

»Er kehrte dann tatsächlich noch einmal in den Ring zurück, zehn Runden gegen Bradford, eine ziemlich traurige Vorstellung.«

»Ihr da unten auf euren Stühlen nennt das traurig ... Ihr ... Aber es ist nicht traurig ... Was hat das mit traurig zu tun? ... So ist das nicht, Dan ... Das ist nicht traurig, sondern schön ... Vielleicht boxt mancher so, daß er einem leid tut, und man hatte ihn nicht so fett und dafür schneller in Erinnerung, und dann sagt man: ›Ach je, wie traurig.‹ ... Aber wenn du drüber nachdenkst ... Sie versuchen nur, ihrem Schicksal noch ein bißchen Glück abzutrotzen ... Es ist ihr gutes Recht, das ist wie bei einem Liebespaar, das nach jahrelangem Zusammenleben, das dreißig Jahre zusammenlebt und nebeneinander schläft, aber eines Abends im Bett ... Mag sein, daß sie das Licht ausmachen, und vielleicht ziehen sie sich auch nicht mehr ganz nackt aus, aber eines Abends schlafen sie trotzdem noch ein bißchen miteinander ... Und was ist daran jetzt traurig? ... Nur weil sie alt sind und ... Ich finde es schön, wenn du selbst geboxt hast, findest du es schön, und ich habe den Kampf gesehen ... den von Miller, mein Gott, er war so fett wie ein ... Aber ich dachte, okay, das ist in Ordnung, die Schläge sind anständig, kein Grund, sich zu schämen, wenn sie wollen, sollen sie es ruhig machen, hoffentlich hat man sie anständig bezahlt, verdient haben sie es ...«

»*Aber du bist nie in den Ring zurückgekehrt.*«

»Ich nicht.«

»*Nie in Versuchung gewesen?*«

»Nie? Na ja ... das kann man nicht sagen ... aber ... Nein, ich habe nie ernsthaft daran gedacht.«

»*Nach dem Sieg über Miller ... nach fünf Jahren Profiboxen und einem Rekord von fünfunddreißig Siegen und nur einer Niederlage warst du der offizielle Herausforderer des Weltmeisters Butler. Was ist dir aus dieser Zeit in Erinnerung geblieben?*«

»Eine schöne Zeit: gutes Essen, und die Zeit ging schnell rum. Weißt du, wer das immer gesagt hat? Drink, Mondinis Stellvertreter ... Der hat zwei Jahre lang geboxt, nur zwei Jahre, als junger Kerl, aber für ihn war es immer das Paradies gewesen ... Ich glaube, er hat bei jedem Kampf ganz schön eingesteckt, aber er war ja jung ... Mehr weiß ich auch nicht, aber anscheinend waren das die einzigen bemerkenswerten Jahre seines Lebens, deshalb fragten ihn immer alle: ›He, Drink, wie waren diese Jahre?‹, und er: ›Eine schöne Zeit: gutes Essen, und die Zeit ging schnell rum.‹ Das war vielleicht ein Typ ...«

»*Du hast immer gesagt, daß du Butler sehr bewunderst. Hattest du Angst vor ihm, bevor du ihm in Cincinnati zum erstenmal begegnet bist?*«

»Butler war intelligent. Er war ein besonderer Boxer. Er war eher geschaffen für ... Billard oder so etwas ... irgendwas mit Nerven, Präzision, Ruhe ... ohne Kraft ... Weißt du, was Mondini über ihn gesagt hat, wenn wir seine Kämpfe ansahen? Er sagte: ›Da kannst du noch was lernen: Die Briefe schreibt er mit dem Kopf, die Schläge geben nur die Post ab.‹ Ich hab zugesehen und gelernt. Ich weiß noch, daß damals viele seinen Boxstil langweilig fanden, angeblich war es langweilig, seinen Kämpfen zuzusehen, genauso langweilig, als würde man jemandem dabei zusehen, wie er ein Buch liest. Aber die Wahrheit ist, daß es für mich jedesmal wie Unterricht war, wenn er boxte. Er war der einzige, der besser war als ich.«

»An jenem Tag in Cincinnati konntest du ihm den Weltmeistertitel entreißen, zweiunddreißig Sekunden vor dem Ende der Begegnung hast du ihn zu Boden geschickt.«

»Die schönste Runde meines Lebens, ich bekam zwar keine Luft mehr, aber trotzdem: wunderschön.«

»Butler sagte, von einem gewissen Zeitpunkt an hätte er sich am liebsten unters Publikum gemischt, um das Schauspiel zu genießen.«

»Butler war ein Gentleman, ein echter Gentleman. Weißt du, voriges Jahr im Madison, vor dem Kampf von Kostner und Avoriaz, da hab ich ihn und ein paar andere frühere Champions getroffen, der übliche Paradelauf von Exchampions durch den Ring, mit tosendem Applaus und so, na ja, es hörte gar nicht mehr auf, ständig tauchte noch ein Exweltmeister auf, und irgendwann dreht sich Butler, der neben mir steht, um und sagt: ›Weißt du, wovor jeder Boxer am meisten Angst hat?‹ Und ich sage: ›Nein, keine Ahnung.‹ ... Ich dachte, das sei ein Witz, deshalb sagte ich: ›Nein, keine Ahnung.‹ ... Aber er meinte es ernst. Er sagte: ›Zu sterben, ohne Geld für die Beerdigung zu haben.‹ Das war kein Witz, sondern Ernst. Zu sterben, ohne Geld für die Beerdigung zu haben. Dann drehte er sich wieder zur anderen Seite und sagte nichts mehr. Das hört sich jetzt bescheuert an, aber ich habe darüber nachgedacht, und weißt du was?, er hatte recht. Ich habe mit so vielen Boxern gesprochen, früher oder später ging es immer um das Begräbnis, wo man beerdigt werden will und so, es klingt blöd, aber es ist so, wie Butler sagt und ... Das hat mich zum Nachdenken gebracht, weil ... Mir ist das zum Beispiel nie in den Sinn gekommen, ich glaube, ich habe mir kein einziges Mal Gedanken darüber gemacht, wie meine Beerdigung aussehen soll, keine Ahnung, über solche Dinge denke ich einfach nicht nach ... verstehst du? ... Auch was das angeht, bin ich wohl nicht wie die anderen ... Es ist, als wäre das nicht meine Welt, der Ring und all das ... Ich glaube, Mondini war auch der Meinung, daß Boxen nicht meine Welt war, egal, ob ich Talent hatte oder nicht, es war eben nicht meine Welt, ich glaube, das war auch der Grund dafür, daß er nie richtig an mich geglaubt hat, am Ende war es der Grund, er dachte, daß das nicht der richtige Ort für mich wäre, und davon ließ er sich auch nicht abbringen ... niemals ...«

»Acht Monate nach dem Kampf in Cincinnati hast du Butler eine Revanche zugesagt. Und gingst damit der zweiten Niederlage deiner Laufbahn entgegen.«

»Ja.«

»Viele waren der Ansicht, du hättest dich auf diese Begegnung nicht vorbereitet, man sprach sogar von einer combine, *es hieß, die Battistas hätten schon den dritten Kampf ins Auge gefaßt und einen Haufen Geld ... Es hieß, sie hätten dich gezwungen zu verlieren ...«*

»Keine Ahnung ... Es war damals alles sehr merkwürdig ... Sie haben nie etwas von mir verlangt, wirklich nicht ... Die Battistas wollten nie was von mir, aber ... Ich weiß auch nicht, es war fast, als hätten wir uns alle in den Kopf gesetzt, daß es das beste wäre, einen Entscheidungskampf zu führen, um zu sehen, wer der Stärkere war ... In gewisser Weise wollte ich das wohl auch, nicht sosehr des Geldes wegen, das war nicht so wichtig, aber ... Es schien einfach richtig, es sollte eben so sein. Als ich in den Ring stieg, wußte ich gar nicht richtig, was ich wollte ... Ich glaube, ich wollte boxen ... dem Publikum etwas bieten ... Und wenn er Angst gehabt hätte oder auch nur einen Augenblick daran gedacht hätte, daß er verlieren könnte ... dann hätte er verloren, und für ihn wär es für immer aus gewesen ... Ich hätte mich sicher nicht gedrückt ... es ist nur so ... er war mit einem einzigen Ziel in den Ring gestiegen, und das hatte er sich felsenfest in den Kopf gesetzt, ein einziges klares Ziel, und dieses Ziel war, mich von dort wegzufegen. Und das tat er dann auch. Er durchschaute alles einen Moment vor mir, er wußte, was ich tun und wohin ich mich bewegen würde, es war, als würde er sich Gedanken über meine Schläge machen, bevor ich es tat. Und in der Zwischenzeit trommelte er drauflos. Irgendwann war mir klar, daß ich verlor, da hab ich mir geschworen, wenigstens bis zum Ende auf den Beinen zu bleiben, das hab ich mir geschworen, als ich in der Ecke saß und Battista mir irgendeinen Mist erzählte, dem ich nicht mal zuhörte, ich sagte mir: ›Scheiße,

Larry, du wirst diesen Kampf auf deinen zwei Beinen durchstehen, und wenn es das letzte ist, was du tust.‹ Dann kam der Gong, es waren noch vier Runden bis zum Ende, ich beschloß, all meinen Mut in meine Beine zu stecken und den schönsten Tanz hinzulegen, den Butler je gesehen hatte. Ich dachte nicht einmal daran, Schläge auszuteilen, aber um ihn herumflattern, das wollte ich. Ich konnte es schaffen, vier Runden lang konnte ich es schaffen. Also begann ich zu tänzeln und fing an, Butler an der Nase herumzuführen. Für eine Minute fiel er drauf rein, etwas länger als eine Minute. Dann grinste er und schüttelte den Kopf. Er plazierte sich in der Ringmitte und ließ mich meine Nummer vorführen. Ab und zu deutete er mal eine Finte an, aber in Wirklichkeit wartete er nur ab. Als sein Jab kam, merkte ich nur, daß meine Beine plötzlich weg waren, und ohne Beine kann man nicht so gut tanzen ...«

»Weißt du, daß viele der Ansicht waren, das sei ein Phantomschlag gewesen und du hättest dich zu Boden fallen lassen?«

»Die Leute sehen, was sie sehen wollen. Zu dem Zeitpunkt waren sie schon der Überzeugung, ich hätte den Kampf verkauft ... Aber es war ein echter Schlag, das kannst du mir glauben ...«

»Hast du jemals einen Kampf verkauft, Larry?«

»Was ist das denn für eine Frage, Dan? ... Wir sind im Radio ... Da stellt man nicht solche Fragen ...«

»Ich war nur neugierig, ob du auch mal einen Kampf verkauft hast ... Seitdem sind so viele Jahre vergangen ...«

»Na, hör mal ... das ist ja ... Warum hätte ich denn einen Kampf verkaufen sollen ... Was soll denn das jetzt ...«

»Okay, lassen wir das.«

»Du weißt doch, wie das abläuft, oder? ... Gerade du ... ach komm ...«

»Okay, sag mal, jetzt, wo du ausgestiegen bist und ... ein anderes Leben führst ... Ich würde gern wissen, ob dir der Ring fehlt, das Publikum, die Überschriften in den Zeitungen. Oder der Club, diese Welt und diese Leute.«

»Ob mir das fehlt? ... O Gott ... Das ist schwer zu sagen, das ist etwas ganz anderes, die Sache ist abgeschlossen ... Darüber denkt man nicht jeden Tag nach ... Es fehlt mir, ja, irgendwas fehlt mir, das stimmt schon ... Da waren auch sehr schöne Dinge, durch das Boxen erlebt man wirklich einzigartige Sachen, das hat man sonst nicht ... Ich meine, das ist schon etwas Besonderes, echt, ich war sehr oft ... Also, es kam vor, daß ich richtig glücklich war, es hat mir Glücksmomente gegeben, auch auf seltsamen Wegen, das ist nicht so einfach zu erklären, aber ... wie soll ich sagen ... Es war ... es machte einen glücklichen Menschen aus mir ... Ich erinnere mich zum Beispiel an das eine Mal in San Sebastian, ich weiß nicht mal mehr, gegen wen ich da antreten sollte, ich hatte Probleme mit dem Gewicht, das passierte hin und wieder mal, und damit ich wieder auf das richtige Gewicht kam, weckte mich Mondini morgens um fünf, als es noch dunkel war ... Ich zog meinen dicken Trainingsanzug an, drüber den Bademantel mit der Kapuze über den Kopf, und eigentlich sollte ich eine gute Stunde Seilchen springen und wie ein Tier schwitzen, so macht man das dann, das war die einzige Methode, in kurzer Zeit viel Gewicht zu verlieren ... Aber dann ... das Problem war, daß wir in einem Hotel wohnten, und Mondini wollte nicht, daß ich auf dem Zimmer Seilchen sprang und alle weckte, also gingen wir hinunter und suchten irgendwo einen passenden Ort, im Hotel war um die Zeit niemand, wir öffneten auf gut Glück ein paar Türen und landeten in einem großen Saal, in dem Hochzeiten und andere Festlichkeiten stattfanden, da stand ein endlos langer Tisch, und es gab eine kleine Bühne für die Band, und durch die großen Fenster konnte man auf die Stadt sehen. Ich weiß noch, daß die Stühle umgedreht auf dem Tisch lagen, und auf der Bühne stand ein Schlagzeug, nur mit einem Laken zugedeckt, einem rosa Laken, stell dir das mal vor. Mondini machte das Licht aus und sagte: ›Spring, und hör erst auf, wenn du die Farbe der Autos draußen auf der Straße erkennen kannst.‹ Dann ging er. Ich blieb allein dort, ganz eingemummt und mit der Kapuze über dem Kopf, und ich fing an, allein in der Dunkelheit Seilchen zu springen, umgeben von einer schlafenden Stadt, und ich allein mit dem Rhythmus des Seils und dem Geräusch meiner Füße auf dem Holz, sonst nichts, mit der Kapuze auf dem Kopf, und ich starrte vor mich hin, und ... Mir war ganz heiß, und dann kroch nach und nach das Morgengrauen durch die großen Fenster, aber ganz langsam, ganz *sanft*, Gott, das war wie ... was weiß ich, es war wunderschön, ich weiß noch, daß ich sprang und daß meine Gedanken dem Rhythmus meiner Füße folgten, und was ich dachte, war: ›Ich bin unschlagbar, ich bin in Sicherheit‹, genau das, in Sicherheit, ich bin in Sicherheit, ich sprang, und dabei dachte ich: Ich bin in Sicherheit ...«

»...«

»Ich schätze, so ist es, wenn man glücklich ist.«

»Ja.«

»Ja.«

»...«

»...«

»Wie sieht dein Leben jetzt aus, Larry?«

»Mein Leben?«

»Ja, ich meine, wie geht es dir?«

»Das ist eine sehr persönliche Frage, Dan, das fragt man nicht im Radio.«

»Nein, nur aus Neugier, ich würde wirklich gern wissen, wie es dir geht ...«

»Okay, aber dann mach das Tonbandgerät aus, das ist nichts für die Zuhörer ...«

»Aber vielleicht wüßten sie auch gern –«

»Komm, Schluß mit dem Unsinn, mach das Ding aus ...«

»Okay, okay ...«

»Du kannst es ja gleich wieder anmachen ...«

»Okay, wenn du willst, mache ich ...«

Klick.

Gould schaltete das Licht im Toilettenraum aus. Er schaute zur Uhr hoch. Drei Minuten vor sieben. Er öffnete den Spind, zog den weißen Kittel aus und hängte ihn auf den Plastikbügel. Er nahm das Schildchen mit der Aufschrift *Danke* vom Tisch und räumte es weg, oben auf die Ablage. Dann betrachtete er das Glasschälchen mit dem Trinkgeld. Er hatte ein eigenes System entwickelt, den Betrag zu schätzen, ohne das Geld zu zählen: ein System, das mehrere Variablen durchwanderte, darunter Variablen wie Klima, Wochentag oder der Prozentsatz von Kindern, die die Toilette benutzt hatten. So begann er auch diesmal zu rechnen und hatte am Schluß eine bestimmte Zahl im Kopf. Dann kippte er den Inhalt der Glasschale auf den Tisch und begann nachzuzählen. Gewöhnlich lag seine Fehlerrate unter 18 Prozent. An diesem Tag kam er der richtigen Zahl sehr nah. Sieben Prozent mehr. Er machte Fortschritte. Er sammelte die Münzen ein und steckte sie in ein Nylonsäckchen, schnürte es zu und packte es in seine Tasche. Er kontrollierte mit einem Blick, ob alles in Ordnung war. Dann nahm er den Mantel aus dem Spind und zog ihn über. Im Spind lagen außerdem ein Paar Gummistiefel, ein Atlas und noch einige andere Dinge. Da waren auch drei Fotos, sie hingen an der Tür. Eins von Walt Disney und eins von Eva Braun. Und dann war da noch ein drittes.

Gould schloß den Spind. Er rückte den Stuhl zurecht, schob ihn unter den Tisch, nahm seine Tasche, ging zur Tür, drehte sich um, warf noch einen letzten Blick in den Raum und schaltete das Licht aus. Er trat hinaus, zog die Tür hinter sich zu und ging die Treppe hoch. Auch der Supermarkt oben machte zu. Halbleere Kisten, Angestellte, die Züge von Einkaufswagen vor sich her schoben. Er gab den Schlüssel bei Bart im Aufsichtsbüro ab.

»Alles klar, Gould?«

»Bestens.«

»Mach's gut, ja?«

»Bis morgen.«

Er verließ den Supermarkt. Es war dunkel, und ein eisiger Wind wehte. Aber die Luft war sauber, wie sauberes Glas. Er klappte seinen Mantelkragen hoch und ging über die Straße. Diesel und Poomerang lehnten an einem Müllcontainer und warteten auf ihn.

»Wie war die Scheiße?«

»Reichlich.«

»Jetzt ist Saison, im Winter kacken sie wie die Weltmeister«, nichtsagte Poomerang.

Alle drei hatten ihre Hände tief in den Taschen vergraben. Sie haßten Handschuhe. Wenn man es sich recht überlegt: Unter all den schönen Dingen, die man mit den Händen tun kann, ist nichts, was man auch mit Handschuhen tun könnte.

»Gehen wir?«

»Gehen wir.«

ANMERKUNG DES AUTORS:

Vielen Dank an Maestro Silvano Modena, Ivan Malfatto und an alle anderen Sportler der »Accademia Pugilistica Rodigina«.

Vielen Dank an Emanuela Audisio, Bruno Fornara, Arianna Montorsi, Monica Nonno, den Sportclub »Doria« in Mailand, Giorgio Saracco, Maestro Tazzi, Rino Tomasi.

Vielen Dank an Lag und Elena Testa.

Vielen Dank an Jake LaMotta, von dem ich zwei Witze geklaut habe: Einer seht auf Seite 70, der andere auf Seite 221. Er hatte humoristisches Talent. Sein bester Witz bleibt: »Wir waren so arm, daß mein Alter zu Weihnachten vor das Haus ging, einmal in die Luft schoß, wieder hereinkam und sagte: ›Tut mir leid, aber der Weihnachtsmann hat sich gerade umgebracht.‹«

Mehr über Bariccos Roman City finden Sie unter
www.abcity.it

Unser gesamtes lieferbares Programm und viele
andere Informationen finden Sie unter
www.hanser.de